U0532080

警探长 2

JINGTANZHANG 2

奉义天涯 / 著

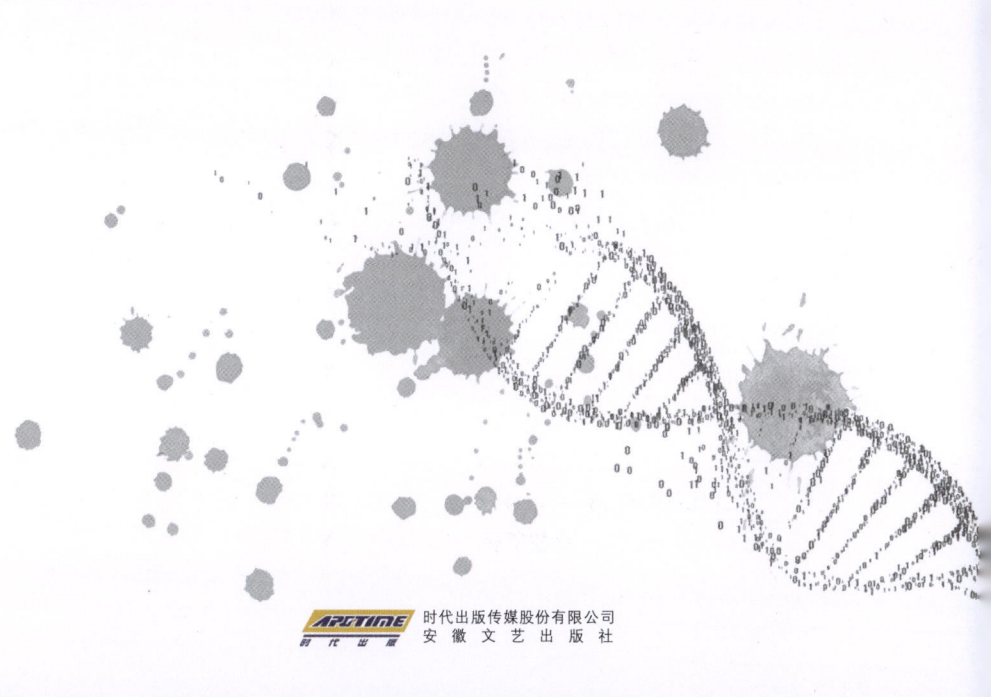

时代出版传媒股份有限公司
安徽文艺出版社

图书在版编目（ＣＩＰ）数据

警探长.2/奉义天涯著.—合肥：安徽文艺出版社,2023.7
ISBN 978-7-5396-7714-9

Ⅰ.①警… Ⅱ.①奉… Ⅲ.①长篇小说－中国－当代 Ⅳ.①I247.5

中国国家版本馆CIP数据核字(2023)第031712号

出 版 人：姚 巍
策　 划：宋晓津　姚 衍　　　　统　 筹：宋晓津　姚 衍
责任编辑：姚 衍　段 婧　　　　装帧设计：徐　睿

出版发行：安徽文艺出版社　　www.awpub.com
地　　址：合肥市翡翠路1118号　邮政编码：230071
营 销 部：(0551)63533889
印　　制：安徽新华印刷股份有限公司　　(0551)65859551

开本：880×1230　1/32　印张：14.25　字数：430千字
版次：2023年7月第1版
印次：2023年7月第1次印刷
定价：52.00元

（如发现印装质量问题，影响阅读，请与出版社联系调换）

版权所有，侵权必究

目　　录

第一百二十四章　饮 / 001

第一百二十五章　人各有志 / 005

第一百二十六章　任重道远 / 008

第一百二十七章　书友会 / 012

第一百二十八章　一路顺风 / 015

第一百二十九章　去刑警队！/ 019

第一百三十章　承担 / 023

第一百三十一章　副探长 / 027

第一百三十二章　2012 年 / 031

第一百三十三章　有心栽花 / 035

第一百三十四章　无心插柳 / 039

第一百三十五章　伤敌一千 / 043

第一百三十六章　连夜处置 / 047

第一百三十七章　枯燥的生活 / 050

第一百三十八章　低价陷阱 / 054

第一百三十九章　跨国案的线索 / 058

第一百四十章　小雨立功 / 062

第一百四十一章　功勋章 / 065

第一百四十二章　回家 / 068

第一百四十三章　钟明 / 072

第一百四十四章　准备自驾游 / 076

第一百四十五章　旅途（1）/ 079

第一百四十六章　旅途（2）/ 083

第一百四十七章　旅途（3）/ 087

第一百四十八章　旅途（4）/ 091

第一百四十九章　旅途（5）/ 095

第一百五十章　蛛丝马迹 / 099

第一百五十一章　探南溪村 / 103

第一百五十二章　不打草不惊蛇 / 107

第一百五十三章　留下 / 111

第一百五十四章　风雨欲来 / 115

第一百五十五章　卧底张伟（1）/ 119

第一百五十六章　卧底张伟（2）/ 122

第一百五十七章　会合 / 126

第一百五十八章　情报分析 / 130

第一百五十九章　突发杀人案 / 134

第一百六十章　秘密侦查 / 138

第一百六十一章　调查 / 142

第一百六十二章　50块钱的宣传 / 146

第一百六十三章　夜探 / 150

第一百六十四章　巧设 / 154

第一百六十五章　50块钱的能量 / 158

第一百六十六章　第二个中毒者 / 162

第一百六十七章　救人一命 / 166

第一百六十八章　平静 / 170

第一百六十九章　代号"破晓" / 174

第一百七十章　主导会议 / 177

第一百七十一章　你们还知道啥，都说了吧 / 180

第一百七十二章　算无遗策 / 184

第一百七十三章　最后准备 / 188

第一百七十四章　尘埃落定 / 191

第一百七十五章　大专案（1）/ 195

第一百七十六章　大专案（2）/ 198

第一百七十七章　春来 / 202

第一百七十八章　衣钵 / 206

第一百七十九章　公之斯文若元气 / 210

第一百八十章　先时已入人肝脾 / 213

第一百八十一章　成长 / 217

第一百八十二章　时光 / 221

第一百八十三章　买房（1）/ 224

第一百八十四章　买房（2）/ 228

第一百八十五章　小事 / 232

第一百八十六章　艰难寻找证据链（1）/ 236

第一百八十七章　艰难寻找证据链（2）/ 240

第一百八十八章　奋斗（1）/ 244

第一百八十九章　奋斗（2）/ 247

第一百九十章　与赵欣桥的对立 / 250

第一百九十一章　开庭 / 253

第一百九十二章　判决 / 256

第一百九十三章　情不知何起 / 259

第一百九十四章　一往情深 / 262

第一百九十五章　狂躁型精神病 / 266

第一百九十六章　阴暗 / 270

第一百九十七章　阳光 / 273

第一百九十八章　这能算失踪吗？/ 277

第一百九十九章　总结会议 / 280

第二百章　平凡的故事 / 284

第二百零一章　顺手 / 288

第二百零二章　教化 / 292

第二百零三章　走访 / 295

第二百零四章　所里的小行动 / 298

第二百零五章　纸醉金迷 / 301

第二百零六章　灰毛 / 304

第二百零七章　线人 / 307

第二百零八章　受理案子 / 311

第二百零九章　打架 / 314

第二百一十章　缠人 / 318

第二百一十一章　母女 / 321

第二百一十二章　如若这世间没有公正 / 324

第二百一十三章　不试试，我不会罢休 / 327

第二百一十四章　你不是在维护她，而是公正 / 331

第二百一十五章　审讯（1）/ 334

第二百一十六章　审讯（2）/ 337

第二百一十七章　审讯（3）/ 340

第二百一十八章　询问 / 343

第二百一十九章　扑朔迷离 / 346

第二百二十章　区别对待 / 350

第二百二十一章　以直报怨 / 353

第二百二十二章　以德报德 / 356

第二百二十三章　巧合 / 359

第二百二十四章　搜查 / 363

第二百二十五章　蹊跷／366

第二百二十六章　脉络／369

第二百二十七章　化学／373

第二百二十八章　历史／377

第二百二十九章　科学／381

第二百三十章　《无机化学》／385

第二百三十一章　确定目标／389

第二百三十二章　地点／392

第二百三十三章　结果／395

第二百三十四章　住村（1）／398

第二百三十五章　住村（2）／401

第二百三十六章　谷底状况／404

第二百三十七章　处理现场／407

第二百三十八章　开车返城／410

第二百三十九章　死者陈某／414

第二百四十章　"9·07"专案／417

第二百四十一章　意料之外的审讯／420

第二百四十二章　小试身手／423

第二百四十三章　愿你无暇／425

第二百四十四章　交流／428

第二百四十五章　转悠／431

第二百四十六章　破局（1）／434

第二百四十七章　破局（2）／437

第二百四十八章　搞定了／441

第二百四十九章　晴天／445

第一百二十四章 饮

咚咚咚!

"还睡觉呢!"

白松刚刚睡了半个小时,卧室外就传来了敲门声,好在白松没啥酒劲,去开了门。

"我说大哥,我刚睡半个小时!"白松看了看手机上的时间。

"啊?半个小时?你忙啥了?"王亮有些不好意思。

"从早上起来到现在一直在忙案子啊。你也是,咋这么晚回来?"

"昨天值班,睡到今天下午两点多……这不……唔,才五点。"王亮闻了闻,"不对,你喝酒了?"

"嗯,忙完和同事喝了一点点……"

"你不是告诉我你戒酒了吗?叛徒!走,晚上陪我喝点去!"

"不喝了……我中午实在没办法,有所里的两个领导,我才喝了一杯。"白松解释道。

"那也陪我吃点饭去,我中午就没吃……不对,一天没吃了。"

白松摸了摸肚子,从两点多吃到四点多,满肚子的老爆三、虾脑扒白菜、赛螃蟹、独面筋、八珍豆腐……"我现在还撑着呢……行吧,陪你吃点。"

"没事,不用你请客。"王亮斜了白松一眼。

"滚滚滚,我是真的不饿。你现在钱都花一半了吧?我请我请。"白松没好气地说道。

"行了，快走吧，吃饭的钱我有。"王亮不置可否。

两人出门的时候，天色已经黑了，他俩随便找了个川味小店，要了一条烤鱼、一盘地道的回锅肉、四碗米饭。

不用怀疑，这四碗都是王亮吃。

"老板，来两瓶啤酒。"王亮招呼了一声。

"别要啤酒，我不喝啊，我真的吃了很多，干喝也喝不下去啊。"白松连忙推辞。

"没给你要。两瓶，我喝得完。"王亮道。

"你咋了这是？一个人喝闷酒？"白松逐渐发现王亮情绪不太对。

"没事，就是想喝一点。"王亮接过服务员递过来的啤酒，用牙齿直接咬开一瓶，一口气喝下去三分之一。放下瓶子，王亮打了个嗝，啤酒沫子沾了一嘴。

"你到底咋了？有话就说，咋磨磨叽叽的？"白松问道。

"我真没事。"王亮说完，拿起酒又对着瓶喝了一大口。

"你也不嫌凉……"白松露出老母亲般的关切，"来，我再给你要一瓶白酒。"

"老板！"白松冲着老板喊道，"有没有67度的衡山老白干或者68度的闷倒驴？"

"没有……"老板看白松这还没喝酒就略带醉意的样子，心道这怕不是酒鬼吧，就是有也不敢说有啊，万一喝多了闹起来，就这身材，一般人也架不住啊，"要不，来点低度酒？"

"老板，别听他的，再拿两瓶啤酒。"王亮对着老板说完，转回头跟白松道，"你干吗啊？生死局啊？"

"没，我看你这个状态，适合喝醉了，然后跟我哭俩小时，再把事情跟我说一下。到底咋了？快说！"白松也打开一瓶啤酒，"来，我陪你喝一点。"

"唉……"王亮一贯乐观，干啥事都是笑嘻嘻的，此时却一改常态，喝了一大口酒，这一瓶就几乎见底了。

"白松，咱们到所里多长时间了？"

"两个多月了吧。"白松想了想，答道。

"嗯，两个多月了，你出过多少次警？"王亮问道。

"一百次？"白松想了想，"没数过，我在专案组待了一个月吧，出警不算太多。"

"嗯，我在图侦那边待着，但是派出所，你也知道，没那么多案子，我也得跟着出警。白松，你不觉得，这与我们曾经想象的职业不太一样吗？"王亮叹了一口气。

"这个刚工作一周时你不就说了？肯定不一样啊。想象中，毕了业各奔一方，'男儿何不带吴钩，收取关山五十州'；想象中，天天与匪徒斗智斗勇。实际上每天都是和大叔大妈打交道呗。"白松看得开，给自己倒了一杯啤酒。

王亮说道："嗯，刚工作就有感触。今天遇到一件事，这事说起来你还知道一点。刚来所里的时候，你第一次来我们所，遇到的那起打出租车司机的纠纷，你还记得吗？

"真要因为这个事来闹就好了。夜里两点多有人报警，说被老婆打了，我就带着一个辅警出警了——昨天晚上我们所里也忙，好几起打架的，实在是没人了。

"我去了以后，发现就是上次遇到的那两个妇女中叫得最欢的那一个，也就是上次在大街上打司机的那一个，她把她老公打了，她老公报的警。这倒不算啥。我到她家以后，满地都是玻璃碴子，好在我穿着皮鞋。我也没敢进屋子，就在门厅那里找了把椅子，和他俩聊天，跟我去的辅警搬了把椅子，在我身边坐着。

"家庭纠纷嘛，劝一劝，劝得开就劝，劝不开，要么就派出所处理，要么就法院解决，对吧……所里忙，我肯定想着现场解决了。我聊了差不多一个多小时，口干舌燥，两口子终于和好了，我一见这个情况，直接就走了。

家庭纠纷嘛,跟别的事情又不一样,也不用做现场调解,我就直接回派出所。"

说到这里,王亮顿了一下,把第一瓶酒的底子喝完,接着咬开了第二瓶酒。

"这不就算是解决了吗?"白松有些不解地问道,"我也遇到过类似的情况,夫妻吵架嘛,或者女的把男的打了,调解好了就撤,人家两口子的事情,跟咱们有什么关系?"

"哎,对了,"王亮突然想到了啥,直接问道,"昨天晚上你怎么没值班?我怎么没看到你?"

"看到我?"白松不解,"你来我们所了?"

"是啊,我去你们所了,你们所的警察给我做了一份笔录。"王亮又喝了一大口闷酒。

第一百二十五章　人各有志

"昨晚我睡觉了，今天早起就去支队忙辖区的一起命案，所里的事情我还真的不知道。我们所的人咋给你做笔录呢？什么情况？"白松真的对此事不了解，估计组里的同事也是怕打扰自己。

"就是我刚刚说的这个事情。我带着辅警走了之后，回到单位，发现几起打架的警情，要么已经解决了，要么先去医院了，大家都休息了，我也就睡了一会儿。结果不到二十分钟，这家人又报警了，报警的内容是，他家被盗了。

"我真服了，女的说自己的金镯子没了！说她和她老公干仗，不知道把镯子打到哪里去了，但是应该在门口附近，结果丢了。

"这是什么意思？我偷的？还是我带的辅警偷的？跟我去的辅警我知道，特别老实的一个人，我都敢说，就算是我偷，这个辅警都不敢偷！"王亮继续喝酒。

"你小点声！"白松压了压王亮的肩膀，"要不打包，回住处吃？"

"不用，我能控制住情绪。"王亮压低声音，"问题是她报警，我们不能不管，然后，刑警四大队连夜出了现场，结果我和辅警成了嫌疑人！

"我以前也不知道，咱们两个所是对应的接洽所，我们所如果有民警出现相关问题，需要回避，就得你们所来管。包括我们所民警被打，受理妨害公务案件，也得是你们所管。反过来，你们所民警的事情我们所管。

"所以，昨天那个女的报警，说家里的东西没了，我就作为嫌疑人，来你们所做笔录了，那个辅警也跟着来了。"

"还有这事?"白松无语了,警察去处理纠纷,却沦为嫌疑人,这是什么鬼剧情?小说都不敢这么写吧?"你带执法记录仪了吧?"

"带了。幸好我带了,我师父和我说过很多很多遍,说现在不同于以前了,出门不能不带执法记录仪,这东西是保护咱们警察的,真的是太有道理了。我进去的时候,因为他家全是玻璃碴子,我还特地拍了拍地面,然后才挂在肩膀上的,谈话的时候执法记录仪全程开启,到最后出门的时候才关上。"王亮终于吃了一口菜,回锅肉还热着,他又吃了一大口,接着扒拉了一大口米饭,就着一口啤酒咽了下去。

"但是人家报案了,我就得例行公事,去你们所,被取了份笔录。"王亮叹气道,"当警察这么短的时间,笔录我还取不好,倒是学会了怎么被取笔录。今天醒了以后,到现在我心里还堵着气,出不来。"

"唉,这确实是够缺德的,要么就是没这回事,要么就是找不到了,要么就是她老公藏起来了不告诉她,居然怀疑警察,换作我,也憋气。"白松站了起来,走到柜台,直接拿杯子接了两杯泡的药酒,递给王亮一杯,"来,一口干了,我敬你。"

很多川菜馆子里都有这种泡的酒,不乏名贵的中药材,度数应该有40度,都是2两的杯子,按杯卖。虽然度数不是很高,但是配了药材,也是很冲,两人一口闷下去,从嘴巴到喉咙都感觉到了明显的火辣。

人的食道一般是没有感觉的,但是这一线喉下去,整个食道的神经就好像被放大了几百倍,变得极为敏感。

呼!

"怎么样?好点了吗?"白松拿起王亮的杯子,打算再去接两杯。

"别……咳……咳咳……我没事,没事了!"王亮就吃了一口饭,一瓶啤酒、一杯药酒就这么干了,酒量一般的他感觉胃如火烧,连忙拦住了白松。

"哈,早这样子不就好了?"白松不咋会安慰人,"你平时和你们单位的同事聊天,这种事没遇到过吗?"

"是挺多的,但是这种事,真的太让人难受了。你说现在的人怎么这样啊?"王亮此时已经看开了一些。

"只是你从事这个职业,感受更深刻而已。如果你当老师,你身边肯定有一些特别调皮捣蛋的孩子,好不容易教育好了一批,还会有下一批;如果你是医生,你会感觉怎么这么多人生病,一天24小时也忙不完;你要是消防员,就会感觉到处都有火灾;咱们当了警察,我们不面对这些人,那谁来面对呢?"白松举起啤酒杯和王亮碰了一下。

"你这么说,其实倒也是这么回事,只是有些憋屈。不过这会儿好多了,一天到晚的这些事,多见识一下,过几年,估计啥事都见过了。"

"是啊,各行各业都有自己的不容易。选择了这一行,以后会遇到的黑暗,少不了的。"白松看得比较开,这跟他爸爸是警察有关,他对于这些事情比较适应。

"嗯,不说这个了。那个女人报的警,估计这两天就撤案了,刑警四队那边也没发现任何盗窃线索。我前两天加班加得多,我们组的副所长给我补休了,明后天我休息两天,大后天值班。你有啥安排吗?"

"我没有啊,就是看看书。"白松耸了耸肩。

"真行,我在学校的时候也没见你这么认真读书啊,最近这是咋回事?"

"没啥,就是参加工作以后发现自己的水平太低了,啥也不会。"

"你还啥也不会?你们单位谁比你学历高?"王亮有些无语。

"这东西不能看学历啊,人家有三十年工作经验,我拍马也赶不上啊,不努力学习,在工作、学习两方面进步,那就永远也追不上啊。"

"我看你天天学法律,是想去分局法制部门吗?"王亮问出了最近一直在想的事情。

"不是,就是觉得自己知道得太少,想多学点东西。我最近又买了一些跟化学有关的书,无机化学、有机化学啥的,多看看书总是好事。估计过两年去干刑警吧,我爸以前就是刑警。"跟王亮聊天,白松没什么忌讳。

"嗯,那也不错,刑警一天到晚都是忙案子,没所里这么多杂七杂八的事情。"王亮举起酒杯,"加油,人各有志。"

第一百二十五章 人各有志

第一百二十六章　任重道远

"你也是一样。"白松端杯碰了一下王亮的酒杯。

"嗯,你没问题的。上次那个案子你破得那么漂亮,过两年刑警队会抢着要你。我就不行了,估计要在派出所待一辈子了。"王亮略有些伤感。

"不可能,你也是警官大学毕业的学生,怎么也不会在派出所待一辈子的。"白松对此事毫不怀疑。

"我倒不是说这个。你说得对,到了这里,见人家有几十年经验,就感觉自己啥也不会。昨天晚上的事情,幸好我师父叮嘱过我几十遍,不厌其烦,不然肯定得倒点霉。我现在是不知道自己以后该干吗。"王亮有些迷惘,也许很多大学生毕业几个月以后,如果对人生还充满着追求,都会有些迷惘。

"你做图像侦查不是挺好的吗?上次看你操作,很熟练啊。"白松道。

"那能有啥技术含量?教你半小时,就你这智商,你也会。"王亮还是有些兴致不高。

"问题是你电脑水平不错啊,虽然你游戏打得菜,但是你电脑玩得好。"白松不忘吐槽王亮,接着道,"我觉得,你只要一直做图侦工作,以后照样可以成为图侦方面的专家。但是,你必须为此做出更多的努力。"

"更多的努力?你说的是尽可能地多查案子吗?"

"王亮,我也不知道我说得对不对,但是这是我和我们系的赵欣桥聊天之后的感触。

"以前一直觉得读书没有用,但是工作了才发现,头脑里知识越多,分析问题时越得心应手。人家那些博士生,真的没一个简单的。

"你现在搞图像侦查,如果一直看录像,会成为一个经验丰富的老图侦民警,但是,如果你刨根问底,以后肯定是专家。"白松语气肯定。别看王亮一天到晚没个正形,其实他数学、英语、电脑水平都不错,毕竟对于鲁省人来说,考上华国警官大学的,没一个简单的。

"你的意思是让我去搞系统?搞基础?搞C语言?警察哪有做这个的?"王亮明白了白松的意思。

"警察这行业,技多不压身。你要是懂编程,懂架构,懂设计,再回来看图像,感觉会完全不一样。上学时老师不是说,现在珠三角一带经济发达地区正在试点'天眼'工程吗?

"这些系统基本上是一些与公安局合作的部门制作的,也有的是公安局内部的技术人员制作的。而如果你作为一个正儿八经的破案民警,也有这个技术,那你考虑问题的角度就不一样,以后肯定前途不可限量。"白松有些漫不经心地拿筷子拨了一下菜,"就看你愿意为此付出多少了。"

"嗯……我试试吧。"王亮脸上的难过之色逐渐消失。

"好。"

人这一辈子,不管你是什么身份,总会遇到不公的事情,那如何呢?就这样吗?

若命运不公,那就跟它斗到底!

白松也没有想到,这一顿饭,几句话,居然对王亮产生了那么大的影响,数年后,时任公安部部长来天华市视察的时候,还专门看了王亮的工作演示。

当然,这都是后话了。

"对了,你们俩怎么样了?"王亮换了个话题。

"我们俩?谁?"白松反问道,一脸不解。

"你刚刚说你们系的那个,赵……赵小乔还是赵什么桥来着?上大学的时候,那不是你们系的系花吗?"王亮八卦了起来。

"嗯，赵欣桥，啥时候是我们系花了？你咋啥都知道？"

"也就你不知道了。行了，我明白了，我相信你们就是普通同学关系。咱们学校，咱们校区总共五个系，一个系每个年级的女生也就十几个，好看的那就更少了，虽然不咋认识，但是大概也都听过吧……"

"那也没见你'脱单'。"白松吐槽道。

"你懂啥？我好歹大学时还谈过，只是分了，你这种'母胎单身'的，还好意思说我？"

"行了行了，吃饭都堵不住你的嘴。"白松把米饭都堆到了王亮面前。

"哈哈……"

回到住处，王亮出乎意料地不玩游戏了，跑到屋子里不知道捣鼓什么。白松回到自己的屋子，给王凯师兄打电话。

王凯现在仍在"12·01"专案组，白松还是有些好奇。

"白松，哈哈，怎么有时间给我打电话了？"

"上午忙完就想给师兄打电话问问，结果光顾着去吃饭了，这么晚打扰师兄，别介意啊。"

"嗳，这有什么可介意的？这才七点多。说起来我还得感谢你啊，今天好几拨人找我问你的事，还说什么警官大学的学生就是不一样。你这也太给咱们学校长脸了，我也是与有荣焉啊。"王凯语气略有夸张。

"师兄，你还拿我开涮，我这都是瞎猫碰到死耗子啊……"

"那你这是神猫啊，以后多碰几次耗子吧。"王凯不由得感慨。白松能力强不强先不说，这些年，他多少次见过有人能力强，恃才放旷，但是破了两个大案，连局长都夸赞，还能保持这种心态，真的不是一般人。

也许，某些人可以用来自夸一辈子的事情，对于白松来说，仅仅算是一些插曲罢了。

"白松，你还没说打电话问我什么事。"王凯说道。

"是这样的，师兄，我今天早上在队里开会时听马支队说，我们这个案子，裁撤的专案组成员全部划入'12·01'专案组。我听说你们专案组前段时间都忙得差不多了,就等着过了元旦全员批捕了,怎么还在扩招?发生什么事情了?"白松问道。

"哦,就这个事啊。目前有些事还不能跟你说,这是规定,你知道的。现在我能跟你说的是,这个案子,我们越查越觉得不对劲,案子没有之前想的那么简单。"王凯叹了一口气,"任重而道远啊。"

"慢慢来吧师兄,要是以后有什么能帮上忙的,我一定义不容辞。"白松对这个案子还是充满了期待。

第一百二十七章　书友会

"嗯，一定。说不定专案组会整编一次，我感觉到时候马支队会把你弄过来。"王凯没有说太多，客气了几句就挂了电话。

对于"12·01"案子，白松一直心痒难耐。这事快过去一个月了，专案组成立也有半个月了，但是白松知道现在还是与自己无关，这次并入的六名刑警也都不是无名之辈，也许很快就会有结果，但是这类大案子对白松有着巨大的诱惑。

第二天，白松起床出去买早点，想问问王亮吃什么，推开门才发现王亮的电脑桌上放着几本书，看样子都是上大学时买的，以 C 语言类书籍为主。白松没叫醒王亮，出门买了早点，在王亮桌上放了一份，自己也读读书。

此时，九河桥派出所的会议室里还在开会。会议室大屏幕上，殷局长对孙某被杀案的破案队伍进行了表扬，田局长更是直接点名了九河桥派出所的见习民警白松，提出这个同志在本案侦查中做出重要贡献云云。

所里的民警们听到局长的话都四处观望，却发现白松今天根本就不在。仔细一想，上次李某被杀案，领导也点名表扬了一番，那天白松好像也不在……

不过如果一定要选，白松还是会选择……休假啊……

中午时分，白松看了看手机，两个人给他发来了消息。一个是徐纺。徐纺其实经常会给白松发消息，大都是探讨法律问题和一些简单的推理情节，她也算是资深的侦探爱好者了。徐纺约白松下午一起参加一个书友会，言辞恳切，白松也不好拒绝。另一个是郑彦武。郑彦武买了房车，是别人开了两年的二手车，现在已经办好了过户手续，打算明天就出发。他约白松今晚一起吃个饭，白松也答应了。

白松向来是一个很守时的人，约好了两点去参加徐纺说的书友会，白松一点多钟就出发了。

在天华市，九河区的经济水平一般，也没太多的高校，这次书友会的地点位于天南区。

天南区之于天华市，就如北淀区之于上京市，著名的天华大学和华开大学都位于这个区。书友会在一个公共图书馆附近的咖啡厅里举办，这个咖啡厅有一个能坐四五十人的小厅。

到了约定地点的时候，白松见到了徐纺。徐纺今天穿得很休闲，看到白松连忙上去打招呼："大警官，很荣幸能邀请你过来啊。"

"这么客气吗？"白松笑了笑，"怎么挑了这么个时间举行书友会？看这天气，今天会有一次大雪啊。对了，是哪个作家举办的这个活动呢？这地方不错，挺适合读书。"

"哈，"徐纺显得很开心，"我举办的啊，不然怎么会邀请你来呢？"

"你？"白松一脸的惊讶。

"是啊，我不像吗？我最近在写一部悬疑小说，可没少问你问题，你没有发现吗？"徐纺说完做了个邀请的动作，"走，先跟我进去吧。"

"原来是这么回事，怪不得你总是问那么刁钻的问题。"白松恍然大悟，跟上了徐纺，开玩笑地说道，"你这个，得给我付稿费啊。"

"好啊，没问题啊。"徐纺转过头来，认真地说道。

"嗳，"白松愣了一下，"别，我开玩笑的，书是你写的啊。"

"其实我还想跟你说这个事呢。我从上高中开始就在写书，前两本书都是言情的，没有出版，后来写了两本青春爱情的书，出版了，第二本卖得还不错。大学毕业后，我又陆陆续续地出版了三本书，以小说为主。

"不过，这些都挺无趣的。我最近想写一本校园悬疑小说，这本书的架构呢，脱离了现代社会，故事发生在一个独立的城市，学校则是当地唯一的高级学校,也是这个城市里最高级的学校了。这个高级学校其实相当于咱们的高中,有着自己的运作体系,但是也有着不为人知的黑暗面,主角呢,是一个极为聪明的女孩子。你觉得这个设定怎么样?"

白松听完点了点头:"听起来挺有趣的啊。这样的小场景,有时候会有不少好故事的。"

"嗯,只是我在这方面的能力还是欠缺,很多东西不懂,也不好意思老是问你。这次书友会我打算推一下我的新书,我想请你加入,你可以给我当这本书的第二作者吗?"徐纺在订好的房间门口向白松问道。外面桌子上摆着一摞书,她拿了最上面的那本递给白松。

白松接过书。这本书有三四百页,估计有三四十万字,作者笔名"有风飒然",看书名应该是校园青春爱情故事,书的质感不错。

好的书籍质感,意味着好的出版社和严格的出版标准,其实也从侧面说明了作者的水平。

"说真的,当警察我都是刚入门,写小说我就纯粹是门外汉了,可别因为我影响了你的书的销量。"白松把书放回那一摞书上面,仔细放正。

"写小说其实是所有创作中最简单也最难的一件事情,我感觉有点像表演艺术里的相声。说话、写字,谁都会,而舞蹈、漫画就需要一定的技巧了。

"但是写小说也挺难的。小说是一维的故事,很难隐藏情节,漫画其实容易,是二维。电影为什么要三维?因为表现力强,想法容易表达。

"举个例子,创作侦探故事,如果是漫画,你完全可以在某一张图上面留下一个细节,读者只看剧情的话,会很容易错过这个细节,等你画到故事结束,再点明那是一个大的伏笔,皆大欢喜。

"小说呢,你写的每一个字,读者都一定看得到,不会错过,想去埋伏笔,那可是很费脑子的。这一点,我觉得你肯定行,你是我见过的最负责任、最博学的警察叔叔啦!"

白松沉默了六秒钟,说道:"我很怀疑你一点见识也没有……"

第一百二十八章 一路顺风

白松和徐纺聊了十几分钟，还是没有答应当小说的二作。人贵有自知之明，白松不认为自己有这个水平。徐纺也没强求，小说才写了一点点，以后再说。不过白松还是答应了徐纺，如果徐纺有什么不懂的，而恰好自己又可以解答，那肯定会帮忙。

书友会如期举行，整个屋子坐得满满当当，还加了几把椅子。白松长这么大第一次参加这种活动，虽然他没有看过这本书，但是还是听得饶有兴趣。其中有一个流程是，读者们可以挑选自己喜欢的情节，朗读，或是自述，或是分析，白松一直在听。不得不说，徐纺是个很有才的女子，她的小说虽然没有太多华丽的辞藻，但是剧情紧凑，文字感染力很强，怪不得能吸引这么多的读者。

这让白松还是多多少少有些羡慕，被人认可的感觉，还真的是不错呢。

现场最后做了一波签售，就结束了。白松看了看时间，下午四点多了，便告别徐纺，打车回到了九河区，去赴郑彦武的约。

地点还在九河桥那里。九河桥旁边有一块空地，白松到的时候，发现这里停了一辆土黄色的房车，居然还是奔驰的。白松对老郑的审美不太感冒，这么大的房车，还是白色的好看吧……

房车挂着蓝色的牌照，车长差不多有六米，车高大概四米。虽然是房车，但是给人一种整体性强的感觉，不像绝大部分的房车，总感觉一翻车，"房"就会和"车"分离。这辆车子看起来非常威武，驾驶室上面还有一个大大的全尺寸备胎，空间利用得很好。

驾驶室里没有人。白松走到车的侧面，这里有一扇车门，即使以白松的身高来看，这扇门也实在是太高了，他站在地上，举起手来才差不多能碰到门的把手。

白松敲了敲门，不一会儿，车门缓缓打开，从里面伸出了一个自动楼梯。

"还挺先进……"白松小声嘀咕，接着走进了车内。

虽然是房车，但是毕竟也是车子，白松进入以后还是得低着头。车内净高差不多一米八的样子，左右两侧都是各种内嵌式的厨具和柜子。

白松往左看去，郑彦武正在椅子上坐着，两个年轻的男子在收拾一个火锅。

"你来了。"郑彦武看着有些憋屈的白松，哈哈大笑，"你看你，个子高有个子高的缺点，这辆车子对我来说已经很大了，你进来还得低头。"

"老郑，你这么有钱，还不买辆大点的啊，也不知道照顾我的心情。"白松吐槽道。

"哈哈，你又不跟着我们出去，你要是也跟着我走，我去换辆大的。不过，没人能开大的，他们俩都是C1驾照，这已经是极限了。"郑彦武指着两个人道，"我给你介绍一下。这位叫林枫，是我的老师，这次也被我'拐'走了，一起去旅行摄影；这位是章小天，立早章，是我的同学，自由职业者。"

接着，郑彦武又把白松介绍给了二人。

"你老师你都'拐'走了，厉害啊！"白松连忙仔细打量了一番二人，尤其是这个林枫，这可是王华东非常推崇的不羁人物。林枫三十多岁，章小天二十多岁，两个人都略带侠气，一看就是那种看准你了就能和你当兄弟，若不喜欢话都不会多说一句的人物。

"你好，彦武兄多次和我提到你。"林枫和白松握了握手，"老师什么的不必再提，这些年我被杂事缠扰太多，都快忘了什么叫自由了，幸遇彦武兄，能够有机会再像小天一样，到处看一看。来，你个子太高，站着我们压力大,快坐下吧。"

"谢谢。"白松在舒服的固定沙发座上坐下,把外套脱下,这才仔细地看了看车子,"到底是奔驰车,别看外面那么粗犷,这里面还是挺豪华的。"

"二手车,不值一提。"郑彦武摆了摆手。

"老郑你真是睁眼说瞎话,"章小天一听急了,"这车可是特地从上京市买的,我帮你找这辆车子可是没少跑啊!"说完,章小天转身对白松道,"哥们儿,我跟你说,这可是越野阿莫迪罗奔驰乌尼莫克 U4000!打听打听,全国现在才几辆啊……哦,对了,这辆二手车差不多 400 万呢!"

"嗯嗯,确实是牛……"对于郑彦武的土豪行为,白松算是见怪不怪了。郑彦武没什么牵挂,可能他只有 500 万,也敢这么花,与一般的土豪完全不一样……而且,他肯定不止这点家底。

"提那个干吗?"郑彦武看了看二人,"我只是觉得,要去一些特殊的地方,一般的车子去不了。不过我还是有些担心,这车子是柴油发动机,也不知道到了东北会不会冻上……"

"没事的,有我呢。"章小天拍拍胸脯,"这辆车原车是 4.8L 柴油涡轮增压发动机,配备 200L 的油箱,原车主还给加装了一个 150L 的副油箱,咱们只要加足 -50 号柴油,而且不熄火,永远也不会冻上的。"

"厉害!"白松听到这个排量,也明白这是个啥东西了,"希望你们一路顺风。"

"嗯,今天我不喝酒,你们喝一点,明天早上我开车,师傅你也可以喝一点。"章小天从旁边自己的包里拿出了两瓶红酒,"我没郑哥这么有钱,我带了两瓶红酒。来,我给你们满上。"

"好,"郑彦武很高兴,"来,尝尝。"

车内很暖和,加上还有个火锅,白松就伸手打开了一点车窗,这才发现,这么一会儿工夫,外面已经下起了大雪。

"今晚这场雪小不了,明天你们出发,方便吗?"白松略有担忧。

"白哥,你就放心好了。"章小天道,"你可能不知道,这车子可是号称

'它过不去的地方，坦克也过不去'呢。雪再大也不妨事的。"

"好。"白松不再担忧，看着车内车外，不由得吟道，"绿蚁新醅酒，红泥小火炉。晚来天欲雪，能饮一杯无？"

"饮！"

第一百二十九章　去刑警队！

一个人有一个人的选择和活法，白松觉得，只要不违法犯罪，在哪个行业都可以活得很精彩。

休息了两天，12月28号早上，白松接到所里电话，前台值班员说单位有人找。白松今天本该休息，但还是去了单位。

白松的住处距离单位不远，很快就到了，他看到前台大厅里站着两个人。

古宇。

这个名字白松一点都不陌生，只是自打上次从魔都回来，白松一直在忙那起命案，对古宇被骗这个案子没有过多地关注。不过想来专案组那边忙活这么久，古宇这边的线索早就查清了吧？

这是白松第二次见到古宇。上次看到古宇的时候，白松感觉他是一个比较瘦小的大男孩，但是也仅仅是瘦小，并没有什么别的。而这次见到他，白松发现古宇的状态非常糟糕，神情萎靡，眼窝下陷，皮肤颜色发黄，明显营养不良。

古宇这次来，上次来的老师还跟着。老师看到白松，连忙招呼了一下，白松心领神会，单独把老师叫到了一个屋子。

"怎么回事？"白松先问道。

"警官您好，上次来的时候，我就感觉您是个很负责任的警察。我不到万不得已，不会来找您的。

"是这样的，古宇这段时间晚上一直很忙，后来我了解了一下，他每天下午五点下课，然后去附近的快餐店打工，一直忙到晚上十点，再回学校。据我所知，古宇上次被骗的6000块钱，有2000多块是借的，但是他出去打工，一天只有50块钱。

"不过，钱倒不是主要问题，而是他的心态越来越差了。我听说前一段时间，附近小区有个被骗的女孩差点跳楼，古宇刚刚的状态您也看到了，我怕他想不开。"老师言辞恳切，"我来问一下您，咱们这边案子的情况怎么样？"

"您等一下，我看看。"白松也不确定。他登录了网上办案系统，打开古宇那个案子，却发现此时案子依然处于"立案"状态，他的眉头皱了起来。

人都抓了，也过了这么久，怎么还没破案？按照相关规定，如果有证据证明犯罪事实、证明是犯罪嫌疑人实施，而且嫌疑人已经抓获，那么就可以将案件状态改为"破案"了。

老师看了白松的表情，心里咯噔一下："没关系的，警官，我知道你们也很努力。我之所以来，是因为前几天从新闻上看到，你们九河分局奔赴千里抓了几十个骗子，我以为跟古宇这个事情有关系……

"古宇这个学生，以前我也没发现，现在才感觉到他真的挺脆弱的。他家里很困难，本来我还想着组织一下捐款，但是要是那样，全班人甚至全系的人都会知道这个事情，他更受不了了。

"我和几个老师给他凑了2000块钱，但是他死活不要，差一点把他的情况给搞得更糟。我来您这里之前想过，万一案子还没破，您能不能帮我个忙？您就说案子已经破了，钱追回来一半，按比例返还，每个受害者的钱都返还一半。我再添1000块钱，您亲手交给他3000块钱，可以吗？"

白松沉默了，他不知道该怎么说。

做警察，破不了案子，这种无奈，就好像医生对患者说"对不起，你这个病，我没办法"一样，虽然已经竭尽全力，但就是得不到自己想要的结果。

是答应老师，还是不答应呢？虽然这位老师是大学老师，但是这种一般专科院校的老师，工资可能跟警察的差不多，一个月三四千块钱。别说从自己口袋里拿1000多块钱，能给学生买点吃的都算是好老师了，白松有些感动。但是，能撒这个谎吗？

白松相信，如果自己撒谎，古宇一定会相信的，但是，善意的谎言也是谎言。

"这位老师，您的这个想法，真的令我无比敬佩。说真的，我从小到大遇到的老师都特别好，我也很敬佩老师这个职业，您是老师的楷模。但是，作为警察，如果我今天答应了您，我就是向犯罪妥协了。最关键的是，虽然有很大概率古宇不会知道真相，但是一旦他知道了，他会觉得更加亏欠他人。"白松还是选择了拒绝，"这样吧，我和他聊聊，我比他大不了几岁，也是90后，我开导一下他。同时，我向你们保证，这个案子，我绝对不会就这么算了！"

老师看到白松的样子，知道白松是警察，不能随便撒谎，只能叹气作罢，让古宇进来，自己走了出去。

只是老师没想到，他刚走不久，白松就撒谎了……

"我跟你说，我以前也上当受骗过……"

这次的谎话，白松说得比跟陈敏说谎话那次要逼真得多，别说古宇这老实孩子了，就算是陈敏，也绝对不会发现白松是在瞎说。

人在上当受骗之后，最难受的，除了钱的问题，还有智商被压制的屈辱。很多人难以接受的是，自己怎么会这么傻？怎么会被如此低级的骗术骗到？因而心情极度难过。而白松作为警察还被人骗过，古宇听着心里就好受了很多……

白松自己总结，这个算是一种心理疗法吗？总之，白松和古宇聊了半个小时，古宇确实好了很多，心理也略微平衡了一些。大男人，既然能出去做兼职赚钱，几千块钱不也就是几个月的收入吗？人生一万道坎，若是这么轻易就被打倒了，就别毕业进入社会了，进入社会也适应不了。

古宇走了，带着白松近乎"案子必破"的决心走了，虽然还是那么瘦弱，但是眼里已经略有些神采。但是这事不能就这么结束了！白松怎么能忍呢？

打车，去刑警队！

刑警支队大院门口的保安已经认识白松了，而且保安和警察在一个食堂吃饭，最近也没少听到白松的名字。保安看到白松来，直接放行，还热情地打了招呼。

此时白松心里根本没有想那么多，跟保安打过招呼，他直接走到了马支队办公室门口，平复一下心情，敲门。

第一百三十章　承担

"白松?"马支队正在翻阅几本案卷,看到白松,略有些诧异。

"马支队,打扰您了。"白松道。

"不打扰。"马支队把案卷放到一边,指了指旁边的座位,"坐。找我有什么事?"

"马支队,我想加入'12·01'专案组。"白松说道,"我们孙所长那边,我有把握说服他。"

"哦?怎么这个时候想进入专案组呢?"马支队对白松的话丝毫不吃惊,饶有兴趣地问道。

"我们所里接的那起古宇被诈骗案,我绞尽脑汁,也没办法帮到被害人,只能找您帮忙。"白松实话实说。

"嗯,白松,"如果是别的新警,这么鲁莽地直接找马支队聊这个,马支队可能不会在意,但是马支队很欣赏白松,说道,"你知道你最大的优点是什么吗?"

"嗯?优点?我哪有什么优点?"

"我很欣赏你的正义感,除此之外,你对线索的整合分析也是很不错的。"马支队毫不吝惜地夸赞,接着道,"但是你也有自己的短板,那就是你还没有能拿得出手的本事,比如电脑技术。"

白松低下了头,他知道马支队说得对,其实自己啥大本事也没有。

"你也不必灰心,"马支队爽朗地笑了,"你还很年轻,如果有一天你坐在我这个位置上就会知道,领导这个岗位,难就难在资源分配。如何把合适的人放在合适的位置上，这是最重要的事。而你，其实小有将才，你不适合去学习专门的技术，更适合尽早地担任专案组组长或者周队那样的角色。

"不要妄自菲薄。技术人才虽然稀缺，但是除了郝镇宇那样的，其他的走了可以继续招，而将才，有时候找遍整个刑侦支队都找不出几个合适的。"

"马支队，您……您可别取笑我……"白松转忧为喜。

"怎么会呢？我什么时候说过假话？"马支队指了指手边一本很厚的案卷，"这一本是整个'12·01'专案的目录册，这是市局牵头的案子，我现在为这个案子没少操心。专案组前段时间招人，最近却是实在不能招人了，再招人，其他工作开展不了。"

"已经打草惊蛇了？"白松想都没想，脱口而出。

马支队的眼睛里浮现了诸多信息，他笑笑，没说什么。

棋差一着啊，马支队心想，自己已经恪守了保密纪律，没想到白松还是看出了什么，这就是优秀侦查员的直觉吗？

"注意保密。"马支队还是嘱咐了一句，算是默认。

"一定。"白松郑重地点了点头。他知道，这个案子后面应该有更大的问题，只是现在没办法再这么大张旗鼓地去查。上一次去魔都市抓的那些人，很可能是某个组织的分部的成员，上次虽然一锅端，但是不可避免地被这个组织得知，现在估计已经跑很远了。白松自己开始了各种分析，不一会儿，一整套小说似的剧情都琢磨出来了。

"别想那么多，你先回去，'12·01'现在还不需要你来。我这边还有别的事，回头再说。"马支队摆摆手，示意白松先走，心道这家伙可不能多留，不然自己被一个新警套出几句话，脸往哪里搁？

嗯，难道是因为自己过于欣赏这个孩子？

一定是，这个臭小子。

白松离开办公室之后，其实并没有多么沮丧，因为马支队亲自看卷侦查，白松当然是一万个放心，坐等好消息吧。

只是白松没有想到，自己刚离开刑警队的大门不久，就接到了李教导员的电话。

"白松，你在哪儿呢？"李教导员问道。

"在外面啊，我今天休……"

"行了，我知道了。这样，刚刚分局政治处那边跟我说了一声，要把你借调到刑侦三大队负责一起抢劫案的侦办，你明天早上去报到吧。"李教导员嫌弃地说道，"我想留你都留不住，我听说是田局长下的命令，你的翅膀是越来越硬了。"

"啥？"白松感觉是不是听错了，"李教您别拿我开玩笑，我去三队，负责一起案子？"

"嗯，刑警队那边没人了，全抽调到'12·01'专案组了，问题是刑警队那边那么多案子，总不能都不办了，死磕一个诈骗案吧？行了，哪那么多废话？让你去你就去。"白松听得出来，李教导员有些不爽，他可是知道背后谁在使坏……

行啊老马，你管不了我，就拿田局长压我，行，你等着……

"李教，我可不去，我一个见习民警，那边都是……"白松的担忧不无道理，说得好听一点，自己是名牌大学毕业生，但是这也改变不了自己连人民警察证都没有的事实。毛还没长齐呢，去指挥几个岁数比自己大一倍的刑警？怎么指挥？这种事情，白松听都没听过。

"不是让你主持，你去了挂个副探长就是了，探长不是你。"李教导员想了想，"不过你说得也对。这样吧，我做主，你从咱们所里带一个辅警过去配合你工作，要不然你的工作确实不好开展。"

"那怎么行？我们四组，我一走，人就少了一个，他们就更忙了，我再带走一个辅警，其他人就更累了。李教，您能不能跟田局长说说，就别让我去了……"白松真的有些心虚了。

"田局长？要说你自己去说，我反正不去。"李教导员知道去找田局长也没用，但是他也只是心里不爽，对白松还是很关心的，"你把三米带去

第一百三十章 承担 | 025

吧,我看平时你俩办案挺协调,那孩子也机灵。你们组你不用担心,我再调配一个辅警到你们组就好了。"

"李教,这……"白松不知道该说什么好了。

"没事,我跟政治处说了,你这次借调结束立刻回来,估计到时候'12·01'也结束了。你也别有太大的压力,抢劫的案子,破不了就请辞,谁能说你啥?"李教导员一向颇为谨慎,但还是直接道,"要是有谁敢说啥,你就给我打电话。三队那些人,谁欺负你,你就报我的名字!"

第一百三十一章　副探长

副探长是个什么职位？这一点白松特地去问过师父。简单来说，这就不是个职位。

直辖市不同于一般省份，领导干部没有"股级"这个级别，最低也是副科级。因而也没有中队这个编制，直接就是大队。上次去南疆省，房队长的朋友战队长，是中队长，其实就相当于"正股级"这样一个级别，而在天华市是没有这个设定的。

因此，各个所，各个专案组，就有一些类似于"警长""探长"之类的职务，约等于中队长，但是没有行政任命，只是所领导班子、支队领导班子等安排的一个位置，拥有本小组的领导力。白松的师父孙唐、三林路所的李汉就是警长，马希就算是副警长。也就是说，白松这个见习警，在某种程度上，已经和马希一个 Level（水平）了。

白松心里惴惴不安，现在再去打扰马支队，那就真的不懂事了。得，先这样吧，既来之，则安之。

白松想明白了，这个抢劫案如果破不了，那么有空就看看王千意那个案子，那个案子还没开始起诉呢。除此之外，孙某妻子保险诈骗的案子也可以看看，毕竟这也是所里的案子……

反正自己是个副探长，怕啥？

在这边上班，白松走着就有点远了，每天打车也不是个事，他便回住处把东西收拾了一下，打算平日就住在这里，等案子结束了再说。

当天晚上，白松就搬到了这里，还是之前的铺位。白松顺便收拾了一下上铺，给三米留了位置。这里的床都有褥子，铺个床单就能休息，三米少不了要睡午觉。

第二天一大早，白松去三队的一个办公室开会，带着三米，穿着便服，拿着自己的笔记本，心里百味杂陈。

直到所有人都坐好了，白松才知道为什么让自己来这里……敢情整个三大队就剩下两个民警了？

三队的副队长临时过来给几个人开会，布置完工作还得回诈骗案子的专案组。这个抢劫案发生地点位于三木大街，也没有成立专案组，就是三队的一个探长、一个老民警，再搭上三木大街派出所的两个人，算上白松他们，一共六个人，忙点三队的日常工作。

三队作为"侵犯财产安全专项大队"，侦办诈骗案、盗窃案、抢夺案、抢劫案是强项，这次被抽调得最狠，以至于现在有个抢劫案都没人处理了。一般来说，普通的诈骗案、盗窃案、抢夺案，都是派出所来办，但明显"12·01"不是普通的案子。

探长是一个五十多岁的老民警，还带病上岗，高血压、心脏病都有。白松看了老师傅的样子也明白了，马支队这是想赶鸭子上架，让他多发光发热。而三队另外一个人略有些木讷，看着四十岁左右，白松看了看他，也知道不用抱太大的期望。

这个年龄，没有被专案组挑走，也没有在这里担任探长，本身就能说明问题了。

不过三木大街派出所来的人倒是让白松眼前一亮——王华东！另外一个也是一名辅警，不过看着没有三米那么机灵。

白松看了一眼王华东，有些高兴，而王华东听说白松是副探长了，更是惊得下巴都要掉了，这倒是让白松得意不已。

三队的副队长匆匆开了个小会，安排了一下工作，总的来说就是若需要申请其他单位帮忙协调，就找探长于德臣，白松负责带领王华东和两名辅警侦查此案，三队的另外一名民警孙东配合两位探长工作，其他的也没提，白松听了以后大体有了分寸。

副队长前脚刚走，孙东就站了起来，慢悠悠地离开了办公室，惹得白松眼皮直跳，这……这怎么合作啊？

"你叫白松对吧？我是于德臣，老刑警了。"于德臣伸手和白松握了握手，"孙东他家里有点变故，最近状态不好，咱们不管他。"

"嗯，理解。于师傅您好，我是九河桥派出所的，以后还请您多多关照。"白松很是客气。

"嗯，你们都很年轻啊。对了，白松，你上班几年了？看着你应该比我孩子还小吧？"于德臣问道。

"我今年二十一岁，上班五个月了。"今天是12月29号，白松从8月1号上班至今，算起来也有五个月了。

"五个月？"于德臣一愣，心中立刻轻视了三分。这难不成是哪个领导的孩子来镀镀金？镀金也没有直接来办这种案子的啊，搞不成的话别说镀金，丢脸了怎么办？但是于德臣肯定不会说出来。

"你在九河桥派出所，那你有师父吗？师父是谁？"

"我师父是孙唐。"

"孙唐？哦，好，我知道了。"

白松明显能够感觉到，于德臣听说师父的名字之后情绪立刻落了下来，这两个人之间怕不是有过节儿吧？等回头再问问师父吧，先把工作安排好。

"嗯，于师傅，这个案子目前有什么进展？下一步该怎么开展？"

"不用叫我于师傅，你叫我于伯就行。案卷都在抽屉里，他们三木大街派出所的人对这个案子也熟悉，你拿去看吧。"于德臣似乎开始厌烦白松尊称他"师傅"，抚了抚额头，"不行啊，人老了，血压有点高。刚刚赵队不是说了吗？工作主要是你来开展，你看着办就行，有事情叫我，墙上的值班表上有我的电话。"

于德臣也走了，只剩下四个年纪加起来不到一百岁的年轻人面面相觑。

孙东那边没法说，于德臣似乎也对白松这么年轻就来管案子有所轻蔑，更何况他与孙唐之间好像还有什么问题,白松有些被动,不过现在唯一的好处就是,目前在三队,他好像是老大了?

"别理他,岁数大的人有时候就这样,等你把案子破了,看他怎么说。"三米看白松心情不太好,给白松打了打气。

"是啊,在很多老民警眼里,你破了一两个案子,就是瞎猫碰到死耗子。你别跟他一般见识。"王华东站了起来,"介绍一下,这是我们所的辅警同志,陈晨。"

"嗯,这位是三米。"白松也给大家一一做了介绍。接下来的案子,就靠这四个年轻人了。

第一百三十二章　2012年

临近年关，往往是三大队最受考验的时候，有的坏人也想回老家过年，偷或是骗的都挺多，少部分胆子大的甚至铤而走险，直接抢。

三木大街这一起抢劫案，被抢的是一个单身女性，三十岁左右，被抢的东西是一部手机，地点就在马路上。

被抢的女性是一名法律工作者，条件优越，一直单身，有自己的住房，基本上每天晚上下班都是六七点钟，然后步行回家。回家吃完晚饭之后，她会步行去母亲家，待一段时间，再回到自己的住处。

被抢时间是晚上九点半左右，在一条阴暗的小路上。其实这里也是马路，也有路灯，但是天太冷了，街上人少，路灯也不算亮，一个身高一米八左右的男子，当街把女子拦住，手持刀具威胁，强行夺走了女子的包，然后翻出里面的一部手机和几百块钱零钱，把剩下的东西扔在了地上。

这个案子，嫌疑人已经确定了，就是没抓到。初步猜测嫌疑人应该还在九河区，因为这人已经被网上追逃了，跑不远。对于这一点，白松还是很佩服的，能这么快确定嫌疑人，案子基本上完成了一半，毕竟嫌疑人只要被网上追逃，被抓只是早晚的事情。但是马支队可不是个办案拖沓的人，马支队把白松叫过来负责这个案子，就是希望早点把人抓住，防止嫌疑人再次实施类似案件。

王华东对这个案子比白松熟悉一点，两人交流了一下，现在最好的办法，就是继续通过技术手段和监控来找。当然，除此之外还有一个办法，就是到处转悠看看。

只是白松没有想到的是，这一看，就跨了阳历年。

有些案子在派出所侦办不了，其中一个很重要的原因就是人手不够，根本没有那么多的人力、物力。这几天，白松和王华东走遍了案发地附近的每一个可疑场所，也没有发现这个抢劫案子的嫌疑人。

而三队的于德臣以及孙东，这段时间每天都照常上班，但是对案子基本上没怎么参与过。三队又不止这一起案子，之前办的一些侵财类案件也有很多，还有一些后续工作，他俩一直在忙这些事情，留给白松的人，就只有他们自己了。

白松可以天天加班，但是他现在可不是一个人，有三个人跟着他工作，他不能让大家天天跟着自己加班。1月1号白松已经加了一天班了，还是没有收获，白松跟三队的队长请示了一下，让大家都休息三天，5号再来分析这个案子，他却把自己关在了办公室。

这个案子的案卷很薄，几份笔录和十几份材料而已，白松不知道已经翻了多少遍，嫌疑人的照片和信息也牢牢地记在了脑海中，此时他又翻起了案卷。

1月2号，整个刑警队的人就没有一个不疲惫的，能休息的全休息了。白松也打算回一趟住处，因为上次带的书看完了。

从刑警支队到住处得走一个半小时，白松背着包，里面有几本书，慢悠悠地散着步。

嘀嘀，身边传来了车子的喇叭声，白松转身一看，是马支队。

"去哪？上车。"马支队喊了一下白松。

"马支队，路不远，您先走吧。"白松摆摆手。

"我去你们所一趟，上来吧。"马支队又邀请了一次。

白松见状，不再推辞，直接上了马支队的车。

"去哪？"马支队问道。

"您直接把我放所里就行，我就去那附近。"白松道。

"嗯，行。怎么样？这几天还习惯吗？"

"还好,大家合作得挺愉快的,就是案子没什么进展。"白松略低下了头。

"别灰心啊,这个人躲起来,咱们现在也没有太多的精力去抓他,这几天抓不到很正常,抓到了估计也是运气。不过,你们的工作也不是没有用。这几天你们一天到晚在外面跑,我也听说了,正因为你们一直没停,这小子一直也没敢露头再次作案,所以说你们的工作是有效果的。"马支队肯定地说道。

"谢谢马支队,我们会尽快把人抓到。"

"这个我相信。这样,最近你有时间再去了解一下孙某自杀案,我没那么多时间,而且没人比你更熟悉那个案子了。"

"孙某自杀案?"白松疑惑道,"难不成死者不是自杀,另有隐情?"

"倒也不是。怎么,不方便吗?"马支队问道。

"方便方便。"白松点了点头,"我最近就去看。"

"嗯,没事,顺便关注一下就好了。"马支队接着说道,"你负责的那个抢劫案子,三队的两个老同志,相处得还愉快吗?"

"愉快,两位师傅都很不错。"

马支队看了白松一眼:"嗯,好,那希望你办案顺利。"

白松跟着马支队回了派出所,马支队来这边开个小会,具体是什么事白松也没问。今天正好是四组值班,白松也不急着回去休息,先找到了师父孙唐。

"于德臣?你现在和他在一起啊?"

"嗯,他是探长,我是副探长。"白松和师父一向是无话不说,这件事他疑惑了四五天,也不方便在电话里聊,这次就顺便问问。

"哈,他没针对你吧?"孙唐笑了笑。

"没,就是感觉他好像和你不太对付。"

"这你都看得出来吗?不过没事,老于这个人其实有两把刷子,你不能小看他。他不是和我有什么过节儿,反而算是我的半个师父,以前还带过我一阵子。就是那段时间,他想让我去竞聘领导职务,我懒得去,他有些恨铁不成钢。"

"啊?哈哈,这么回事啊。"白松一下子轻松了不少。

"是啊,没事,过几天我去老于家里拜访他一下,你就安心吧。"孙唐摸了摸自己不多的头发,"我啊,其实比较图安逸,守家守业的,没什么大的志向,在刑警队待几年,在法制部门待几年,又在派出所待了这么多年,估计会在这里退休。"

第一百三十三章　有心栽花

"不过说起来，白松你可不能学我，你一个人来天华市打拼，总不是为了一辈子混日子，对吧？"孙唐又嘱咐道。

"啊？师父，我没想那么多，就想着多办几个案子啊。"白松没想这么远。

"嗯，纯粹点也好，你太年轻了，不急不急。"孙唐对这个徒弟还是很满意的，"你慢慢来，咱们所的李教和我是同学，我们那一批里当局长的都有好几个，只要你好好干，没人能欺负你。"

李教导员和孙唐是同学这事，包括白松在内，全所人都知道。事实上，孙唐那一批招人很多，他们的同学也是遍布全分局的，九河桥派出所就还有一位。

"你休息几天吧，神经总是绷着也不太好。"孙唐明显感觉到白松今天状态不如四天前，他还是很关心自己徒弟的，既然李教导员把白松分给了自己，那就得负起师父的责任，"明天晚上要是没事，来师父家吃饭，你师娘的手艺可是很不错的。"

"好，没问题。"白松满口答应，又想到了什么，说道，"师父，我能问您一件事吗？"

"什么事？说。"

"就是我纯粹好奇啊，之前的孙某自杀这个案子，我挺想知道，为什么孙某服装厂干得好好的，那么便宜的厂房租着，突然就黄了，还欠债百万呢？您想啊，这个孙某能为了孩子和老婆还钱，自杀，肯定不是个浑蛋，那么，就他那个服装厂，那个规模，无论如何也不会欠这么多钱吧？"

"嗯？"孙唐沉思道，"你还真把我问住了。这个孙某，他在那边办厂子有些年头了，我虽然和他不认识，但是好歹也听说过他，这个人不好赌也不好嫖，而且服装厂生意应该还可以……嗯，你问这个，着急吗？"

"不着急不着急，"白松摇了摇头，"我就是纯粹好奇。"

"嗯，那就不急，回头我有空打听打听。"

告别了师父，白松回到自己的住处收拾了一番，想读书又看不进去，心里想的全是案子。

不得已，今天王亮值班，还是出去走走，嗯……买辆自行车吧。

有了自行车，以后上班也方便，白松住二楼，可以把自行车搬到屋子里，也不怕丢。

想到这里，白松安步当车，到了辖区的一家自行车店。九河桥辖区内白松已经很熟悉了，这家自行车店之前还闹过纠纷，白松来过一次，倒是不远。

现在当警察也没什么额外收入，但是要说好处，也不是没有。比如说在辖区的店铺里买东西，起码老板都不敢骗警察吧？

到了捷安特专卖店里，白松突然想到了之前王华东抓的那个偷自行车的人，遇到王华东这样一个识货的人，那人也是够倒霉的。想到这里，白松就不打算买太好的，买了一辆普通的山地车，但是还是花了一千多元。不过好在老板见过白松，很认真地将车子调校了一番，十分好骑。

白松还顺便买了手套，他骑上车子试了一下，感觉不错，便收好发票，打算骑车子再去一趟抢劫案的案发现场。

最近这附近白松去过好几次了，录像也不知道看了多少遍。心静不下来的白松，到了现场以后，逐渐平静了下来。监控录像显示，嫌疑人向一个老旧小区逃跑了，白松一个人在这里分析着犯罪嫌疑人的心态。

如果自己搞到这样一部手机，肯定是想办法卖掉，然后暂时离开这片区域，这是普通人都会有的想法。白松分析着附近的小区和路线，脑海中逐渐浮现出整片区域的地图。

首先，嫌疑人在这个地方抢劫，而且还是抢劫这样一个女性，很可能提前对这个女性进行了跟踪。如果是这种情况的话，那么他的基础活动范围应该以女子母亲的家作为原点来寻找。

白松开始计算，按照时间，犯罪嫌疑人如果还在本地，没有跑掉，很有可能会计划第二次作案，那么，如果第二次他还在九河区作案的话，会在什么地方呢？

九河区很大，一共有十几个派出所，白松熟悉的只有三木大街派出所和九河桥派出所，其他的，比如三林路派出所、余镇派出所都不太熟悉，肯定没办法把整个九河区都装到脑子里。既然如此就不必烦恼，单纯地考虑，就目前已知的区域，哪个地方会被嫌疑人选中作为下一次犯罪地点呢？

白松在脑海中寻找，却逐渐发现，这个季节确实有一些地方不太安全，如果晚上有女性单独走夜路，一些行人稀少的路上监控死角还是不少的。

想到这里，白松有些焦急，这怎么行？

想了想，白松给王华东打了个电话。

"你想再到处转转？"王华东听白松说明之后问，"我倒是没问题，不就是加班吗？没有逮到这个人，我心里一直别扭。他们俩辅警，让人家好好休息，咱哥儿俩这几天再好好找找？"

"好，谢谢了兄弟。我有一种预感，今天晚上咱们会有收获的。"白松看了看四周道。

"行，那晚上八点钟咱俩在老地方集合。你去刑警那边把咱们的车子开上。"王华东说得很痛快。

"好。"

三队一共有三辆车子，都是地方牌照的车。一般刑警的车子，大都是地方牌照的车，主要是为了办案方便。三队的队长给白松等人留了一辆桑塔纳，这几天，这辆车可没少跟着白松二人跑。

两人都没有警察证，但是马支队给他俩安排制作了刑警队的挂牌，可以直接挂在胸前，虽然不能当警察证使用，但是有些时候还是比较好办事的。

晚上八点，白松和王华东集合，到了之前怀疑嫌疑人藏匿的网吧，再次开始人证核查。三五天之前，白松带着几个人来这里查过一次，网管也认识白松了，这次还是很配合。

第一百三十四章　无心插柳

"今天没有不带身份证上网的吧？"白松问网管。

"哥，您看您这话说得，前几天您不是带人来查过吗？哪能啊，咱们网吧是正规网吧，从来不会做这种事情。不信，我配合您再查一遍。"网管很是客气。

"好。"白松对着网管说道，"你先去把后门关了。华东，你去大门那边看一下这会儿有没有往外走的，有要跑的拦着，里面我自己查。"

"放心。"

因为白松二人穿的是便装，所以他俩来的时候没有人注意到，等白松开始一个个要身份证的时候，就逐渐有人注意到了白松。

白松带着专门核查身份证的便携式移动终端，一个个地开始核查。常去网吧的人应该都遇到过警察查身份证，反正也没什么问题，大家都很配合，因此白松进度很快。然而，白松查了一半的时候，突然听到门口王华东喊道："别走！"

白松听到这句话，啥也没想，直接跑到了门口，只见一个身材挺壮的男子正想出去，王华东拦住他想查看身份证，这个男子却很不配合，硬要往外闯。

"别动，警察。"白松直接走向前，出示自己的刑警的挂件，"拿出身份证，配合检查。"

男子见状，缓缓掏出了自己的钱包，准备找自己的身份证。王华东见状，稍微放松了警惕，没想到男子趁这个空当，一把推开王华东，跳到了大门外，白松一个箭步冲了出去。

在网吧上网的人里，很多人看到这一幕，丝毫没有波动，继续玩自己的游戏，而更多的人戴着耳机，啥也没注意到。

这个男的可不比上次白松在网吧抓的那一个。这人身材很魁梧，也很敏捷，但是白松穿的是运动鞋，而且他丝毫没有顾忌，仅仅跑了四五十米，就追上了这个男子。王华东也比较给力，和白松一起把男子制服了，放倒在地。

男子很强壮，但是面对同样强壮且精通擒拿的警察，也算是遇到了硬茬子，几经挣扎还是没有挣脱。白松这次出来没有带枪——他现在也没有资格配枪——就带了一副手铐、两根束缚带和一瓶警用喷雾等常用警械，此时他想都没想，就把手铐拿了出来。

"你们是谁？凭什么抓我？！"男子听到手铐的声音，拼命地挣扎。白松的双臂就像两根铁棍，死死地按住男子的双手，而后把手铐铐了上去。

"凭什么？就凭你不接受检查！"白松知道这个男的并不是那个抢劫的逃犯，但是遇到警察就这么跑的往往不是什么好人，铐了就铐了，总比让人跑了好。

男子卧在地上，手从背后被铐住，基本上已经没有了什么威胁。白松转头跟王华东说道："你给你们所打个电话，叫个增援吧。"

白松这一转头不要紧，他突然看到，网吧门口有个人正鬼鬼祟祟地看这边，而且身形十分像那个抢劫案犯罪嫌疑人！

白松也不知道看得真切不真切，这一刻他的肾上腺激素不由自主地升高。"华东，你看住这个人，给所里打电话！"说完，他整个人就从地上弹了起来。

网吧门口的那个人本来还想慢慢走，一看到白松的动作撒腿就跑，白松见状立刻追了上去。

"小心！"王华东喊了一声，有心去帮忙，但是跟前这个人必须得有人看着，虽然这个人很可能只是个小角色，甚至有可能是那边那个人临时买通用来调虎离山的喽啰，但是万一是个杀人犯呢？他能做的，只有相信白松，控制住眼前这名男子，给所里打电话，并着重指出了白松的行进路线，安排人进行增援。当然，这一切都需要时间。

这个瘦高个儿男子看到那个身材强壮的男子那么快就被追上和制服，深知自己不是后面这个紧追着他的警察的对手，但是好在他又高又瘦，特别能跑，天色这么黑，七拐八拐的，最终怎么着还不一定呢！

刚刚追了几十米，白松就知道这个男的是个麻烦角色。他刚刚按倒了那个壮汉，已经爆发了一次，此时气还没喘匀，再来一次冲刺，他差点没缓过来。

白松明白，这么追，自己肯定会后劲不足，便立刻降低了自己的速度，调整呼吸。

前面的男子一直在加速，眼见着与白松之间的距离超过了六十米。六十米已经很远了，这么追，肯定会追丢，不过幸运的是车子就在这里。

白松以迅雷不及掩耳之势，一把拉开车门，进入了车内。得亏这是一辆车况很好的桑塔纳，一挡起步，车胎略微打滑，直接蹿了出去。

白松启动车子的时候，距离那个男子已经接近百米，但是车子仅用四五秒就超过了时速六七十公里，迅速拉近了与男子的距离。

男子一看这个情况，精神高度紧张，他慌张地四顾，前方三十米有个小区！

白松借助车灯，自然也看到了小区，想都不用想，那个男的肯定会拐进小区。此时此刻，除非他径直加速撞向那个男子，否则是不可能在男子进小区之前把他拦住的。见状，白松继续加速，车子迅速跑到了男子的前面，然后他死死地踩住了刹车。

轮胎与地面摩擦，发出了刺耳的声音，车子很快停住了。白松习惯性地熄火拔了钥匙，跟着男子的背影进入小区。

单位的车子不同于私家车，车里面包括后备厢中什么都没有，不锁也没什么事。经过这么一追，二人的距离逼近至二十米之内，即便在光线暗淡的

第一百三十四章　无心插柳　｜　041

小区里，白松也不会跟丢。

　　白松一边跑，一边在脑海中分析出了这个小区的地形。这附近的所有路口、路线，白松这几天都摸排了好几次，早已经烂熟于心，可以说无论这个人往哪里跑，白松都知道路线。

　　男子左拐右拐，却发现白松对这里居然比他还熟，有些头疼，找了个路口，跑出了小区。

第一百三十五章　伤敌一千

这边的路比刚刚那条路略微繁华，路上有不少群众目睹了白松追犯罪嫌疑人的一幕。

"小偷，别跑！"白松喊道。

一听说是抓小偷，好几个年轻的男子跃跃欲试，其中一个年轻人直接改变了原本散步的路线，想堵截这个男的。男子看到这个情况，脚下稍滞，一下子从腰间拔出了一把长匕首。原本想上前的人立刻退后，路上的几个女生看到了，尖叫着躲到了一旁。

男子的体能已经消耗过半，他回头看了白松一眼，拿匕首挥舞了两下，想吓退白松，紧接着又跑进了一个小区。

这个小区比刚刚那个小区更暗，是个类似于大光里那样的老旧小区，除了中间那条路有灯，其他的地方都是黑的，男子慌不择路，跑进了一条黑漆漆的路上。

白松此时心里安定了一些，这里他也熟悉，这是一条死路。

白松从腰间拿出手电筒，警用强光手电的灯光一下子照亮了附近数十米的范围，也照到了路的尽头。

男子一眼就看到路的尽头是不通的，又跑了几米，就转过身来，举起了匕首。

"放我走！井水不犯河水！"男子声音低沉，此时的他颇像一只受伤的狼，眼睛死死地盯住白松。白松把手电聚光，灯光直接打到了男子的眼睛上，男子吃痛，挥舞匕首上前就砍。

本来想上前的白松迟疑了，往后退了两步，这么上实在是太危险了。但是刚才灯光打到男子脸上时白松确定了，这个人就是自己找了四五天的抢劫案嫌疑人！

男子用手臂挡着眼前的强光，看到白松后退，知道白松没有什么武器，就拿着匕首冲了过去。

白松轻叹了一口气，拿出了警用喷雾剂，小声地自言自语道："可怜的孩子啊……"

男子右手拿匕首，左手臂放在眼睛前上方，白松则直接从下往上，斜向上对着男子的脸按下了警用喷雾剂的开关。

警用喷雾剂，又叫警用辣椒水，主要成分是高纯度辣椒提取素。大学老师在讲警械使用的时候曾经评价过这款警械，简单来说，"能迅速控制局面"。

这句话的意思就是，以一对十，问题不大，即便是喷到胳膊上，也会产生极强的灼烧感，喷到面部更不用提了。这东西，最好用的时候应该是夏天一群人光膀子打群架的时候……

此时，白松有心算无心，男子立马感受到脸上剧烈疼痛。

男子突然感到呼吸困难，整个脸部又疼又痒，就好像脸上先是被撒了一大把辣椒粉，紧接着又被撒了一大把花椒粉一般难受。他直接扔掉了匕首，双手捧着脸，痛苦地大叫了起来。

"何苦呢?"白松知道这东西的厉害，慢慢上前，用脚把男子扔下的匕首踢到几米外，把男子按住，从后面抓住他的两只手。

这个男的比刚才那个能跑，但是身子骨就差得远了。由于脸部疼痛，他拼命地想用手去搓脸，双臂还是被白松掰到身后，用一根白色的高强度塑料束缚带捆住了。白松怕不保险，把剩下的那一根也捆上了。

"啊——放开老子!"男子疼得在地上要打滚，被白松轻松地按住。

"你有权保持沉默，但你现在每叫嚣一句，都可以给你加几年刑!"白松心情很好，拿嫌疑人开起了玩笑，虽然不至于会每说一句话加几年刑，但是被捕后辱骂警察，写入案卷中，确实会很容易让法官在酌定范围内考虑加刑。

此时男子已说不出话了，浑身抽搐，狰狞惨叫。附近好几个居民楼的群众打开窗户看了，也有个别人报了警。

很快，派出所的警察来了。王华东那边已经搞定了，看到白松这里没事，不由得舒了一口气，只是这个嫌疑人实在是太惨了。

白松倒是一点都不心疼，当这个男的举起匕首向警察冲过来的时候，他应该感谢白松手里没有枪……

不过喷得确实是有点多，挥发的东西都让白松感觉有些辣眼睛。

一起把这个男的关入囚车的后面，所里的警察用证物袋子把匕首收了起来，白松向几个警察嘱咐道："他身上都是辣椒水，碰了他不要直接碰自己的脸，记得先洗手。"

王华东跟着所里的车，押解着两名犯罪嫌疑人回去了。白松把自己的警械收起来，一个人上了停在旁边小区门口的桑塔纳汽车。

不得不说，虽然天气寒冷，但是这一会儿抓了两个人，还经历了匕首的威胁，白松上了车之后，头上还是冒出了汗，他下意识地用手背去擦脑门上的汗。

白松的手在额头上擦了一半，脑海中好像突然叮咚一声。

呃……手上好像沾着辣椒水，这个浓度低，手倒是没啥感觉，但是脸……

白松的想法，与额头角质层传递到神经细胞的神经递质，同时传到了大脑皮层的痛觉反射区……

白松想用袖子擦，及时止住了。他强忍着火辣辣的疼，下了车子，到旁边一个店铺借用洗手间。

这东西非常难洗干净，白松用肥皂洗了几遍手，也不敢用手擦额头，而是抽出一点厕纸，蘸了水，擦了好几遍额头，擦的时候也是非常疼，过了几分钟才缓解了大半。

"呼……呼……"白松脱下了外套,把里子翻出来,抱在怀里,重新回到车上。

不是说好人有好报吗?白松都无语了,这个……自己抓到了抢劫案嫌疑人,难道不是好人吗?

顾不得多吐槽,他直接把车开到了三木大街派出所。到所里的时候,所门口还停了一辆120,站在所门口都能听到里面有人惨叫,白松心里平衡了很多。

"哈哈,你过来了。这小子路上说喘不上气,所里就给他叫了120,这会儿还在里屋清理呢,估计得难受几个钟头。"王华东在门口看到了白松,"哎,你额头怎么回事?"

白松听着里面嫌疑人的声音,摆了摆手:"嗨,不碍事不碍事……"

第一百三十六章 连夜处置

"对了,没抓错吧?"白松问道。

"没,怎么会抓错?这小子的照片早就印在我脑子里了,他表情再惨,哪怕变出个花儿来,我都认得。"王华东哈哈大笑。

"行,这次咱们配合得还是很不错的,只是没想到今晚运气这么好。对了,你按住的那个,是个逃犯吗?"白松问道。

"不是,是这个人买通用来迷惑我们的。这小子给了这个人300块钱,让他往外走,不接受检查,遇到警察就跑……这小子算盘打得响啊,调虎离山,有点意思。"王华东啧啧了几声。

"抢劫犯偷鸡不成蚀把米,那个壮汉包庇加拒捕,够他长长记性了。"白松点了点头,"包庇的这个,交给你们所了;那小子,一会儿大夫处理完毕,咱们带走,带回三队。"

"好,没问题。"王华东点了点头,"要跟于师傅和孙师傅说一声吗?"

"说,我给赵队打个电话,让他去跟马支队还有孙队长汇报,顺便通知两位老师傅回来吧。咱俩没有权限,刑拘那套手续我也不熟悉,搞不定。"

说完,白松给赵队打电话,过了十几秒,赵队才接通了电话。

"赵队,这么晚,打扰您了。"白松有些不好意思,赵队估计已经睡了吧。

"不打扰,我刚刚在会议室开会,这会儿出来了。什么事?"

"这么晚还开会?"白松看了一下手机屏幕上的时间,这都晚上九点多了……

"没事,有事你就说。"赵队说话一滞,"你那边什么声音?怎么有人在惨叫?"

"哦哦,没事没事,赵队,就是……我们一起办的那个抢劫案的嫌疑人,我们抓到了。"

"抓到了?"

……

赵队仔细问了几句,挂掉了电话,敲了敲门,回到了会议室。

会议室里一共八九个人,全部是"12·01"专案组的现职领导,讨论的问题也是涉密问题,所以赵队只能出去接电话。

"谁的电话?"三队的孙大队长问道。毕竟这种会议,一个副队长临时离开还是很不礼貌的。

"白松的。"赵队到现在还有些错愕,"就是咱们借调过来的那个小副探长,他刚刚给我打电话,说那个抢劫案的嫌疑人已经抓住了,现在正在三木大街派出所清理伤势。"

"白松受伤了?"孙所呼地一下站了起来。他也是临时被叫过来开会的,作为九河桥派出所的一把手,自己同志的安危比什么都重要。

"不是不是,孙所您别着急,不是白松受伤,是那个嫌疑人,持刀挥舞,暴力拒捕,白松拿辣椒水喷了他一脸,医生正在给他处理呢。"赵队连忙解释道。

"哦。"孙所踏踏实实地坐了回去,"那着什么急?可别把医生累坏了。"

"这孩子有点意思。"马支队想到上午还看到了白松,应该是休息吧,怎么晚上又抓人去了?"赵队,他晚上出去这事,你知道吗?"

"我不知道……他没跟我说,我一直在这边……"

"哦,没事。这小子,现在当个副探长,都敢私自带人出去找人了,这要是当个队长,估计都能不跟专案组汇报就去办案了,这可不提倡啊……"马支队自言自语,接着跟孙队道,"不过,这也反映了我们领导干部对民警关心不够,我们也得从自己身上找问题。"

孙队无语了,心道:你这护犊子也太明显了吧?听你前半句,我都已经做好让白松写检查的准备了,搞了半天,该我写检查?

孙队连忙接上话:"是,马支队您说得对,我这就把队里的老于叫回来,带着白松一起把这个案子办了。"

"嗯,老于办事还是比较稳重的。"马支队点了点头,面上不露声色,心里倒是很欣慰,他把白松叫过来,如果真的很长时间抓不到这个已经确定了身份的抢劫犯,那么他多多少少是会被人腹诽的,"继续开会。刚刚提到,孙所那边的情况就是这样了,现在的关键问题是,技术部门……"

……

"这个怎么带走?"王华东见白松跟赵队汇报完,问道,"赵队怎么说?"

"赵队的意思是不着急,等医生处理完了再带回去,晚上于师傅和孙师傅都回去加班,帮咱们连夜把他刑拘了。"

"好,没问题,那咱们先休息会儿,晚上估计得熬夜了。"王华东道。

"嗯,对。"白松进了屋子,看到医生在那里抹药,身形一滞,"呃……这药,给我也来一点吧……"

……

于德臣和孙东到三队的时候已经是十一点多了,这二人不愧是老师傅,虽然平时不怎么参与这个案子,但是这并不代表他俩不熟悉这起案子。

还有比这个案子简单的案子吗?

没有那么多前因后果,没有什么人证,物证也不多,用小学生写作文的方式,讲一下这个事情。

时间、人物、地点,事情的起因、经过、结果,完活儿。

白松把嫌疑人带到审讯室的时候,才知道什么叫作熟能生巧。

于德臣虽然还没有见到这个嫌疑人,但是已经做好了所有的讯问模板,一会儿按照他的模板来讯问即可。至于其他的手续,人还没来呢就全部做完了,只待笔录取完上传系统,然后把刑拘报告交到法制部门审核。

这是什么?这是技术吗?

不,这是道啊!技近乎道,这就是拥有三十年执法经验的老刑警!

第一百三十七章 枯燥的生活

正常的刑事拘留审批,那是必须一步一步地审核,然后等着自己单位领导、法制部门民警及领导,一直到值班局长这一系列人员批准的。这个批准可不是说报上去就批,笔录取错了一个字、证据上有一丝纰漏就不批准,打回去改,改完了再次申报。

白松在所里参与过几个案子,知道法制部门那些人有多么严格,那都是鸡蛋里能挑出来骨头的主儿!

刑事案件,可不是公安局就能说了算的,而是公检法司四部门共同参与。

有句话叫作"公安局做饭,检察院端饭,法院吃饭,司法局收拾"。

公安局自不必多言,一个案子从头到尾,抓犯罪嫌疑人、调查证据等等。检察院也不仅仅是"端饭",在"端"给法院之前,会仔细地看看这个"饭"有没有什么问题。通常来说,检察院都非常严格,总能找出问题让公安局回去补充,补充完了再"端"给法院判决。

很多情况下,法院审了一半又发现了问题,还是退回给公安局,让公安局继续修改,最终法院判决。

所以,法制部门如果不严格一点,那么检察院就能挑出来几百条问题。

白松大概明白为什么于德臣对孙唐根铁不成钢了。自己那可爱的师父啊,哈哈哈哈……

不过,白松突然想到,于德臣好像也是一辈子当警察,没有去竞聘当领导吧?这么说来,只有师父才算是继承了于德臣的衣钵?

那样的话，这得叫师爷？不过，公安局不兴这个称呼，同志之间不能过分去追求这个。一般来说，晚辈叫长辈，无论大多少岁，要么是哥，要么是伯，要么就是师傅，连"叔"这样的称呼都很少。

"于师傅，您真的好厉害啊！"王华东一脸的崇拜。

"都是过去的事情了。"人都喜欢听好话，尤其是王华东这发自肺腑的赞叹，于德臣脸上也不由得有了笑容，"你们也不错，这个人抓得还是很漂亮的。"

"都是您平时带得好。"王华东嘿嘿一笑，"于师傅，您说我们俩这一次是不是没辜负您的期望？"

"你俩啊，"德臣特地看了一眼白松，接着收回了眼光，"你俩都年轻，好好学，前途不可限量。尤其是你，白松，可不能被某些没出息的人带坏了。这次的事情，对你们也是个锻炼。"

说完，于德臣咳嗽了几声，自嘲道："年龄大了，不中用咯！"

"您身子骨很好的！"王华东凑近了问道，"于师傅，您说这次会给我们个嘉奖什么的吗？"

"想那么多！这是咱们的本职工作而已，刑警要是工作中抓个人就立功，那每个警察都是一胸的功勋章了。不过，哼，主动加班抓的，通报表扬还是有的……"于德臣道，"好了，不说这些了，你们俩盯紧这小子。"

"嗯嗯！"两人都认真地点了点头。

……

夜里一点多，嫌疑人就进了看守所。从把嫌疑人带到刑警队，到把他送进看守所，过了两个多小时。

如果这是一起由局长督办的大案，各级领导都参与的话，这不算什么，但是纯靠几个民警能达到这个水平，白松和王华东都无语了。

"还疼吗？"晚上，王华东和白松一起在公共浴室洗澡，今天晚上不回去了。

"不碍事了。"白松摸了摸头，"那个药还有点用处的。"

"明后天休息两天,大后天咱们就回所里了吗?"王华东问。

"回不去的。三队现在没人啊,这个案子虽然不麻烦,但是总得留人在这里搞手续,他们现在就俩人,值班都不够轮换的。"白松道,"咱俩想回去,估计要等'12·01'专案组取得进展以后吧。"

"嗯,那也好,能休息一段时间,最近天天被你整得都快散架了……"王华东道,"对了,晚上忘了问你,买新自行车怎么不跟我说一声?"

"又不是买车……"白松笑笑,"怎么,没有发挥你的专业特长你不高兴啦?"

"这倒不是,我最近也想买一辆。冬天算是淡季,这个时候买自行车便宜。"

"还有这种事?"白松疑惑地说道。

"是啊,冬天骑车的少啊,去店里讲价也好讲。"王华东得意扬扬,"比如你这一款,原价2200块钱对吧?网上估计是1800块左右,现在如果我去店里讲价,估计1600块就能买到,这就叫专业。你是不是买贵了?"

"呃……我花了1450块。"白松一脸鄙视地看了看王华东,一直以为他挺有水平的,幸好没带他去。

"呃,那……好吧!"王华东接着问道,"这几天有什么打算?"

"明天早起给这个人补一次小笔录,问问他请不请律师啥的,然后报检察院做逮捕呗……"白松想了想又说,"接着休息两天,看看书。"

"天天就知道看书……"王华东无语了,"你比天天上网的王亮强不到哪里去。走吧,跟我滑雪去。"

"滑雪?"白松一听先怯了三分,"这个很贵吧?"

王华东停了几秒,说道:"我请客……"

"去。"

……

"单身狗"的生活就是这么朴实无华,滑滑雪,吃点海鲜和炖肉,打两把游戏,再读读书……

"12·01"专案组如同无风的贝加尔湖湖面一般平静。昼夜交替,时间过得很快,白松这段时间一直住在刑警支队大院里,看着人来人往、车去车回,却始终没听到什么情况与线索。

　　抢劫案办完了,嫌疑人也已经被九河区人民检察院依法逮捕,剩下的工作就很少了。距离过年只剩下十天左右,大街上的人少了很多,大院里却丝毫没有什么年味。

　　往年这个时候白松已经在家里陪父母了,今年看样子肯定要一个人在外过年了。

第一百三十八章　低价陷阱

今天是 1 月 16 号，农历腊月二十三，小年。下午下了班，白松买了两瓶好酒，去师父家过小年。

这十几天算是白松最清闲的日子了，因此白松精神饱满，哼着小曲，敲了敲师父家的门。

"怎么又花钱？"孙唐接过白松手里的酒，见白松要解释，又道，"肯定是花钱买的，别告诉我还有人给你送礼了！"

"啊？师父，没，就咱们辖区的老罗那里，我找他帮我带了两瓶酒，我买的我承认。这不过小年了嘛，徒弟也不是不赚工资，您总不能不让我尽尽孝心吧？"白松满脸堆笑。

"行吧，下不为例。下次再带东西来，别说我拦着你不让你进家门。"孙唐接过了酒，"2004 年的汾酒？唔，下不为例，下不为例啊……"

"嘿嘿……"白松连忙脱了外套，换上拖鞋，去厨房给师娘帮忙了。

孙唐的妻子在一家图书馆工作，人很好，这会儿正在做拿手的菜，看到白松进来，连忙把白松赶了出去，让他出去和师父聊天。白松这是第三次来师父家，所以也不拘束。孙唐的女儿现在上初中，白松就过去给她看了看功课。

小师妹的学习还是很不错的，只是物理还有欠缺，正好白松的中学物理底子不错，不一会儿就给她解决了好几个疑惑。

过了差不多二十分钟，孙唐走了进来，有事要和白松说，把白松叫了过去。

"啥事啊师父?"

"我刚想起来,你让我帮忙关注的孙某当初为啥欠了那么多钱这件事,我最近帮你向几个人打听了,有人说,他是赌博赌输的。"

"赌博?"白松有些疑惑,"这个孙某像是个做实业的,怎么玩得这么大?"

"这个就不好说了,赌博这个事情,怎么都有可能,什么样的人都可能赌。我曾经遇到过很多本来好好的人,赌得家破人亡,这里面不乏公务员、企业家、小明星。"孙唐对此事倒是不觉得意外。

"可是,我没有在孙某这么多年的转账记录上看到类似的转账记录啊。"

"你确定你都看完了?"孙唐问道。

"嗯,我确定。"

"那你说说,他的资金链为什么断了呢?"

"嗯?"白松被问住了,"这个能看出来吗?"

"能啊,为什么不能呢?"

"可是,"白松有些迟疑,"我感觉孙某有不少账是通过现金交易的,2006年到2008年那几年,现金用得还是很频繁的。现在孙某死了,也无从问起啊。"

二人正聊着,师娘过来了,喊他俩还有师妹吃饭。

"走,先吃饭。"孙唐从沙发上起身,道,"你的思路其实可以再开阔一些,你身边有的是资源啊。"

"您的意思是,问问于师傅?"白松跟着孙唐一起走向餐桌。

"啥?"孙唐没考虑到白松的思维逻辑都到了这个程度,"这个跟老于有什么关系?我说的是孙某的老婆啊。"

"啊?对啊!"白松恍然大悟,自己光顾着想孙某的妻子是嫌疑人了,却忘了最简单的道理,"对对对,我今天晚上回去就去提讯一下孙某的老婆。"

"别,这事可不急着这一晚上,哪有大晚上去提讯的?你还得找领导签字,明天再去也不迟。我知道你最近不咋喝酒,但是也别想就这么躲过去……"孙唐环顾了一下,凑到白松耳边,"你不喝点,我怎么喝?平时你嫂子管我管得严着哩。"

"好好好,师父说的话肯定要听。"白松不由得想笑,师父想喝酒,连辈分都不认了……

吃饭时,白松和爸妈视频了一下,互相祝福了小年快乐,一晚上倒是很快就过去了。

第二天刚刚上班,白松就跑到了孙队的办公室,申请去提讯孙某的妻子。孙队也没问,就直接同意了。白松带着王华东去了看守所。

看到了孙某的妻子,白松发现她气色还可以,不由得有些惊讶。

"白警官,是来看我的还是有事情要找我?"孙某妻子的表情很平静。

"看不出来,你在这里面过得比我想象的要好。"白松道。

"还行,挺踏实的,唯一挂念的也只有晓慧了。对了,白警官,我女儿最近怎么样?你了解过吗?"女子的表情里露出关切之情。

"还行,我前两天去给她送逮捕通知书的时候和她聊过几句,她倒是看得开。而且,我看她最近开始认真读书了。"

"是吗?"女子的表情中露出了惊喜,随即又突然黯然,"她要是安安心心读完大专,我给她留的那点钱应该够了,但是如果想再去读个专升本,接着考研,唉……"

"你也别叹气,我问你个事,你如实回答,行不?"

女子听到这句话,低下头,用铐在椅子上的双手整理了一下仪容,坐直了回答道:"白警官,你问吧,我什么都不会隐瞒。"

"没这么夸张,就是问你一下,孙某,他当初为什么好好的企业做成那个样子?"

"哦,这个问题啊,唉……"女子好像被揭开了伤疤,"我们对外说老孙去澳城玩,输了几十万块钱,其实啊……他是被骗了。"

"被骗了?你能详细给我讲讲吗?"白松立刻来了兴致。

"具体的，老孙他不跟我说。我知道的是，老孙那时候做生意，一般都是把钱给人家打过去，然后对方送货——生产衣服也是需要原材料的，老孙也有固定的合作伙伴。后来有一次，遇到了一家产品质量更好，价格却一样的公司，老孙高兴坏了，一直从那里进货。"女子叹了一口气，"老孙说这家公司也是大公司。有一年，到年根了，这家公司有一批质量非常好的货积压，急着出手，本来老孙根本吃不下量那么大的一批货，但是确实便宜……他没经得住诱惑，加上也合作过几次，就一次性打款120万过去，而且，老孙都确定货物装车了，但是东西根本就没到。"

"120万？怎么打过去的？"白松敢肯定，孙某的所有卡上都没有这么大的转账记录。

第一百三十九章　跨国案的线索

"是啊，当时我也觉得不太靠谱，但是老孙与他做过好几次交易，每次都是十几万、二十几万的规模，再加上这家公司据说也是大公司，老孙也不知道怎么就鬼迷心窍了。钱不是通过银行转账的，我印象比较深，老孙当时为了省跨行手续费，直接去银行办的现金汇款，具体哪家银行，我就不知道了。"女子道。

"那这家公司在哪里呢？"白松问道。

"哪有公司啊！这些骗子很专业的。后来老孙才知道，这伙人从一家大公司收材料，每吨倒贴几百块钱，给老孙送了好几批，手续、电话什么的都是不知道通过什么办法伪造的……

"我就知道这么多。这还是后来我才问出来的，老孙开始一直不相信对方是骗子，唉……那个时候老孙就不想活了，他借钱维持了一段时间公司，但是已经没那个干劲了，加上后来朋友们催款，他就跑出去了。只是我也没有想到，在外面这几年，他始终过不了这个坎，无论如何也不想活了……"

"这些骗子，真的可恶。"王华东也叹了口气，这 120 万，彻底把这个家庭给毁了。

"是啊。"女子接着道，"做生意，真的是永远都得先小人后君子，防人之心不可无。可惜，老孙要是早点看透这一点，也没这么多事了。"

"那你还记得，孙某是在哪个银行进行现金汇款的吗？"白松把身子向前探了探，"你再好好想想。"

"这个我真的不知道，但是肯定不是什么大银行，因为对方要求的那个银行,老孙没有银行卡。"女子道,"我只知道这些。"

"嗯,打扰你了。"白松又问了几句,收拾好笔录,让女子签了字按了手印,道别离开。

白松没有和王华东讲具体的事情,但是王华东对白松无条件支持。

两人没有人民警察证,没法去调取银行的材料,目前这个线索与三队也没啥关联,天天让德臣和孙东去跑也是不现实的。不得已,白松去找了马支队,请马支队找政治处的人帮忙开了相关的工作证明。这样,白松和王华东自己就可以去银行调证了。

拿到证明后,白松和王华东直接开车去了民行的天华市分行。

平时感觉银行没那么多,总觉得遍地都是四大行,但是实际上,国内有超过1000家银行,虽然大部分是村镇银行等,但是城市商业银行和外资银行也接近200家。

没有办法,天华市但凡设置分行的,都要查……

白松拿回来一大摞民行提供的各大银行在天华市开设分行的名单,看着都眼晕。

查!

白松特地买了一张大的九河区地图,按照表格,对照不同银行的位置,寻找最佳路线,九河区查完,再买别的区的。只是,二人刚来到第一家银行,就遇到了阻力。

"您好,警官,我们这里明文规定,只接受人民警察证……"银行的大堂经理微笑着说道。

"我们的手续是齐全的。"白松拿出了身份证明、介绍信、协助财产查询通知书、调取证据通知书……

"不好意思,警官,我们这里需要人民警察证。"

"哎,你这人,"王华东有些不高兴了,"我们有案子,公事在身,你们这是啥意思?"

"不好意思,警官,我们需要人民警察证。"

第一百三十九章 跨国案的线索

"那把你们的明文规定拿出来给我看看。"白松有些生气,法院、检察院可没有警察证这类东西,进行司法查询都是拿着工作证明,怎么到警察这里就成了必须带人民警察证了?

交涉了半天,银行拿出了相关规定,规定里确实是"司法机关需要两人以上,携带相关手续和能够证明身份的证明",可没有明文规定需要带人民警察证。但是即便如此,大堂经理居然还是要求出示人民警察证。

白松无奈,拿起电话就要投诉……

结果,可以查了……

出师不利,白松做好了长期查询的准备。从这开始,就是漫长的查询过程。查这笔钱只是缘于白松的一个猜想,不可能大张旗鼓地查询,就他们二人,在完成三队工作的业余时间,不断地申请新的手续,一家一家地慢慢查。

这里面到底有没有问题,到底能不能查出问题,白松不知道,甚至孙某的妻子说的是不是实话,白松也不知道。但是工作就是这样,哪有一天到晚的激情?更多的就是平平淡淡的基础工作。

银行过年也有人值班,白松这段时间算是跟各大银行较劲了。好在三大队最近不算忙,这几天两人每天都能去两三家新的银行,可以说是一天都没有休息,四处奔波。

终于,正月十四这天,白松在一家南方的银行查到了这笔五六年前的现金汇款。

120万元。

收款人,邓文锡。收款账户……

孙某当初怕别人知道自己被骗——做生意的人有时候就怕这种丢人的事传出去——因而没有报警。正因为孙某没报警,事情才发展成这个样子。

为了一个不知道是什么的线索,年也不过了,一口气忙了二十多天,白松拿到了一个人名、一串身份证号码,回到了单位。

一查,这个很可能是骗子的人,早在几年前就出境了,现在的地点位于境外的某国，除此之外，没有什么别的信息。

白松带着这些天的所得，再次找到了马支队。

马支队本来准备下午开会，但是当接过白松递过来的这份材料的时候，他丝毫没有要起身的意思，一言不发地看了十几分钟。

"就是这个人，"马支队面无表情，"我们专案组找了他一个月，只知道有人叫他'锡哥'，没有任何一个人知道他的真名，他这些年进行诈骗，都没有使用真正的身份证号码和银行卡号……原来，竟还有这样的历史。"

"马支队，这个线索有价值吗？"白松有些好奇。

"嗯，白松，谢谢你，还有那个王华东。"马支队居然点了点头，表达了感谢。

第一百四十章　小雨立功

"12·01"专案组到底在做什么工作？

这个问题，白松也一直在思考，一个多月了，四五十人的队伍，到底在干吗？

当初李某被杀案，刚成立专案组的时候，只有差不多三十人，而且随着基础工作的减少，不断地裁员，后来只有十几人。但是，"12·01"专案组，可是在白松关注的过程中，从四人一直增加到现在的人数，而且丝毫没有裁员的迹象。最关键的是，即便是这样，马支队还在联合几个派出所一起办案。简单来说，就是把那九十几个已经抓获的人员的基础工作分出去了一部分。

那么，这段时间，专案组到底做了些什么？

白松直到第一次进入专案组的办公室，才大体知道发生了什么事。

"从今天开始，你、老于、孙东、王华东四人，也编入'12·01'专案组。三队的工作也不多了，如果最近有新的抢劫抢夺案子，再临时调换。"马支队把白松带到了会议室，"我下午的分局会议取消，半小时后，你们四人也过来开会。你通知一下王华东，老于和孙东我安排孙队长去通知。有问题吗？"

"没问题。"白松摩拳擦掌，看着会议室里堆积如山的材料，两眼放光。

马支队看到白松这个样子有些好笑，这就是年轻的优势啊……如果是一般人看到这些，早就想跑了吧。

"马支队，您还没有跟我说，这个邓文锡，到底是什么情况？"白松感觉是时候寻求解答心中的疑惑了。

"嗯,现在可以给你讲讲这个案子。这起案子,我们查询了很多全国被骗的案例,也合并了很多案子,包括你们所的古宇案。但是我们逐渐发现,很多被害人根本不是被这伙人骗的,古宇就不是。

"这个犯罪集团,其实不止魔都这一个场所,我们动了魔都这个场所,也惊动了他们的另外一处基地,那是位于南黔省的一个诈骗组织。这个组织在我们行动后的三日内迅速解散,大量嫌疑人逃到了某国。"

听了马支队的介绍,白松大体知道了马支队为什么要感谢他和王华东了。这个组织的头目邓文锡,早在 2003 年,就是电信诈骗的始作俑者之一,而且还参与了多起接触性诈骗。但是他早已转向幕后,现在所有的案子的交易,钱都不会打到他的银行账户上,也没有人知道他的真实姓名,只有几个小头目知道他叫"xī 哥",但是具体是哪个"xī",也不清楚。

而马支队从很多细枝末节中,找出了孙某等几人与"锡哥"之间可能存在某种联系,并把这几个人的情况分给了不同的人。其实马支队也没想到,居然真的能从孙某这里实现这么大的突破。

白松自从听了马支队的那句话之后,用最笨的办法查到了一条专案组都没有去查过的线索,这个可真不是靠碰运气能碰出来的。事实上,白松几乎把所有商业银行在天华市的分行查了一遍……

白松没有看到整个案子所有的案卷,但是即便让他全权负责,以他现在的能力,也不可能整体审视这样的一个案子。要知道,这起案子现在已经跨过了国境线,涉及人数过百,专案组人数众多,光是协调各方就已经很费心思了,还得整体看这个案子,想想都头大。

马支队是如何从中找到孙某的线索的,白松想了半天也想不出来,这应该就是真正的差距了。

白松跟王华东一起来到会议室后不久,会议室里人逐渐地多了起来。这段时间专案组的人也都认识了这俩天天在大院里、过年都没回家的新警,不少人跟二人打起了招呼。更多的人好奇,专案组怎么还在加人?

第一百四十章 小雨立功 | 063

"人都到齐了,现在开会。"马支队打开了大屏幕,屏幕上赫然是邓文锡的照片。

"这个人叫邓文锡,身份证号码是……现在所在的地点,位于某国的港口城市,我刚刚已经联系了出入境的部门,位置应该没有什么大问题。而这个人,根据我的推算,就是我们'12·01'专案组目前一直在找的'锡哥'。"马支队点了一下大屏幕,邓文锡的信息全部在下面显示了出来。

马支队此话一说,全场哗然,这就是众人苦苦找了一个多月的诈骗团伙老大?

谁查到的?马支队那边吗?

周队此时却看向了白松,而随着周队的目光,孙队、王队、于德臣等好几个人也看向了白松和王华东。

白松很不好意思,连忙把目光转向马支队,颇有些求救的意思。

"嗯,正如你们所猜测的那样,"马支队道,"这个线索是白松和王华东两名新警前前后后跑了二十多天得到的。而线索的最初来源,应该也有不少人知道,就是小雨提供的。现在已经可以证实,小雨提供的线索是真实有效的,应该记入档案,算她立功。

"根据我们前期的工作,这个诈骗团伙,目前我们掌握的还有19人在境内,而且都在南黔省。现在这19人的情况我方都掌握,下面要出差,进行下一步的抓捕。至于国外的这些犯罪嫌疑人,我已经把现在的情况直接报到了市局,把协查问题报到了公安部,下一步可能要跨国境抓捕……"

按理说,这种事马支队必须先报分局,再层层上报,但是"12·01"专案组可是市局挂名的专案组,直接报也没有问题。白松无论是上学还是实习时,抑或是在听别人讲过的所有案子里,可都没人出国办过案啊……

这个东西怎么搞?国内的法律到了那里,可是一点都不适用的。想到这里,白松又觉得自己知识匮乏了,还是得学习啊。

而最令白松惊讶的还是马支队说的小雨立功的事情,究竟是什么情况?

第一百四十一章　功勋章

出国办案可不是闹着玩的,虽然白松不懂,但是他知道,在国内到处都可以用的警察证、各类手续等,出了国境线,除了心理安慰,没有任何实质性作用。

在场众人中,只有马支队参与过跨国境抓捕,马支队讲起那次抓捕经历不由得叹息。

那是一起盗窃案,嫌疑人携带二三百万元现金和金银细软逃到了东南亚某国,结果我方抓到这个人的时候,当地警察竟然提出必须把涉案财物全部留下才可以把人带走。

马支队等人努力斡旋,最终还是把涉案的现金留下了一半,金银细软基本上带了回来。

这还是因为咱们的国家越来越强大了,否则还不知会是什么结果。

马支队明白,这次报上去,等公安部那边联系好,可以出国申报抓捕,需要至少半个月的时间,而且还有可能要联系 ICPO,也就是国际刑警组织。当然这个概率也不是很大,毕竟 ICPO 主要调查涉毒、军火、走私、贩卖人口、洗钱、贪污等各国公认的犯罪案件。

总的来说,这段时间大家可以休息一下了,至于谁会参与跨国抓捕,这个就得市局那边定了。

白松倒是有些想出去看看,但是由于是市局和公安部协调出国人员,他这种见习警是不可能被选进队伍的。不过他还很年轻,以后有的是机会,倒没必要啥事都抢着上。事实上,这个诈骗组织目前在南黔省的 19 人,所在地点很分散，白松估计自己会参与这里的抓捕。

马支队开会的主要内容就是，最近要安排大家休息，毕竟很多人过年都没怎么休息。当然马支队不会具体安排，只是定了基调，各大队自由安排。

白松还特地了解了一下小雨的情况。

魔都市的诈骗组织，小雨虽然不是去得早的，但是她一直心挺大，想巴结上级，跟"峰哥"关系不错，而且还认识了"峰哥"的上级。小雨毕竟接受过大学教育，并不是那些傻乎乎的被洗脑的工作人员，她知道这是犯罪，只是为了钱出卖了自己的道德，因此她一直有一种危机感，想着赚够多少钱就跑，但是没有控制住自己的欲望，不断地降低自己的下限，又不断提高欲望的上限……因此，"锡哥"的情况也是小雨在几次酒局中套出来的。

会议结束，三队又开了一次会。因为白松是外地人，孙队安排白松一次性休息九天，王华东则是休息五天，值班一天，再休息五天。会后，孙队跟白松说去分局政治处领东西。

领东西？白松有些不解，有啥东西要去政治处领？

"是不是你跟我说过的三等功？"王华东凑了过来。

"不知道啊，队长没说啊。"白松不解，"这东西是直接领吗？"

"你以为呢？还得给你开个大会表彰一下吗？我听说都是直接领。"王华东道，"反正也没事，我陪你去啊。"

"好，"白松无所谓地说道，"我视功勋如浮云……"

"喊，不要脸，不知道是谁，有意无意间跟我说好几次了。"王华东一脸鄙视。

"怎么可能？"白松立刻反驳，"不就是三等功吗？过几年，我挂一胸给你看。"

"行了，别吹了，指不定是别的事。走吧，快去快回，晚上我得回去。"王华东催促道。

白松开着车，和王华东一起到了分局大院。这会儿天已经不早了，明天就是元宵节，分局里人也不多，二人直接去了政治处。

"李哥？是您在啊。"白松敲门进去，看到了当初分配的时候见到的政治处的李哥。

"哈哈，果然是你。"李哥看到白松很高兴，"我看到名字，还以为是重名，没想到真是你。哎，这个小王也来了，对了，你叫王什么来着？"

"王华东。"王华东倒没有什么不开心，能记得自己姓什么已经很厉害了，"李哥，你叫白松来干吗？是他有三等功吗？"

"哈哈，对，就是这事。"李哥从柜子里拿出来两个盒子和两个证书，"这是市局给你发的，个人二等功一次；还有咱们分局的，个人三等功一次。"

"二等功！"王华东差点把眼珠瞪出来，"你啥时候背着我拿了个二等功？"

王华东说完，摸了摸白松的胳膊："你这也没缺胳膊少腿啊，哪儿偷的啊？"

"哈哈，"白松珍而重之地接过两个盒子，一一打开，一大一小两个闪闪发亮的奖章，都快把王华东的口水馋出来了，"这次回家，带给我爸看看。"

"我做了这么多年的政治处工作，也没见过几次一下拿两个奖章的，新警一下拿两个这种情况更是第一次见到，确实是不容易。"李哥拍拍王华东的肩膀，"小伙子你别灰心，我跟你说，这种情况非常少见的，你以后加油……"

就在这时，虚掩的政治处办公室门被推开，门口传来一个熟悉的声音："请问，三等功的奖章，是在这里领吗？"

第一百四十二章　回家

"王亮？"王华东一脸问号。啥意思？这个天天就知道玩游戏的王亮也有一个三等功？

"你们也在啊。白松你太不够意思了，叫我一起来啊，我打车来的。"

"我哪知道有你？话说，你有一个三等功？"白松想了想，"哦，抓那个逃犯的事。"

"嘿嘿，主要还是我这段时间工作表现好。我负责图侦工作，之前的两三起盗窃案子都被我破了。"王亮得意地说道，"不过，抓那个逃犯嘛，也是比较重要的。"

脸皮真厚……王华东腹诽，不过还是装作淡定地说道："你表现得很不错……"

"一会儿还有别的同志来领，但是你们俩是新警，有些事情我必须得给你们讲一下，你们注意一点。"

白松抱着两个证书、两个奖章，老老实实地坐在政治处办公室的沙发上，王亮和王华东坐在他旁边。

"你们获得这个荣誉，是上级领导对你们的关怀，每一枚奖章都是组织对你们已经获得的成绩的认可。奖章一定不能随意佩戴，不能做有损警容风纪的事情，明白吗？"李哥表情严肃。

"明白。"白松和王华东认真地点了点头。

"嗯，这是奖金。"李哥见状拿出了两个信封，"按照《公安机关人民警察奖励条令》，三等功奖 2000 元，二等功奖 5000 元。你们数一下。"

白松双手接过一个厚厚的信封,一脸开心:"这个就不用数了吧。"

"不行,必须数,万一我给多了怎么办?"李哥仍然表情严肃,"除非你是在主席台上领的,否则这样交接,当面点清。"

"好。"白松和王亮拿出钱,仔细地数了数。看得王华东直眼热,倒真不是为了这些钱,主要是这钱拿着真的太开心了。

随后,在白松的软磨硬泡下,李哥给白松等人讲了讲这些功劳和奖章代表了什么。

集体功暂且不提,个人的,从低到高分别是:嘉奖、记三等功、二等功、一等功,授予公安系统二级英雄模范、一级英雄模范称号。

公安部可以授予二级英模和一级英模称号,省级机关(天华市这一级)可以授予个人一等功(一等功需要部里批准,省里授予)、个人二等功,地市级(九河区这一级)公安机关可以授予个人三等功。按照规定,九河区公安分局这样的1000人单位,每年可以有30个以内的三等功和200个以内的嘉奖。二等功则计入全省级机关的统计。

所有的奖章都是公安部制作的,可以在参加会议、活动时佩戴于左胸。

其中,一级英模、二级英模的子女,符合条件的可以保送警校学习,获得一等功及以上的,可以提前按规定晋升警衔。

因此,白松获得二等功,在一定范围内确实可以优先晋级,但是并不代表能立刻转正。而且一般来说,也没有专门的颁奖大会。

白松知道自己任重道远,但是拿着两个功勋章离开政治处的时候,嘴巴还是快要咧到后脑勺了,看得王华东直想捶他。

这次是集体倒休,假条白松直接给队里就行,队里统一批假。白松买了第二天一大早的飞机票。

元宵节当天从烟威市飞往上京、天华的航班会比较贵,但是反向航班很便宜,到了正月十五才能回家的游子毕竟还是少数。

明天就是元宵节,三个"单身狗"叫上孙杰,打算一起吃个饭,结果孙杰要陪对象。这对象不是别人,正是之前大家都见过的,与王若依一起做过"啤酒妹"的研究生学姐严晓宇。

白松等三人都没有想到，王若依因为故意杀人罪被抓了，严晓宇居然能和孙杰好上！这是什么关系和什么思维逻辑？！

"让你省钱了。"王华东恨恨地说道，"本来还想宰大户的！"

"没事。他不来，咱们吃好的，海鲜自助餐如何？"白松扬了扬手里的巨款。

再好的自助餐，一般也就是两个小时的事，饭后白松早早回去休息了，明天早上四点多要起床赶飞机，六点起飞。

因为是元宵节，飞机上人并不多。白松看着外面还没有亮起的天，思绪早已经先于飞机一步，到了家里。

其实工作再忙，白松也很想家。从小到大，这是第一个没有在家过的年，父母都表示理解，但是白松知道父母对他的思念。尤其是母亲，那么多年来父亲总是过年加班，好不容易这几年父亲去了户籍部门，能够回家过年，又轮到白松回不去了。

今天飞机上格外安静。

"飞机已经进入巡航状态，现在发放早点……"这一班飞机的飞行时间只有不到一个小时，但还是有简单的早点，然而却只有面包等。白松刚吃了一半，就听到了飞机的通报。

"各位旅客朋友大家好，飞机后舱室有一名乘客需要帮助，请职业为医生的乘客前往飞机后舱室帮忙。"

白松一听站了起来，帮不上忙也能搭把手不是？

只是白松没想到的是，飞机上只有四五十人，却站起来五六个人，而且看这几人的状态以及其中几位眼镜片的厚度，应该都是医生。不得不说，医生这个职业也够累的，元宵节了才有机会回趟家。

白松不由得有些汗颜，也不知道自己会不会添乱，但还是走到了飞机后舱。

"怎么回事？"一位年纪大的医生问道。

"呜……唔唔……"患者指了指自己的嘴巴,眼里都流出了眼泪。

"哦,下巴脱臼了,简单。"年纪大的医生指着旁边的年轻人说道,"钟明,你来吧。"

第一百四十三章　钟明

被唤作钟明的年轻人点了点头,绕到了几个大夫的前面。其他人也没有阻拦,纷纷让开了路。

钟明把手搭在患者的脸部,接着转头向空姐问道:"有没有干净的纱布,或者一次性毛巾?"

"纱布有的,我去拿。"空姐转身向机头走去。

"不用,"白松从自己的包里拿出了一卷绷带,"我有纱布。"

钟明愣了一下,接过白松递过来的绷带卷,熟练地撕开包装,把绷带缠绕在自己双手的拇指和虎口上,然后把双手拇指伸入患者的嘴里,双手托在患者的下巴底部,轻轻一用力,咔啦一下,患者的下巴肉眼可见地上移了一小段距离,归位了。

"你这个下巴,以后用力的时候得注意一点了。这种下巴脱臼,有了一次就容易有第二次。比如这个面包,你可别像吃热狗一样大口地吃,我的建议是撕成一条条往嘴里送。"钟明下了医嘱。

"嗯,嗯!"患者轻轻揉着自己的下巴,面露感激之情,不过看得出来说话还有点不方便。

钟明把剩下的半卷绷带还给了白松,还是没忍住好奇:"你怎么会随身带着绷带?"

白松微微一笑:"我是警察,平时出门一般都带着硝化甘油、绷带和一块压缩三角巾。这是我师父教的,说遇到事能有大作用。"

"那你一定有一个好师父。"钟明笑着点了点头。

飞机的巡航时间很短，闲聊了两三句，飞机就得准备降落了，大家都回到自己的座位上。

飞机平稳降落了，白松背上了包准备离开。他这次回来带的东西很少，没有托运，找张伟买点东西就可以了。

不过，钟明的东西有点多，有三四个包没有托运，从上往下拿着有点费劲。

飞机上人不多，白松就走了过去，搭了一把手。

"还挺重。"白松帮忙把一个箱子拿了下来，"为什么不托运？"

"我们是来这边做手术的，这里面有专业器械，不能托运的。"钟明感激地说道，"谢谢帮忙。"

"不用客气。"白松有些疑惑，做手术？这两人都是医生，钟明一看就是有着高学历的人才，而他的老师估计已经是某个领域的大拿，如果是这样，来烟威市就一定是有手术要做了。

这就是传说中的全国"打飞的"的专家？想到这里，白松肃然起敬："我也没啥事，一会儿我帮你们把这个拿出去。"

"不用不用……"

白松没有理会钟明的话，虽然这两个看样子像是外科医生的男人身体素质不错，但是这几个箱子确实不轻，而且还不能磕碰，钟明的老师也就默许了白松的帮忙行为。

几人一起下了飞机。到了机场摆渡车上，白松轻轻地把箱子放在了大巴的地面上，甩了甩手："还真有点重呢。"

"哈哈，谢谢了哥们儿。你是天华市的警察吗？"钟明道。

"嗯，我是九河分局的，不过老家是烟威市的。"白松也很好奇，"你呢？跟着老师做手术？"

"对，我是学生，跟着老师来这边做个肿瘤手术。"钟明想了想，"九河分局吗？我好像有个本科的同学在你们那里。"

"你的同学？"白松有些好奇。

第一百四十三章 钟明 | 073

"嗯，你们那里有个叫孙杰的法医吗？我本科和他是同学，都是临床专业的。不过，他研究生去华国医科大学上了法医学，我们有一段时间没联系了。"钟明道。

"孙杰？天华市还真的小，我跟他一批的。孙哥很厉害的，已经是一名合格的法医了。"

"是吗？那不错啊，过几天回去找他玩去。"

"他现在过得不错呢。对了，钟哥，这么说，你是博士咯？"

"嗯，天华医科大学博士二年级，我硕博连读，少读了一年。"钟明用了几秒时间回忆了自己从幼儿园至今二十多年的求学生涯，感叹道，"学医是条不归路啊……"

钟明刚说完，身旁的老师似乎不经意地瞥了他一眼，钟明神情一滞："除非啊，跟一个好的导师……"

二人继续聊了几句。当听说孙杰都找了女朋友的时候，钟明不由得又叹起气来。白松听出来了，这句叹息，是真的心酸……

二人互留了联系方式，下了摆渡车，白松就一个人先离开了。

据说烟威市的机场过几年要搬迁，这边的机场要变为军用，消息出来后附近的商家都少了很多，周围略微有些荒凉。

白松对这边还算熟悉，坐上机场大巴，向着张伟那里出发。

下了车，到张伟的店还需要步行几百米，白松接到了钟明的电话。

"白松，不好意思啊，问一下，你认识烟威市的警察吗？"钟明的语气稍微有点急，"刚刚下出租车的时候，我们把箱子都拿了下来，但是我老师的手机落在车上了。"

"打电话能打通吗？"白松问道。

"能，但是我老师做手术和上课比较多，习惯性地静音，手机应该是掉到座椅缝里了。"

"那你先去一趟附近的派出所说明情况，"白松想了想，"我给你问问。"

挂了电话，白松找了找自己的同学群还有老乡群，确实是有几个同学在烟威市公安局工作的,其中有一个还算是熟悉,白松直接打了电话。

这种事其实很简单,一般去派出所就能解决。

第一步是找到上车的地方或者下车的地方,看监控,通过监控查到出租车的牌照号;第二步是通过牌照号找到出租车的电话,打个电话让司机在哪里等一下,可以给司机适当的误工费。

白松的同学正好在指挥中心上班,不到五分钟就把司机的电话给了白松,白松直接告诉了钟明。钟明很感谢,在烟威市他两眼一抹黑,谁也不认识,找白松也算是病急乱投医,没想到白松还真给他帮了忙。白松倒是没觉得这有啥,举手之劳而已。

解决了钟明的事情,白松也走到了张伟这里,敲了敲门。

第一百四十四章　准备自驾游

张伟的门面经过重新装修，外面挂上了好几个 LED（发光二极管）灯，里面的货更满了。白松敲了敲玻璃门，门也比之前的结实了不少。

推门而进，白松四处望了望，真的比上次来的时候要好多了，不仅贴了壁纸，安装了摄像头，货架上更是摆了上百条香烟。虽然白松不抽烟，但是也知道这些怎么也得几万块钱。

售货的桌子上摆着一台电脑，看样子配置还不错，电脑屏幕上还挂着摄像头、麦克风等设备，张伟就在电脑的后面。

看到白松来了，张伟从柜台里出来，手里还拿着几个冒着热气的塑料袋，应该是刚买来不久的早点。

"我都说了去接你，你不让。不过你来的时间我都算好了，这包子和粥还热着呢，一起吃啊。"张伟把东西放在了桌子上。

"行啊，正好饿了，飞机上的那点早餐不够塞牙缝的。"白松也不客气，直接拿过来一个袋子，里面比一只手还大的鲁省包子给人很满足的感觉。白松咬了一大口，接着四望，说道："你这儿现在够牛的啊，这才几天没见，大变样了。"

"日子总得向前过呗。"张伟倒是很乐观，"上次的事解决后，我就又有钱了，现在开始在 YY 上直播，也许用不了几年，我就该换大奔了。"

"还大奔，你先买辆大众吧。"白松看张伟这个嘚瑟样就不爽。

"大众，哈哈，你咋不看看门口的桑塔纳是谁的？"张伟更嘚瑟了。

白松刚刚在门口确实见到一辆白色的桑塔纳，虽然不是全新的，但是也得四五万块钱，难道是张伟的？这个店这么赚钱？

"你小子跟我说实话，是不是干什么违法乱纪的事情了？"白松仔细地打量了一番张伟，"你这体格，要是说去卖肾，我也不信啊。"

"滚滚滚，你才卖肾！不过这事也得谢谢你，上回那个事，呵呵，她还想和我和解，这事情不要她个十万八万，对得起我浪费的感情吗？"张伟怡然自得。

"……"这个事白松也没法说什么。和解这种事，有时候真的看人下菜碟。

张伟的前女友，一个女孩子家，犯了罪，听说要被关进监狱……真的是能吓死她。不得不说张伟也够狠的，这钱拿得……

"哈哈，快点吃吧，吃完回大牟县。我今天也得回老家，元宵节嘛，哪像你，过年都不回来，一会儿跟我走。"张伟更得意了。

"行行行，你顺便给我拿两瓶好酒，我买两瓶给我爸带回去。"白松想了想，"你要是有时间，顺便陪我去给我妈买件衣服。"

"嗯，行，我也给我妈买一件。"张伟几口吃掉了一个大包子，"对了，你这次回来几天？我这几天打算开车自驾游，你去不去？"

"我这次休息九天，今天是第一天。自驾游？你打算去哪里？"白松指了指门口的车，"就这辆车子？"

"嗯，我跟YY的粉丝说了，我开车不知道累，结果他们说我吹牛，让我开一千公里试一下，我说三千公里也不在话下。"张伟道，"我最近打算自驾去南方一趟，绕一圈再回来。现在我没钱，等过两年买辆好车，我打算来个全国大环线，绕着国境线所有的县城转一圈。"

说实话，白松有点羡慕张伟的洒脱："你这次打算去哪里？我时间没那么久。"

"这次我打算穿越中国的腹地，不去边境地区，从咱们这里开到济州府，紧接着一口气向西南，入川看看，也可能继续南下，去趟南疆省。"

"南疆省？我前段时间出差刚去过，这个季节去倒也不错，挺暖和的。"

第一百四十四章　准备自驾游

"是吧，我也觉得不错。那你去不去？你时间少的话，可以跟我到一半的时候，自己坐飞机回天华市。"张伟道，"现在年轻，多出去走走。最关键的是，你要是跟我一起去，我妈肯定放心。"

"哈哈，行，在家待两天，后天早上出发！"白松被张伟说得有些心动，"明天还有个同学聚会。"

"好，我明天开始收拾车子。如果身体允许，我说不定还走个滇藏线呢……"张伟意气风发。

白松没说啥，心道估计到了南疆那边就能把他累坏了。

去了商场，白松才知道给女同志买衣服有多难。

忙活了一上午，白松花1000多块钱给老妈买了一件紫色的大衣，张伟挑了一件驼色的，两人驱车高兴地前往老家。

这次回家，年味已经逐渐消失，毕竟都正月十五了。但爸妈都很高兴，尤其是白松把两个奖章摆在了白玉龙面前时，白玉龙露出了老爷爷般的笑容……

白玉龙嘱咐了白松一通，生怕白松工作太积极遇到什么危险，母亲更是有些担忧。令白松没有想到的是，听说他打算跟着张伟自驾游，父母居然都答应了。也许这就是真的成为大人了吧。

第二天，白松和几个关系不错的高中同学聚了聚。母亲非带着白松，让白松开老爹的车去买了一大堆户外用品，光袜子就买了两盒，不知道的还以为他要出去过年了。

吃的、喝的更不用说，白松粗略估计，够他和张伟吃一个星期的。

到了第三天要出发的时候，白松还真有些不真实的感觉，这就是传说中的说走就走吗？

张伟这辆车经过了明显的改装，前座椅是皇冠的拆车件，很舒服，而且居然是电动的，后面座椅也是皮质的，方向盘是桃木的。张伟什么吃的也没带，带的全是常用的汽车配件，还有两个备胎。

第一百四十五章　旅途（1）

白松摸着车里的内饰，啧啧称奇，这桑塔纳还有大屏幕呢……

一切都收拾完，张伟先到电脑上打开直播，把摄像头移到了门口，在YY上跟大家立flag（树立目标），称今天就能开一千公里。

白松听到这个脸都黑了。一千公里是什么概念？从烟威市到济州市，也只不过四百多公里，即便是到豫南省省会郑南市，也不过八百多公里……

这张伟当了主播，怕是脑袋坏了。

直播了十几分钟，张伟关机、锁门，然后关上了厚重的卷帘门，上了车就驱车出发。

车子的大屏幕上安装了凯立德导航，白松看了一眼目的地，雒阳市……

豫南省雒阳市距离烟威市正好一千公里，十二个小时可以到达。当然，这是在车子不出问题的情况下。

白松其实高估了这辆车，这辆车是2004年生产的，已经八年了，只是被张伟好好捯饬了一番，显得比较新，但是实际上车子已经步入中年了。而白松的担忧倒真是不多余，车子开了差不多两个小时，到了潍市，就发生了一个很严重的故障——汽车前部传来一声闷响，从声音判断，应该是前机盖子下方的一根"粗橡皮筋"断了……张伟蒙了，白松都吓傻了："靠边停车啊。"

张伟慢悠悠地把车子停在了高速的应急车道上，两人迅速下车，张伟打开了车子前机盖子。

"啥玩意断了？"白松心有余悸，耳边不断有汽车呼啸而过，停在这里也怪吓人的,"我先去后面竖个警示牌吧。"

"嗨,我还以为啥大事呢,原来是发电机皮带断了。"张伟从发动机舱中掏出来一根已经断掉的皮带,放到后备厢里,随即走到车前,把盖子盖上,"走,一会儿下高速找地方修一下。"

"啥?这就走?能行吗?"白松看到张伟把断掉的皮带扔进了后备厢,还是赞了一句,"可以,素质提高了不少,我还以为你直接就扔了。"

"去你的!"张伟骂了一句,"哈哈,我是为了一会儿有个对照,好配。"

"德行!不过,没有这个皮带,车子还能走吗?"白松看了看后备厢,"你咋没带这个的备份?"

"能走,这东西就是汽车发动机给电瓶充电的。电瓶是我新换的,满电,咱们现在就开个暖气,也不开灯,几个小时没问题。"张伟道,"理论上要是不怕冷,咱们开到晚上也没问题。再说了,谁能想到这玩意会断?我把易损件都备份了,车胎和电瓶啥的都换新的了,这个传动带我咋知道还能断?再说我就是带了新的,也没有工具拆卸安装啊。要我说,这大众的车也不咋的……"

"行吧,你这都多少年的车了,还讲究这个。一会儿咱们把暖气温度调到最高,风力调到最小,这样省电,抓紧时间去下一个服务区,把车修了。"白松想了个最优的办法。

汽车电瓶的电,如果没有汽车发动机连接发电机发电,就是无源之水,如果全部耗光,车子连火都打不着。幸好这不是夏天,要是三伏天,开着空调,电瓶一会儿就没电了。现在不开灯,只有个小吹风,其实倒也没事。而且,即便电瓶一点电都没有了,只要不熄火,就能一直开。

"不去服务区,又贵又不见得有零件,调配一个得半年。"张伟经验比较丰富,"一会儿从前面下高速,找个修车铺。这车就一个好处,保有量大,零件好找。"

白松同意了。张伟发动了车子,继续旅程。

正如张伟所言,下高速后不久就在路边找了个修车的摊子,把这个问题给解决了。

张伟其实比白松对车子了解得深刻得多。这次好在是发电的传送带断了，如果是水泵皮带断了，那汽车不能降温，就"开锅"了。修好后，张伟让修车师傅把几根皮带都检查了一下。

这一耽误就到中午了，距离目的地还有八百公里，趁着师傅修车的空隙，二人在旁边吃了一顿赶路餐，车子就全搞定了。张伟交了钱，白松上了驾驶室，开车出发。

仗着都年轻，一直过了济州府，找服务区再次加了油，白松才把司机的位置让给了张伟。天色逐渐暗了下来，路途才过一半多。

张伟都睡俩小时了，这会儿精神头很不错，车子开得也很稳。正月十七，这样的日子车子并不多，白松踏踏实实地把座椅放倒一半，眯了一会儿，就玩起了手机。

打开微信，白松才发现徐纺问了他好几个问题。平时白松忙，有时候回消息比较慢，这会儿正好有时间，就和徐纺聊了起来。徐纺收到白松的消息，一向都是秒回的。

"你说的这个倒是好解决，"白松对于徐纺的一个问题简单地讲解之后，回复道，"这么早就加入感情线，会不会不太好？而且主角的这个异能有点bug（漏洞）吧？"

"这倒不是问题啊，女频小说没有感情线怎么写？至于异能，这个你不用管，这是主线。我就问你刚刚的那个设定，这样可行吗？"

"可行，而且你还可以加入这样一段伏笔……"白松把自己的想法仔细地讲了一下。

聊着天，时间过得很快，不知不觉车子已经离开了鲁省的辖区。

"你在聊啥呢？聊这么久还这么欢实。"张伟不由得有些好奇，"你谈对象了？"

"没有，是一个写小说的朋友。"白松道，"挺厉害的小说家，我俩聊小说的话题呢。"

第一百四十五章　旅途（1）

"不信，你还有这种朋友？"张伟喝了一口红牛。

"用不着你信。"白松和张伟聊天从来也不顾忌啥，继续和徐纺讨论着剧情。不知不觉间，白松实际上已经进入二作这个角色了，可以说是竭尽所能。

"行行行，等到了雒阳，我看看你说的书。"张伟轰了一脚油门，车速从120迈提升到了125迈……

第一百四十六章　旅途（2）

白松还真的没有想到张伟这么有精力，真的在晚上十点半的时候，把车子停到了雒阳市的一家网吧门口。

先直播！

白松其实一点也不累，花了钱改装的座椅很舒适，去网吧待会儿也没什么不好。

按照初步的规划，明天上午休息，逛一逛雒阳，午饭后就出发，晚上到先秦古都咸州市，休息一晚，第二天直接开往川省省会蓉城。

三天开到，下一步去哪里，就纯粹是自由行了。因为办案，白松去过南疆省，因而他提议，到时候可以去南黔省转一转。

这确实是会大大增加张伟准备走滇藏公路的计划距离，不过多走一个地方，也不失为不错的经历。

白松玩着电脑，一局游戏还没有结束，就感觉旁边的张伟已经嗨了，不知道的人还以为吵起来了。《英雄联盟》这游戏白松还是玩得太少了，随便玩玩就输了。他干脆摘下耳机，看起了张伟直播。

张伟直播的内容是二手车买卖、改装和维修。这会儿他正绘声绘色地讲述自己如何在高速上临危不惧，硬生生地把有着巨大故障的汽车停好，做了简易维修后继续开到了维修厂。

白松也不说话，就静静地看着张伟装。不得不说，张伟确实是挺牛的，一辆老普桑，一整天硬生生地开了一千公里，兑现了对粉丝的承诺，直播间还是很热闹的。

网吧的各位老哥们儿都在吆五喝六地打团（网络游戏中多人团结在一个局部区域合作对战），不知道是不是豫南省的老乡就这么热情，网吧的氛围可比别的地方要热闹得多，以至于张伟怎么说怎么闹，愣是没有一个人过来看他。白松看张伟这边也进入状态了，不愿意打扰他，在网上看起了徐纺写的几部小说。

不少作者都是写网络小说出名后，再出版实体书，徐纺是反其道而行之，先出版了纸质版的书，近来又把这些作品重新发表在一家叫"起点中文网"的网站上，而且还挺火。

白松看书很快，加上女频小说确实不太合他的口味，看了差不多一个小时，大体地把徐纺这些书的主要内容看了一下，文笔确实是不错。

"看啥呢？"张伟关掉直播，把脑袋探了过来，"你看这种小说?! 这不是女孩子看的书吗？天哪……哎，你这是在哪看的？"

白松"一脸黑线"："这就是我下午说的那个朋友写的书，我看看她别的书。"

"你还真有会写小说的朋友啊！"张伟拿过白松的鼠标，退出当前页面，看了看作者的名字，点了点头，"回去我看看。"

"女频！"白松无语了。

"你懂啥？这叫读万卷书，行万里路。"张伟道，"要是看着觉得不错，说不定我还会给她打赏呢！对了，你知道我今天晚上收了多少礼物吗？"

"赚够网费了？"白松瞧不起地说道。

"网费？嘿嘿！我和几个大粉丝打赌了，要是我能一天开到这里，他们就给我刷礼物。有个大哥直接给我刷了一张藏宝图！一张4999元！人民币！"张伟俩眼冒光。

"5000块钱？"白松吓了一跳，"你这一次赚了5000块钱？你这该不会是诈骗吧？"白松最近搞案子搞的，对诈骗案实在是太敏感了。

"怎么可能是诈骗！不过我确实赚不了这么多，估计能分2000块钱，其他的都给平台了。不过，这张藏宝图给我涨了很多粉丝，又得到了不少小额打赏,加起来今天晚上赚了得有 3000 块钱吧。哈哈,这么跟你说吧,我有信心,这次旅行,不用掏我自己兜里面的钱。"张伟十分得意。

"听着就像是诈骗。"白松小声嘟囔,接着道,"快找个地方睡觉吧,明天吃完午饭还得出发。"

"嗯,先吃点夜宵去,刚刚车上吃的太不顶饿了。"

一夜无话。第二天早上,白松起床后发现张伟还在呼呼大睡,看样子昨晚不知道干吗又熬夜了,就没喊张伟,自己吃了点早点,在张伟屋子里放了一份,给张伟发了信息,自己出去溜达溜达。

雒阳是千年古都,一上午白松开车转了好几个地方,虽然有些走马观花,但也算是不虚此行。

白松还打听到了一家雒阳水席,无论去哪里都不能亏了嘴嘛。结果等他回到酒店,张伟刚刚起床,正在洗漱,一边刷牙一边看手机。

"你干吗呢?"白松无语了,"你来一趟就在酒店过啊?你昨晚几点睡的?"

"唔,你还别说,"张伟把漱口水吐掉,"你这个朋友写的小说还真不错,我看了两本书了……"

"上学时没见你这么努力过。"白松拿过张伟的手机,"你怎么能直接在手机上这么看?这不是电脑版的吗?"

"手机'越狱'了呗,手机上还能直接打赏呢!"张伟很开心地漱了漱口,刷完了牙,"下午去咸州市,你来开车吧,我要看小说。"

"行吧,我开。"白松无所谓地说道。他收拾了一下东西,带着张伟去了已经找好的饭店,吃一顿水席,两人吃饱喝足就出发了。

"哎,对了,白松,你这个朋友多大?三十多还是四十多?"张伟坐在副驾驶上边看手机边问道。

"1989 年的,和你同岁,今年二十三岁,刚刚大学毕业不久。"白松想了想,"不过具体几月份我就不知道了,你是七月对吧?"

"我阳历 8 月 4 号。"张伟啧啧称奇,"这么年轻就是作家了,真厉害。

第一百四十六章 旅途(2) | 085

要这么说,她岂不是高中就开始写作了?"

"嗯。"白松点了点头,开着车也不看张伟,吐槽道,"真搞不懂,我咋不知道你还有看女频小说这么个爱好?"

"你啥意思?这书多好看,比那些爽文好多了!"张伟把手机放下,和白松争论了两句,突然看到远处有两个人,问道,"那俩人是干吗的?"

第一百四十七章　旅途（3）

"俩人？"白松朝张伟所指的方向看去。只见两个身穿骑行服的男女，正在路边举着一个纸做的牌子，上面写着"求助"两个大字，下面写着一些小字。

白松缓缓减速，看到了纸板上面写的字："骑行至此地，钱包丢了，实在是没办法，希望各位朋友解囊相助！"

这对男女穿的都是花花绿绿的标准冬季骑行服，但是看着光鲜，仔细看还是有一种廉价感。车子就更别说了，白松好歹还买过原价 2000 多块钱的捷安特，这俩人骑的车子，造型非常好看，不懂的还以为要四五千，但是实际上可能是二三百的假货，根本没办法长途骑行。

"你想干吗？这俩一看就不是什么好人。"白松道，"我就没听说骑行的还有带着纸板和笔出门的。"

"你这人，这么无情！"张伟拿手机拍了四五张照片，"你靠边，我下去看看。"

白松看张伟一副不听劝的样子，心中略有鄙视，但是没有说什么，把车子停在了路边。

男女看到这一幕，不由得有些高兴，立刻靠近了一点。

这对男女都是三十岁左右，脸被寒风吹得略有潮红。女子连忙跟张伟说道："哥，谢谢谢谢，能给点钱让我吃口热饭吗？"

"是啊，我们离家还有四百多公里，估计得骑上四五天，可是，不知道哪个不长眼的，把我的钱包偷了，手机也都给偷走了，唉……"

"这么惨!"张伟叹了一口气,"看你们这一身行头,一看就是有钱的人啊,怎么不想办法给家里打个电话?你们是不是不方便打电话?要不这样,我给你打110,让这边派出所的人把你们接走,你们从派出所给你们家里打个电话?"

"啊不用不用。"男子立刻拦住了张伟,"出门在外,这点小事麻烦警察太不合适了!"

"是啊,没那么严重。最主要的就是,我们俩的手机丢了,家里人的电话号码,还真的背不下来。"女子连忙接过话来,继续道,"我们俩就想跟朋友们借点钱,我这里有笔有纸,等我回到家里,我一定会还,我们不在乎这点钱的。"

"那你们直接打个车回家,到家了再给司机钱不就好了?"张伟还是一脸疑惑。

"哥啊!"女子一脸悲怆,"现在哪有像您这么热心的人啊!出租车司机一听说四百多公里,肯定都是先收费的。我甚至都说了,到家给双倍的钱,都没人愿意帮忙,唉……"

"给双倍的钱都没人愿意帮忙?"张伟一脸愤然,"这些人太不是东西了,居然这样的忙都不愿意帮!"

"是啊是啊!哥,我甚至都说了,把我们带回老家,2000块钱,都没人愿意拉我们!"女子说着说着都快哭了。

"唉,现在的人啊,怎么都这样?人心不古啊!话说,你们二位是咱们豫南省的人吗?"张伟问道。

"不是不是,我们是晋省大原市人,唉,外省人嘛,不被这边的人相信也正常……"

"大原市?省会城市啊。"张伟道。

"是啊,我们不是小地方的人呢。"女子道,"我们真的不是没钱,是真的遇到了困难。"

"行吧,出门在外都不容易。"张伟点了点头,"这个忙,我帮了!"

"谢谢哥！"女子喜形于色，"我们要 200 块钱就行。我记账，回头给你汇款 500 块钱！"

"200？200 哪够？"张伟直接上了车子，在后备厢里翻找起来。

这对男女见状，心情颇有些激动。可没想到，过了一会儿，张伟拿出来的东西，居然是要安装在汽车上面的行李架。

张伟的动作很熟练，不一会儿就安装完了，跟白松道："来，搭把手，把自行车放到行李架上，咱们啊，帮人帮到底，送佛送到西，把哥哥姐姐啊，直接送回大原市。"

说完，张伟不给二人考虑的机会，直接搬起自行车，放到了行李架上，白松见状立刻上前帮忙做固定。张伟干起这活又快又稳，这个固定可真不是随便就能弄好的，不懂的人拆都不会拆。

"来，第二辆。"张伟又搬起来一辆。

"哎哎哎，哥，你这是啥意思？"男子这才反应过来，连忙拦住了张伟。

"嗨，别客气。虽然我不跑大原这地方，但是你们都愿意到地方给 2000 块钱，我愿意相信你们，我把你们送回大原市，哪个县都成，我不加钱，我啊，就是热心。"

"别，别，哥，真不用这么麻烦，你借我 200，我自己骑回去就行。"女子也回过神来，"哥，你们不用为了我们绕路。"

"忘了跟你们说，其实啊，我们俩是鲁省人，喏，你看看车牌，鲁 F 的嘛！我们鲁省人，最是热心肠了！"张伟和白松身大力不亏，硬是把第二辆自行车也固定在了车顶上。

"走吧，哥、姐，咱们现在就出发，我送你们回大原。"张伟装完自行车，就把男女二人往汽车上请。

"真的不用啊！"男子欲哭无泪，这俩哥们儿手太快了吧！怎么绑上去的？这怎么拆啊！"我们还打算挑战一下骑车回家呢。"

"哎，刚刚你不是说想花 2000 块钱，打车回去吗？"张伟一脸疑问。

"这不是想挑战和超越自我嘛！"

"哥，这么冷的天，你不为自己考虑，也得为嫂子考虑不是？她想打车回去，你怎么可以这么想？"张伟指了一下自己的车，"放心，保证天黑之前到大原市，上车吧。"

第一百四十八章　旅途（4）

张伟是无论如何也要开车把二人送回大原市。两个人真的是骑虎难下了。这条路是从雒阳市往西走的路，往这里走的车子都是去西京市、咸州市那个方向的，大原市位于雒阳市北边，肯定不是走这条路。

按理说，往这个方向走的司机，不可能为了口头许诺的钱，多跑四五百公里，来回可就是一千公里了。

但是他们遇到了张伟，这会儿自行车已经固定好了，怎么办？

这对男女一直没想出什么好办法，在张伟的坚持下，两人很"高兴"地上了车。

张伟很高兴，也很热心，先问了地点，结果男子说道："呃……就是大原市。"

一听这话就知道这人心不在焉，不知道在打什么主意。但是张伟可不害怕，这副驾驶上就是警察，怕什么？他直接把导航切换到了大原市公安局。

这个版本的凯立德导航有语音播报，直接就报出了导航地点和路线、时间。

"怎么去这里？"男子的声音微微发颤。

"你们也没说具体地点，我一想，市公安局肯定在市中心，先去那里，再慢慢找你们家就是了。"张伟二话不说，发动了汽车。

时间一点点流逝，男女二人在后面不停地说着悄悄话，张伟和白松就装作没看到。

过了差不多三十分钟，车子已经上高速了，男的突然说道："哥们儿，我刚刚发现,我屁股口袋里还有一张银行卡!"

"银行卡?那不错啊,等晚上到了大原市,记得取钱给我。我啊,从不乘人之危,你说2000块,我就要2000块,一分钱不多要。"张伟点了点头。

"不是,哥们儿,我不是这个意思,我还是想自己骑车回去。这样,一会儿到服务区你停一下,我取了钱就能自己骑车回去了,也不会让我媳妇受冻,就不麻烦你了。"男子有些无奈地说道。

"啊?这样吗?你怎么不早点找到银行卡?我这都跑出来这么远了!"张伟很不高兴,"这样吧,我还是把你们送回大原市吧。你说说你们,手机也没了,都不着急,还想着骑车回家!你们家人联系不到你们,那得多着急啊!

"我跟你们说,你们不懂,我有朋友当警察,跟我说家人失踪了就会有人报警,报警后你们的名字就一直在公安局档案里的'走失人口'这一栏。你们现在有钱也没用啊,得抓紧时间回家,然后先去一趟公安局,看看有没有被备案,有的话先取消了,再去找家人……"

"哥,这样好不好,你先停到服务区,我突然想起我家人的电话号码了。"女子道,"这样,我给你付这段距离的油钱好不好?毕竟你们也帮我们减少几十公里的路程了。"

"哦,那行,咱们刚刚说的多少钱来着?"张伟问道。

"哥,你说的2000块钱,是把我们送回大原市,现在咱们走了还不到四分之一,我给你取500块钱行不行?"

"那我直接把你们送过去吧。"张伟拒绝了,"毕竟我把行程都改变了,500块钱真不够我的损失啊。没事,我既然已经改变行程了,就不急了。"

"哥,这样吧,我给你1000块钱。"男子给女的使眼色,"这样应该够了吧?"

"嗯,行。"张伟直接点了点头。

车子很快到了服务区,男子拉着女子说去取钱,张伟见状,把车子停好跟了上去。

"哥,你不用来,我们价值四五千的车子还在你车顶上,你还担心我们不给你钱吗?"男子道。

"不是不是,你看,你们的车子那么贵,我要是跑掉了怎么办?没事,我跟你们一起,我朋友帮你们把车子卸下来。"张伟"体贴"地说,"我下车了,你们也不用担心我朋友自己走不是?"

白松见张伟走了,自己把两辆自行车卸了下来。

不一会儿,张伟带着1000块钱现金回来了,把自行车交给了二人,在二人的"祝福"与"感谢"中,扬长而去。

白松服了……他从头到尾没说啥话,一直想看看张伟如何收场,真没想到,张伟竟把这俩人搁到这个地方,还能让他们自愿交出1000块钱。这可绝对不是敲诈勒索,从头到尾的要求,都是那个男的提的,张伟这完全就是顺坡下驴。

"你把他们扔这里,他们一会儿又去骗钱了。"白松吐槽道。

"哈哈,你放心吧。第一,没人会相信有人骑自行车上高速,要是这样都被骗,那就活该了;第二呢,他们那个纸板还有水笔都在咱们车上呢。我倒要看看,在这服务区,他俩怎么办,哈哈。"张伟很高兴,"我拍了不少照片,今晚直播会火的!"

接着,张伟吐槽道:"现在科技都发展这么快了,居然没有手机直播,真是不爽啊!我跟你说,以后手机直播肯定是最火的东西,如果哪家公司先开发出来,我第一个支持,而且我用全部身家买这家公司的股票。"

白松没有接张伟的话,这事对白松的触动挺大。在他的潜意识里,都是靠法律解决一切违法问题,但是也很难说张伟这么处理就不好。从一定程度上来说,张伟的做法,确实是打击了违法犯罪者的嚣张气焰。

就拿这两个骗钱的人来说,如果没有人报警,就几个警察路过,能怎么办?没人报警,警察也没办法,只能把他们赶走。但是张伟这么一搞,估计这俩人都要怀疑人生了……

"是不是觉得我也是坏人?"张伟见白松不说话,也不解释,笑了笑,

第一百四十八章 旅途(4) | 093

"我可不是大警察,我是小人物,小人物就有小人物的生活方式啊。"

"你啊,"白松拍了拍张伟的肩膀,"你不会一直是小人物的。"

第一百四十九章　旅途（5）

张伟特别开心，来回绕了一个多小时的路而已，让骗子乖乖地为自己的谎话付出 1000 块钱的代价，舒服啊。

重新修改了行程，张伟在路上给白松讲了他上次遇到有人在路边卖乌龟的事情。

有个人在路边卖乌龟，说是从工地里挖出来的野生百年乌龟。张伟就很好奇，问是哪个工地的，这人随便报了一个很远的地方。张伟见有个哥们儿打算买，自己站了出来，与那个哥们儿抬价，本来 500 块钱，愣是被张伟抬到了 1000 块钱，然后那个哥们儿走了。张伟又软磨硬泡，想去工地看看，愿意出车……

经过了半个小时的拉锯，这人服了，再也不来这一片区域了……

张伟跟白松说，网络主播这个行业，既然有了流量，总得分享一些正能量。

白松勉强点了点头……这也算正能量吗？

一路很顺利，晚上到了咸州市。第三天两人换着开，一口气到了蓉城市。第四天的行程，是在蓉城玩上一天。蓉城基本上可以说是西南第一大省会城市了，最关键的是美食真的多。

在蓉城美美地吃了一天，白松恋恋不舍地准备离开这里。这个季节的蓉城十分湿冷，但是白松二人穿的都是北方过冬的衣服，倒是没什么太大的感觉。转过天，二人又吃了点好吃的，补给了一番，便南下南黔省。

南黔省这几年发展得非常快，诚然，这里的基础确实是薄弱，但是随着国家基础设施建设的大规模推进,路况还是比想象的好得多。

自驾游是一件很有意思的事情,你并不需要有一辆多么完美的车,只需要"舍得"二字。

舍得花一点时间、一点金钱,想去哪里就去哪里。

短短几天时间,二人从寒冬腊月到了春暖花开之处。

张伟心情不错,告诉白松不想进藏了。他说入了川才明白,这个季节走川藏、滇藏公路,桑塔纳这种二驱小排量汽车还是有些难,而且很不安全。反正是自由职业者,张伟决定等今年夏天或者明年夏天再去。

路线更改了,南下南黔省,方向东南,横穿两广,进而通过闽浙地区,回烟威市。

白松还有三天就要回去了,提前买了最后一天下午从南黔省省会大贵市直飞天华市的机票。

"咱们去哪里?"白松先开车,"直接去大贵市吗?"

"别啊,先去附近转转,后天再送你过去。我昨天和当地的粉丝聊了一下,有人给我推荐了一个地方,说是这里生产一种度数不高的酒,很好喝,我想去看看。"张伟道,"来了南黔省,不喝点酒算是白来了。都说什么国酒茅台,也没喝过,这次得试试。"

"行,你标记地方,咱们这就去。"

这个地方挺有意思,是一个小镇,位于南黔省偏东南地区,公路很便利,而且有一家在全国略有名气的酒厂。也许是因为酒厂,这里的柏油路非常宽,也因此吸引了很多工厂。

而且附近还有一座很漂亮的古城,很多电视剧里出现过的"镇远镖局"就在这里。

一直开到晚上八点多,车子静悄悄地驶入了这个稍有人烟的小镇,入住的酒店就是酒厂自己的酒店,不算太大,但是也是不错的。

晚上,服务员端来的是酒厂不对外销售的蒸馏前的酒,度数很低,略带甘甜，配着酒店特有的用吃酒糟长大的牛做的牛肉食品，一天的舟车劳顿带来的疲乏荡然无存。

这边的饮食给二人的感觉是比蓉城的还要辣。川菜作为名菜之一，虽然味辣，但是不同的菜有不同的做法，有的菜并不是不能接受。但是南黔省几乎是任何菜都要放辣椒或者辣椒粉，两人吃得好不痛快。

第二天，完蛋了……

在蓉城吃了一天辣的，这几天又一直开车久坐，外加头天晚上吃的辣牛肉片火锅……

一大早起床，两个人都感觉下身某个部位不怎么舒服……

完了，哪儿也别去了，这怎么开车？

白松扶着腰，问服务员有没有什么菜是不辣的。

服务员想了半天，说只有西红柿炒鸡蛋不辣。

行吧，大米粥就西红柿炒鸡蛋——两份西红柿炒鸡蛋。

吃完早点，两个人没办法，强忍着，开车去了镇上的医院。

都说川渝地区的医院，肛肠科是强项，在南黔省也是如此。

小镇虽然不大，但是镇卫生所还是很不错的，两层小楼，有围墙有院子，看样子当地镇政府确实比较富裕。这也正常，一个小小的镇，有一家规模不小的酒厂和好几家大型企业，镇上条件还是很不错的。

卫生所的院子里，三四个孩童正追逐打闹，两个人扶着车子慢慢下来，一步一步地挪进了屋子。

"您好，我们看病。"白松看到一个大哥，直接说道。

这个大哥就是大夫，看了看二人的姿势，大体知道是什么情况了，指了指里面的屋子："先进去趴着，我出去上个厕所，马上回来。"

二人点点头，互相搀扶着进了屋子。

屋子里有七八张床，有三四个人挂着点滴，还有两三个人坐在那里聊天。这种地方的医院，简直就是个情报集散地。

白松不理会这些本地人异样的目光，张伟更是大刺刺的，他还想着今晚直播的时候把这个事情说一下呢!俩人踏踏实实地趴着,医生却迟迟不回来。

俩人小声地聊着天,白松还顺便听着这些人的交流。这个小镇因为工厂多,这些人虽然在这里都不是一天两天了,但并不是本地人,所以交流的时候用的是带口音的普通话,白松完全可以听懂。

反正也无聊,听这些人聊天,其实也还不错。

第一百五十章 蛛丝马迹

不知道为什么，白松感觉这边的风气不太好——好赌。

屋子里这些人刚开始聊的东西五花八门，一聊到打牌，一个个立刻就跟打了鸡血一样兴奋。

甚至于，在白松后面进来的两个人，一听到这里在聊一种叫"牛牛"或是"斗牛"的扑克牌，一个比一个能说，这个说自己如何通杀全场，那个说自己小赢三人但是堆的底子高，一场赢了2000多块钱……

大家越聊越嗨，白松毫不怀疑，这几个人如果有两副牌，现在就能支起桌子打起牌来，即便有两个人还打着石膏呢。

光吹牛其实也没啥意思，聊着聊着，逐渐就有人开始感叹现在赚钱实在是太难了，这又引得大家纷纷附和。

白松有些不了解，赚钱这么难还去赌？久赌无胜家这一条就没人信吗？

即便运气极好，即便不找赌局没人抽水，即便能赢一次输一次，问题是，赢钱的时候，小赢买好烟，中赢大吃大喝，大赢会所包场，殊不知，这些钱都是自己输掉的那一部分……

突然，白松听到几个人开始聊"如何搞钱"。这话一说，所有人都把耳朵支棱起来了。

一个人说，距离这里几十里路，有个专门进行诈骗的村子。

这些年，南黔省机场、铁路、高速公路等基础设施齐全，网络水平相对于周边地区更是处于极高的水平。这得益于当地特殊的气候与地貌，加上地价低廉，很多超大型的千亿级网络公司都在这里建设智库、云存储器等。

也因此,虽然南黔省给国内大多数人的感觉是偏远地区,但网络发展水平可真不是说着玩的……

白松也不说话,虽然心里已经十分震惊,但还是稳稳当当地听着。

这个村子邻近镇县,还位于一个交通要道附近。说是村子,据说建设得也不错,现在那边的棋牌室、洗浴中心都已经初具规模,这边的赌徒玩得大的都过去玩。

"对了,你们听说了吗?"一个男子鬼鬼祟祟地看了看四周,"最近可是有个不错的机会啊。"

"啥机会?"三四个男子立刻围了上来,其中一个还坐着轮椅,慢悠悠地转了过来。

"是啊,啥机会?"又有人问道。

"嘿,这事啊,一般人还真不知道。南溪村你们都知道吧?前一段时间,也不知道什么原因,可能是有些人有了足够的钱,都跑到国外去了,"男子轻声道,"但是有人外传啊,警察要过来查他们了!所以现在南溪村那边,很多平房都低价出售。我前天去买了两间!"

"警察都要去抓他们了,你还买它干啥?"一个人很不理解地问道。

"抓个屁啊!这些人又不是在这边骗人,也没那么多事情,我跟你们说,警察要来的消息,都是我们传出去的,哈哈……"男子很高兴。

"兄弟可以啊,有门路啊,来来来,留个电话。"

白松见状也靠了过来:"哥儿几个,这样的好机会给我留一个呗。"

几个原本聊得挺热闹的人,看到白松这个样子,又听他一口标准的普通话,立刻起了疑心,为首的人不说话,其他几个则是怕白松抢了他们的发财路子,没人搭理白松。

这也正常,白松这牛高马大、正气凛然的,这种事肯定不适合与他密谋了。

"嘿嘿……"张伟踱步凑了过来,"哥儿几个,别理他,我这朋友不懂礼数。"

说完，张伟从口袋里拿出一包中华烟，给大家散了一圈。张伟平时偶尔抽烟，但是抽得很少，自己一般抽红塔山之类的，但是随身带着中华和玉溪，毕竟他本身就是卖烟酒的，说不定什么时候有用处。

几个人一看是中华烟，这烟三四块钱一根，都能吃一顿早点了，纷纷接了过来。更有甚者，把烟放在鼻子下面吸了吸，自言自语道："嗯，是真烟。"

不知道的还以为这个哥们儿多懂似的。

张伟也不多说，拿出打火机给大家点上，自己也点上了一根："哥儿几个，我啊，和朋友过来考察项目，打算合伙在咱们镇弄个场子，这边有这种商机，你们可别吃独食啊。我以后要长期在这边待着，要是这次你们说的路子能赚到钱，我请客，县里最大的洗浴中心你们说就是，我包'一条龙'。"

"可以啊哥们儿！"为首的男子打量了张伟一番，目光停在了张伟的手腕上。

劳力士啊，有钱人！男子眼睛眯了一下，接着不经意地把目光挪开。

张伟没有说啥，说多了就容易露怯。他身上的东西多了去了，别说这个假手表了，就是假的大金链子，要是给他时间去一趟厕所，保证也能戴上去。

"行，兄弟，我看你也是实在人。"男子悄悄地靠了过来，小声地说了几句，并给大家留下了电话。

正聊着，大夫终于回来了。

"谁让你们在医院抽烟的?!"大夫很不高兴，"抽烟的都给我出去!"

这大夫在当地应该是很有威信，大家一听纷纷散开，有几个哥们儿为了把整根烟享受完，就离开了屋子。

"你们俩，啥事?"大夫对着白松和张伟说道，"吃辣的吃太多，痔疮犯了?"

"太麻烦您了大夫……"白松有些不好意思，"刚来这边不久，这五脏六腑啊，有点热闹咯……"

第一百五十章　蛛丝马迹

"行,先趴着,不着急!"大夫指了指其他人,"下回再在我这里抽烟,一个都别想进屋!"

这边的药物还是很神奇的,两个人因为要脱裤子,所以被大夫叫到了旁边的小屋里,吃了一点药,又抹了一点药,不得不说,确实是有点用处。

"你问这个事情,是有什么用吗?"张伟跟白松小声说道。

"嗯,有用。"白松点了点头。

"好,你别管了,交给我。"张伟点了点头,穿好衣服,先于白松到了大屋子里。

第一百五十一章　探南溪村

白松在床上又躺了一会儿，不一会儿，张伟叼着烟回来了。

"你还敢抽烟？"白松有些无语了。

"没事没事，大夫也抽烟啊……"张伟道，"我在这里面坐一会儿，等他们几个走了，咱们再走。"

"为啥？"白松有些不解。

"你咋这么笨？咱们又不是开的大奔，我说来这边考察的，门口的桑塔纳可不能被这几个人看到了，不然刚刚说的就都白费了。"张伟小声地跟白松解释道。

"行了行了，有啥线索？跟我说说。"白松趴在床上说道。

"嗯，这个诈骗村，也就是南溪村，距离这里其实挺远的，有差不多四十公里，在这边其实没啥名气。门口那个吹牛的，就是说买了两间房子那个，我反正不信，我感觉他就是倒腾房子的。"张伟想了想，"嗯，就是中介吧。"

"这个不重要，我就问一下这个村子的情况。"白松道。

"村子有三四百户，并不都是骗子，大部分还是当地人。我的感觉是，这个村子并不像他们所说的是个诈骗村，可能就是个正常的村子，但进入了很多外来人口，"张伟道，"来的人以骗子居多。怎么了，白松，你是打算去把这个村给清理干净？"

"谈不上清理。刚刚那个人说的一些话，我感觉很可能跟我办的案子有关系，我打算去村子看看。你在这边等我，我自己去。"

"你跟我开玩笑呢?"张伟一脸诧异,"你自己去?你这个样子,就差在脸上刻上'我是警察'四个大字了,你要是自己去的话,我都怕你被绑了。"

"也行,反正就是一个村子,而且还有不少娱乐场所,估计外面去玩的人也不少,那就一起去吧。"白松点了点头,"不着急,咱们傍晚再去。"

"行,晚上在那个村子住下。"

"没问题。"白松想了想,"这个事,你不能在直播里面提。"

"放心吧,我又不傻。等你们这个案子破了,你们那边出了官方通知啥的,我再把我的丰功伟绩给公布出来,哈哈。"张伟道。

听了之前那个男子说的话,白松就怀疑这里与"12·01"专案组要抓的人有关,只是听这边人的意思,这个地方还不止这一拨人。

在这边忙活完,二人直接开车去了县城。县城因为是旅游城市,发展得很不错,人流量很大。白松来的目的,就是换一套当地人的服饰,顺便给自己换别的行头,理个更短的头发,然后给张伟买了一顶他自己看来奇丑的帽子。

下午三点多,两人身体都恢复得差不多了,便开着车向南溪村驶去。中午的饭,还是西红柿炒鸡蛋……好吧,特色菜不敢吃了。

按照之前得到的线索,张伟开车一个多小时就到了这个村子。

邻近村子是上坡路,附近有一条开阔的国道,进村的路也是一条双向柏油马路,这会儿可以看到有好几辆车进村,看牌照以本地车为主。张伟开车直接就跟了上去。

鲁省牌照的车在这里没什么稀奇的。张伟这车收拾得挺漂亮,上面还有一些很花哨的贴纸,白松之前一直腹诽这个事,但是现在看来,倒是与这个村子的氛围很搭。

很快就到了村子里,白松明显感觉有不少视线投过来了,打量了一会儿又移开了。

马路两边有几个KTV(提供卡拉OK影音设备与视唱空间的场所)、酒店,除此之外还有几家饭店,看着比之前住的小镇还热闹些,来这边的外乡人也不少。

两人找了个看似比较正规的旅店,一问价格,居然比县里还贵一点。白松倒也没说话,直接和张伟办理了入住。

500块钱押金,不需要身份证。

办完入住,一个店员递给张伟一张小卡片,会意一笑,转头忙活自己的事情了。

两人按照指示,上了楼,把东西都放了下来。

"你干吗呢?"张伟见白松到处翻找,疑惑地问道。

"没事,我活动活动身体。"白松担心这种地方的旅店里有窃听器,他没有带什么仪器,就利用穷举法,把整个房间所有的地方检查了一遍。

过了一会儿,白松从电视机旁的机顶盒里拆出来一个针孔摄像头。

这是一个有线的针孔摄像头,不大,安装在机顶盒里,闪着红灯,非常不显眼,里面有一张4GB的存储卡。

"这是啥?"张伟有些好奇。

"针孔摄像头,这些年刚刚兴起的东西。"白松道,"要是平时,咱两个大男人住宿,我才懒得找这个。我现在就怕会有人对这些酒店进行监控啥的。"

"喊,你想多了,这个啊,要么是有人装在这里偷拍的,要么就是从事那种工作的拿这个做威胁玩仙人跳的。"张伟把卡片递给白松,"你看看。"

白松拿过来一看,卡片上面印着三四张尺度很大的女性照片,下面还有电话号码。

"这有啥?"白松面不改色,"这种地方,这东西肯定有。我倒是没啥,你可给我老实点啊。"

"你放心,我对这个……嗯,不感兴趣。"张伟用鼻孔朝着白松哼唧了两声,"我看外面有个修车摊,一会儿我去那边待着,给车换个机油,顺便聊聊天。"

"行，我跟你一起去。晚上我去附近转转。"白松这次来这边，不求有功，但求无过，提前掌握一点情报更好，掌握不了也不能搞砸了。

安顿好了，下了楼，两人直接去了修车摊。不得不说，能想到在这里开修车摊的也是商业鬼才，不仅生意不错，还没有啥竞争，门口聚集了七八个人抽烟打屁。

不到三分钟，张伟成功地跟这些人打成一片，然后炫耀般地把自己那辆改装过的桑塔纳的机箱和车门打开，引来阵阵惊叹。

"兄弟，你这个座椅，只花了 300 块钱？"两个男子打开车门，试了试电动座椅。

"哈哈，那当然，这是我从撞报废的老皇冠车上买的拆车件，车全完了，座椅完好无损！"张伟眉飞色舞。

第一百五十二章　不打草不惊蛇

从二手车聊到改装车,张伟俨然成了专家。而他自吹开着这辆桑塔纳行驶几万公里,全国环游的故事……反正除了白松,大家都信了。毕竟车子就在这里,能把鲁省的车开到这里,总归是有点厉害的。

张伟他们聊着天,白松时不时搭着话。这里的几个人倒是很健谈,把附近的情况你一句我一句地说了出来。

之前在小镇和县城的时候,白松不方便随便去问,到了这里,一些话就没这么忌讳和惹人注意了。

这个村子以前就有几百户人家,后来有个人在外乡发了大财回到了这里,给村子里拉了网线,盖了一些房子,再后来就有越来越多的外地人来这里定居。无一例外地,这些人都很有钱,因此就有人传出来,说这些人都是在网上骗钱的。

这些人到底在网上骗没骗钱,大家不得而知,这只是传言。但是这些人有钱是真的,于是这里很快就有了第一家超市、第一家洗浴中心、第一家KTV……总之,各种配套的娱乐场所有了以后,又吸引了大量的本地人经常过来。当然了,限于规模,也就十里八村的人知道,真要说县里甚至市里,基本上就没几个人知道这里了。

除此之外,这里还发展了好几个赌博场所,据说哪个都有后台。

"这么牛啊!"白松故作惊讶,这边确实能见到不少好车,刚刚来的时候见了两辆奔驰呢。

"奔驰算什么?"一个开着本田雅阁来修车的哥们儿哼了一声,"我跟你说，在这村子里我还见过宾利呢，而且不止一辆。不过啊，里面有一个区域用围墙隔起来了，咱们都进不去。"

"宾利？"白松一脸崇拜，"我只在电视上见过。"

"你这哥们儿修了这么多车，你也不知道跟着人家长长见识。"雅阁男指了指一个方向，"就那边，基本上每天早上八点左右都有一辆宾利出去，不知道什么时候回来。你要是想看，明天早上八点蹲在马路边上看呗。"

"我就这么一说，总不能真为了看个车蹲马路边吧。"白松打了个哈哈，心中已有了计划。

张伟提出想去赌博的地方转转，几个好心的哥们儿推荐了一家不怎么黑、玩得比较小的，毕竟张伟也不像个有钱人。

吃完晚饭，天色逐渐黑了下来，白松、张伟二人来到了一个赌场。进了屋子以后，是一个玄关，有两个男子站在这里。两人看了看白松，看了几秒钟，接着又看了看张伟，就放行了。

走过这处玄关之后，先是兑换筹码。这里面不接受任何现金，这让白松有点为难，张伟倒没什么感觉，兑换了200块钱的筹码。

这里最少的有兑换10块钱的，输红眼的赌徒总感觉再有10块钱就能翻盘。

进了场子以后，白松一晃眼，就看出来这里面有三四个固定看场子的人，还有七八处摄像头。两人随便找了张桌子，坐下不久，就听到里面包间有人吵了起来。

"你是不是来找事的！一晚上每次都只下个底就弃牌，拿我们玩吗？"一扇门被推开，一个男的被三四个人推了出来，"滚，别来这边玩！"

这一下子吸引了很多人的目光，白松看了一眼这个哥们儿，有一种熟悉的感觉。

男子被推了出来，立刻就有两个男的围了上来："你有筹码吗？给你退了，以后不要来了。"

本来打算看热闹的人，看到这个情况，知道没什么热闹可看了，又纷纷把目光投向了自己的赌桌。

白松没有刻意去看,但是他用余光可以看到,这个人被直接赶出了赌场,并没有所谓的退筹码的过程,刚刚那些好听的话,估计是说给这些赌客听的。

张伟也不想赌钱,他就是陪着白松来这边转转,表现得就像一个来旅游的外乡人。张伟打头,所以也没多少人关注白松。一会儿200块钱全都输了进去,俩人又饶有兴趣地看了看别人玩,就从里面撤了出来。

南溪村的夜晚,这个季节也只有五六摄氏度的样子,刚刚赌场里有电暖气和空调,感觉很暖和,外面的寒风则吹得人直想再回到赌场。

二人又转悠了几家,权当旅游了,这会儿已经九点多了。按照雅阁男的说法,就快要到那个用围墙隔起来的地方了。这边倒不像想的那般冷清,一家烧烤摊附近还围坐着七八个人,几个人抱着啤酒喝得很开心。

白松一眼看到了那个从赌场被赶出来的人,慢悠悠地凑了过去。

点了一些烤串,白松和张伟就直接进了旁边的屋子,找了个地方坐好。外面的人还在等烧烤,他俩也不急。

"你怎么总看那个人?"张伟有些好奇,"这个人脸上有花吗?"

"这个人我感觉是警察。"白松很肯定地点了点头,"他刚刚被赶出来的时候,我就感觉他是警察。"

"什么意思?这边的警察要抓赌了?"张伟看热闹不嫌事大。

"不知道,这跟咱们没什么关系。"有些事白松不能和张伟多说,他明天下午就坐飞机走了,也不适合在这里多管闲事。

正坐着呢,白松看着外面的烧烤摊,一下子眼珠都快瞪出来了。

王凯师兄!

他居然看到了经侦的王凯!

此时的王凯穿得很随意,身着一件貂皮大衣,下身是黑色紧身裤,如果不是白松眼神好,肯定没办法看出来是他。王凯身边跟着两个人,其中一个,如果白松没有记错的话,应该就是刚刚去过的第三家赌场里的人。

王凯在这里做什么？什么情况？专案组的成员已经过来了？还是有别的原因？

无论出于什么原因，白松都知道，此时不是碰熟人的时候。他跟张伟说了句"一会儿打包带回旅店"，自己一个人从店里的后门直接出去了。

这里毕竟只是个村子，横竖就那么几条路，白松自己一个人先回到了旅店。

第一百五十三章 留下

"这么早就回来了?"白松到了旅店,前台的大姐问道。

"嗯?嗯,哦……"白松反应很快,面露沮丧之色,"别提了,输大发了,没钱了。"

"哦,"大姐一听输钱了,兴趣立刻减了大半,"跟你一起的那个小伙子呢?"

"不知道,玩去了,不过应该不会回来太晚。"白松说完就上了楼,准备给马支队打电话。刚准备按下通话键,白松突然想起了什么,再次把屋子里整个检查了一遍,没有发现什么问题,才拨通了电话。

本来白松只是想提前来看看,但是看到王凯在这儿,这个问题就开始复杂了。白松从初中开始看人就非常准,也许是得益于优秀刑警父亲的遗传,白松几乎一眼就能看出来一个人到底有什么问题。

之前遇到的那个人,一看就是南方的警察,虽然不排除是天华市的警察,但是白松更愿意相信,这个人是别的地方的人。毕竟整个天华市公安局,除了天华市本地人,其他的几乎都来自鲁省和冀省。

"大晚上的,有什么事?"马支队接起电话,听声音应该还没有休息。

"马支队,遇到个事情,我只能跟您说。"白松长话短说,"我在南溪村。"

马支队一听顿了一下,不过并没有多问,思考了几秒钟,问道:"你那边说话方便吗?"

"嗯,方便,我检查过了。"白松语气轻松。

"嗯,你还真吓我一跳,我以为你被绑架了。"马支队从白松的语气中听出没有什么问题,这才笑骂道,"你小子,怎么跑到南溪村去了?给你放几天假,你都不知道自己姓什么了?"

"嘿嘿,马支队您可不能这么说,我这放假期间还心系工作,没有功劳也有苦劳啊。"白松笑道。

"休息了几天,油嘴滑舌的。你怎么知道这个地方?是王凯跟你说的?"马支队问道,"按照保密规定,你现在不应该知道这个事情。"

听到这话,白松心里踏实了一大半,他就怕王凯也是私自行动,现在看来王凯这边应该是专案组的安排。他接着道:"我如果说,我真的就是和哥们儿一起自驾游,到了蓉城之后,我说想来南黔省东南部看看,结果凑巧就到了这个村子,您信吗?"

"前面的我信,后面的,是不是你到了当地听说了这个事,然后就自己屁颠儿屁颠儿跑过去的?"

"马支队,您真是料事如神啊!"白松拍起了马屁。

"行了,说吧,有什么事?"马支队也觉得这个事情确实是太巧了,但是并没有纠结于这个问题。

"我刚刚出去买烤串,看到王凯师兄了,我看到他和一家赌场的人在一起。"白松有些担忧,"我担心师兄的安全。"

"这个你不用担心,这边不止他一个人,而且也不止咱们一个地方的警察。这个村子乱得很,你得注意你的安全。"马支队解释了一下。

"我没事,今天我也转得差不多了,明天出发去大贵市机场,然后就回天华市了。马支队,咱们专案队不是放假了吗?怎么又开始工作了?"白松问道。

"一直都有人在你现在所在的这个地方监控着,只是你不知道。"马支队道,"现在南溪村已经有不少便衣了,大家都等着部里跨国抓捕的消息,那边已经协调得差不多了,就是缺少一些具体的情况,还需要时间。等过一段时间,国外那边一动手,南溪村这边就不是问题了。现在,这边只能先停着。"

"嗯，明白。"白松道，"那等明天回去，我再想办法了解这件事情。"

"不用，你先别回来了，明天我跟你们队长说一声，你就直接留在那边办公吧。"马支队想了想，"你现在已经到了，而且也没闹出什么大动静，就留在那里，我回头会和王凯联系，说明这个情况，你暂时就不要和王凯联系了。对了，我刚刚听你说，你和你朋友自驾过去的？什么朋友？靠谱吗？有些事情一定注意保密。"

"马支队您放心吧，他是我的发小，虽然不是警察，但是精明着呢，要不是他，我估计都没办法这么顺利地解决一些事情。"白松把张伟夸了一通。

"那也尽量不要让外人掺和这件事。现在南溪村看着风平浪静，实际上却是暗潮汹涌，当地的警察也涉入其中，而且有的你不能百分之百地信任，这句话你明白吗？"

"明白。"白松点了点头。

"我给你安排一个任务。"马支队道，"根据现在已经掌握的情报，主犯在国内还有一个儿子，应该是学龄儿童，今年9岁，你想办法掌握一下他的动向。"

"嗯？"白松想了想，"我有一个情报，有一个被围墙隔起来的地方，每天早上八点左右，会有一辆宾利牌汽车从那里出去……会不会就是你说的那个孩子？"

"你这都是哪里来的情报？"马支队无语了，这么重要的情报，怎么感觉白松都已经准备好了？"你还知道什么？先一并跟我说了。"

"没了啊……"白松很无辜。

"行吧，那你就在那里待着随机应变吧。"马支队道，"今天晚上我不管你，从明天开始你这就算出差了，记得把发票留好。我会尽早安排王凯他们去找你，你别乱跑，这个村子太小了。还有就是你那个朋友，你得把握好尺度。"

"好的！"白松有些激动，挂了电话，第一时间把机票退了。

虽然这个时候退机票要扣钱，但是这趟回去可以报销！

也许是电话交流不方便，马支队说的事情并不多，估计王凯师兄晚上会来找自己吧。这一点白松并不怀疑，王凯要是知道他来了，想找到他是很容易的事情。

只是，白松有些疑惑，张伟去哪里了？

想到这里，白松一惊，会不会出什么事?！

第一百五十四章　风雨欲来

白松收拾了一下东西，穿上外套，急急火火地离开了屋子。

张伟要是有什么事，白松可真不知道该怎么交代，毕竟是他提出来这个村子的。

白松三步并作两步地下了楼，刚刚到楼梯转弯处，就听到了熟悉的声音。

听声音，张伟就在前台呢。

白松立刻放缓了速度，下了楼，看到了张伟。

眼前的一幕让白松又气又无语——张伟正在跟前台大姐吃烧烤。

这是一幅什么画面？白松自己还饿着呢，这哥们儿也不怕他担心，居然跟一个岁数差不多是他两倍的大姐吃起来了？白松仔细一看，可不是嘛，还有酒呢。

"白松，来啊，坐，一起吃点喝点。"张伟连忙招呼白松，这架势跟在自己家一样。

"是啊，过来坐，输钱了没啥可说的，你看小张不就赢了不少吗？这风水本来就是轮流转的。"前台大姐道。

白松搞不懂张伟葫芦里卖的什么药，便过去吃了点，不过没喝酒。三人边吃边聊。

虽然买的是两人份的夜宵，不过因为白松、张伟俩人饭量都大，所以买得很多，三个人吃也够了。这个前台大姐看样子很嗜酒，张伟带了六瓶啤酒，两人很快就喝得差不多了。

白松见两人聊得开心，自己出了门，从附近的商店又买了一提六瓶啤酒，外加一点瓜子、花生。

商店距离这里挺近的，白松买完东西往回走，发现好像有人在盯着自己。白松戴着一顶挺大的帽子，天色也暗，他就装作没看到，直到进旅店的时候，才装作不经意地看了盯着自己的人的方向一眼。

是一个男人，白松没见过。

白松心里大体有数了，也没有多想，直接进了旅店。

这会儿又有两个人来办理入住，看样子也是外地人，不知道是干什么的。

三人又吃了差不多十分钟，两个新入住的男子就下了楼。

这会儿烤串吃得差不多了，张伟和大姐就着花生米继续喝酒。

"你们俩这么年轻，不像是来找刺激的吧？"大姐问道。

"被你看出来了，哈哈，我就是全国自驾游，路过这边，听说了这边的名气，过来转转，这不，把未来半个月的路费转出来了。"张伟一直吹嘘着自己如何赚到上千块钱的事情。

"看你这样子挺机灵的，不过这赢钱啊，可不是长路吧。"前台大姐喝了四瓶多啤酒，丝毫没有醉意。

"嗯？姐，你有什么赚钱的门路吗？"张伟立刻靠了过去。

"想不想发财？"前台大姐眼珠子一转，"我这边有个赚钱的好门路，就看你愿不愿意了。"

"哈哈，只要不违法犯罪就行。"张伟笑道。

"怎么，你是硕士文凭还是博士文凭啊？"大姐脸色略带嘲讽，"赚大钱的路子，全在《刑法》上面写着呢，就看你怎么想了。"

"嗯？"白松喝了口水，"大姐，有什么话，你但说无妨，我们可以试试。"

大姐盯着白松看了三四秒钟："嗯……你不行，你这个哥们儿还有希望。你这样的，话都不会说，肯定不成。"接着大姐把目光转到张伟身上，

"你们来这里之前，听说这里是干吗的了吧？"

"听说了。"张伟也不藏着掖着，直接道，"我听说，这个村子很多人都是做电信诈骗的。"

"可以啊，看样子不傻。"大姐跟张伟说道，"这个非常赚钱，看到那边院里的豪车了吧？你要是想早点把你这辆破桑塔纳换成大奔，明天一大早，可以跟我去应聘一下，我感觉你没问题。"

"应聘……骗子吗？"张伟有点没反应过来，不经意地看了白松一眼，白松脸色倒是很平静。

"虽然这个词听着不好听，但是真的赚钱啊，而且一般人我根本都不会跟他说。比如说你这个朋友，木木讷讷的，求着让我介绍过去我也不会介绍。"大姐慢悠悠地喝起了啤酒，那架势像是在品尝一杯有些年份的干红。

"这个危险吗？"白松对二人说，"听说现在警察查得严，要是被警察抓了，那就啥也没有了，张伟你得考虑清楚啊。"

张伟听明白了白松的意思，白松是想去，而且这个地方应该就是白松要找的地方。

别看张伟平时大大咧咧的，这个不在乎，那个不在乎，但其实他比绝大多数人都有正义感。这也是二人能成为好朋友的最重要的原因。

张伟在社会上打拼了这么多年，一步一步地越过越好，他可是个极为精明之人，看到白松的样子他就知道，白松想进入这个诈骗团伙的基地，但是看样子没有门路。想到这里，张伟点了点头："我想明天去看看，但是我不保证我能留下，我先看看到底能赚多少钱。"

大姐会心一笑："好的，明天早上见。"

张伟和大姐一口气把啤酒喝完了，两人都微醺，张伟称醉，就和白松一起上了楼。

两人一进屋子，张伟就清醒了，一点醉意也没有。

作为典型的鲁省人，张伟虽然很少喝酒，也天天说自己不能喝，但是酒量真不是吹的，用他自己的话说是，最不爱喝的就是啤酒，光喝不醉。

第一百五十四章　风雨欲来

白松没有多说话,又把屋子检查了一下。

结果,床板下面居然新安装了一个录音设备!

白松和张伟面面相觑,张伟此时可不敢笑话白松多事了,这是又有人进来过了?考虑到接下来的事情,白松摇了摇头,示意这个不能拆,轻轻地又给装了回去。

"你感觉这个大姐安排的工作可行吗?"白松问道。

"就是不知道能赚多少钱啊,"张伟很明白白松要说什么,"要是赚钱我就去。明天去看看再说吧。"

"唉,我也想去,现在赚钱太难了……"白松叹息道,"算了,不想了,明天你去看看,如果人家还招人,我也去。"

说完,白松指了指手机,开始编辑消息。

第一百五十五章　卧底张伟（1）

白松去厕所，打开了淋浴的水龙头，接着用手机和张伟聊起了微信。

"这个骗子的老巢，你不能留在那里。"白松打字道。

"为什么？我看你的样子似乎很想进去看看。"张伟不解，"你不用怕，就是一些骗子而已，又不是什么黑社会。"

"这可不是什么好地方。"白松道，"当一群骗子掌握了足够多的金钱的时候，他们就不是普通的骗子了。说真的，我去我都没有多大的把握。"

"没事，你多虑了，我随机应变。"

"不是我多虑，很多事我没办法跟你说。你看看这里的赌场，已经专业化到了一种可怕的程度，甚至可以媲美境外赌场。除此之外，就连这个小小的酒店都已经这样了，你千万不能小看这里。"

"我明白你的好心，"张伟看了看白松，打字道，"但是你现在不方便进去，也进不去。我进去之后不久就出来，你放心，我不逞强。"

"怕就怕，这种地方，好进不好出啊。"白松眉头紧锁，想了想，发微信教给张伟一个脱身的办法，用不到最好，实在不行只能用这个办法。

白松和张伟心情都还可以，二人都没有被外界环境以及这个录音设备影响睡意，一觉睡到大天亮。

早起，两人一起吃了饭。本来的计划是早饭后就去大贵市，不过现在是要长期待下去了。在这里潜伏难度很大，毕竟这里不是天华市那样的城市，而仅仅是一个村子。

村子再大也就那么点人，而且还遍布诈骗团伙的眼线，在这种情况下想留下不被发现都很难,更何况还要去获取重要情报,这基本上就是痴人说梦了。估计即便是马支队,想往这里安插更多的人都比较困难,所以他知道白松已经去了,才会想着把白松留在那里。

张伟找到了前台大姐,说自己很想去看看,赚点快钱。大姐很高兴,跟一个服务员打了个招呼,就带着张伟出发了,把白松自己留在了酒店。

很奇怪的是,一直到现在,王凯师兄也没有来过这里,也没有找过白松。但是白松知道马支队的话的意思,他现在不方便主动联系王凯。

白天的村子远没有夜晚热闹,张伟没有开车,白松就自己开车离开了村子。

白天在这村子里太难待下去了,实在是压抑,白松总有一种被人盯着的感觉,加上王凯一直没有来联系他,他便开车去了附近的镇上。

距离这个村子六七公里就有一个小镇,白松把车子停放在一个饭店门口,进屋吃饭。

白松总有一种感觉,车子上怕是也被人安装了什么东西吧?

到了饭店里,白松心里才略微踏实。

"老板,来一碗肠旺面。"白松招呼道。

早就听说这东西好吃,可惜昨天下盘不稳不敢吃,白松特地嘱咐尽量别放辣椒。

吃完饭,白松走着离开了居民区,找了个地方给马支队打电话,把王凯的情况说了一下。

"王凯没有联系你?他昨天晚上跟我联系的时候,说方便的话去找你。"马支队沉思了一会儿,"你在村子里还遇到什么事情吗?"

白松一五一十地把昨天晚上和前台大姐喝酒,以及张伟今天进了骗子窝的事情给马支队汇报了一下。

"白松,以你对村子情况的了解,你把你的想法跟我说说。"马支队道。

"嗯,我觉得王凯师兄倒是没什么问题,他跟村子的一个赌场有了交情,他本就是学经济犯罪的,糊弄几个赌博的没什么难度。我个人感觉,他是觉得现在不方便来见我,这倒没什么问题。"白松想了想,"但是现在村子里明显有点不对劲,我还是担心会发生什么事情,尤其是张伟那边。等他今天回来,就得让他离开了。"

"对,你这个朋友不宜久留。"马支队道,"是时候给你们安排一点增援过去了。"

"可是,增援太容易被人发现了,一下子来四五个警察,目标太大,咱们现在不是不能打草惊蛇吗?"白松道。

"你现在所在的小镇是个好地方,可以暂时安排在这里或者县城。"马支队想了想,"不过,老警察身上的气场太强,得安排几个年轻人,最好就是你这个年龄的,看着像大学生,不会有人认为是警察。咱们分局这个年龄段的我不怎么熟悉,你有合适的人推荐吗?"

"马支队您太客气了,不过既然您这么问了,我想推荐法医孙杰、王华东,还有三林路派出所的王亮。"白松道,"另外,我感觉还需要几个能跟这边协调的人。"

"协调不用你管。你在镇上待着吧,傍晚再回去。最快今天晚上,增援的人就能到。你注意自身隐蔽,保持通信畅通。"马支队再次嘱咐道。

"好的,您放心。"挂了电话,白松心中大定,虽然远在几千公里之外,但是有"后台"的感觉是真的好。

在镇子里转悠了好几圈,白松真的把自己当成了游客。越是这种心态,越容易隐藏自己,不过白松一直担心着张伟。

上午在镇子里逛了好几圈,吃完午饭,下午三点多,白松就驱车回了村子。

村子看起来没有任何变化,与昨天来的时候看到的情况一模一样,甚至更安静了。

第一百五十六章 卧底张伟（2）

白松还是决定先回旅店。进了旅店，看到前台大姐还在，而且情绪如常，白松心中稍定。

"这一天怎么没见你人啊？"大姐主动打招呼。

"我出去转了转，到镇上取了点现金，晚上再去玩会儿，嘿嘿。"白松神色得意。

"嗯，那估计你今天运气会不错啊。"大姐笑道，"要是赢钱了，可不能小气，就算不请客吃饭，也得有喜烟啊。"

"那没问题！"白松一副志得意满的样子，"对了，我兄弟怎么样了？成功入职了吗？"

"这个你放心，我说行的人，肯定都行。他们最近招人招满了，你在姐姐这里多住几天，说不定我也能把你推荐进去。"大姐有些羡慕地说道，"今天你那个兄弟面试得非常好，我看那里的头儿挺器重他，估计这小子要发达喽。"

白松看这个大姐的羡慕不似作伪，问道："大姐，您给那边介绍人，是不是还有提成啊？"

"嗯？"大姐看着一脸傻气的白松，心道这个人肯定不能介绍过去，这种事心里知道就行，直接问出来，怕是不够精明哦！但她还是回答道："哦，是这样，不过啊，得人家能通过才行。你这样的，还得多练练，精明一点才行。"

大姐有些嘲讽白松的样子，白松装作没听出言外之意："嗯嗯，等我今晚到赌场大杀四方,哈哈……"

"对了,"白松问道,"我那哥们儿,他今晚还回来住吗?"

"就这地方?"大姐呵呵一笑,"告诉你,人家现在住的地方,可比这里好几百倍。咱们这里距离大海够远的吧?我听说人家那里顿顿有海鲜。至于赚的钱,呵呵……"

白松又装模作样地聊了几句,这时一辆白色的厢式货车停靠在了酒店门口。

大姐本来还有些趾高气扬,看到这个车子吓了一跳,连忙从柜台里出来,三步并作两步地走了出去。

白松见状也走了出去,想看看什么情况。

只见两个人从驾驶室和副驾驶室中下来,快步走向车后,一左一右打开了厢式货车的后车门。其中一人跳进了车里,另一个在车后,不一会儿,两个人从车里抬出了一个人。

白松一看,是张伟。

此时的张伟,眼睛通红,身体略有抽搐,面色惨白,全身昏软无力,大大的呵欠一个接一个。虽然天气很冷,但是张伟这个时候像是进入了冰窖一般。

白松三步并作两步地跑了出去,扶住了张伟,随即怒视两个男子:"我兄弟怎么了!"

一个男子哼了一声:"还问我!你问问他自己吧!"

男子说完,冲着此时已经站在他面前的前台大姐不客气地说道:"这就是你给我们介绍的人?我们大嫂很不满意,她让我给你带句话:有些钱,不是那么好挣的!"

男子说完,丝毫不顾白松他们,直接关了后车门,接着走到前面进了驾驶室,另一个男子进了副驾驶室,车子绝尘而去。

大姐如丧考妣,过了十几秒才恢复过来,绝望中略有些失望地看了眼张伟,叹了口气,这能有什么办法呢?

"大姐，我兄弟到底怎么了？"白松怒气冲冲地盯着远去的货车，"他们怎么这样！我要报警！"

"唉……"大姐有些无语地转身往旅店走去，到了门口的时候才说道，"你这个朋友，算我看走眼了。你说说他，这么年轻，大好青春，怎么会沾这玩意？还有，我昨天晚上居然没有看出来……算我倒霉！"

白松再也不顾，直接跟前台大姐说道："我衣服先放你们店里，回头再来拿！我先带我哥们儿去医院！"

说完，白松扶着张伟上了车子。

车子开得飞快，白松一路上也没跟张伟说话，一口气开到了县城附近，找了一家县城边上的修车店，然后下了车。

"老板，"两人走进修车店的办公室，张伟主动找到了老板，"我这车是二手车，应该是有人给我装了窃听器或者GPS（全球定位系统），帮我把全车检测一下。"

"没问题，包在我身上。"老板对这种事情轻车熟路。

白松对车子不甚了解，张伟则不然，他全程跟着老板做了一次检测，还真的在车子上找到了一个窃听器，跟在酒店发现的是同款。

拆掉了窃听器的电池，付了钱，二人离开修车店之后，白松才算是真的安下心来。

"你这招确实是好用。"张伟心有余悸，"他们那里面几乎都是军事化管理，根本就不让出来，要不是装作毒瘾犯了，他们真的不会放我出来。"

"嗯，跟我猜想的没多大出入。这个地方毕竟是国内，他们不可能养一个瘾君子。"白松拍拍张伟的肩膀，"你开车去两广吧，这边不适合你久待了。"

"好。哈哈，说真的，太刺激了！我跟你说，他们有一间屋子，一地的钱，全是现金！真的，就算在银行我也没一次性见过那么多现金！好多骗子，那个狂热劲，我感觉真的跟吸了毒一样！"

"你没事吧？"白松有些担心。

"我没事,就是把眼睛弄那么红有些难受,不过没啥大问题,确实是刺激……这伙人应该不简单,你得小心。"张伟道,"这车子目标太大,我就不给你留了。你回去以后得多注意一点了。"

"放心吧,我是警察我怕啥?"白松微微一笑。

接着,二人开车去了县城。一路上,张伟把他今天的所见所闻详细地告诉白松,包括整体的地形,白松全部记在了心里。

二人告了别。白松也不想给马支队省钱了,自作主张,在县城的租车行租了一辆"豪车"——本地牌照的老旧五菱之光!

第一百五十七章 会合

其实租赁这辆车,白松纠结了很久。

这辆五菱之光的车龄只有七年多。五菱之光2003年在国内上市,至今也有九个年头了,这应该也是比较早的一批了,车龄跟张伟的桑塔纳差不多。

但是,谁能告诉白松,七年多的车,怎么竟有40万公里的行驶里程?

租车行仅仅要了2000块钱的押金,身份证都懒得登记,直接就让白松开走了。而且,最牛的是,即便已经行驶40万公里了,这车子还照样跑得很欢实。

五菱之光在南黔地区,属于最不显眼的车。最让白松满意的是,这车子结构非常简单,开着车,车里除了音响不怎么响,其他任何地方都响。

所以说,窃听器?不存在的!

除非把窃听器安装在白松的嘴边,否则一句话也别想窃听到……

再次回到村子的时候,天已经黑了。白松并没有换地方住的打算,又回到了旅店。

白松刚到旅店门口,就看到有几个人正在往外面搬东西,前台人员也从之前的大姐换成了一个小姑娘,看着很漂亮。

"您好,您办理入住吗?"小姑娘非常客气。

"我之前在这里有房间。"白松指了指那几个搬东西的人,"这是怎么回事?"

"哦哦,没事的,我们老板家里有事,最近不在旅店住了,旅店正常营业，我是店员。"小姑娘声音很轻，却给人足够的信服感。

"哦……"白松看到搬的东西确实像是之前那个大姐的生活用品，心中稍定，"我的房间没事吧？"

"所有住客都没事。"小姑娘翻了翻登记簿，"您是哪个房间的？需要打扫吗？"

"哦，不用了。"白松径直上了楼。

进了房间，白松惯性地把屋子里查探了一遍，却发现昨天安装的窃听器居然已经被拆掉了。

白松略微一想就知道怎么回事了。最早的针孔摄像头，应该是这个大姐安装的，目的肯定不纯，但是这个大姐也就是做一些没有道德、轻微违法的事情，给骗子团伙牵线搭桥，充其量算是个帮助犯。而后来的窃听器就不一样了，肯定是骗子团伙安装的。

大姐准备推荐的每一个对象，他们都会提前进行"考察"，而现在张伟失去了作用，这个窃听器也就没必要存在了。

想到这里，白松明白了两件事。第一，这个骗子团伙的实力非常强，而且招揽了一些骗子之外的人才，绝对不能小觑，这个前台大姐犯了个错，推荐错一个人，居然吓得连夜跑了，由此可见一斑；第二，对方不监视和"考察"自己，那么自己肯定没有可能亲自进入团伙里看看什么情况了，只能使用张伟冒着危险获得的情报。

躺在床上，白松给手机充着电，脑子里不断地重复着张伟给他说的情报，并按照张伟所说，把张伟提供的一些地形的特征，牢牢地记在了脑海中。

你有张良计，我有过墙梯。不知不觉中，前一段时间当抢劫案副探长的经历给了白松另一种思考方式——统筹。

正想着，突然，白松听到有人开门锁。这个声音传到白松耳中后，白松发现自己的激素分泌能力瞬间提升了。

白松一下子从床上弹起，大脑飞速双线运转，手不自觉地拿起了自己的

第一百五十七章 会合 | 127

背包，同时已经考虑好了几种逃跑路线。

这里是二楼，直接跳窗！虽然白松不知道是谁在开门，按理说只有前台有这里的钥匙，张伟都没有。

无论是谁，这个时间点直接拿钥匙开门，那一定是敌人！

白松一个箭步上前打开了窗户。除非进来的人已经举起了枪，否则白松有信心能逃掉。

"白松，你这是……打算跳出去？"王凯进了屋，看到已经站到窗台上的白松，一脸震惊，"没啥事啊，可别想不开啊。"

白松看到王凯，一下子放松了下来……

从非常剧烈的激动情绪恢复平静，白松感觉有些站立不稳，一屁股坐到了窗台上。

"我说师兄……"白松刚想说"你怎么就这么进来了"，却一眼看到了王凯后面的几个人。

孙杰、王亮、王华东！

白松这个激动啊，他乡遇战友，这可比他乡遇故知要幸运得多！

白松也顾不得了，直接就向前迎去。

可是，剧烈恐惧与激动之后转为平静再转为喜悦……白松的身体一下子紊乱了，一起身就跪倒在了地上。

"哎呀，别这么客气……"

"看到我没必要这么激动……"

"没必要行此大礼……"

"平身，平身……"

一群损友，也不扶白松，就在门口哈哈大笑起来。

白松差点被气得过去了。

白松缓缓地站了起来，坐在床上，这才看到四人的后面还有一个女孩，竟然是前台的女服务员。

他这才明白，这几个人是如何直接开门的。问题是，怎么把女服务员带上来了？

王凯等人笑话完，没有多说话，而是拿出一个小仪器，把整个屋子扫了一遍，发现没有问题，才点了点头。

"来，我给你介绍一下。这是我的师妹，你的师姐，王梦轩，2006级侦查系毕业，现在在市局便衣总队工作，这次是和我们一起来的。"王凯道，"本来一直想找个地方工作，可是这村子岗位太少。今天晚上，这个旅店的老板不知道为什么急着要走，我得到这个情报后，想办法让她过来当一段时间服务员。"

"嗯……"白松没好气地道，"把门锁一下吧，我辛辛苦苦在这边帮忙，你们居然嘲笑我。这房间我早就检查过了，之前有个窃听器，今天白天已经被拆了。还有就是，这个旅店的老板，是因为我跑掉的……具体的原因，我给你们讲一下，咱们顺便先共享一下现有的情报。"

第一百五十八章　情报分析

"好。"王凯点了点头,大家也都分开坐好。

"我来这里的时间比较长了。这个村子的地形图在这里,主要的道路有两条,其中入村的这条路贯穿全村,把村子分为南北两边。我们所在的地方位于南边偏中间一带,这个村子的居民有一大半在这边住。南边还分布着三家规模化的赌场和十几家小的牌站、两家洗浴中心,都存在不正当交易。

"除此之外,还有六七家大小不一的旅店,咱们现在待的这一家,算是中上档次的。

"再说村北部。北部目前有一片大院,就是骗子的老巢。北边还分布着两家规模化赌场和一些牌站,以及若干家酒店。全村的原住民有两百多户,五六百人。目前这个村有八百到九百人常住,而且晚上人比白天多。晚上这里可以吸引不少外地来赌博的。

"这里的派出所只有一个警察,其他全是辅警。这个警察目前也没办法信任。马支队那边的意思是,这个县局暂时不是我们的合作对象,我们需要合作的,是对应的南黔省东南地区的公安局,如果开展行动,他们会配合我们,这边的纪委也会配合我们。

"现在,马支队那边已经准备出国了,外交部与柬国的联络比较顺利,但是再顺利,估计也要用一周的时间,这段时间我们还真的不能打草惊蛇。

"据我们掌握的线索,前一段时间,以邓文锡为首的骗子集团已经往国外转移了不少资金,现在他们的银行账户出了问题,他们往国外转移的其他途径也被我们掐断了。所以现在有十九名骨干成员,以及邓文锡的老婆、儿子还在国内。"

"邓文锡挖空心思地试图打通新的转移资金的路线,而且将会更加隐蔽,预计时间差不多要一个月。一旦他的资金全部转移成功,这些人都会离开国内,而邓文锡可能就会移民到政策上与我们不怎么一致的国家,到时候才是真正的麻烦。"

"我们的任务,就是监控好这里的情形,同时必须保持这里的稳定。这是目前我们同其他几个地方的兄弟达成的共识。"

"目前这个村子里,除了我们,还有三个省的公安人员,都处于隐蔽的状态,等待境外抓捕的开始。"

"目前就是这么个情况。"

"啥?找这么多人来,就是在这里等着?"白松一脸无语,"我还以为马支队派增援,是为了动手呢。这几天这些骗子又骗钱怎么办?"

"没办法,以大局为重,现在动手抓到这几个人也没什么用。至于他们最近的违法行为,都是可控的,这一点不用咱们担心。国外那边,说不好,也许当天就可以动手抓,也许得等半个月甚至一个月。那边是不可控的,所以只能以那边为主。而且,这次可不止王亮他们三个,这次来的增援差不多有十几个人,不过目标太大,没有来村里,而是在附近的小镇。"

"行吧,那这个围墙里面,就是骗子的老窝,有哪些情报?"白松接着问道。

"这里的问题比较大,我们现在只知道,这个院子的后面还有一条路,这条路非常难走,一般的车子行驶起来会非常困难,估计越野车才可以通行。除此之外,通过围墙,我们可以计算出这里的大致面积还有方位。"王凯画了幅图,"院子的位置比较高,里面的情况拍不到。"

白松拿过王凯的笔:"这个院子,里面是这样的:这里是生活区,有二十几间宿舍,有的是两人一间,有的是四人一间,除此之外,还有一些地位比较高的人员住在这三幢三层小楼里。东边是个食堂,每天车子就是从这边的外面交接东西,外面的车子是进不去的;食堂的旁边,还有这里,这是机房,也就是骗子骗钱的地方。

"按照机房的走向和外面电缆的方向,这条线,就是我画的这一条的地下,应该就是通信电缆。

"这个院子的中心区域,这里,有几处假山。这个屋子里是钱,摆了一地面的钱,现金,用以激励入职不久的骗子。

"这里,也就是最北边,养了狗,具体多少只不详,但是至少有十几只,而且不怎么叫,应该是受过训练的。

"大体就是这样。"

王凯和王梦轩瞪大了眼睛,仔细地看了看白松画的图:"这些消息,从哪里来的?"

"这得从我是怎么来这里的说起……"

白松长话短说,把从得知这边的线索,一直到张伟进入骗子老巢当卧底等,从头到尾说了一遍。白松强调,自己的这个发小,虽然从小没什么正形,但是三观那绝对是正得可以当尺子用。

王凯沉默了,接着叹了一口气:"你这个哥们儿以后要是去天华市,你跟我说,我得见识一下,这真的不是一般人。很多经过专业训练的人,都没法做得这么好。尤其是咱们这些人,谁进去都容易露馅,警察去当卧底其实是最难的。"

"你这个朋友,"王梦轩想了想,"虽然不是警察,但这个事情也必须记下来,要报给市局的。"

"嗯,"白松点点头,"他现在已经离开这边了,以后会有机会的,不过报给市局这个事,到时候再说。师兄,这个案子,咱们支队那边是不是没人了?"

"是啊,一部分人出国了,这边来了十几个,这就差不多二十人了。出国那边的还好,市局也出了不少人,但是咱们支队那边真的不多了。还有九十多个嫌疑人正在逮捕期间,检察院又退查了海量的材料,现在是于德臣师傅在那边做专案内勤,整个案子的所有材料……"

"于师傅？他虽然能力很强，但是身体能行吗？"白松有些担忧。

"没办法，家里不能乱，马支队要出国，这个案子一般人端不住。"王凯道，"于师傅自己主动请缨的，也真的难为他老人家了。"

第一百五十九章　突发杀人案

"辛苦于师傅了……"白松可是真的知道专案内勤有多累，这一般是年轻人干的工作，特别费脑子。

几个人又聊了一会儿。现在这个旅店一共有三个服务员轮班倒，另外两个都是本村的居民，上班的时间很不固定，基本上是谁有空谁来，按天结钱。

这个村子里的工作岗位并不多，别看那些骗子那么有钱，赌场又那么多，这并不代表这里的老百姓就多么富裕，因此这里一直都是劳动力多于工作岗位。之前老板大姐在的时候，她自己就能钉三分之二的班，现在她走了，这三个人就各钉三分之一了。

因此今天是王梦轩，明天、后天就都不是。

王梦轩伪装的身份是别的村子的人，因此，她只有上班的时候可以在这里出现，其他时间就要去镇上。

真正能够在这个村子久待的，目前就白松等五人了。

王凯继续用之前的身份，外地"凯子"？呃……本色出演啊……

白松等四人以赌徒的身份出现，因为村子里的外地人里，最多的就是赌徒，而且很多是年轻人，穿得稍微奇葩一点，再贴点文身贴，确实不会有人注意到什么。

二十岁左右的大男孩，行事再稍微夸张一点，任谁也不会往警察这方面去想。

王梦轩帮忙又开了一间房。这个旅店总共十一二间房间，入住率一般是一半左右，空房倒是有的。白松和王亮一间，孙杰和王华东一间，王凯还回自己之前的住处。

他们把所掌握的情况都说清楚了，进而考虑接下来的行动。几人约定了一些暗号和接下来的计划，王梦轩就下了楼，王凯也走了。

"咱们四个出去转转？"王亮问道。

"你们谁会打牌？"孙杰环视三人。

"我会。"王华东举手。

"那行，"孙杰拿出两副扑克，"你来教教我规则。我啥也不会打，回头装赌客也没法装。"

赌术这东西，要说有，那确实是有。只不过，只要不出千，牌技其实没什么用。给你一副牌，玩出花儿来也是那些牌。真正的牌技应该就是两点：第一是精算牌面，计算什么样的情况下自己的胜率能达到50%—53%；第二就是心理博弈，这需要对对手有一定的了解，而且能看出对手的伪装。

这两点，其实都非常难：前者，高出的那点胜率，真的还不够抽水的；后者，有时候你越执迷于看透他人，越容易暴露自己。

而且他们几个作为警察，也不可能真的去赌钱，只是混迹于牌桌，哪怕是站脚助威，最起码得知道规则吧。

王华东讲了一会儿，几个人直接拿扑克牌打起了"升级"。孙杰现学现卖，玩得还算可以。

至于"斗牛""21点"这类的牌，其实跟比大小没啥区别……

正玩着呢，门口传来急促的脚步声，几人还未作反应，就传来了咚咚的敲门声。

屋里这么多人，也没啥可怕的，白松直接打开了门。

"什么事这么着急？"白松看到是王梦轩，一看表，都快晚上十一点了，啥事这么火急火燎的？

王梦轩快步走进门，把门关上后一语惊人："死人了！"

"死人了？"白松眉头紧蹙，"谁死了？怎么死的？"

"赌场的人！赌场的工作人员死了一个，被人下了毒！"王梦轩把声音压得很低，但是四人都听得清清楚楚。

这个节骨眼，有人杀人？

白松可绝对不相信这个也是自杀。

本来还坐着的三人唰的一声站了起来："怎么回事？在哪里？人抓到了吗？"

"你们先别激动。"王梦轩道，"消息是王凯师兄告诉我的，我这里脱不开身，但是王凯师兄只跟我说了一些情报。"

"师姐，你把你知道的都说一下。"白松道。

"差不多五个小时之前，有人在村北边的山上发现了尸体，距离村子有六七百米。是村子里的猎户回村的时候发现的，他见一个人卧倒在地上，去试了试呼吸，却发现人已经没呼吸了。

"这边的救护车从县里过来之后，就说人已经死一两个小时了，救护车根本就没拉人，直接走了。当地县局的警察也来了四五个，估计这会儿还在现场。

"王凯师兄那边的情报是，死者是赌场的男服务员，今年二十多岁，死因只知道是中毒，其他的就不知道了。"

"去看看？"孙杰提议道。身为法医，他对这种事情最有发言权。

"不能去。"白松声音坚定，"越是这种时候，我们越不能去。"

"为啥？"王华东一脸不解地问道。

"这片大山这么大，如果真的是杀人藏尸体，至少好几天找不到尸体，顶多先报个失踪。"白松想了想，"现在人虽然死在北边的山上，但是这哪里算是藏尸体？我怀疑这是一个陷阱。"

"你是说，有人想通过这件事情，把这个村子里所有的警察都找出来？"王华东想了想，"还是说已经有警察打草惊蛇了？"

"这个我倒不担心，虽然这里有好几个省份的警察，但是能派到这里的，"白松环视四周，厚着脸皮说，"可都不是一般人。但是，毕竟最近有不少风吹草动，骗子们也人人自危，我有一种预感，咱们如果就这么过去了，会全部被钉上。这起命案，就算不是骗子们亲手做的，也一定与他们有关系。"

"你说得有道理。"孙杰点了点头，"那就这么放任不管吗？"

白松向王梦轩问道："师姐，王凯师兄怎么说的？"

"他只是把这个情报提供给你。对了，他还说，你们四个你来负责，他那边没法脱身。"

"好，那么我的观点就是，今天咱们谁也不去。大晚上这么入山太危险了，让这边的警察先侦查吧，毕竟也是县局，我们继续养精蓄锐。"白松表现得比较沉稳。

第一百六十章　秘密侦查

白松知道，无论大小，只要是当了领导，就必须对自己的队员们负责。

异地他乡，半夜十一点，地形完全不了解的大山……人生地不熟，还没有管辖权，去凑这个热闹干吗？

"王凯师兄有没有说，是哪个赌场死人了？"白松问道。

"说了，是村南边的，从东往西数第二家。"王梦轩道，"你要是不问我，我都忘了说。"

"嗯，行，谢谢，师姐你先去忙，我们几个商量一下。"白松点点头。

王梦轩点了点头，显然对师弟的沉稳表示认可，转身离开了屋子。

白松看了看孙杰，孙杰又看了看白松："王凯说你来负责，这边就是你负责。你来得比我们早，对现场也比我们熟悉，我们几个人都听你安排。"

"我也听你安排。"王华东道，"你还是副探长你忘了吗？本来就是我上司。"

王亮哼了一声，啥也没说。

"嗯，好，我们现在一起商量一下吧。"白松坐回刚刚打牌的地方，开始摆弄起扑克牌来。

"首先，我们今天晚上主要的目的地还是这家赌场。这几家赌场的分布，就是扑克牌摆的方位。这个时间段是赌场最热闹的时候，我们装作啥也不知道，直接去，没什么问题。"白松道，"两人一组，相互照应，如果发现有人跟踪或者盯梢，先直接忽略。"

紧接着，四人开始讨论，制订了几个方案。

王亮主动提出，要黑掉赌场的监控。

这倒是令其他三人都刮目相看了……

敢情他们中间还有一个黑客呢！

王亮嘿嘿一笑，故作神秘地道："这些赌场也好，其他地方也罢，无非是买了台机器和几个摄像头，主体还是一台破电脑，这有什么难的？只不过，还需要把一个无线网卡插进电脑里……"

"好，你去插这个网卡。"白松直接说道。

"啥？"王亮一脸蒙，"技术人员就这个待遇吗？"

"技术人员？你没看人家007系列，这些事不都是主角自己全部包办吗？"王华东语气有些夸张，"我们最多帮你做点后勤工作。"

"我错了，各位大哥，"王亮秒怂，"我就是半吊子……"

大家哈哈一笑，不再拿王亮开玩笑，接着制订计划。

十一点半，四个人分成两组，溜达着到了这家赌场旁边的赌场。

先来这边转转，不急。王亮最近一直在苦学计算机技术，这次出于不可告人的想要人前显摆的目的，带了四个无线设备，可惜还被大伙嘲笑了一番。

这些所谓的赌场，其实就是依托于居民房，外面加盖了彩钢房，没什么太高级的，而且人员流动很大，并不是所有人都兑换筹码，进来只看不玩的大有人在，赌场不可能赶他们走，毕竟这样增加了人气。

虽然这里属于偏远地区，但是赌博能猖狂如此，在王亮等人看来确实也算是奇观。

这些赌场，外边看着光鲜，但跟国外的超大赌场完全不是一个级别的，所谓安保人员，也就是三五个本村或者外村的年轻小伙子。王亮不费吹灰之力，就把一个无线设备安装在了赌场的电脑主机箱后面的USB（通用串行总线）接口上。一般来说，这东西不会有人动，有人发现了也只会认为是3G上网卡，因为这东西确实就是一个3G上网卡。

几人转了几圈，在不同的赌桌间转悠，加油助威，遇到有人赢大钱的时候也跟着一起激动，甚至于有个哥们儿给了王华东一个 50 块钱的筹码。

几人转悠了二十分钟，这个赌场里的人也许是不知道发生了什么事，并没有任何的异样，几人转悠着就出去了，丝毫没有引起注意。

而到了第二家，也就是出事的那家赌场的时候，就发现那里明显有些乱了，赌场里面已经一个人都没有了，外面还拉着一条警戒线，看样子刚刚拉上不久。

两个辅警在这里有一搭没一搭地聊着天，维持着秩序，附近有十几个群众围观，还不知道发生了什么事。

"这边赌博就这样，警察来了都不抓？"人群中有人有些兴奋地问。

"你小子懂个屁，说不定发生了什么大事！"其中一个岁数大的一副似乎知道什么的样子。

"刚刚里面玩钱的被抓走二十几个，你们没看到吗？个别腿快的跑掉了，其他的都被带走了！"一个四十多岁的男子道，"还真把赌博当合法的了？估计是这家老板搞得有些过分了。"

"这么说，最近要严打了？"大家一听到这个更好奇了。

"估计是，具体啥事我也不知道，我也是刚刚听别人说的，现在跑过来看看。"男子有些底气不足。

"说了半天没亲眼看到，那你在这里说啥？"

本来附近还围了几个人，结果听到这哥们儿扯淡，立马撑了回去。

白松几人站在人群最后边，轻声聊了起来。

"看来这家赌场肯定开不下去了，人都被带走了，这边县局还是挺狠的。"王亮道。

"嗯，肯定的啊，这现场一个经历过刚才的事情的人都没有，说明刚刚在这附近的都被带走了呗。"白松点了点头，"这种情况下，这里面的录像，还有机会看到吗？"

"你行你来。"王亮把手伸向了前方。

"那算了，咱们去附近两家赌场看看。"白松道。

"这几天估计会抓赌吧,咱们会不会被抓?"王华东有些担忧。

"这边的警察忙不过来的,抓紧时间去看看吧。另外,趁着今晚有些动静,我觉得有必要探一探骗子的老巢。"白松道。

"去干吗?"另外三个人凑到了一起小声问道。

"当一回007啊,还能干吗?"白松面不改色。

第一百六十一章 调查

白松四人都是对周边环境有着敏锐洞察力的人,当地警察的动作牵动了周边很多人的神经,平时仗着天高皇帝远无所顾忌的一些人此时也嗅出了异样,附近的气氛越来越不正常了。

本来在这边吹牛打屁的围观群众逐渐散了,附近围的人各怀心思,白松等人分头慢慢地离开了人群,倒是也没人跟踪。

四人溜达着到了另外两家赌场,这会儿工夫,人都少了一半,现在还玩的,那可真是"资深牌友"了。

转悠了一阵子,四个人一起去了村北部。白松来这里有几天了,但这还是第一次踏足村子的北部。所谓南北,只是被一条路分开而已,此时这边似乎更加热闹。

白松等人刚到这里,没走多远,就看到一个男子被人从一个屋子里扔了出来。

真的是"扔"出来的,这个瘦小的男子在地上滚了两圈才停下来。

这里也就是普通的土路,男子沾了一身的泥巴,慢慢地爬了起来。

"看什么看!没见过暂时输点钱的?"男子个子不高,口气倒是不小。

"没见过被人扔出来,起身能这么娴熟的。"王亮直接道。

"关你们什么事?有多远滚多远!"

本来白松等人想悄无声息地行动,但是被人欺负到脑袋上了啊,王亮最是气不过,自己走到了前面。四个人本来就相互隔着几米距离,现在又稍微拉开了一点距离。

白松见状，连忙上前拉住王亮，自己走到了这个哥们儿的面前。

"没钱了？哥们儿别急啊，咱有话好好说。"白松拿出了从张伟那里得到的半盒中华烟，抽出一根，递给了瘦小男子。

张伟走的时候落下了一件衣服，衣服里倒也没啥东西，就剩半盒烟，白松知道这烟很贵，就没扔，此时倒是派上了用场。

男子斜着眼看了一下白松，又将他从上到下打量了一番，心想这就是个小屁孩，于是拿出打火机，点着后美美地吸了一口。

"嗯？真烟！"男子意犹未尽，又重重地吸了一口，含在嘴里久久未吐。

男子就是本村人，在附近工厂上班，有时候小赢二三百的，也就抽个玉溪，软包中华一般可是抽不到，而且这边假烟也多。想着，他又赶忙多抽了几口。

"咋了？有啥赚钱的道道儿？"男子反问道。

"哈，也没有。我们几个从外地过来，听说这边生意好做，家里长辈让来探探路，在这村子里找一找，看看有没有合适的地方，"白松想了想，"就是想找个对附近熟悉的人。"

"就你们几个？拿我当傻子？"男子又狠狠嘬了一口烟，含了十几秒才吐出去，"行了，小伙子，谢谢你的烟。"说完，男子恋恋不舍地看了眼烟头，还是扔到了一边。

"我们几个自然是不行，但是我爸认识'大嫂'，你觉得行吗？"白松语气平静。

男子已经迈出了两三步，听到这话一下子停住了，顿了几秒，还是转过了身，神色有些许激动："你们没逗我？"

白松耸了耸肩，不置可否。

邓文锡掌握的犯罪集团差不多快有十年历史了，虽然他已经离开了国内，但是他的妻儿在此地的威信也不是闹着玩的。白松本来还特别不理解为什么这里会这么乱。

答案不言而喻，这里面肯定有人在推波助澜，而且一定是大院里面

第一百六十一章 调查 | 143

的人。

这附近，民风好赌。几个人在饭店吃完饭，碗盘撤下之后，把桌子擦干净，随便拿出两副牌，都能赌几圈。因此，有人领头在这里搞起了大的，就不用担心没有客源。只是这些地方，甚至于旅店，都和骗子集团有着或多或少的关系。

看得出来，这些人想把这附近搞得乌烟瘴气，更易于他们躲藏。

"本来以为你是本村的人，知道点啥，看样子也是个胆小的人，就这样，你回家吧。"王亮不知道白松有什么目的，但是还是帮衬了两句，"走吧，咱们进去找个知根知底的人。"

白松点了点头，招呼几人往赌场里面走。

"哎哎哎，别啊别啊。"男子小跑几步，一把拉住了白松，"这位小哥，不用不用，有啥事你就跟我说。我是本地通，这附近哪里我都清楚啊！"男子还是不太相信白松，但是以他赌徒的心理，怎么可能放弃这种机会？于是立刻凑了上去。

"你都清楚？"白松嗤笑了一声，"你都清楚也不至于这样。不过，我确实有些话要问你，你还得给我保密，能保证吗？"

"这个你放心，我这个人嘴巴特别严，我答应你！这么说吧，你说啥我都保证不外传，外传我死父母！"男子拍拍胸脯。

"行，我问你一下，这边……"白松把嘴贴到了男子耳边，轻声说了几句话，这几句话九真一假，一般人也听不出来有问题。

"还有这种事情？"男子一愣，混迹这么多年，白松说的他居然不知道。

"这你都不知道？"白松十分诧异，"这你都不知道，你还玩？"

"嘿嘿……"男子挠了挠头，从口袋里掏出一包不知牌子的烟，熟练地抖了抖，发现烟盒里就剩一根了，主动递给了白松，"小哥，讲讲，我肯定懂，可能因为咱们不是一个地方的，说法不太一样。"

白松没有接烟，示意男子自己抽，接着道："你要是连这些都不清楚，那我很怀疑你对这附近到底了解不了解啊……不过看你可不笨，我刚刚说的那些，你都听懂了吧?"

"懂懂懂!"男子一听白松这句话，精神头立马蹿上来了，"我给你分析一下，你看我说得对不对吧。"

"这个就不是你需要操心的了，就我跟你说的这些，你都明白吧?"白松又解释了几句。

"嗯!"男子仔细听了听，这才完全懂了，一拍大腿，"我说我最近怎么总输!把我当'凯子'了!还有这回事!"

第一百六十二章　50 块钱的宣传

"我感觉,最近我都是赢三把输七把!就这个赢的概率,肯定是赌场动手脚了!"男子神情激动,说完直接向赌场走去,要去打架。

"你这细胳膊细腿的,一会儿再被扔出来。"王华东在一旁笑道。

男子脸色苍白,见四人都没有拽他,低着头又走了回来。

"你们开赌场的,怎么可以这样?"男子有些语无伦次,"我、我也要开赌场!"

"你?"白松丝毫不为所动,只说了一个字,便把男子好不容易积攒的气放没了。

"唉……行吧,各位小哥,你们有啥事情,交给我,我无论如何都要帮你们!"男子似乎是要抓住这最后一根稻草,改变命运。

说完这话,男子点着了自己的香烟,吸了一口,因为心情的剧烈变化,咳了起来。

"什么破烟!"男子咳了几声,心情不一样,刚抽完中华就抽这个,他嫌弃地把烟扔了,眼巴巴地看着白松。

"没你啥事,今天你先去忙,明天有事我再找你,这大半夜的。"白松挥了挥手,没打算再给他烟。

"哎哎,行!各位小哥,电话,电话!"男子嘿嘿笑道。

白松拿出手机,跟男子要了电话号码,存到了手机里:"明天再说吧,这会儿也够晚的了。"

说完,四人转身准备离开。王华东突然想起了什么,把刚刚人家给他的

50 元筹码抛给了男子："去买包好烟抽吧！"

男子接过筹码，这个东西，他太认识了！

这个村里赌博的地方虽然多，但是能用筹码的，两只手绝对数得过来！

50 块钱！

这可比他一天打工的工钱还要多！

可是，再看看人家这几个人，50 块钱都不放在眼里，仿佛 5 毛钱！不，1 毛！

这可绝对不是简单人物啊……

男子十分激动，一拿到筹码脑子就充血了。他输了这么多，怎么可能舍得买烟？转身就进了赌场。

"什么？这个只能折抵 25 块钱？"男子从前台得知，两家赌场隔了几百米，这东西就贬值一半了。

"废什么话，不换拉倒！"前台的人非常不待见男子。

男子哼了一声，也不换了，大摇大摆地走进了赌场。

赌场开门迎客，倒是没法再拒绝他。

男子在这里面走了一圈，有人最多愿意出 35 块钱买这个。显然是他口碑不太好，信任他的人不太多。

男子想到白松的话，那个词叫啥来着？内部出千率？

啧啧，内部，出千，啧啧，有道理啊，果然是内行……

转了一圈，最高出到 35 元，男子一咬牙，不卖了，去那一家，走几步能累死？

男子很快就走到了用这个筹码的那家赌场，现在人不多了，但是还在营业，他没考虑太多，也不分筹码了，直接就把 50 块钱押了进去。

不知道是不是王华东的手太香，1 比 9 的小赔率，直接爆冷，赢了！

一个多小时，男子赢了 3000 多块钱！

赌棍赢钱哪有收手的？不过男子看了看四周，不知道为啥，这里相比平时格外冷清，平时小几千块钱根本没人太注意，但是这会儿已经有好几道目

第一百六十二章　50 块钱的宣传

光在他身上转悠几圈了。

男子并不傻,他哪有什么赢十几万的经历?真有早就买车了,3000多块钱,差不多是他三个月的工资,这已经是他赢得最多的一次了。

不过看赌场的这个情况,今天刚刚听白松说了这里面情况的男子还是有些发怵,跟几个一起玩过很多次牌的人招呼道:"今天我请客啊,吃烧烤,酒管饱,有去的吗?"

凌晨三点多了,几个人立刻附和。这种好事可是不常有啊。

五六个人一起出去,赌场本来的一点小心思也没了,乖乖地把筹码都给男子换成了钱。男子穿的是一件厚牛皮衣服,他把3000块钱挤了又挤,捏了又捏,放到了衣服最里面的夹层里。几个本来眼热的赌徒看到这一幕,也都熄灭了心里丑恶的念头。

男子拿出剩下的400多块钱,带着几个人,雄赳赳气昂昂地走出了赌场,与三小时前的他判若两人。

身上带着钱呢,男子只喝点啤的,但是没几句就忘了爹娘,把白松告诉他的话全说了。

"真的假的?你说的那个老板,长什么样子?"几个人眼里火热,一方面是因男子所说的不知真假的信息而气愤,另一方面,这种有可能抱大腿的事情,谁不是趋之若鹜?

男子一下子清醒过来,一旦把白松等几个人的情况说出来,这些人可都是竞争对手啊!

自己有什么优势?无非是在这里混迹这么久,有点经验。可是在座的各位,说别的可能不擅长,但是论起对村子的熟悉程度,那可都是……

想到这里,男子打开一瓶42度的"老村长",给大家都倒了一杯:"来来来,我请客,多喝点,多吃啊!今天哥哥我运气好,以前蹭过大家的,今天我请客,别客气!"

说完,男子转头向烧烤摊喊道:"老板,再来两瓶'老村长',烤串加50串!"

几个人都喝了一点酒，但是这个时候各怀鬼胎，谁也不会小看这个男子说的话。赌徒都特别信运气这个东西，这个男子今天大杀四方，可不就是遇到贵人了嘛！

大家喝了两三圈酒，其中一个人凑近了说道："咱们旁边的赌场被清了，你们知道吧？据说是得罪人了！"

"什么？还有这事？"几个人连忙围得更近了。这几个人玩一晚上了，哪知道还有这种惊天动地的大事情？

"怪不得少了这么多人……"有人附和道。

"是啊，怪不得我今天能赢钱！"男子一拍大腿，"今天出事了，这个赌场都不敢出千了，所以我才能赢这么多！"

"哎，你说的赌场，真的出千吗？"

"千真万确！你们知道，有个词，啧啧，我跟你们说，这个词可是开赌场的人才知道的，叫内部出千率……"

第一百六十三章 夜探

再说白松这里，四人从那里离开之后，就靠近了大院这边。

这里是偏中式的建筑，这个大院附近有方圆四五十米的空地，而且还安装了路灯。白松从远处粗略一看，这附近至少有七八个摄像头。

入口处是一个大铁门，远远望去，在路灯的照耀下给人很厚重的感觉。

"这群骗子，这是想干吗？想建城堡啊？"王华东有些无语。

"深宅大院啊，这是坑了多少钱啊。"王亮咋舌，"怎么这么多人上当受骗！"

"没办法，人心就是浮躁，有的贪钱被骗，有的为了家人着急，脑子一热被骗，什么样的都有呗。"孙杰说道。

"这个肯定进不去，怎么搞？"王亮看向白松。

"搞不定。这么晚，什么也看不清。他们的摄像头肯定有红外功能，晚上更不能随意靠近，还是得明天来。"几人研究了好半天，白松挥挥手，大家准备撤。

几人正慢慢外撤，却突然听到大院那厚重的大铁门打开了，一辆黑色的汽车从里面驶了出来，在门口停了一会儿。一个男子下了车，跟大门旁的人说了几句话，估计准备外出。

"怎么办？一会儿跟上去吗？"王亮盯着车子问道。

"跟上去看看呗，凌晨三点多，肯定有什么事……"王华东饶有兴趣地说道。

"我问一下，咱们有车吗？"孙杰打断了两人的交流。

"有。"白松从兜里掏出一把已经包浆的钥匙。

村子里的路很窄,这辆黑色的大众途观汽车从院里出来再拐到马路上最起码要两分钟,甚至还没有人走得快,几人小跑着离开,很快就到了旅店门口附近。

"就这车?"王华东一脸嫌弃,"这辆车是你的?"

"来不及解释了!快上车!"白松一把拉开车门,跳进了驾驶室,另外几人相继上车。

这车白松根本就没锁,打火很顺利,松离合踩油门,五菱之光的屁股微微颤了一下,车子射了出去。

旅店就在马路边,汽车上了马路之后他们恰好就看到从村子里出来的大众途观,白松保持着一百多米的距离跟了上去。

"就这么跟着,会被发现的!"孙杰喊道。

这车上不大点声根本就听不到。

"先跟俩路口,然后就不跟了!"白松心里有数,追了俩路口就开始减速,缓缓拉开了距离。

"这怎么搞?"王亮一脸茫然,"这就放弃了?"

"怕啥?一个法医,三个警察,还能跟丢了?"白松丝毫不担心,过了差不多一分钟,才加速跟了上去。

到了一个路口,白松把车子停了下来。

王华东下了车,拿手机照了一下,看了看车辙,指了指一个方向:"这边。"

王华东上车后,白松开车朝着这个方向飞奔而去。几百米后又遇到了一个路口,王华东此时已经换到了前座,直接从副驾驶座上顺着车灯往前看了一眼:"右边。"

前面的这辆途观汽车跟马支队的车型号一样,轮胎也是韩泰的轮胎。王华东的观察能力很不错,上次听说了郝镇宇师傅的事情后一直在学习现场勘查,眼力确实进步了不少。

七拐八拐，五菱之光一直保持着不远的距离跟着途观，虽然一直看不到途观在哪，但是几人始终没有落下。

"我怎么感觉这是在转圈子？"孙杰皱眉道，他一直在观察总体路线。

"不用怀疑，这里就是村子的山后面，距离村子直线距离不超过三公里，但是走公路就是这么远。"白松指了指自己的脑袋，"这附近的所有路和地形，我都记着。"

孙杰不再说话，点了点头。

又往前走了俩路口，几人看到途观车子正停在远处的路边。白松关了灯，把车子拐到了旁边的小路上，停好下车。

"有点刺激啊。"王亮左顾右看。

"车后面有个破工具箱，都拿点东西。"白松轻轻打开了后备厢。

没有工具箱的五菱，是没有灵魂的！

没啥好工具，也就是有些生锈的锤子、扳手、钳子，还有两根钢筋。

租车的都懒得把这些东西拿下来，估计这算是五菱的标配了。

关好车门，白松照例没锁，把钥匙往兜里一装，几个人就走到了途观车附近。

从哪里都响的车子上下来，四周的安静让几人略感不习惯，声音放得很轻。

"这车上没人，熄火了。"几人走到了黑色汽车旁，王华东四顾道，"下来三个人，都是男的，个子不高。"

接着，王华东指了个方向："进里面了。"

白松点了点头，这么简单的现场，普通人都能看得出来，华东说的肯定没必要怀疑。

"这路太窄，不能跟上去。"白松看了看四周，"等吧，等这三个人走了，再进去看看。"

"好。"几人表示同意，在附近找了个地方坐了下来。

虽然很冷，但是四人都穿着羽绒服、绒裤毛裤，加上刚才在路上的时候五菱的暖气很足，现在谁也不冷。等了差不多半个小时，才看到两个男子晃悠悠地走了出来。

"你确定是三人？"王亮看着途观车离开，有些怀疑地说道。

"我拿我的职业生涯担保。"王华东声音很小，但语气坚定。

车子的声音渐渐远去，现场又恢复了绝对的安静，几人谁也不敢说话，就这么静静地等着。

三人看了看白松，白松丝毫不为所动，似乎这两个人的离开对他没有任何影响。

几人看到白松的样子，不知不觉也有些安心，都在树林里一动也不动。

过了差不多十分钟，传来了车子的声音，途观车又开了回来，在原地停了三五分钟，又有一个男子从山上下来，进了车子，三人绝尘而去。

王华东得意地看了看王亮，从树林里走了出来。

"这是啥意思？怎么还分两拨？"王亮有些疑惑。

"就你这智商……"王华东损道，"这明显就是在看有没有人跟踪。"

王亮张了张嘴，啥也没说，惹得王华东哈哈大笑。

第一百六十四章　巧设

其实现阶段，单论现场勘查，孙杰肯定比王华东要厉害，毕竟这是法医的本职工作之一，而且法医本身就隶属于现场勘查部门。只是王华东主动请缨，孙杰也就没说什么。

四人循着脚印，一点一点地上了山。

有的路段，脚印被处理过，只是处理得非常拙劣，四人前后警戒，十几分钟后就到了目的地。

"这里的路面被垫过。"白松语气有些沉重，"这些骗子所图甚大，这边的路已经能过专业越野车了。"

"你的意思是，这条路可以直通骗子老巢？"孙杰有些不理解，"就这个路面，车怎么跑？"

"能。"白松道，"我朋友张伟前几天一直跟我聊车，他说过，一些经过重度改装的越野车，过个炮弹坑、石头路没什么难度。这路面经过处理，如果不是为了通车，这几棵树就没必要砍了。"

"嗯，有道理。"孙杰点点头，"如果要实施抓捕，这条路必须得想办法封上。"

"嗯，到时候再说吧。"白松扬了扬手里的钢筋，"就靠这个可拦不住越野车。"

"嗯，先看看这三个人干了啥吧。"孙杰在一棵树下发现了一个电瓶。

"锂电池电瓶。"孙杰掂了掂分量，只有六七斤，"这东西可不便宜，这块电瓶能存一两度电了。"

很多人不理解电量的概念，只知道手机的毫安时，却不知道这个毫安时是什么概念。

用家里的电来计算吧，一块 3.7 伏电压、5000 毫安时的大手机电池，理论上可以释放 3.7 伏特乘以 5 安培再乘以 3600 秒的能量，用家用电"度"来表示，就是 0.0185 度。

也就是说，不考虑能量损耗，一度电能充满二十几块这种电池，能充满差不多十块充电宝。

一两度电，这已经是一个汽车电瓶的存电量了，都够吃一顿火锅了。

电瓶上连着一根线，这线一直连到树上。

"谁上去看看？"王亮指了指五六米高的树。

"电子设备这一块，某人可是自称专家啊……"王华东面露疑惑，"哎，这话是谁说的来着？"

"咳咳，"王亮摸了摸下巴，"以我的专业知识，电子设备，无论什么，把电线剪了，一劳永逸。"

说完，王亮扬了扬手里的钳子，心道自己怎么这么机智！

白松"一脸黑线"："要是能剪还用你说？他们能不知道？再说了，啥都不知道你就敢剪？要是炸弹怎么办？要不你来剪，我们躲远一点。"

王亮眼巴巴地看了看几人，没一个人理他。

爬吧……

王亮一米七八的身高，真的不擅长爬树，但是总比白松这体格子灵活。三人搭了把手，王亮爬了上去。

到了这棵树的中段，王亮看到一个机器，他用腿夹紧树干，仔细地看了看，捣鼓了十几分钟，才慢慢爬了下来。

下来以后，王亮腿抖得不行，站都站不稳，一屁股坐到了地上。

"啥东西啊？看这么久。"王华东问道。

"遥控开启式全频段干扰器。"王亮喘了口气，一字一顿地说道。说完，他缓缓起身，拿着手机观察起了电瓶。

第一百六十四章 巧设 | 155

"这个你都认识?"白松有些惊讶,"可以啊!不过这东西是干吗的?你怎么这么长时间才下来?"

"我拿手机上网查了几个单词。"王亮挠挠脸,"嘿,好多单词没学过啊……"

"好吧。"白松点了点头,"这东西干吗用的?"

"干扰信号。"王亮指了指电瓶,"这个电瓶做过串联改装,本来是12伏电池,现在被改装成了一个200伏的直流电池,电线也是家用交流电使用的铜线。

"这个设备的功率高达3000瓦,现在是关着的,一旦使用遥控开启,半小时内就可以实现大范围的全频段干扰。"

"为了干扰手机信号?"孙杰看了看四周的荒山,"干吗安装在这里?这附近本身也没啥信号啊。你是不是看错了?"

"是啊是啊。"王华东吐槽道,"说不定这是个信号增益放大器呢,估计骗子嫌这里的手机信号不好。"

"你们家凌晨三四点来安装这东西吗?还这么小心?"王亮有些无语,"就你这样还当警察?"

王华东懒得理王亮,走到树下:"不管这是啥,不能让它好用,还不能让这些人知道我们对它动了手脚,有什么好办法?"

"这个……"王亮皱了皱眉,"安装无线开关肯定没有用,这个设备对信号的干扰是无差别的,我安装无线设备,这机器一开就没信号了。"

"这个简单。"白松拿过手机,仔细地照了照这里的电源线,"这个电路看着复杂,其实就三部分:第一部分是整体串联电瓶与机器之间的结构;第二部分是现在的信号结构,也就是测试整个系统是否存在故障;第三部分就是遥控开关结构,这个其实和第二部分连着,都是使用12伏电瓶原电压。现在其实非常简单,二、三系统是一直开着的,耗电量很低,第一系统是关着的,这两根主体导线现在没电,把两根线的外壳剥开,裸露接触,一旦通电就立刻短路。"

"行，有道理，这样的话，一旦启动，就自动烧了。"张杰看了看四周，"会不会引发山火啊？"

"你考虑得也太全面了吧……"白松想了想，"把钳子给我，我调一下电线的方向，这样一旦短路，会自动熔断相接触的铜线，熔断后自动断电，不会有火灾隐患的。"

"你们说，这里就这一个这种设备吗？"王华东问道。

"远处我不知道，这附近应该就这一个了。不要小看这个的覆盖面。"王亮想了想，"一般跨市区的电视发射塔功率才几十千瓦，这个干扰器就有3000 瓦，你们类比一下就行了。"

"嗯，时间不早了，早点回去吧。"白松指了指前方，"再往前一公里左右，就是发生命案的那个现场了，咱们原路返回。"

第一百六十五章　50 块钱的能量

一路回去，很是顺利。忙了一夜，几人困极了，回到酒店就各自回屋睡了。

白松一路上开车还没啥感觉，可见到床的那一刻，颇有点在派出所值班的熟悉感。这些天，白松没有睡一个安稳觉。以前在派出所总觉得累，但是回到床上的时候无比安心，现在即便躺下睡觉，白松也总是绷着一根弦。

起床已是第二天中午了。正月的天非常阴沉，云彩厚得似乎要压到地面上。

起床时，白松等人看到群里的消息。上午时分，天华市这边，市刑侦局的一名副局长亲自带队，马支队任副队长，挑选了二十多名精兵强将，踏上了出去抓人的征途。

这次可真是大行动，一共有三个省级机关参加！

白松心驰神往，恨不能此时也在云端之上，参与这次抓捕行动，但是他知道，这里的工作也非常重要。

白松洗漱完，顾不得吃饭，把昨晚发现的事情和无线干扰器的事情都在办案群里说了一下。马支队现在在飞机上，其他人倒是没给白松下什么指令。

孙杰和王华东也是中午就起床了，来到了白松的房间。几个人坐在一起，随便吃了点东西，聊了聊这个案子。对于接下来的行动，谁也没有太好的主意，只能等王凯师兄来了之后，有事再议。

也就是王亮没心没肺，下午两点多才起床，还是在王凯师兄来了后才醒的。王凯穿了一件满是油点子的大衣,与前几天的富贵气质完全不同,白松等人都禁不住惊叹,不知发生了什么。

"这一夜你们是真没闲着啊,"王凯感慨道,"外面都乱套了,你们居然睡这么香。"

王凯给大家介绍了一下这一晚上发生的事情,几人听着都觉得有些不可思议……

昨天晚上,有个被别人送了50块钱的哥们儿,赢了不少钱,请了一桌客,五六个人喝得不亦乐乎。

要知道,这毕竟只是个村子,晚上还营业的烧烤摊就这一个,加上有一家赌场被封的事情逐渐传开,不少人都跑了出来,过来吃点夜宵。

凌晨四五点钟的时候,小餐馆门口这块区域居然人满为患。

老板再困也强打起精神,一批一批地开始烤。

而赢了大钱的男子显然就成了焦点人物。这哥们儿在这村里长大,加上游手好闲惯了,附近十里八村谁都认识他,这会儿来蹭烟的就不少了。有了钱,散几支烟算什么?能吹牛才算是最开心的事情,而能有这么多人听自己吹牛,更开心……

很快,本来这一桌人知道的事情,当时在场的人都知道了。

赌场的一些所谓的内部手段,大家多少都知道,但是一旦说开了,再喝点酒,就立刻群情激愤起来。酒壮人胆,不外如是。

反正折腾得挺厉害的……

一直闹到天亮,警察来了,把几个闹事的头儿给抓了,然后驱散了这群人,主事者也被警察带走了。

事实上,真正引发这件事的男子已经喝多了,倒没有参与这事,这完全就是一个误会。

而真正的"始作俑者"——王华东、白松等人,更是睡得非常香甜……

"拆了?"白松瞪大了眼睛,"这是喝了多少假酒啊?"

紧接着，白松看向王华东："你这牺牲色相得到的50块钱筹码，真的厉害啊。"

"滚滚滚，你才牺牲色相呢！"王华东笑骂道。

王凯看了看白松，再看了看王华东，接着又看了看白松，突然想明白了什么："这事也是你们搞的？"

"无心插柳啊！"白松"哭诉"，"我们确实是想把缸里的水再弄浑一点，有助于我们的行动，谁知道，力气大了，把大缸给捅漏了……"

"是啊，这地方本地人太多，行动不方便嘛。"王华东道，"这下好了，估计更不方便了……"

"我说怎么现在到处都传有个外地老板要来做生意，敢情是你们几个……好在传出来的消息没说几个人，也没说老板长啥样，不然你们现在一出门就有一堆人跟着。"王凯道，"即便是现在这样，外地人出去也备受关注，我刚刚往这边走的时候，就感觉到有几个人看我。"

"哦哦，怪不得……你穿这么破，我还以为你被打劫了。"白松吐槽道，"要这么说，咱们都得穿得破一点？"

"也不是。"王凯说，"现在穿得破更是引人关注，人家都觉得只有有钱人才故意穿得这么破，我来时一路上好几个人看我，还好我把尾巴给甩掉了。现在村里的外地人一个个都穿得亮闪闪的，估计都想充当土豪吧。"

"师兄，杀人案那边，有什么情报吗？"白松问道，这个他还是非常关心的，虽然没有管辖权。

"有几条他们这边县局的消息：第一就是死因，死者因氯化钡中毒而死，死前现场没有打斗痕迹，在赌场里面发现了残余的氯化钡，却没有提取到第二个人的体征；第二就是从赌场监控录像来看，这哥儿们是自己出去的，而且没人尾随；第三就是这个人是外地人，南方的，也是这里少有的外地服务员。"王凯想了想，"就这么多了，其他线索可能是没有公开，毕竟咱们又不是人家这边的人。"

"线索确实是够少的。"孙杰道，"尸体的死亡时间和其他身体状态的信息有吗？"

"没有。"王凯摇摇头，"可能是信息不共享吧，人家又不是咱们的下级单位。"

"嗯，咱们先忙咱们的事情。"白松道，"一会儿去县里一趟，买点补给品。另外，趁着今天村子里比较乱，我想去大院附近做一次细致的侦查。"

第一百六十六章　第二个中毒者

"行,需要我帮忙和支持的地方,跟我说一声。"王凯站了起来,从衣服里拿出一个信封递给白松,"按照出差标准,咱们每个人每天都有住宿和交通、饮食补贴。住宿你们就别管了,住在这里就行。

"马支队那边跟分局也报完了。这边的特殊情况就是没有发票,到时候王梦轩统一去处理。这是 5500 块钱,其中 5000 是你们最近的经费,记得记账,500 是你住房的押金,你自己的,装口袋里。

"有啥事,或者需要联系当地警察,你跟我说。"

说完,王凯把自己的衣服翻了过来,看着稍微新一点,又去卫生间用毛巾擦了擦裤腿上的泥,离开了。

王凯走后,白松想了想说:"我一会儿去趟县里,买点补给品,王亮你陪我去吧。杰哥和华东最好不要出门,今天静观其变。咱们四个不适合集体行动。

"昨天华东给了 50 块钱的男子,我估计他会想独占资源,虽然不会把咱们的信息说出去,但是很有可能他已经说过咱们是四个人,所以咱们不能统一行动了,分成两组吧。"

"让华东在这里待着吧,"孙杰点了点头,"我昨天站得比较靠后,天色又暗,那个男的即便见到我也肯定不认识我,我今天出去转转也没事。"

"也好,注意安全。"白松点点头,带着王亮出去了。

这辆车子确实是太不显眼了。衣服穿起来让人难以分辨,但车子就不一样了,哪有大老板开这么旧的车子?所以白松和王亮这一路上,一个看他们的都没有。

孙杰出门转了一会儿，买了点吃的给王华东带回来，和王华东又聊了一会儿，就自己一个人出去了。

这四个人中，孙杰年龄最大，也最沉稳，平时不怎么说话，但绝对是队伍的灵魂之一。

孙杰今年二十七岁，比起白松他们几个警校毕业的人，他身上更多的是一种知识分子、学者的气质，有点像白松回家的时候遇到的钟明，一看就是文化人。

溜达了一阵，孙杰给父母和女友严晓宇分别打了个电话，没说具体情况，算是报了平安。

说真的，出来找线索，孙杰总觉得有些怪怪的。他虽然也是警察，但是还真的没有独立侦查过案子，这也是他认可白松指挥的原因，而真正到了街上，他就发现不知道该干啥了。

作为一名法医，面对这种没有头绪的事情其实是很难受的。孙杰突然觉得，踏踏实实地解剖个尸体，都比这样不知应该干啥要好。

一路走着神，孙杰来到了死了服务员的那家赌场。

警戒线拉了两条，门上也贴了封条，昨晚后半夜的事情对这里没有任何影响，不过附近还是稀稀落落地站着几个人，聊着闲天。

孙杰在这里显得很不起眼，几个本地人看了他一眼就对他失去了兴趣。他的线索很少，只知道王亮说在死者住的地方发现了一点氯化钡，具体多少不知道，具体什么位置什么纯度也不知道。当然，这个案子轮不到他来管，只是这脑子……

当法医当习惯了，总是不经意间就把事情往解剖、理化实验之类的地方想。

"这哥们儿是我老乡，"旁边几个外地的年轻男子在那里聊着天，说话并没有回避周围的人，其中一个瘦高个儿道，"也不知道怎么了，好端端的一个人，突然就没了。"

第一百六十六章　第二个中毒者　｜　163

"估计是得罪什么人了。"旁边一个戴眼镜的男子说,"你对这哥们儿了解吗?"

"唉,说不定是碰了什么不该碰的女的了,这小子一天到晚勾三搭四的……"瘦高个儿摇了摇头,叹了口气。

"就你,还说他?"眼镜男一脸鄙视,"你俩谁也不比谁差!"

"你这么说……"瘦高个儿丝毫没有反驳,"看来我也得注意一点了……"

瘦高个儿有些兔死狐悲的感觉,虽然他和死者不算熟悉,但是好歹也认识,而且还是老乡。

"不和你们聊了,我肚子不舒服,脑袋也疼,我去趟厕所。"聊了几句,瘦高个儿面色发白,快步向一个方向走去。

本来孙杰也没有多注意,只是这个人走出十几米就坚持不住了,扶着一棵树,捂着肚子吐了起来。

瘦高个儿吐得很厉害,他的几个朋友连忙跟了过去,旁边的人也纷纷把目光投向了他。孙杰也把目光移了过去,一脸好奇。

"你中午没喝酒啊,怎么吐这么多?"

"估计是怀孕了,哈哈。"

……

周围几个人你一言我一语,没有把这个当回事。

孙杰看了看瘦高个儿的表情,神色逐渐严肃了起来,径直走了过去。

孙杰走近了以后,围观的三四个人并没有给孙杰让路,但是孙杰还是看出了问题,瘦高个儿想拉肚子,还呕吐,脸色苍白,呼吸不稳,很明显是食物中毒。

"你们谁有车?抓紧送他去医院。"孙杰张口道,"这个症状是食物中毒。"

"食物中毒?"眼镜男应该是瘦高个儿的好朋友,第一时间问道,"他是什么中毒了?我们刚刚在一起吃的饭啊!"

"看样子是重金属中毒。"孙杰说着话，几人纷纷给他让开路，他走近看了一下，点了点头，"我是医生，必须马上送到县里的医院。"

"好！"眼镜男毫不迟疑，立马跑了出去，看样子是去开车了。

其他人看瘦高个儿的样子也知道这不是普通呕吐，加上昨天有人被下毒身亡，谁都知道此事不宜"吃瓜"，纷纷后撤，不愿意蹚这浑水。

孙杰本来也想走，但是人命关天，还是选择在这里陪着。他拍了拍瘦高个儿的后背："不要太激动，尽量多吐一点。"

不到一分钟，一辆长城越野车就开到了瘦高个儿的旁边。眼镜男跳了下来，边扶着瘦高个儿从后座上车，边跟孙杰说道："这位大夫您好，我们县里的大夫水平估计不高，您能跟着我去一趟吗？"

孙杰看了看周围人的目光，点了点头："好。"

第一百六十七章　救人一命

孙杰其实已经看出了这个瘦高个儿的中毒原因，看他的症状，是典型的氯化钡急性中毒。本来他也想不到，但是他刚刚知道杀人案中死者的死因，很容易就能联想到这个情况。

这么说来，这次的中毒事件就没那么简单了。

法医，首先是医生，孙杰本身就是一个不错的医生，尤其是对于中毒的治疗。眼镜男说的其实是没错的，这个县城的医院里，还真不一定有比孙杰水平高的。

但是孙杰不能直接在这里说，毕竟能看出中毒不难，能一眼看出是氯化钡中毒，这就有点不简单了。

眼镜男看着柔柔弱弱，但是此时车子开得一点也不含糊，乡间的普通公路，他愣是开到100多迈，简直是太疯狂了。孙杰倒也不怕，只是暗自感叹，患难之中见真情，这个瘦高个儿有这么一个朋友，也算是值了。

瘦高个儿越来越痛苦，呼吸频率都有些变化。孙杰也没什么急救的办法，只能扶好他，毕竟以这个车速，到县医院倒是不晚。

氯化钡是少有的可溶性钡盐，作为重金属离子，服用豆浆、纯牛奶等高蛋白食物都可以缓解症状，并且要洗胃。

人们去医院做钡餐的时候，服用的就是不可溶的硫酸钡。硫酸钡不可溶，因此对于人体说，大约等同于吃了一点金粉，完全不能消化吸收，怎么吃进去就怎么排出去。

氯化钡可溶，游离的钡离子能够迅速和硫酸盐反应，产生无毒的沉淀物。

这些可溶性硫酸盐，每个医院，哪怕是大一点的卫生室都可能有。但是孙杰对这里不熟悉，就怕"可能"二字，因此还是告诉眼镜男去县城的医院。

开了几公里，眼镜男刹车，转向，一脚油门转进了旁边的小路，紧接着穿越了一小片泥路和一块农田，再一转弯，就上了一条经过整修的小路，看方向应该是抄近路了。

孙杰昨天夜里曾经走过这附近的路，只是那会儿太黑了，他根本看不清。但是孙杰可以保证，昨天晚上走的绝对不是这一条路，这肯定是近路了，只是普通轿车肯定走不了这种路面。

也就是半个小时左右的时间，车子高速驶入了县医院的大门。

两个人急火火地半扶半扛地把瘦高个儿弄进了医院。瘦高个儿上车之前还能走，这会儿已经支撑不住了。

县医院人也很多，急诊楼应该是新建的，很大，孙杰直接从门口拽了一辆平板车，就把瘦高个儿扶了上去。周围的人看到这个情况，连忙让开地方。

"这个病人怎么回事？"一个导医护士连忙过来问道。

"重金属摄入过度，"孙杰推着车，吐字清晰，"需要洗胃。"

"哦哦哦，洗胃！"导医护士一下子听明白了，连忙指挥着向一个方向跑去。

病人被推进了抢救室，孙杰这才发现眼镜男额头上全是汗。

"医生……大夫……哥……"眼镜男四望了一圈，还是过来双手握住孙杰的手，"我这兄弟，不会有事吧？"

"到医院还没休克，问题不大，再晚点就可能会影响中枢神经了。"孙杰有些好奇，"你和他什么关系？"

"你这么说我就放心了。"眼镜男挠挠头，"我就是个修车的，他跟我认识好几年了，刚来这边的时候，有一次我没钱吃饭，是他给了我俩馒

第一百六十七章 救人一命 | 167

头……"

俩人正说着话，急救室的门打开了，一个大夫走了出来，看到两人，直接问道："你们俩谁是病人的家属？"

"我。"眼镜男立刻把话接了过去，"他不是本地人，我是他朋友，有问题我签字，需要交钱，我这里有。"

说着，眼镜男从衣服内兜掏出一个钱包，里面有1000多块钱现金。

"好。"医生点点头，"确实是重金属中毒，很快就能洗完胃，你先去交一下费用。"

"医生，他没事吧？"眼镜男关切地问道，"钱我马上就去交，您放心。"

"没什么大问题，但是他是急性中毒，洗完胃之后我们先给他喝点纯牛奶，现在在做毒理检测，等一会儿看看结果吧。"大夫想了想，"你知道他是吃了什么吗？有针对性的话，我这里也快一点。"

眼镜男眼巴巴地看了眼孙杰，孙杰叹了口气，现在不是保密的时候，他直接道："他是氯化钡中毒，建议服用硫酸钠或者硫酸镁。"

医生愣了一下，仔细地看了看孙杰："兹事重大，你有多大把握？"

"即便不是，也不耽误毒理检测。"孙杰指了指急救室里面，"硫酸钠和硫酸镁无毒无害，先试试也无妨吧。"

"好。"大夫又仔细地看了看孙杰，点了点头，进了急救室。

眼镜男感激地看了眼孙杰，拿着钱就要去交钱，被孙杰叫住了。

"这个事，不可以跟任何人说。"孙杰认真地说道。

村里来个医生，这不是什么问题。

但是来个一眼就能看出来是氯化钡中毒的，那就太招眼了，孙杰如果也暴露，就没法在村子里待了。

眼镜男神色一凛，用力点了点头，接着就去了收费处。

孙杰明白，这个哥们儿是误会了，可能他以为，孙杰坏了某些人的"好事"怕被报复，不过这样误会了也不是坏事。

重金属中毒都可以喝牛奶缓解，当然也仅仅是缓解。主要机理是，重金属离子可以破坏蛋白质,牛奶进了肚子里,就是当了胃黏膜的"替死鬼",让重金属离子变成沉淀物,也就无毒无害了。但是牛奶没法进入血液,所以也算不上解毒药。

常见的重金属中毒,砷中毒可以服用二巯丁二酸解毒,镉中毒可以服用乙二胺四乙酸解毒,这都是比较常见的知识了。

孙杰在这边一待就待到下午五点多,瘦高个儿的老板才姗姗来迟。听说瘦高个儿没死,老板心里踏实了一半,扔下 3000 块钱就离开了。

第一百六十八章　平静

　　瘦高个儿已经脱离了危险，但是中毒比较严重，还需要住院几天治疗。聊了几句孙杰才知道，眼镜男叫王安泰，在这边修车已经好几年了，不光修车，还改装车。

　　王安泰麻烦了孙杰这么久，有些不好意思，想给孙杰租辆车送回去。孙杰倒是不着急，和王安泰聊了差不多一个小时，问出了村子里的很多事情。

　　孙杰自称是出来旅游的医生，倒是丝毫没有引起王安泰的怀疑。

　　聊了一会儿，瘦高个儿清醒了过来，挂着点滴。此时的他还不知道发生了什么，但是他依稀记得自己中毒了，是这俩哥们儿把他送到医院救了他。

　　男子挣扎着要起来给两人道谢，孙杰连忙拦住。瘦高个儿现在还很虚弱，聊了几句，他便彻底明白了怎么回事，自己居然与死去的老乡中的同一种毒，真的把他吓坏了。

　　要是平时吃了有毒的菌子或者其他食物，到医院治好了也就没什么心理压力，但是有老乡的前车之鉴……男子不由得颤抖起来，差点给孙杰和王安泰跪下。

　　到底是怎么中的毒？

　　孙杰之所以在这里一直陪着，就是想知道这个问题的答案。

　　对于这个事情，王安泰也很疑惑，中午他和瘦高个儿在一起吃的饭，为什么他一点事没有？

　　瘦高个儿此时脑子还是有点蒙，仔细想了想，这才回忆起来，那个死去的老乡前两天给他一块腊肉，中午的时候他自己吃了一点。

说到这里，瘦高个儿看着救了他一命的王安泰，有些不好意思。中午吃饭的时候，就是普通的粥饭，他那里有腊肉，但是没有跟眼镜男分享。吃独食有些不地道，不过这个确实救了俩人……

如果俩人一起吃，再喝点小酒，很容易就吃多了，到时候俩人都得完蛋。

"我不是不舍得给你吃。"男子解释道，"前几天我老乡给我的时候，我洗了洗，又蒸了蒸，感觉还是特别咸，还有点苦，我就没分给你……"

"你真是啥都敢吃。"孙杰无语了，肉都有苦味了还敢吃，心也是真大，"这腊肉，你老乡从哪里搞到的？"

"他说老家寄了不少，平时我们俩偶尔会分享点吃的喝的，也常在一起喝酒，我就没当回事。"男子心有余悸，恨不能给自己一拳，自己怎么这么蠢？"回去我就立刻把这东西扔掉，或者埋起来！"

"那不行，这东西直接扔掉肯定对环境有很大的污染，再害人怎么办？"王安泰说道，"万一你埋了，有只狗闻到味扒出来吃了，然后狗死了，狗再被人捡走扒皮炖了……你说这不是害了一家人嘛！"

瘦高个儿神色一凛，自己刚刚从鬼门关爬回来，要是真的如眼镜男所言再害了人，那真是百死莫赎了。他问："那怎么办？"

"交给我吧。"孙杰道，"化学处理，我有办法。"

"实在是太感谢了！"瘦高个儿握了握孙杰的手，"等我出院，我一定请您吃顿大餐……"

孙杰又跟俩人聊了一个多小时，得到的线索比想象的要多得多。

不过最关键的是，作为法医，居然救了人，真的是太难得了……

瘦高个儿需要静养几天，打打点滴，没什么大问题。孙杰问清楚了腊肉放的位置，王安泰一听就知道在哪儿，自告奋勇说晚上回去就拿给孙杰，孙杰表示同意。

在医院简单地吃了点东西，王安泰也打算走了，开车带着孙杰一起往村子驶去。

第一百六十八章 平静

路上孙杰才知道，这辆其貌不扬的哈弗汽车可是经过不少改装，越野能力不输很多专业的越野车，怪不得刚刚那个路况，车子还能开那么快。

"这条路其实就是拖拉机走的路，要不是我这辆车子性能还可以，根本走不了这条路。"回去的路上，王安泰轻松了很多，依然抄近路，虽然已经天黑，但王安泰还是习惯地走这条路，"老哥，你以后要是想搞车子，或者改装，你就问我。"

"行，不过我不懂车。"孙杰脑子里全是别的事，他虽然也有一辆车，但是在天华市，车子对他来说只是代步工具而已。不过出于礼貌，他还是问了一句："都说五菱是神车，这道儿，五菱能跑吗？"

"五菱？后驱车啊，上坡确实可以，但是要真的有大坑还是不太行。不过主要还是看驾驶员的技术，五菱的司机一般水平比较高，走这路有些艰难，倒也不是不行。"王安泰道，"不过，我可跟你说，就村里的大院，他们可是有好越野车，帕杰罗啊，陆地巡洋舰啊，牧马人啊，什么都有，而且还都改装过。这帮龟儿子，还真是有钱。"

"嗯？他们搞那么多越野车干吗？这附近的硬化路面很不错啊，干吗需要越野车？"孙杰有些好奇。

"谁知道呢？估计留着警察抓的时候跑路呗。"王安泰随口说道。

说者无心，听者有意，孙杰可是听了个满耳。聊了几句，孙杰又问道："哎，对了，刚刚你朋友说的前段时间那个事……"

晚上，孙杰回到了住处，白松等人也都回来了，四人对今天的事情进行了分析，收获颇丰。

白松二人今天去县城买了不少东西，其中有很多吃的喝的，还有缆绳、望远镜之类的东西，其他人都没搞懂白松想干吗，不过也都习惯了白松的跳跃性思维，谁也没说什么。

孙杰把他所知道的情报都给大家分享了之后，三人都觉得这件事情不简单。王亮决定连夜看监控录像，孙杰则盯着一块刚刚拿来的腊肉出神。

死者生前所工作的赌场已经被查封了，知情人士都在县公安局那边，孙杰也不想屁颠儿屁颠儿地把腊肉送过去，便用白松带回来的塑料袋仔细地包装了起来。

而白松此时此刻正站在窗户边上，愣愣地出神。

第一百六十九章　代号"破晓"

村子里的夜生活比较丰富，到了早上一切显得格外静谧。早上八点多，村子里除了一些普通的村民，剩下的还在梦乡中。

趁着时间还早，白松、孙杰、王华东三人悄悄离开了旅店。

王亮忙了一夜，3G网络传输回来的录像并不是特别多，但是也足以让王亮看大半夜了，这会儿他还在补觉。

三人溜达着，很快就到了昨天凌晨去过的大院附近，白松拿出了望远镜和激光测距笔。

这种测距笔就是景区卖给游客的小玩意，误差很大。白松昨天回来以后做了好几次测试，基本上把不同角度和距离的测试误差度都记录了下来。

几个摄像头的角度、距离和方位，很快就被标注在了地图上。紧接着，白松算出了几根主电缆的地下管道的位置。院子虽然是独立的，但是也要接入外网络、电网，而且桥接处也没啥秘密可言。

忙完了相关工作，现在要做的只有等待了，几天的时间转眼就过去了。

村子里这几天比较乱，其实很适合白松等人隐藏。不过一旦时间长了，这些一直住在村子里，却又不赌钱、不玩乐的人就显得很突兀。好在最近一段时间又发生了一系列事情，闹得有些凶，看得白松眼花缭乱。

事情的起因很简单，就是白松等人在之前产酒的小镇听到的那个消息传开了，有人称这里会被警察处理，加上几天前警察抓走一批人，确实是搞得人心惶惶。

这个村子里的房子本就比周边的贵，很多没有产权的农村房屋和违章建筑也比较多，但是之前一直能卖上价格，结果这些消息一传开，一夜间房价暴跌。

这本来没什么问题，但是在一些人的刻意炒作下，很多外乡人就来买宅基地、买房子、买违建房屋，也不管手续不手续的，反正便宜就买。几天过去了，村子逐渐安静了下来，房子价格渐趋稳定，并有回归原价之势。

买房的自然开心，可是卖房的都是本地人，他们感觉自己被骗了，就闹了起来。于是最近这段时间，村子里吵架拌嘴甚至动手打人的事情时有发生，这倒是给了白松等人收集情报和隐藏自己的好时机。

抓人并不是最困难的，这个看似不错的老巢，其实跟茅草屋没多大区别，虽然在村子里最近不容易暴露身份，但是所有人其实都在焦急地等待着上面的命令。

接下来的一段时间，白松等人倒是过得很轻松，每天也没别的什么事儿，就是到处走一走转一转，再安装、测量点相关的东西。村子里每天都有热闹的事情发生，白松也就权当看个热闹。

闹归闹，村子里其他人似乎又回到了之前的状态，该上班的上班，该种田的种田，该打猎的打猎。曾经非常喜欢赌博、喜欢玩牌的人们又恢复了往常的生活，几家还在营业的赌场也逐渐热闹起来，似乎一个多星期之前死人的事情就这样被大家给淡忘了，只是成为一些人茶余饭后的谈资罢了。当初被带走调查的人，绝大部分已经被放了回来。

终于，正月底的一天下午，白松等人接到了上级的信息，前往镇上开会。

安静了太久，几辆车子陆续离开村子，丝毫没有引起任何人的关注。谁也想不到，一些混迹于此的赌客、游客或者工人等，都是不同地区的警察。

接到命令后，白松和王凯分头开车到了镇上。孙杰等人坐在白松的车上，带上了笔记本电脑，向镇上驶去。

开会的地点是镇上的小学——今天是周六，不上课，他们借用了其中一间教室。白松他们来得比较早，不多时，陆陆续续地屋子里就坐满了人，有

第一百六十九章　代号"破晓"　｜　175

三十多人，而且很多单位应该还只是派了代表，像白松这样把人员都带来的倒是不多见。

主持会议的是南黔省公安厅的同志，很年轻，但是已经是二级警督，也是现场仅有的几个身着制服的人之一，估计至少也是副支队长。而下面坐的，有一半是白松熟悉的面孔。

白松等人在村子里待了这么久，很多人虽然不是天华市的警察，但是大家低头不见抬头见的，相互之间大体也知道对方是警察。

不过还真有几个，白松看到了感觉很错愕，因为之前在村子里待的时候，白松以为他们是本地人。他心中佩服，不由得多看了几眼，这些可不是一般人啊。

白松这边的领导是二大队的韩大队长，之前为了隐蔽，韩队一直都待在镇上。镇上的人，今天也只有韩队自己来了。

韩队看到白松等人，知道他们在村子里不容易，一天到晚提心吊胆的，拍了拍几人的肩膀，满脸欣慰，就多寒暄了几句。

很快人都到齐了。站在讲台上的年轻警官做了自我介绍，他叫任豪，是南疆省厅刑侦局的人，他用投影仪对骗子的老巢进行了全方位的展示。

展示完之后，任豪先让各个厅局的同志们做了简单的介绍，大家算是就这么认识了。这次来的人，包括南黔省的在内，一共来自全国四个省级单位，都位于受骗的重灾区，还有个别省份想要参加此次行动，但被驳回了——人太多，就容易乱了。

"这是我们此次行动的目标，这张照片是我们使用无人机拍摄的，不过距离有些远，不是很清楚。"任豪指了指投影仪展示的照片，"我们这次的主要目的就是，迅速占领图中所有区域，在没有任何伤亡的前提下，保证每一个犯罪嫌疑人都难逃罗网。本次行动代号'破晓'。下面我来讲一下已获取的所有情报。"

第一百七十章 主导会议

不知道为什么，白松一听到这个代号就有些激动。白松参与了这么多次案子，参加的专案组都已经有几个了，很多专案组也有自己的代号，但是一次单独的行动有代号的，白松还是第一次参加，而且他能明显感觉到，孙杰、王华东、王亮也有些激动。

这几个不知道怎么就情绪高涨起来的新警，惹得附近的警察频频侧目。这是咋了？还没开始说，这就打鸡血了？

任豪这边的情报很丰富，对骗子所在大院的具体地形描述得都很清楚。这次行动的发起时间是凌晨四点钟，因为骗子们普遍晚睡，凌晨四点应该是他们警惕性最弱的时候。行动的基础方案是，用一台安装了防撞梁的改装卡车，直接撞开大门进入，然后迅速控制现场。

接着，任豪把已经掌握的骗子的信息包括照片都传到了投影仪上。

行动的时间是不可以更改的，因为这个时间和马支队他们那边的时间是吻合的。除了时间之外，所有的方案都只是待定，得汇总现场其他三个省份的警察所获得的情报，综合分析，再确定最终方案。

很快，在任豪之后，又有几个单位的警察站了出来，提供了有用的情报。根据这段时间的摸排，村子里至少还有七八个骗子同伙，也是本次行动必须要拿下的对象，名单一个个地被投到了大屏幕上。

每一个嫌疑人的照片放出来后，都有人在下面惊叹，其中就有白松等四人。白松确实也接触过或者见过其中几个人，但是他真的没有考虑那么远。不得不说，其他省市的兄弟单位，确实有他们的独到之处。

紧接着，韩队也提供了两个人的信息，这两个人是在韩队他们所在的小镇上待着的人，也是重点嫌疑人。

任豪汇总了这些线索后说："我们人手是够用的，这次我们的行动，要想办法先切断嫌疑人那里的电源……"

任豪又说了一些行动的建议，说完后，王华东第一个站了起来："我对这个方案有异议。"

"请讲。"任豪丝毫不介意。这次本就是商量着来，能在村子里踏实地待这么久的都不是一般人，任豪向王华东做了个"请"的姿势。

"断电是不现实的。这个基地里一定是有发电机或者备用电源的，而且我看到过他们的摄像头，都有夜视功能，是一个国际上很有名的品牌，因此我们并不会因为半夜进去就不被发现。最关键的是，这个大门，我曾经在一天晚上见到它开启过，这门非常厚重，我不认为一辆车子可以撞开。如果第一次没有撞开，后续就会很被动，不如直接爆破墙壁。"王华东说出了自己的想法。

"爆破不是没有考虑过，但是对于安装人员危险过大，尤其是在完全暴露的情况下，做不到快准狠。"任豪还是点了点头，"你说的摄像头确实是麻烦，我们在场的同志，有没有能通过技术手段获取内部权限的？"

"这个不可能的。"王亮接话道，"内部的摄像头等相关设备，都是通过物理隔离，与外界没有任何桥接接口，无论水平多高，也获取不了内部权限。"

"这确实是有些麻烦。"任豪陷入沉思，"哪位有什么好主意吗？请畅所欲言。"

"你们省厅这边能不能派架警用直升机，从内部下去几个特警，控制中控室，把门打开？"下面的一个民警问道。

"这个我也曾考虑过。"任豪道，"不过，我们曾经截获了一个情报，前一段时间，这伙骗子曾经走私过境一台大功率的干扰仪器，对电信信号有着很强的干扰。我们夜间作战，如果直升机没有通信的话，危险太大，可操作性也不高。最关键的问题是，我们没有掌握他们的中枢的位置，盲目投入，容易使我们的同志置于危险境地。"

"关于这个问题，我有一个建议。"白松说道，"首先，这个干扰仪器，我们有线索，它现在被安装在后山的一个地方，我们已经对这个仪器进行了改装，一旦启动就会自动销毁，这个无须多虑；其次，中枢的位置，就在这张图的中后位置，具体位置在……"

"嗯，白松说完，我接着我刚才的话继续说。"王亮接着道，"我通过他们安装的这个全频段干扰仪器上的遥控信号，在骗子老窝的电脑里放了一个小程序，虽然没办法解决整个院子的供电、摄像这些大问题，但是控制大门开启，应该是没有什么问题的。前提是，没有人手动对门进行关闭，一旦有人发现，手动切断连接，我的小程序就什么用都没有了。"

"你还有这个本事？"韩队一脸震惊，这是什么操作？本来还在考虑传统技术，怎么就大步迈向科幻时代了？韩队停顿了几秒，问道："你有多大把握？"

"如果可以的话，我建议同步进行，动用一架直升机，进行空中绳降，动静弄得大一些，趁乱控制大门打开，接着开车去顶住大门，然后迅速全部压进去。"白松想了想，指了指一个区域说道，"这个位置，养了不少狗，训练有素，但是如果晚上有直升机，这么大的动静，这些狗肯定狂吠，整个院子也就乱了，而且我们要做好特战队员射杀猛犬的准备。"

"嗯，"任豪点了点头，"如果有这些保障的话，这个方案确实是会增大不少的成功率。看来你们小组对这个院子还有一些额外的情报，不妨全部说出来吧，也好多一些参考。"

"好。"白松走到了讲台上，简单地介绍了一下张伟卧底的事情，接着开始讲张伟的所见所闻，把院子内部的一些安排和设置毫无保留地说了一遍。

第一百七十一章 你们还知道啥，都说了吧

张伟的事情，其实韩队是听说了的，但是已经过了十多天，有些事情韩队记不太清了，此时听白松这样一说，韩队神色都变得严肃起来。如此看来，白松的好哥们儿张伟，居然是唯一一个进入了这个院子里，并且获取了不少情报的人。

此时，骗子聚集的大院里，一个男子正站在讲台上给大家"上课"：

"最近大家的效益很一般，很多我们到手的钱，都被警察紧急止付了，我们的账户也有了问题。但是我很欣慰地看到，大家依然没有动摇信念，那就是，早日实现我们的伟大梦想！当抉择命运的时刻到来时，犹豫就会败北！……"

男子在讲桌上抑扬顿挫，下面的骗子们听得热血沸腾。

"老师，我们什么时候才能放开手赚大钱？"一个男子表情狂热，站了起来。

"好，这个问题问得好。很快了，就在明天上午，我们就离开这里，对此，我们有一系列的计划……"

其实这次行动是有些仓促的，主要也是缘于马支队那边传来的情报，不能继续等了。虽然境外的警力根本没有做好万全准备，但是时间不等人，今天晚上的行动，只能成功，不能失败。

白松等人讲完之后，任豪又叫了几个人过来，按照人员数量，进行了本次行动的分组，制订了不同的方案，并制订了几个备用计划。

行动的最主要目的是保存一切证据。

进去抓人实在是很简单的事情，在场的诸位其实根本没有把那些人看成对手，要不是为了配合马支队那边，早就把那些人拿下了。

前文也提到过，办案难在哪里？一是确定这个案子是谁干的，二是确定这个人在哪里。找到了地点之后，下一步就不是问题了。

"我总感觉，你们几个好像还有什么事没有说。"韩队听完所有的计划，总觉得有些不对劲，看着白松说，"现在不是藏着掖着的时候，有话就全说了。"

"啊？"白松挠挠头，"其他的都是一些不太重要的……"

"不重要也要说。"韩队直接打断白松。

"我听说……听说这个院子里有几辆经过改装的越野车，越野通过性很好。现在这个村子，"白松指了指山后的位置，"这里有一些很破的山路，这些路常规的车子跑不了，但是他们的改装车可以跑，我们很难拦截。不过，如果我们能够封锁他们的出口，这就不是问题了。"

"这个情报，算是不重要的？"韩队一脸无语，"封锁出口哪有你说的那么容易？你说的这些车，块头都很大，你那个朋友进去没发现，咱们的摄像机也没发现，估计藏得比较深，甚至可能不在院子里，而是有地道可以通到外面，我们很难封锁。这要是让他们跑了，丢人就丢大了。"韩队想了想又说，"你刚刚说的那个仪器，就是干扰无线电的那个，安装在后山，我听你说的时候还纳闷，现在倒是可以解释了——他们是怕开车跑的时候被直升机追，所以才安装在后山。"

"韩队长说得有道理，"任豪附和道，"这事不能不重视。山后的路现在是什么情况，谁比较了解？"

会场上安静了十几秒，白松见没人说话，很多人都看向他，有些不好意思："这个……让孙杰来说吧。"

白松指向孙杰，大家又都看向了孙杰。

孙杰这些天去找过几次王安泰，与王安泰十分熟了，王安泰还曾经驾车带他做过简单的越野。男人喜欢越野，这个是很纯粹的，孙杰倒是感觉也很开心。其间,后山所有可以称作路的地方,孙杰都搞清楚了。

准确地说,后山就一条路,这条路,一些农用车、不担心刮蹭的 SUV(运动型多用途汽车)等车可以通过。而对于有着强大越野能力的改装车来说,至少还有三条路可以通过。

孙杰能考上名校研究生,记忆力可不是闹着玩的,他很轻松地将几条路全部标注了出来,并介绍了相关情况。

"好,每一条路都要有人把守,而且要安装阻车设备等。"任豪很认真地看了看每一条路线,"这个情报,非常重要。"

这会儿,众人看这四个年轻人的目光就有些不一样了。这些骗子十分狡猾,大家这些天为了获取情报可都是下了不少功夫,在这里获取情报可没那么容易。而谁也不曾想到,这四个小伙子,居然这么厉害!

"你们还知道啥,都说了吧。"韩队一个一个地盯着四个人的眼睛,"哪怕是特别细微的情报,哪怕与这个案子没有太大关联的也可以说,全部说出来。"

"韩队,我知道的都说了。"白松被韩队盯得有些发毛,摊了摊双手,"其他的都和各位师傅的重合了,没别的了。"

韩队看了白松几秒,见他不似作伪,又把目光移向了王华东。王华东用双手挠了挠头,一句话没说。

韩队的目光转到孙杰那里,孙杰有些哭笑不得,真把他们四个当成神仙了啊?

在座的这些人,孙杰对韩队是最了解的,毕竟是一个支队的,而且但凡是二队,也就是重案队的案子,多多少少都会有四队的人参与。韩队的认真,孙杰曾多次领教过,他可不想自己一个表情被理解错了再被韩队逼问,连忙指了指王亮,接着就转过了头。

"我?"王亮愣了愣,"如果只是这个案子的线索,就这些了啊……"

"还有其他案子的线索?"韩队从王亮的话里听出了别的意思,连忙追问道。

"呃……"王亮想了想,接着看了看孙杰的包,孙杰直接把包推给了王亮。

只见王亮从包里面拿出一个专业的收集证物的袋子,接着戴上了手套,从袋子里缓缓拿出了一块腊肉……

第一百七十二章 算无遗策

"这个是……?"韩队没有忍住好奇,出口问道。

王亮把腊肉往桌上一放,一下子吸引了所有人的目光,紧接着他打开了笔记本电脑。

"怎么说呢?"王亮看了眼孙杰,"这是你发现的线索,要不你说?"

孙杰没理王亮这茬,王亮苦笑,只能顶着所有人的目光说道:"我这些天调查这个村子里的监控录像发现,刚刚我们这位老师傅提供的犯罪嫌疑人名单里有一个人,有可能是当地县公安局正在侦办的一起投毒杀人案的实施者。"

说着,王亮把电脑转了过去,一段被裁剪过的视频播放了出来。

视频里,一个男子手里提着两块腊肉,匆匆而过,但是很不清晰。

十几秒钟的视频播放完,王亮又打开了一张照片。

这张照片一出来,屋里的警察都惊呼,这就是刚刚在投影仪里展示的一个人。

可是,大家很快又疑惑了,这张照片怎么来的?

王亮没有给大家太多疑惑的时间,直接说道:"这张照片,是根据这个视频,通过专业的图像处理技术制作出来的。这段时间我重新跟学校的老师建立了联系,从他那里学到了很多。而且出于保密原因,这张照片的全部处理工作都是我和孙法医一起完成的,并没有让老师来做。本来,做出这张照片的时候,我们也很疑惑,这个人我们都在村里见过,一个赌徒而已,与被害人也没什么瓜葛。

"但是既然我们已经掌握了相关情报,能够证明这个人的真实身份,那么他是杀人案的犯罪嫌疑人的概率就显著增大了。"

"好,"任豪饶有兴趣地点了点头,"这块腊肉,能给我讲讲这里面的事情吗?"

在场的所有人都有这个疑问,任豪尤甚。

虽然说在场的所有人都是奔着这群骗子来的,但是杀人案没有人不关心。尤其是任豪,即便他不是辖区的负责人,命案这种事情,省厅也是十分重视的,这个命案的卷宗,在场的所有人中恐怕只有他看过。

任豪丝毫没有想到,这几个青涩懵懂的小孩,居然不声不响地搞到了这么重大的线索。

听到任豪的问话,王亮怎么也不吭声了,他没这么厚的脸皮,只能频频向孙杰投去求救的目光。

孙杰无奈,把从看到瘦高个儿呕吐开始,一直到拿到这块腊肉的经过,简略地说了一下,众人这才明白怎么回事。

孙杰说完,周围的警察都赞叹起来。别的不说,就是这份细心和机智,真的不是一般人做得到的。毕竟这么多天过去,孙杰的身份可是一点都没有暴露,他顺便跟着王安泰去玩越野,这波操作可以说太牛了。

"这视频、照片和腊肉,我可以拿走吗?"任豪看向白松。

"当然可以。"白松点了点头,"本来早就打算给你们的,只是一直感觉自己查不出点什么,有些不甘心。不过,这些东西是没办法作为证据直接使用的,还需要正式走一下相关手续。"

"嗯,好,这个我来处理。我代表南黔公安对你们表示感谢。"任豪主动跟白松等人一一握手,"看你们这么年轻,是刚刚毕业的吧?不知出自哪里?"

"孙杰是华国医科大学的研究生,我们三个是华国警官大学的本科生。"白松做了简单的介绍。

"校友啊!"任豪十分开心,"咱们四个是一个学校的,我比你们高十几届。哈哈，不错，师弟们比我们这些老人强多了！还有这位孙杰，高才生。"任豪赞叹道，接着跟韩队说道，"要说你们直辖市就是好，能网罗这么多人才，以后我可得跟这边我抓的犯人都交代好了，天华市可不能去啊……"

"任支队说笑了。"韩队被捧得心里乐开了花，却表现得非常淡定，"都是一些小孩，还需要多锤炼锤炼。"

"哈哈，韩队，看你说的，还怕我和你抢人不成？"任豪笑着摇了摇头，"再说我也没那么大本事跨省要人啊…"

简单地说笑了几句，任豪和几位在场的各部门领导制订了详细的行动计划，白松等人也全程在听。

其实这种大的计划，每个人只需要知道自己干什么就可以了，而且白松这一小组几个人全在，他也无须传达布置，但是他还是从头到尾听领导们如何安排，有些地方不甚理解，也都牢记在心里。

白松被布置到路障和干扰仪器所在位置附近的路上进行拦截。这是很重要的位置，带队领导是一名特警中队长。

听着领导的安排，白松渐渐地明白了这个计划的实施方案。

作为领导，重要的不是亲自去获取第一线、最有用的情报，而是当手下的同志们把费了很大的力气获得的情报放在桌面上时，做出最好的整合和安排。

胸中有沟壑，腹内藏乾坤。白松感叹，刚刚虽然和几个哥们儿小露一手长了点脸，但是万不可焦躁。想到这里，父亲的教导似乎又在耳边回响，白松嘴角微微上扬，仔细地听着接下来的工作部署。

任豪综合了所有的情报，现场就做出非常细致的安排，对每个地区警察的布置、接应、配合都做了安排，并且都安排了行之有效的备用计划，确保万无一失，不给嫌疑人任何逃脱和毁灭证据的机会。

在场的警察哪个不是经验丰富之辈？但是即便是周队这样的重案队大队长，也不得不承认，在这种大规模的行动中，自己与任豪有着很大的差距。

白松也参与过大的行动,上次去魔都市抓捕,全程是田局长指挥,马支队现场安排,但是对比一下,还是任豪大局观更强一些。

白松甚至想到,任豪师兄如果领军打仗,也定会成为一代名将。

第一百七十三章　最后准备

行动的准备并没有想象的那么轰轰烈烈。人去如流水，大家领受任务后离开了这里，提前安排休息和饮食，按要求，凌晨两点三十分到指定地点集合。

这次行动的主要一方是南黔省厅，为了万无一失，这次出动了两百多名警察和相关设备，其中包括六十名特警。

白松接受任务后，直接在学校的教室里休息，将几张长条桌子拼接在一起当床，一个屋子里有二十几个人。

教室里没有空调，只是接了一个电暖器。考虑到学校的电源只能用于照明，整个学校的额定电流都不高，每个教室的电暖器只开到中低档，好在人一多就暖和了不少。

白松所在的屋子里只有两个天华市的警察，白松都见过，是市局的青年才干，但是不怎么熟悉，剩下的也是年轻人居多。

这会儿虽然让大家休息，但是每个人都很激动，根本就静不下来，三五成群地聊着天。反正今天就要执行任务，每个屋子里的人基本上都是相应任务的人员，相互之间也没什么需要避讳的，大家聊得很开心。

很快地，几拨人在聊天时，不少人频频望向白松。

很多人都从不同的人那里听说了刚刚白松在会场扬名的事情，都对他产生了浓厚的兴趣。大家都是年轻人，不少也是出自名校，有的特警甚至是全省体育冠军，正是谁也不服谁的年纪，一个个都凑热闹，让白松说几句。

这场面白松还真的没见过，说啥？白松不肯说话，立刻就有人起哄，要和白松试试,以武会友。虽然在场的其他人没有一个比白松个子高,但是看那些特警古铜色的皮肤和充满着爆炸性力量的肌肉,白松还是吞了口唾沫,这要是一起上,他撑不过三秒啊……

单论搏击,白松真的没有信心能一对一打过一名特警队员,这真不是身材高大就一定占优势的。最后还是特警中队长解了围,以"明天就要行动了,这里没有护具和合适的场地"为由,制止了这场比试。

但是言外之意,等行动结束了,他还真想邀请白松一行人去特警队员的对抗室试一下。

不能动手,又有人出个主意——掰腕子。

男人的快乐有时候就是这么简单,这个白松必须应战,不然不仅仅堕了天华市警方的威风,咱鲁省大汉的脸往哪里搁?

白松这体格,论力量而不论搏斗技巧,还真是不虚,大手往桌上一摆,和一个哥们儿一握手,对方的脸色立刻凝重了起来。

与白松对抗的兄弟身高一米七左右,体重估计只有白松的三分之二,虽然肌肉结实,但最终还是败下阵来。又有两三个哥们儿上前,一个比一个壮,白松都艰难取胜。南黔省的弟兄们也不愿意用车轮战这样的办法,白松轻而易举地获得了大家的尊重。

活跃了一下气氛,大家心里的紧张情绪还真的缓解了不少,相互之间的认可度就这么简单地升高了一个台阶。大家互相挨着,躺在桌面上,和衣休息。

半夜无话。

夜里一点整,特警中队长起床,其他所有人都迅速起床,不到一分钟就全部准备好,携带好了相应装备。

之所以要早起,是因为这一批人并不会乘坐常规车辆前往目的地,而是乘坐当地特警的越野车辆。这二十多人负责几条特殊道路的拦截工作,几个小组都携带了有线通信设备,几个设伏点之间要临时架设有线通信设备。

白松跟着大家步行了近半个小时,到了越野车上之后,听到这个安排,对指挥人员的严谨作风表示由衷的佩服。

架设有线通信设备，即便对方还有其他备用的干扰设备，即便白松之前做的准备无效，依然能够保障三个联络组之间的有效联络。

这并不是对白松不信任，而恰恰证明了指挥者的稳妥与大局观。

所有的工作都有条不紊地进行，大家到达目的地后架设线路，接着分开，对不同点位进行了极为周密的布置。

白松参与其中，虽然只能搭把手，但受益匪浅。

白松此时突然明白，也许任豪等人根本就不是安排他来这里堵截，而是把他放在这里，让他看一下这最后一个收网的地方是如何布置的。

个人的力量是很小的，白松也从来没有想过自己一个人能够把这些嫌疑人全部抓住，而集体的力量则极为强大，尤其是团结、有智慧的群体，往往可以以弱胜强。

太平盛世，我们不需要以弱胜强，公安机关有足够的信心，以压倒性的实力，不伤一兵一卒，抓获所有的不法之徒。

白松知道，这里的安排，如果只是听人纸上谈兵，他永远不会有感触，只有在这里亲身经历，才能体验到指挥者运筹帷幄的那种状态。

这个人情，可是不小啊。白松仔细地想了想，好像安排到这里的其他非特警人员，都是各地既年轻又有指挥才能的人，难不成任豪是给大家一个机会？

这次行动如此复杂，这个地方又是重中之重，任豪居然还有余力给大家来一次现场授课，这是何等的胸怀与自信！这一刻，白松心潮澎湃。

第一百七十四章 尘埃落定

此时的任豪,真的不像白松想的那么轻松。

这次行动,任豪并不是总指挥,但是作为现场指挥,他还是时刻不敢松懈。正月的凌晨,身穿皮衣的任豪头上却始终微微冒汗。

凌晨三点五十几分,一架蓝白相间的警用直升机发出的巨大轰鸣声打破了村子的喧嚣。这附近没有什么机场,飞机从这里经过的时候,都是远在万米高空,因此这里很难见到飞机,更不要说直升机。

螺旋桨飞机凭借强大的气流和稳定的动力曲线,带来一种极富冲击力的听觉享受,这就好像是冲锋的号角声,所有人都打起了十二分的精神,心情激动。

随着直升机的进场,数百位早已有所准备的警察悄然出动。神奇的是,这个院子的大门,真的在王亮的控制下,缓缓地自动开启了,几辆早已经有所准备的车子迅速地从入口处开了进去,整个过程一气呵成。

白松处在距离现场很远的地方,颇有些心驰神往,但是这个点位的所有人,全程都纹丝不动,丝毫没有被那边的热闹所影响。

白松所知道的可能比这些特警要多一些,也许就在同一时刻,马支队等人正在异国他乡同时开展一次规模可能没这么大,但是一定比这凶险得多的行动。想到这里,白松心里不由得略有隐忧。

直升机的声音消失之后,白松就再也听不到大院那边的声音了,毕竟太远了。这里非常安静,安静到大家只能听到呼吸声。

十几分钟后,前面的岔路口传来信息,两辆白色的改装汽车正向着白松这一条路驶来，其他的所有嫌疑人都没有逃上车，而是在离开地道的时候被拦截了。

很快，前面的信息更新，两辆汽车中有一辆向着白松所在方位驶来。

逐渐地，白松听到了大马力汽车咆哮的声音，很快，远处的车灯就打到了这里。

白松给了特警中队长一个眼神，中队长眼神微微下压了一下，白松点点头，按兵不动。

白松的父亲曾经跟白松说过一句话，白松这么多年都没有理解，此时逐渐有些理解了：

"专业的事情，一定要让专业的人做。"

白松家里条件一般，从小到大，大大小小的事他一般是亲力亲为，因此养成了独立性格。即便是在警校里，白松也属于很独立的那种，也因此给了同学们不少帮助。

遇到任何问题，不都应该自己解决吗？家里灯泡坏了，自己换；下水道堵了，自己通；甚至插座电线烧了，白松都会自己买插座，断电，自己换……

但是毕竟没遇到更加专业的问题。

非专业人士，铺个瓷砖试一下？换个管道试一下？给汽车发动机换个曲轴试一下？

而如何在深夜的复杂地形中，确保准确拦截正在高速行驶的专业越野车？

刨大坑不行，电子干扰不行，扎轮胎更是开玩笑……

车子由远及近，很快就到了白松等人前方几十米的位置。开再好的车子，在这种地形也不敢把油门踩到底，那样大梁会承受不住，但是车速还是不慢，不久就传来了轰鸣声，周围已经不再安静。

"中东版陆巡，发动机排量5700，V8型号。"白松身后的一名特警从轰鸣中听出了什么，说道。

"说这个干吗?！轴距多少？"中队长语气有些急。

"两米八五。"

"好，准备！"

白松身后的几个人迅速离开，白松看了看特警中队长的动作，没有动。

车子很快就开了过来，刚刚经过白松面前，车子瞬间失控，四个轮子因不明原因，全部抱死。

几乎是一瞬间，越野车的轮胎对于制动器没有任何相对运动。换句话说，也就是轮胎不转了，汽车就像一块砖头一样在路面上滑动。

这种路面全是弯，滑动的车子一下子就撞到了一棵树上，不过好在车速不快，轮胎摩擦也大，撞击力量并不大。

中队长身子刚有些动作，白松立刻跟着中队长站了起来，跑到了车子旁。白松从侧面支起了一个强光探灯，配合一个外省的同行，一起把现场照成了白昼。

动作并没有多么猛烈，也仅仅算是迅捷，七八个人、四支冲锋枪从不同角度对准了车子。车里的人刚刚从院子里跑出来，本就惊魂未定，此时自然已经知道发生了什么，没有一个人有所动作。

中队长挥了挥手，没拿枪的几个人拿出防暴盾牌，慢慢地接近了车子。

几个特警尚未接近，车子主动开了门，一个中年男子把手举过头顶，紧接着，副驾驶的门也缓缓打开。

本来白松还以为，既然就两辆车跑了出来，每辆车上还不得坐满人？

但事实上，只有两个人，副驾驶上还是个小孩子。

白松只看了一眼就确定了，这个肯定是邓文锡的儿子，眉宇间颇有些他爸爸的样子，只是略有慌张。

众人很快把开车的男子按倒铐住，也把男孩控制了起来。

大家对车子进行检查后也是出乎意料，居然什么也没有，极度轻量化的车身，甚至拆除了后排座椅。也就是说，这辆车真的只是为了拉载两个人而存在的，不，应该说是一个人。

白松又看了看邓文锡的儿子，八九岁的样子，一会儿回去得想办法安置、释放。

完全无民事行为能力人，不承担任何刑事责任和行政责任。

此时白松脑子里想的是，这个孩子以后会是什么样子？

不过，谁也不知道未来多少年会发生什么，也没必要刻意关注。

白松此时心情很平静，连续几个小时超额分泌的肾上腺素逐渐降低了产出，一切就此结束，剩下的，就是重复两个月之前的工作了。

第一百七十五章　大专案（1）

很多事不需要白松去操心，他只是一个普通警察而已，但是经此一役，虽未纵观全局，白松亦感觉受益匪浅。

抓捕行动结束不久，按照安排，天华市的警方押解着十几名犯罪嫌疑人乘坐飞机返航。

返航前，白松给张伟打了个电话。

为了保密，白松在南黔省的事情，父母都不甚清楚。也许白松偶尔打电话时，白玉龙能从白松的言语间听出点什么，但是白玉龙从来不问。

等回去再跟父母报平安吧……

张伟早就开车回到了烟威市。这次出行给张伟涨了很多粉丝数量，但是自己孤身刺探敌营之事，张伟知道不能说。

白松跟张伟报了平安，告诉他事情已经解决，同时又跟张伟强调了一下，这个事，永远地烂在心里吧。

即便案子已经公开，有些事情也不再涉密甚至无须保密，但是白松还是觉得，出于对张伟安全的考虑，这件事只有公安局内部知道比较好。

白松作为警察，什么也不担心，但是张伟就不一样了……

的确，张伟作为一个普通群众，孤身犯险，同犯罪嫌疑人斗智斗勇，如果警方公开授个奖，再宣传一番，各大媒体肯定是争相报道，到时候，短短几天，张伟就可以成为一代网红，走上人生巅峰……

但是，处在风口浪尖是好事吗？

有些东西，没必要一定要转化为粉丝和流量，经历和成长才最重要，人要看得长远。经历了这件事情之后,张伟所获得的远远不止表面那些东西。

也正因为如此,在几个月之后举行的天华市公安局的授勋会上,授予某位群众二等功的时候就没有大张旗鼓,而是匿名,这引起了很多市局警察的关注,少数知道内情的警察对此也是三缄其口……

白松看了看时间,今天是3月1日了。

在这边时间过得很快,按农历来说已经是二月初九。再回到北方,早已经过了"龙抬头",没了飞雪。

这段时间,是警察最忙的时候。

再有两天,就是上京市召开一年一度重要会议的时候了,天华市的各部门都绷紧了神经,加班、停休、加强巡逻等等,从市局到分局,再到各个派出所,都进入了一种高效率、高强度的工作状态。

白松等人下飞机的时候,分局只派了两辆大车来。接大伙的是刑侦支队的于政委,没有过多寒暄,满载的两辆大车直接开到了刑警的院里。

一个多月没回来了,回到刑警大院后白松倍感亲切,但是遇到的几个人都行色匆匆,在外边待久了的白松还有些不习惯。

下了车,一个个嫌疑人被专人押解走了,刑警这边实在忙不过来了,各个派出所都领了一两个人。于政委在车上给大家说了一下,先休息几天。

今天是周四,已经是傍晚了,所有参与行动的人,都先休息三天,下周一再上班。当然,这只针对分局的同志,车上还有一些市局的同志,到了刑警大院后就被车辆接走了。

这些天出差,白松等人虽然不是每天都十分忙,但这么多天,四人都没有踏踏实实地睡过一个好觉,每个人都极为疲惫。

白松四人先回到在刑警这边的住处,把乱七八糟的东西收拾了一番,准备去洗洗澡,然后一起出去吃个饭,回来美美地休息一下。

收拾了一下东西,洗完澡,白松第一个离开澡堂,穿好干净舒适的衣服,美美地喝了口凉了二十分钟的热茶,自己出来准备再去趟卫生间,这时整个楼道里一个人都没有。

白松耳尖，走到楼道这里，听到会议室里好像有人开会，略感好奇，就走了几步，到了会议室门口。

这个屋子白松很熟悉了，"12·01"专案组一直都在这个会议室办案。按理说这会儿已经到了下班的时间，但是门缝里还透着光线。白松走到门口，正巧有个警察出来上厕所，打开门一下子看到了白松。

"白松？你还没回家休息吗？"出来的是三队的一个警察，看到白松很高兴，把门虚掩，"听说你们这次行动很顺利，不错啊。"

"还行，挺顺利的。王师傅，这都几点了，怎么还这么忙？"白松问道。

"没办法，这个案子哪有那么简单？今天又带回来了十几个，所里接走办手续了，但是忙完了都交给了咱们专案组。老于给大家开会，做下一步安排呢。"王师傅点了根烟，看样子也不急着去洗手间，和白松聊了起来。

"老于？"白松一愣，"于政委？"

支队里姓于的领导不多，白松想了想也就只有于政委了，问题是于政委一向不负责具体案子，他的岁数可不小了。

"政委现在都快忙死了。马支队和两个副支队长出去这么多天，虽然把人都抓住了，但是办理回国手续和交接还得几天，于政委可没时间管具体的案子。不是于政委，是老于，于德臣。"王师傅吸了口烟，"最近可把老于也累坏了，唉……"

"于师傅？"白松从门缝往里一看，可不是嘛，虽然坐在会议桌中间的是一名副大队长，但是正在讲话和安排工作的，正是于德臣。

一个多月没见，于德臣似乎比之前虚弱了很多，白松看不太清，但是能感觉到于师傅的状态不是特别好。

之前的九十多个诈骗犯罪嫌疑人，除了小雨一人因为极为配合，供述重要线索立功而取保候审，其他全部被逮捕。

第一百七十六章　大专案（2）

说到取保候审，不得不提一下我国的刑事诉讼制度。

治安案件就是警告、罚款、拘留1至20天。刑事案件，一般来说，第一步就是刑事拘留，而没什么社会危害性、有人或者财物担保、罪行较轻的，可以取保候审。

如果犯罪事实清楚，采取取保候审有其他问题，就会进入逮捕阶段。

很多人把"逮捕"二字看作是一个动词，以为是去抓人，其实不是，这是一个状态，也是检察院的羁押程序。

公检法三部门，一个嫌疑人被逮捕了，就可以说公安局的工作暂时告一段落，但是这只是暂时的。

除了自辖的贪污受贿等职务犯罪案件，检察院是没有侦查权的。这种大案子，公检法联合办案，基础工作全是公安局这里做。

21世纪10年代之后，这么大的一个国家，却极少出现冤假错案，这主要得益于十分精准的司法程序。

为什么司法程序没那么快？

因为第一要务是公正，其他的都往后站。

也正因为如此，"12·01"专案，换个普通人过来端一下，会崩溃的。

派出所在重要会议期间十分忙，刑警的领导和局里的领导、同志们中又有一大批在国外，而且刑警也承担了一些安保任务、勤务任务，特警更是忙得不可开交，整个专案组已经陷入了无人可堪重用的境地。

白松自然也端不起来，他太嫩了，如果让他承担专案内勤之类的职务，这一柜子的案卷将千疮百孔。

检察院的退查提纲和修改建议,能专门订一本……

王师傅抽完烟,没着急上洗手间,先把白松带进了会议室。会议室里的人也都认识白松,看了一眼,又把注意力放回自己的日志本上。

白松找了把椅子坐下来,静静地听着于德臣师傅的安排。

"小周,你那一组,明天带两个人,再去一趟人民银行分行,按照今天马支队和周队传回来的犯罪嫌疑人信息,把所有人的银行卡……注意证据采集要全面,上次有一个忘了签字,回头就……

"王队,你那边得协调一下几个看守所,今天晚上各所刑拘的人数不少,必须安排好不少外区的看守所,确保不要把任何同案犯关到相同的监室。还有……

"老孙,你那边今天也要加个班,你得带着……"

于德臣的笔记本上记得密密麻麻的,他大体布置了一番,静静地坐了十几秒,似乎在思考什么事,眉宇微微皱起,似乎有些坐不稳。又过了十几秒,于德臣捏了捏鼻梁: "大家还有什么事情,我忘了的话,补充一下……"

过了十几秒,王队说道: "得安排大家休息了。大家都已经忙了好几天,这个周末银行也都不上班,安排大家休息一下吧……"

"是啊,老于。这样,你明天就开始休息吧,这边有我们盯着呢……你这身体……"一个老师傅关心地说道。

"哈哈,没事,好久不端卷盯案子了,确实是有些老了,这个法律法规,一年不学就会出岔子……不过没什么,这才多大点事。"于德臣喝了口茶,"这案子虽然人挺多,但是也没啥乱的。"

"老于,这样吧,咱们分局你也都熟悉,你点名要个人过来帮你,你只要说,我肯定请示于政委帮你要过来。"王队年龄也不大,但是这句话说得很清楚,"必须要一个,这事就这么定了。"

"老于这性格,我太了解了。"一个和于德臣共事多年的老刑警道,"王队，我推荐一个吧。九河桥派出所有个叫孙唐的，是老于当年的徒弟，现在也是警长，业务能力很扎实，要是行就把他叫过来。不过得跟所里协商好，派出所现在那么忙，想借出来一个警长没那么容易。"

"嗯，这个人水平可以。"在场的一个分局法制部门的警察说道，"实在不行，我们法制这边也可以出人。"

"法制最近也太忙了，"王队点了点头，"你们那儿能端起这个分量的案子的，对本案不够熟悉，又特别忙。这样，我去跟于政委请示一下，咱们这边人还是不够，我申请加几个人。"

"你们不用担心我。"于德臣喝了一口水，"明天肯定谁也休息不了，这么多嫌疑人今天进各个看守所，明天我们必须再组织一次审讯，这个肯定不能拖。而且那个骗子老大的老婆，我得去看看……"

白松有些心疼，才多久不见，于德臣似乎老了好几岁。白松听师父孙唐讲过一次，于德臣的身体状况可并不是多么好。

自始至终，也没人提白松。出完差的同志优先安排休息，这已经是不成文的规矩了。

出差分很多种，有的时候只是为了去取个证人笔录，全程坐坐车，住宿吃饭忙点工作，没多累。

但是白松这次出差非常辛苦，全程神经紧绷，时刻面临危险，因而如今即便再忙，专案组也没有人说给白松安排点什么工作。

白松给孙杰等人发微信说了一下，让他们先等等。又待了十几分钟，等会议散了，他找到了于德臣。

"在那边都养白了。"于德臣看到白松有些开心，"怎么样，没遇到什么危险吧？"

"我好得很，一直蹲在旅店里，啥事也没有。当地负责这次行动的领导很厉害，一个受伤的都没有。"白松大体讲了讲任豪的事情。

"嗯，那不错，遇到好领导了。"于德臣听了几句，赞许地点了点头。

"于师傅，我没啥事，但是您这身体……我感觉您需要休息一下了。"

白松满脸担忧，于德臣脸色不太好。

"没事，马队他们都不在，等这个案子结束，我就休息一阵子，请个病假，带我小孙子出去转转。"于德臣爽朗地笑了笑，"没事的。"

第一百七十七章 春来

晚上四个人在一起吃的饭。因为白松和于师傅聊天，几个人先等了他一会儿，然后去了老地方。

说真的，一直在村子里吃东西，嘴里真的是淡出鸟了！就一家烧烤店、几个小饭馆，四人这段时间没少吃泡面，现在能吃点北方的食物，哪怕只吃热腾腾的葱花大饼，白松感觉自己都能白口吃两张！

……

休息的时间过得很快。这几天，白松去了徐纺那里一趟。徐纺的新书已经封笔了，30多万字，白松用几个小时的时间看了一遍，看得很入迷。

徐纺的文笔逐渐成熟，对节奏的把控能力相当不错。白松和她讨论了一下剧情，徐纺采纳了白松的几个建议，对一些地方做了删改，估计月底就可以去找编辑交稿了。

3月5号，早上七点多钟，白松从家里出来，骑上自行车前往队里。前些天河还有些结冰，现在冰已经全部化开了，只是天气还是很冷，路上只有松柏和冬青露出一点绿意。

之所以早出来一会儿，是因为马支队等人今天就可以回来了。

这次出境办案，时间差不多一个月，马支队等人在那边过得如何，白松不得而知，但是白松知道一定很辛苦，所以他打算今天去机场接大家，看看有没有能帮上忙的。

飞机是上午十点多钟降落，白松到刑警大院的时候还不到八点，但是院里已经很热闹了，甚至拉起了欢迎马支队等人胜利归来的横幅。

白松一点也不羡慕，这是出征的人应得的荣誉，他与有荣焉。

　　孙唐也来了专案组。所里本来是不放人的，但是不知道为什么，一向吐槽于德臣的孙唐听说了一些事之后主动请缨过来。

　　所里确实是忙得不可开交，但是孙所和李教导员不知道出于什么原因，还是同意了，让马希暂时担任警长，又给四组暂时调配了一名办案队的成员帮忙出警。

　　白松到了单位，去食堂打了一份早点，是天华市特有的早点：锅巴菜。白松其实一直吃不惯，但是今天食堂只有这个，白松又要了一根油条，就着慢慢吃。

　　今天食堂里的气氛也不错，大家都讨论着马支队的事情。不得不说，食堂真的是刑警大院第一大散装情报集散基地，所有不涉密的信息都是从这里传出来的。

　　吃了十分钟早饭，白松居然把马支队那边的事情听了个满耳。

　　天华市有两名警察受伤了，而且有一个胳膊还打了石膏，具体伤势不详。这还算好的，据说外省市有一位同志因伤势过重，留在国外治疗，暂时无法回国。这些骗子，可真不是好对付的角色啊。这次出警抓捕，出动的人员可真的不是少数，都是精锐中的精锐，但还是有流血事件，可见情况之恶劣。

　　不过也有好消息：主犯邓文锡，被天华市公安局争取过来了。

　　这次联合办案，各个省市都有诈骗案子，每个省市都有管辖权，大家费尽千辛万苦把人抓到，谁不想获得最大的"蛋糕"？

　　但是也许是"12·01"专案组之前抓的那伙人实在是太多，比起其他省市来说，天华市公安局更有实力、更方便采集足够的犯罪证据，所以邓文锡被带到了天华市。

　　纵使大家都见过不少大匪大盗，还是有些好奇，这个据说靠诈骗已经积累亿万身家的首脑级人物，可不是一般人物。

　　虽然喜忧参半，但是了解到没人牺牲，白松还是觉得这是个不错的结果。他吃完饭,"收集"完第一手资料,就去了会议室。

会议室门没关,白松探头一看,于德臣正拿着一个笔记本跟孙唐交流。

白松有些头疼,师父在,那管于师傅叫啥?师祖吗?

算了,都叫师父吧,让孙唐头疼去吧。

"哎,白松你来了。"孙唐看到白松,就好像躲债一般,立刻起身和于德臣拉开了半米的距离,"快过来坐,听听你于师傅讲课。"

"好。"白松乖巧地点了点头,心道师父这有些发怵啊,看来不是和于师傅关系不好,而是真的有些怕他。

"这个起诉意见书,你看这一段,这个有问题,根据最新的《刑法修正案》……"于德臣摸了摸老花镜的边框,一下子摸到了头发,手指停顿了一秒,才缓缓摸到了老花镜的镜腿,扶正,"你这些年业务能力还是没什么长进。"

"唔……"孙唐可不想在白松面前堕了威风,"这案子我还是不熟悉,刚接触两天,过几天就彻底熟悉了。"

孙唐说着开始整理案卷,"不经意"间从一摞案卷里找出一份笔录,然后哦了一声:"白松,你看看你取的这个笔录,你这取得有毛病啊。你过来,我给你说说。"

"嗯,好。"白松走到了孙唐的身后,探下了头。

"放屁!"于德臣一把拿过案卷,"你等着。"

说完,于德臣扶着椅子站了起来,走出会议室,留下白松和孙唐两个人面面相觑。

"怎么回事,师父?"白松有些不解。

"不知道啊,这几天,你老于师傅跟吃了药似的,总说我。唔,你看这个起诉意见书,虽然有,嗯……150多页,但是我也不是没搞过,只不过稍微有些生疏罢了。"孙唐说着又看了眼电脑。

"嗯,师父你肯定行,我看着这些都脑袋疼。"白松冲孙唐竖起大拇指,"师父你以前肯定也特别厉害,我就不行了,我这个笔录取得,我都觉得有些不好意思了。"

"嗯,没事。"孙唐听了这个舒心啊,昨天和前天,他整整被于德臣数落了两天,终于现在自己的小徒弟来了,真是乖巧啊。

孙唐看着白松,越看越满意:"没事,你啊,多学多练,我当初啊,像你这么大的时候……"

"你像他这么大的时候,怕是写东西语句都不通顺。"于德臣出现在门口,手里拿着一本泛黄的册子。

第一百七十八章　衣钵

孙唐一脸疑惑地站起来，走上前，接过于德臣手里的案卷。

刚刚翻开一页，孙唐便一下愣住了，满脸的不敢相信。

这不是别的，正是孙唐当年做的第一份笔录。

"这个……这不是被您……扔了吗？"孙唐的情绪略有些激动。白松真的是第一次看到孙唐如此夸张的表情，也许中了 10 万元大奖孙唐都不会如此失态。

"你自己看吧。"于德臣没有解释什么，"在我柜子里放二十多年了，现在还给你，留着做个纪念。"

白松探过头去才发现，这个案卷是用一张张 A4 纸订起来的，每一张 A4 纸上面都贴了一张饱经沧桑的手写笔录纸。

笔录如果想要真实有效，那么就必须有被询问人的签字、捺印或者其他信息。有些时候，犯罪嫌疑人拒绝签笔录也无所谓，警察自己在笔录里注明就行。反倒是这些不配合的嫌疑人，只靠证据照样可以判决，而且还不会被从轻发落。也就是说，"坦白"确实是犯罪嫌疑人可以从轻判决的条件之一。

因此，笔录是手写还是电脑打印，都不会影响笔录的法律效力。

这个案卷里的每一张手写纸都十分老旧，有的明显曾经被人团成了团然后再展开，还有的被撕成好几块，重新粘在了一起。白松已经看出来了，这应该都是孙唐刚参加工作时写的笔录，这么多年来，孙唐字迹变化并不算大。

现在的警察，师徒之间的感情普遍已经不如以前，白松和孙唐这对师徒的关系在九河桥派出所应该算是最好的了，孙唐虽然也批评白松，但是总的来说十分照顾。

可是以前不一样。那个时代，警察不一定受过高等教育，有的可能只是中专毕业，有些人来当警察之前也没有读过警校，可以说对警察工作一点都不懂，经常出现到了派出所却啥也不会的情况。

怎么办？

严师出高徒，是20世纪90年代的经典办法。

孙唐就曾经遇到过一位严师——于德臣。

孙唐刚参加工作的时候，笔录取完，于德臣看一眼，直接撕了扔进垃圾桶："写了些啥破玩意，重新取笔录！"

一个半小时后，拿来第二份。"毫无进步，重新取。"这份笔录又被扔进垃圾桶。

直到第三次回来，于德臣才会说一下哪里不对，但是这一份还是一样的结局——被扔掉。

等第四份笔录取完，一天都过去了，孙唐胳膊都要断了，可只能苦哈哈地等待师父的认可。

这一份，有时候于德臣点点头算是过了，有时候还要第五份。

这对孙唐来说曾经是个极大的打击，手写笔录哪有那么简单？又不像现在可以打印。

也因此，孙唐一直对于德臣颇有微词，他一想到那段学徒时光就有些生气。

但是，"本事"这东西骗不了人，它是长在自己身上的。

审讯，取一份法律上没有纰漏、过程完整、证据链充分、合法的笔录，哪有那么容易？

这东西上课学得再好，也不如在实际工作中练一练。孙唐在于德臣的严加管教下，不过几个月就已经能把笔录取得很好，去一些部门扛起大梁。

说真的，也就是孙唐性子惫懒，也没有太大的追求，不然现在怎么也是个科所队长了。

此时，孙唐看到这些，一个字也说不出来。回想自己二十多年的警察岁月，在出师后的日子里，当主办民警，当刑警，当派出所警长……一个个岗位走来，单位领导始终把他看作业务尖子，一般都是客客气气的，凭什么？

还不是凭自己有个严师！

"人家白松，警官大学毕业的，又好学，你当年那样子，你自己看看，你取了些啥？还有脸说人家白松。"于德臣十分喜欢白松，不由得又吐槽了孙唐两句。

听了这话，孙唐没有丝毫不乐意，连忙放下案卷，扶着于德臣的胳膊："哎呀，师父，您教得好，您教得好，以后啊，白松在这里跟您学本事，您可不能吝啬啊。"

"去去去，你自己的徒弟你不带？"于德臣坐下，"行了，你收好吧，搁我那里放了这么多……年了。"

"好好好。"孙唐连忙收了起来，不让白松看到。

丢不起这个人啊！这笔录他现在一看就想撕了。

看了看白松，孙唐心里还是舒坦，年轻啊，就是好。转过头来，孙唐看了看临近退休的于德臣，他面色略有些沉重。老于的状态不太对劲啊。

于德臣没有管孙唐的眼神，拿过一本用夹子夹好的册子："这个是案子的整体脉络册，这东西不会附到卷里送到检察院，只是为了咱们看卷方便，也便于随时补充。你可以把它看作是这个诈骗案的证据册外加人员结构图，只不过更加完整。我昨天晚上又把它整理了一番。

"你拿着，多看看，这个案子我给你说了两天，你差不多也能端起来了，剩下的就是协调各部门。不过咱们分局你也待了二十多年了，应该都认识，无非是检察院和法院的关系你不熟，有个两天就熟悉了。"

"好。"孙唐接过册子，仔细地翻了翻。

"师父、于师傅，马上九点了，一会儿支队派大车去机场接马支队他们，你们去不去?"白松问道。

"你去吧，我们就不去了。估计有电视台的人在，你把你的头发整理一下，精神……点。"于德臣看了看白松，笑得很舒心，"年轻，多一些朝气。"

第一百七十九章　公之斯文若元气

冬末春初，仍有些阴霾。

这两年，上京、天华、冀北一带，沙尘暴已经罕见，不过每年有近200天的雾霾天气。这几天不刮风，上午的雾霾居然比凌晨的还重，让人看着就有些压抑。

市局、分局、分局刑侦，不同部门安排的七八辆警车、三四辆大车，已经提前半个小时在机场候机处静静等待着，除此之外，还有天华市电视台的人。

这次电视台的架势可比白松遇到的那一次大多了，光记者就有七八个，而且看样子还不是同一家媒体的，大家争先恐后地尽可能地向前站一点。

白松等人站在最前面，本来他想往后站，但是于政委说他气质还可以，让他往前站，结果被推了几次，他就站到了最前面。

飞机是准点到达的，这么多人在这里等着，引起了机场众人的广泛关注。

谁啊？这么大派头！

如果是明星，犯得着来这么多警察吗？如果是大领导，这得是多大的官啊！

但是好奇归好奇，并没多少人围观，最主要的原因是这里没什么闲人，大家都赶一小时后的飞机呢。

马支队等人簇拥着几位市局的领导干部，首先出现在了接机口。几个记者立刻上前，把准备多时的问题一股脑儿地抛了出去。

在马支队这批人后，是两个受了伤的警察，其中一个胳膊上还打着石膏，但是身姿依旧挺拔，神色坚毅。

再之后就是三人一组，两名警察押解一名犯罪嫌疑人，一共有十几组，每一名嫌疑人都戴了头套，也没人知道谁是主犯谁是从犯。

市公安局的同志简单地感谢了一番媒体，指出将尽快召开一次发布会，并给现场所有媒体做了登记，邀请大家届时参加，算是给了媒体朋友们一个交代，待所有人都到这里以后，就准备上车了。

此时，于政委的手机突然响了起来。

现场人虽然多，却也井然有序，这么重大的场合，于政委打算把手机关掉，一会儿再接，但是看了一眼电话，是分局指挥室的，他疑惑了一下，接通电话。

"什么？如何了？在哪？"于政委刚刚听了三句话就神色大变，又听了两句，忙道，"好，快点，尽全力，不惜一切代价，全力抢救，我马上到！"

于政委剧变的脸色，一下子感染了全场。

马支队紧跑几步过来，匆忙问道："怎么了？"

"老于刚刚在办公室心搏骤停，现在正送往中心医院抢救呢。"于政委简单地说了一句，随即看了一眼旁边的人，"快，开车带我去医院！"

"我也去！"马支队一脸严肃，随即转头跟市局领导道了歉，转身迅速离开。

包括白松在内不止一人，立刻起身离开，连忙跑出了机场。

机场路上，几辆警车响起了警笛，超速通过了一个个路口。

"开快一些，出了问题我承担。"一向极为稳重的于政委，此时依然面不改色，沉心静气，如此快的车速，他没有任何表情变化。说完这句话后，于政委一个字也没再说，沉稳如无底深渊。

十几公里的路，二十多个红绿灯，三辆警车，十五分钟就到达了。车子还未停稳，车门就打开了，包括马支队、于政委在内的所有人迅速跳出了车子，小跑着进入了急诊病区。

十几个人刚刚来到急诊病区的大门前,于政委的手机突然又响了。

于政委的手机声音很小,急诊区附近非常嘈杂,但是十几个人一下子都停下了前行的脚步,仿佛被一堵墙拦住了前进的路。

"嗯,嗯,好。"于政委面色不变,"我知道了。"

在场的十几个人,没有一个是笨人,此时大家都知道怎么回事了,有两个和于德臣共事多年的老刑警一下子瘫软在地上。

白松此时脑子整个是嗡嗡的,他不知道怎么回事,到底发生了什么?!

一个小时前,于师傅不是还在教导自己吗?怎么就……?

大家都蒙了,过了几秒,才有几个人把两个瘫软在地的老刑警扶了起来,白松则一直愣愣地站在那里。

"行吧,都撤。"马支队死死地咬住了牙关,"准备一下追悼会。"

马支队咽了一口唾沫,感觉唾沫都是苦的。

在境外,马支队等人历经千辛万苦,大家流汗流血都毫无怨言。虽然主力人员大量离开,马支队却十分放心,因为于德臣在。

马支队刚到刑警队担任副大队长的时候,老于就在刑警部门的预审科工作,两人相识已经十几年。于德臣不仅仅是一位长者,更是一名师者,这些年出自他门下的徒弟,有的即便离开了警察队伍,去了检法司安监律纪,也都是一方人杰,对于整个九河区的法治建设功不可没。

急性冠状动脉综合征,这是一个很常见的病,也是患病一小时内致死率最高的病。

老于有心脏病,曾经做过搭桥手术,但是谁也没有想到,竟然真的遇到这个情况。

于政委自己留在了医院,让其他人先回去。

马支队点了点头,带着大家离开医院,此时在这里已经没有任何意义了。

白松如行尸走肉一般,走在队伍的后面,随着大家的步伐,一点一点地上了车子。他根本都不知道,自己是怎么回到刑警大院的。

第一百八十章　先时已入人肝脾

院子里的气氛，宛如战时，肃穆紧张。所有人的脸色都是一片铁青。

几个来看守所提讯犯罪嫌疑人的律师，看到警察们这个样子，一个个噤若寒蝉，走路的步伐都快了很多。

会议室里空无一人。孙唐还在医院，桌子上摆着的，是于德臣写的案件脉络册和他的老花镜。

马支队到了会议室，轻轻地拿起这本册子。

白松也看到了这本册子，在这本册子旁边，是于德臣写的155页的起诉意见书。

七万多字的起诉意见书，基本上可以算作一篇博士论文了。

马支队翻了翻，定在那里，闭上了眼睛。

所有人都一言不发。

"人怎么样了?!"会议室的门突然被人一下子推开，马支队睁开了眼睛。

"殷局、田局，人，走了。"马支队轻声说道。

殷局长重重地叹了口气："老于是因公牺牲，我给市局报上去，这个事，要报到市委市政府，报到公安部……"

接着，殷局长转头跟田局长说道："田局，通知一下家属，注意方式方法……算了，别通知了，开车去他家，都接过来。"

殷局长又安排了几句，从马支队手里接过了厚厚的册子。

"公之斯文若元气，先时已入人肝脾……"殷局长看了看，轻声说道。

作为公安分局局长，殷局长可是公安部门真正的专家级人物，内行中的内行。这极为工整的脉络册，遒劲有力的字体，丝毫挑不出一点毛病的文书……殷局长放下册子，也不知道该说啥，转身离开了会议室。

于德臣去世的消息，在不到半个小时的时间里，就传遍了整个九河区。

刑侦支队门口的空地上，陆陆续续地来了一些车子，也就是半个小时的时间，门口停了三四十辆车子。

这么多人，丝毫没有嘈杂之声，有很多都是司机开车带着来的，门口保安请示了一下领导，全部放行。

院子里的人越来越多，要是平时，田局长和马支队等人怎么也得去打个招呼。但是此时，他们正在同时面对最重要的一行人——于师傅的家人。

医院早已经开具死亡通知书，遗体已经送入冰窖暂存。于师傅的妻子下了车，她满头斑白。

马支队此时最怕的，也最不愿意面对的，就是于德臣的妻儿了……

珍而重之地，马支队将于德臣的一些遗物，放在了他妻子王女士的面前。

几张照片，几枚奖章，几本笔记本，一些杂物，两箱书……这些差不多就是于德臣在单位放的全部东西了。

"嫂子，我对不住老于。"田局长站在于德臣妻子面前，满脸肃然，"我有责任。"

马支队张了张嘴，没说话。

王女士旁边，是其今年快三十岁的儿子和一岁多的孙子。马支队此时多希望老于的妻子、儿子放声大哭，质问他们这些领导，那样他心里或许会舒服一点。但是没有，他们只是沉默，就连还不怎么会说话的小孙子都十分安静，眨巴着大眼睛看着众人。

王女士拿起一枚一等功的奖章，轻轻地抚摸着冰凉的奖章，而后转身放在了孙子的手里。

"谢谢局长同志了，如果能够选择，我还是希望他能……能有所作为。"

王女士声音不大,她的话却令白松眼睛湿润。

这时,门被缓缓打开。开门的是殷局长,他后面站着的七八个人中,白松在视频会议和报纸上见过四五个,他们排着队走到了王女士和儿子的面前。为首一人是市委的一位领导,他握了握王女士的手:"我们感到十分遗憾,于德臣同志是伟大的、先进的党员同志,他的牺牲,是天华市的损失。我代表天华市委市政府,向您表示慰问,斯人已逝,生者如斯。"

"谢谢,我先去一趟医院吧。"王女士最终还是忍不住,泪水涌了出来,马支队立刻递上了一条干净的热毛巾。

王女士走在最前面,市里、区里的领导跟在后面,到了院里,才发现此时已经密密麻麻地站了上百人。

所有人看到王女士那一刻,都让开了道路,原地低头致敬。

白松没有跟着去医院。把大家送出了院子,他失魂落魄地走回了会议室,一个人静静地坐在角落里。

从当警察那一刻起,白松就立下誓言,不怕牺牲,时刻准备着为国家献出自己的生命,但是真的看到这一幕,白松还是忍不住流下泪来。

他不敢抬头看,可又很想抬头看看。

于师傅会不会出现在这里?

不会了,再也不会了。

"12·01"专案,从立案至今已经近百日,早上吃饭的时候,白松听说出境办案零牺牲,还为此庆幸,没想到,于师傅就这么倒在了他挚爱的工作岗位上。

白松看了看桌上的老花镜,看了看旁边两柜子的文件,又想到了于师傅的一言一行,他似乎明白了。

于师傅,他一定无悔。

有多少人能够做到这一点呢?

看了看老花镜,白松想收起来,伸出手,最终还是没有拿到手中。白松多么希望,这个老花镜上,一直留存着于师傅的气息!

第一百八十章 先时已入人肝脾 | 215

中午时分，灰暗的天空，淅淅沥沥地下起了小雨。孙唐回来了。

孙唐眼圈发红，看了看白松的样子，他吐出一口气，捶了捶白松的肩膀："你于师傅走之前，把这里的担子交给了我。他未走完的路，咱师徒二人一起替他走完，如何？"

"好。"白松看着师父，用力地点了点头。

"如果方便的话，"门口传来一个陌生的中年男子的声音，"我也来帮忙。"

第一百八十一章　成长

这是于德臣的另外一个徒弟，分局法制支队的高子宇。他2005年通过国家司法考试，现任法制支队一大队大队长。

孙唐看到高子宇，点了点头。

高子宇可不是孤家寡人，整个法制部门还必须靠着他这根顶梁柱，很多材料都得他签字，但是此刻他排除万难，主动要求来到专案组。田局和法制支队支队长都没有发话，算是默认了。

伤心是不可避免的，但是，还有很多工作要做！

提讯邓文锡！

高子宇搭档孙唐，同时对邓文锡进行审讯。

接下来的一段时间，高子宇与孙唐，外加一个端茶送水的白松，在保证嫌犯最基本的休息和饮食的前提下，不分昼夜，对邓文锡展开了为期三天的审讯。

这是白松第一次看到师父这么认真。这也是真正学东西的时刻，他丝毫没有放松，从审讯的第一天，陪伴到最后一次签字。

面对如此攻势，邓文锡招了。除了多次组织诈骗以外，他还涉嫌几次走私、暴力抗捕、故意伤害等多项罪名，合并执行，最终的判决，高子宇说过，起码是死缓。

也许直到被抓的那一刻，邓文锡还心存幻想，认为自己在国外的所作所为，国家没办法惩罚他，认为警察也没法拿他怎么样。

但是高子宇和孙唐给他的压力实在是太大了。

作为骗子的头头儿,邓文锡很懂得怎么看一个人。但从他对上孙唐和高子宇的眼神的那一刻起,他就知道自己什么秘密也没有了。

那是怎样的两双眼睛?

果决、坚毅!

邓文锡丝毫不怀疑,如果自己一直不招,等待自己的可能是长达几个月的持续审讯。

孙唐忙了好几天,精力依旧十分充沛,在邓文锡休息的时候,他都在整理新的案卷之类的线索,白松从头到尾陪伴着。高子宇则每天得抽时间回法制支队批阅其他材料。

整整三天,三人几乎未眠未休。

心中无比难受的时候,忙碌一些,会稍微好一点。就这样,带着一份也许老于能满意的答卷,三人参加了于德臣的追悼会。

公安九河分局的历史上,从不缺少英雄,也不缺少烈士,更不缺少老于这样无私奉献的长者。但是,殷局长说,如果可以,他希望烈士名单上全是空白。

"于德臣同志追悼会,开始。

"奏哀乐,鸣炮……

"全体肃立,向于德臣同志遗像致敬,默哀……

"献敬花圈……

"现在由我致悼词。桃李不言,下自成蹊……"

追悼会剩下的内容,白松已经不知道是什么了,当听到局长所说的这句话时,白松的思绪已经飘到了九天之上……

数日后,天华市公安局网站发布讣告。

数月后,公安部追授于德臣为全国公安系统二级英雄模范。

……

白松回到了九河桥派出所。

时光飞逝,4月初,包括邓文锡在内的"12·01"专案所有犯罪嫌疑人全部被依法逮捕。

5月,白松参加公安基本级执法资格考试,得益于平日的学习,顺利通过。

孙唐留在了专案组。这个案子可能会忙长达两年,其间也许会多次裁撤人员,但是孙唐肯定是回不来了——专案内勤,可以说是一个案子的灵魂。

白松回所里之后,迅速成为主力成员。帮忙的警察回到了办案队,整个四组现在就只有马希、冯宝和白松三个办案民警了,只能等着今年来新人再说了。

不知不觉,白松已经成为主力干警了。

一个周六的上午,白松应邀前往古宇所在的学校,进行一场演讲。

前一段时间,学校里频繁出现学生被诈骗的情况,尤其是古宇那一次,除此之外,还发生了大量的小额诈骗案。

校领导本来不太重视,但是这段时间天华市政府对"12·01"专案大力宣传,教育局对此高度重视,要求各个学校开展防诈骗知识讲座。

学校老师哪懂这些?于是就向辖区派出所求救,李教导员就推荐了白松,目前所里唯一参加过"12·01"专案组的人。

白松刚迈出离开大学校门不久,居然就要去大学讲课,说实话心里很发怵,把控不住场怎么办?

但是李教导员可不听白松说这个,直接把任务交给了白松,并告诉白松,如果讲得没有效果,那就别回来了。

这可真让白松头疼。为这个事情,他还特地跟几个朋友交流了一番,准备了一段时间,这才踏入学校的礼堂。

好在学校还是重视的,至少礼堂里人坐得很满。

白松站上礼堂讲台的那一刻,还真的吸引了不少目光。不少人本以为会是一个岁数很大的警察叔叔,要么就是一个戴着眼镜的老师,来给大家讲防诈骗一二三四五,但是谁也没想到,竟是一个看起来跟自己同龄的人,还挺帅的……

第一百八十一章 成长

"如果你面前有一个按钮，你按下后，有50%的概率赚到100块钱，还有50%的概率损失2000元，在座的各位同学，有多少人会按下呢？"白松没有讲什么开场白，开门见山，直接抛出了问题，而后看向大家。

即便是再不认真听讲的同学也听到这句话了，对此嗤之以鼻，这么坑人的按钮，谁会按下？但是还是有几个调皮的学生把手举了起来，引得周围的同学大笑，现场一下子热闹了起来。

白松没有开口，只是静静地站着。几十秒后，大家慢慢地安静了下来。

"可是，我们身边，全是这种按钮，到处都是。"

第一百八十二章 时光

这次讲座总的来说效果还是不错的。白松准备得充分，再加上没什么代沟，很快就吸引了大部分人的注意力。

毕竟警察这个职业，对于大多数人来说还是比较神秘的。白松讲了几个十分常见的诈骗案子，把骗子的套路掰烂揉碎给大家讲了一下，很多学生很感兴趣。

总的来说，要想不被骗，最主要的一个品质，就是冷静。

面对诱惑、威胁、恐吓，冷静，一定要冷静。

白松公布了天华市公安局的官方微博，提醒大家，遇到任何怀疑可能是诈骗的情况，都可以在官微下面留言询问或者举报。

而且，作为一个普通人，一定要记住自己的价值，也要对一些现代科技有基本的了解，诸如刷单、点赞等电脑程序可以自动完成的事情，个人如果从事，赚的钱也许一单只有几分钱。

白松讲了差不多一个小时，大部分学生还是很乐意听的，最终他也获得了不少掌声。

接下来的一段时间，天华市大规模组织防诈骗宣传，这种宣传真的是有用，而且最好的开展场所就是校园。

尤其是对中小学生的宣传，获得了很大的成果，很多孩子听了宣传之后回去跟爸妈说，及时拦下了很多家长。这段时间，天华市公安局甚至还收到了不少锦旗和感谢信，整座城市的电信诈骗发案率大幅度下降。

但是白松这段时间可就忙了，天天奔波于辖区内的几所小学、初中。这还不算完，不知道这事被谁传出去了，九河区别的派出所辖区内的学校，居然跑到九河桥派出所找李教导员借人。

李教导员一看这个情况，不错啊，年轻人有这么多的舞台和机会表现自己，是一件非常好的事情，反正也都是利用周末不值班的时间去，不怎么影响工作，就全给白松接了下来。

白松"哭"了……

这不，白松周四值完班，周五下午又去了三林路派出所辖区内的一所高中。

这是白松来的第一所高中，因为高中学习压力大，偶尔开个讲座，一般也是激励大家怎么读书的，没有哪所高中会给学生开什么防诈骗讲座。这个九河区第十四中学，算是开先河了。

白松感到疑惑，所以提前向王亮打听了一下，才明白是怎么回事。

九河区在十年前只有十二所中学，这几年外来人口增加，为了增加公立学校的数量，新建了两所中学，初中、高中一体，其中就有十四中。

九河区十四中是一所新学校，教学硬件还可以，但是师资力量、学生水平不尽如人意。正因为如此，学生们玩心重一些，与社会接触得比较早，这些年也发生了一些学生被诈骗的情况……

总而言之，半年多过去，尘埃落定。白松一个人，不可能帮到每一个人，但是这段时间发生的事情，确实是催人成熟。

六七月份还发生了两件很开心的事情。一是远在南疆省的小马，也就是曾经救过白松的马志远的妹妹成功考上了上京师范大学，成为一名预备教师，9月份马志远将亲自送妹妹来上京市读书，距离白松就很近了。白松说了，到时候一定要去一趟，和马志远见一见。

第二件事，差点让白松惊掉下巴——

徐纺和张伟好像有情况！

白松第一次感觉到有问题的时候，整个人都"抓狂"了。

这俩人，怎么会有关联?!

徐纺作为新生代的作家，文思敏捷、学识渊博，而张伟估计古诗都背不上来几首，他俩怎么……

这件事，要从徐纺的小说说起。

新书发布，卖得还不错，徐纺打算给白松分三分之一的稿费，白松没同意。作为二作，白松付出得非常少，最终同意只拿十分之一的净收入。

这本书卖得很火，十分之一也不少了，白松分了差不多 2 万元。

但是除了实体书，徐纺还进行了网络发布，也赚了一点点钱，而其中有一个读者贡献了大量的打赏。

白松发现，这个人就是新晋网红张伟。

徐纺并没怎么在意网络销售，但是还是在评论里感谢了这个打赏的"大佬"。结果聊了几句，徐纺发现，这个读者对她的作品的理解非常强，而且对一些社会问题的理解，远比她这个毕业不久的"萌新"深。

一来二去，两人成了朋友，张伟才说出自己的身份——白松的好兄弟。

白松是什么样的人，徐纺是知道的，白松的兄弟肯定也不会是什么坏人。就这样，涉世不深的徐纺，居然和张伟越聊越深。

而且，这俩人居然是同年同月同日生！二人越聊越投机，直到某次徐纺向白松打听张伟的事情，白松"宕机"了。

这就好像，刚刚去了一个陌生的城市，遇到一个人，接触一段时间之后这个人问起了你的高中同学某某，你肯定一脸惊愕。

在哪里，与哪个人，开启一段什么故事，有时候就是这么简单。

这世间种种，总归是起源于平凡。而事实上，当我们回顾往事时，在那些曾经决定了一生的十字路口上，随意踏出的那一步，也许会影响整个一生。

而这一步，也许只是起源于你的一个思考、一句评论。

第一百八十三章　买房（1）

8月初，白松如愿以偿，正式成为一名人民警察。

去拍照片的时候，白松穿得非常正式。

人民警察证是公安部亲自监制的，它的制作要求十分严苛，制作工艺可能要超过身份证的制作工艺，因此起码要等上一两个月才会正式发放。

白松花了整整20元，把头发理得清清爽爽，和王亮等人约好了一起去市局的人口管理中心。

一年了。

去年大家来天华市报到的时候，就是这十人，这一年来，也是十人第一次再次聚齐。

除了段菲外，白松与王华东、孙杰和王亮接触得比较多，但是与其他人关系也还是很近。一起来九河区的时候，就是这十人在一起宣的誓。

大家一起聊着天，感慨一年的时光不经意间从指缝流过了。

恰好今天是周六，即便是值班的人，今天也被领导放了半天的假，大家一起拍了照片，聚了聚。

上次聚会还是在巡警支队的时候，那是参加工作之后的第一次聚会，有两人未到。吃着饭，大家又聊起了上次八人聚会的事情，自然而然聊起了上次聚会之后的那起碎尸案。

也许一年前，聊起"碎尸案"三个字，除了两名法医之外，其他人都会面色微变，但是现在，大家都成长了。

饭后，白松找孙杰借了车子，去火车站接老爸。

白玉龙这是第一次来天华市。

之前白松刚参加工作的时候,是母亲陪着来的,母亲帮他安顿好才离开。白玉龙这些年也去过不少城市办案子,但是天华市他此前确实没来过。

这次来,其实只有一个事情要做,就是陪着儿子看看房。

2012年,天华市房价还不是特别高。不考虑市中心最发达的三个区,单说九河区,房价均价基本上是一平方米1万元左右,贵的地方差不多1.5万元以上,便宜的地方,五六千的也有。

首付三成的话,有个三四十万,就可以买一套不错的房子了。白松这个工作,公积金再搭上一点点,基本上也能还贷款,这些白玉龙之前了解过。

现在工作满一年了,白松的公积金终于可以用了,白玉龙第一时间就赶了过来,给儿子解决买房这个事情。

白松感觉自己很幸福,这也许就是很多父母都希望孩子有个安稳工作的原因吧。

商贾巨甲,大富大贵,谁都羡慕,也都羡慕豪车豪宅,但是为什么很多有钱人也希望孩子有个稳定工作呢?

原因自然是,工作稳定,真的很容易组建一个比较幸福的家庭。

白玉龙很高,一米八二左右,头发已经见白,但是依然神采奕奕。白松从火车站接上父亲,看到父亲那一刻,无比安心。

"行啊,都混上车子了。"白玉龙上了车,四顾了一番,"你同事的车吧?"

"嗯,我同事的。"白松道。

"嗯,那就好,当警察可不能以权谋私,用别的私人的车子。记得回头给人家洗洗车子加满油。"白玉龙又看了看,"这车子够干净的啊,是不是女同事的?"

白松"一脸黑线",这个年龄的父母是不是自然而然地就开始关注这些事情了?

"男的,不过是个法医。"

"哦哦,法医,怪不得。"白玉龙点点头,他身边的法医朋友也都是一丝不苟的人,"不过,你也工作一年多了,这次来,如果合适的话,也该给你看看车子了,能代步就行了。"

"啥?车子?我用不到啊,我住的地方很近,要车子干吗?"白松摆摆手,接着语气略有些怪异,"你有那么多钱吗?"

"哈哈,"白玉龙大笑,"还跟我用起激将法了。万一买的房子离单位远怎么办?而且你不知道,上京市已经开始摇号买车了,天华市我估计过不了几年也会实行了,你先买辆一般的车,办个车牌。"

"好。"白松点了点头。政策上的事情,父亲看得比自己准得多。

聊着天,二人先去了第一个小区的售楼处。

这个小区,白松提前问过,这里是最好的小区了,位于三林大街派出所辖区内,门口就是商业街、地铁站,一平方米 1.5 万元左右。两个人看了半天,最小的房子首付也要 70 多万,白松觉得有些贵,白玉龙倒是有想法,但是被白松拖着离开了。

第二个其实是白松原本最看好的,在余镇派出所辖区内,算是个学区房,而且比较安静,也是新房,一平方米 1.2 万元左右,面积也很大。

这个售楼处不在小区附近,白松曾打听过这个小区,觉得还可以,就带着父亲一起去了。

销售很热情,各种专业的词儿张口就来,但是言语间总让白松感到别扭。

第一是,总让人觉得,今天是最适合买房的一天,今天不买,明天就卖光了;第二就是有优惠,什么电商费,多交 10 万元能抵 20 万元的房款;第三就是各种返点优惠……

白玉龙也给搞糊涂了,买房毕竟是大事,怎么搞得跟买菜似的?

但是白玉龙对这里的房子还是很中意的,尤其是学区房这个特点,即便不是市级重点学校,那也是大卖点,为此多掏一些钱是没问题的。

看这对客户有买房的意愿，销售更加热情了，舌灿莲花，白松和老爸都有些心动，差点直接交定金。

这半年来，白松一直在学法，准备并报名了国家司法考试，赵欣桥还给了白松不少帮助。尤其是对《民法》的理解，白松学得不错，知道"定金"与"订金"虽一字之别，区别却非常大：前者，反悔了，就没了；后者，反悔了，还有可能退还。因此看到"定金"二字，白松一下子清醒过来，带着老爸离开了这里。

第一百八十四章　买房（2）

司法考试，全称国家统一法律职业资格考试，由律师考试演化而来，在我国的法制建设中，算是浓墨重彩的一笔。

司法考试的内容，涉及面有多广呢？

简单来说，差不多有200多种法律。

宪法居首位，然后是民法系列，合同法、物权法、债权法等，接着是刑法、刑事诉讼法、民事诉讼法等，涉及劳动法、公司法、票据法、税法……甚至还有国际法、海商法等等。总之，几乎所有日常、非日常的法律都要考，而且不是考法条，考的是理解。

也因此，司法考试与注册会计师考试，被称为最难的考试。

当然，难，才有价值，这也是赵欣桥激励白松的话。

近几个月，白松把自己工作之外的所有时间都用来学习这些东西了。

"在大城市买房，怎么这么多道道儿？"白玉龙出来之后，也觉得有些不对劲，"那个所谓电商费，是不是属于逃税罪？这边的税务局不管吗？"

"不知道。"白松摇了摇头，"我也觉得不对劲，回头我再去问问，真有问题的话反映一下。天色不早了，爸，明天再看吧。我师父那边都催我了。"

白松父亲这次来，跟谁也没有说，但还是跟孙唐说了一句。

天色渐暗，白松开车去了和师父约好的地方。

孙唐算是个老饕了，这次听白松说父亲要来，说什么也要安排一下，叫上了马希和冯宝。

都是警察，大家聊得很开心，两个小时很快过去，几人就提到了买房的事情。

马希给白松一个建议：没必要买新房，九河桥派出所有两个小区很不错，一个是朝阳公馆，一个是爱荷花园。

而且，爱荷花园最近有一次司法拍卖，白松一问，这不就是诸葛勇那套房子？

白松摆摆手，司法拍卖不行，一是需要全款，二是他作为办案警察，怕人说闲话。

白玉龙喝了点酒，听到司法拍卖这套房子很感兴趣，全款他也不担心，反正是给孩子买房子，借点钱也无妨。

但是当白玉龙听白松说，这套房子的原房主是白松办过的一个人时，白玉龙也点了点头，同意白松的意见。

积毁销骨，还是不要惹人说闲话的好，就算白松真的通过合法的司法拍卖买到了这套房子，也会有人不这么认为。白玉龙可是很爱惜儿子的羽毛的。

即便白松以后当不了大领导，作为父亲，他还是希望儿子有所作为。

不过白松倒是对朝阳公馆有些好感，而且据可靠消息，那里很快也要建设地铁枢纽，也就是说门口即将修建第二条地铁，另外小区环境也不错……

说起来，买房也不是什么太难的事情，马希帮忙找了个靠谱的中介，第二天，几人一起转了转，联系了一下想卖房的人，谈妥了几个，办理手续和贷款，很快就买好了。

白松就这么成了"房奴"，买了间可以直接入住的二手房。

原房主很好，听说新房主是警察，也很客气。原房主要继续住几个月才能离开，白松和父亲表示理解，总的来说很满意。

白松这段时间攒了五六万元，本来想都给老爸，但是白玉龙没要，而是让白松自己去买辆车。

"就一个问题：你哪来的这么多钱？"白玉龙掐指一算，"我看你每次回

第一百八十四章　买房（2）　｜　229

家东西也不少买,你这工资肯定不够啊。"

白松从实招来,白玉龙点了点头:"行,比我当年聪明一些,不过以后也得注意,不该拿的钱,一定不要拿。"

"放心吧,老爸。我这也有房子了,过段时间再去买辆车子,对钱没那么大追求。"

"嗯。"白玉龙其实不怎么管白松,对儿子他一向十分放心,若不是买房这种事情,他肯定也不会来,"昨天晚上你师父和你同事我也见了,有他们在我很放心。有啥事你跟你师父说,我不在,你就把他也当成我一样看待。"

想了想,白玉龙又嘱咐了一句:"要是看上好一点的车子,没钱的话,跟爸说。"

"知道了,爸。"

也就是一天一夜的时间,白玉龙匆匆离去,仿佛只是来这边完成一个任务。

也许这就是父亲?

白松想了想,老爸骑了半辈子摩托,后来买了辆二手大众车开了这么多年,还这么记挂自己……

房子不大,八十多平方米而已,一个月还贷3000元,白松转正后公积金差不多就是这个数字,可以说没有任何压力,月工资也4000多元了,该买辆车子了。

周日下午,白松把车子洗干净加好油给孙杰送了回去,孙杰提出要去看看车。

不知道为啥,可能是缘于去南黔省的经历,孙杰迷上了越野。

法医,越野。

这两个完全不搭界的东西,在孙杰这里很和谐。

下午,孙杰带着白松去看了几款车子,去年8月份上市的哈弗H6引起了孙杰的注意。官方宣传说这款车是这个价位的越野车的标杆,而孙杰在南黔省的时候就对这款很感兴趣，基本上也就是这款了。

有些时候，只追求功能性和实用性，不追求豪华，买辆心仪的车子倒也不难。

白松没那么大追求，既然孙杰想买新车，他就花两三万块钱把孙杰的二手车买下就好了，反正只是代步，孙杰的车子虽然开六年了，但是车况非常好。

……

车、房的事情都有着落了，白松踏踏实实地开始了周一的工作。

"松哥，有人报警。"前台的辅警跑到了白松这边。

"啥事？"白松拿起茶杯喝了一口，站了起来，颇有些老民警的做派了。

"有只狗走丢了，报警的说是被偷了。"

"到底是走丢了还是被偷了？"

"肯定是走丢了，怕咱们警察不管，于是就说怀疑被偷了。"

"行吧，我去查查录像，顺便警告一下他，别报假警……"白松气定神闲，又喝了口茶，走了出去。

紧张而刺激的出警工作又开始啦。

第一百八十五章 小事

在派出所待得久了，除了一些一听就很严重的警情，老民警们一向都非常淡定。

即便是曾经的那个把郑彦武误认作"外星人"的警情，对于老警察来说，也没什么太大的感觉。

丢狗的警情，白松处理过不止一回了。

一般来说，直接报警说狗丢了，派出所会帮忙查一查录像，但是仅限于此。狗不是人，它随便钻个洞藏起来，谁也找不到。

报警人已经在所里的大厅待着了，见白松到了，情绪略有些激动。

"警官，警官，"报警的是一个中年妇人，"求求你救救我家的大白吧。"

"姐姐，你别激动。"白松先安抚了一句。

天华市这边，一般来说，称呼女性，无论年龄大小，都可以叫"姐姐"，两个字的声调为第二声和第四声。

看得出来，这位妇人对自己的狗十分珍爱。

"你们家的大白，平时都是自己跑出去上厕所，还是你带着出去遛？它平时自己出去过吗？"白松迟疑片刻，"嗯……它是怎么走丢的？"

"是这样的，警察同志，我每天早上还有下午，都会带着大白出去转悠，我也不牵绳子，大白跑得很慢，也很喜欢晒太阳。今天早上，我赶着大白出去，它去熟悉的地方晒太阳，我就去买菜，买完菜回来就发现大白不见了！"妇女垂头丧气，"一定是被人给扛走了……"

"有没有可能是你们家大白自己去转悠了？"前台的孙爱民问道，"这个很正常，狗就爱到处跑，不爱待在一个地方不动吧？"

"是啊，"白松也有些疑惑，"你为啥不一直牵着狗，还把它留在那里？大街上这么多狗，你也不怕有人牵错了？"

"伯伯（天华市方言，音调为第四声，一般算是对男人的敬称）啊，"女子叹气道，"我们家的大白，不是狗，是猪，200多斤的大白猪。"

"猪……"

所有人都无语了，这是什么情况？把200多斤的猪当宠物养？问题是一般人也扛不动啊。

突然，白松一下子反应了过来："我知道了，我以前出警见有人拿根棍子敲着猪屁股遛猪，那人就是你？"

听白松这么一说，大家都有印象，这也算是奇观了，因为市区里怎么会有人养猪？即便是九河桥这种有很多平房的半城乡接合部，也没人搞养殖业，畜牧部门不会允许的。

但是养头宠物猪，这种情况管得松一点还是有可能的，只是，这个大姐的这头猪可不是小猪，白松开车的时候见到过，最起码200多斤。

"要这么说，"白松点了点头，"还真的得找找了。姐姐，您别着急，咱们去现场看看，我看看有没有录像。"

然后，白松带着三米和大姐一起出警去了。

这个地方邻近市场，白松到了以后，让三米先去找找附近的监控，自己则去了市场里。

有些时候，派出所的辅警也是很有用的，只要不去一些公司制的大物业公司，不去银行和一些机关部门，查监控不是多么难的事情。

"白警官。"市场门口卖酱菜的看到白松，主动打招呼。

"老李，怎么样？气色不错啊。"白松也打了招呼。一年来，白松认识了辖区内的不少商户，商户有啥问题他都积极帮忙解决，所以在这边市场还有些人缘。

"嗨，三伏天，除了花生、毛豆卖得好一点，其他的不好卖啊……"

"得了,看你这哪个都卖得不错。对了,问你个事,咱们这边每天赶着猪的那个大姐,你知道吧?"白松靠近了问道。

听到这个,卖酱菜的哥们儿面色一滞,看了看周围:"白警官,这个真不知道。"

"嗯,好的,没事。生意兴隆!我再去问问别人。"白松故意把声音说得有些大,说完就去了别的店铺。

走了七八家,白松心里已经了然。

这里面有问题,一定有问题,但是没人敢说,可以推测,那头猪大概率是被在这附近有点恶名的小痞子们给扛走了。

这附近还有这号人物?

这可不是什么好事情。白松没为难这些商户,直接去了市场管理部门,找这边的头头儿,了解了一下情况。

还真的有问题。

而且问题的根源,就在这个市场本身。

大北菜市场在这附近属于比较大的市场,建造的年头也有些久了。

因为勉强算得上是民心工程,加上周围确实没有市场规划,政府这几年也没有着力拆除重建,因此这里就产生了问题。

有人借此机会,包揽了市场的卫生工作,向商户收取卫生费。

卫生费不算太高,一个商户一个月二三百块钱,但是上百个商户加起来也有两三万元了,算是一笔很可观的收入。但是这些人并不只做卫生,他们还在这个市场里游手好闲,虽算不上罪大恶极,但是惹人生厌。

做生意的,谁也不愿意招惹这些人,因而也由得这些人存在。

但是时间久了,这些人欲望膨胀,还是有一些滋扰行为。据说有一家卖干果的不堪其扰,已经搬走了,摊位被这些人租下,仍旧卖干果。

而这家卖干果的原是这个市场里生意最好的几家商户之一,据说现在在别的市场还是干得很好,这些霸占摊位的人反倒是没赚到多少钱。

总有一些人不想好好做生意,这种人白松没少见。听了这个情况,白松问了一下这些人的信息,心中了然。

这种事发生在自己眼皮子底下,先找证据吧。

出了市场,白松的本子上已经记好了信息,和三米一会合,就锁定了嫌疑人,确实就是这些人,住址就在东三院平房那边。

白松安抚了一下大姐,给她登记了一下信息,就让她先回去,然后给所里打个电话,叫马希一起出来,再带个辅警,一起去一趟。

第一百八十六章　艰难寻找证据链（1）

在车上，马希和白松讨论了一下。

第一，这个行为是否属于盗窃？

第二，如果算盗窃，价值怎么算？

这就存在两个问题：这头猪，到底是有主物还是无主物？抱走猪的人，是知道猪有主人，还是认为猪是无主的呢？

这个其实很值得讨论。

手机在地上，我们捡起来，拿走了，这个算是拾得遗失物。有人来找手机，这个算是不当得利，属于民法上的问题，返还即可；不返还，对方可以告你侵占，也能把手机要回去。

那么，为什么没有锁的自行车放在外面，就不算是遗失物呢？

这个就不得不考虑生活习惯了。

我们通常认为，手机放在外面就脱离看管了，手机不应该放在外面，因此丢了就是脱离控制了，捡走了也不能算是盗窃。

但是自行车本身就是放在外面的，即便车主没有锁，也并不认为车主丧失了对自行车的控制，那么直接骑走就算是盗窃。

因此，生活习惯，可以影响法律的定性。

那么，猪呢？

当然是类似于自行车。

这就好像农村的牛、猪，甚至城市里的狗，有的一看就知道是家养狗，想抱走占有，就属于盗窃，因为这些动物并没有脱离主人的看管，而主人在主观意识中也不算是遗失或者放弃了对于自己宠物的占有。

而且，连小商小贩都知道这头猪是谁的，天天在这附近转悠的几个小混混儿怎么可能不知道？

既然知道有主，以非法占有为目的扛走了猪，那就是盗窃无疑。

第二就是，怎么算价值？

物价局不是万能的，这个活物怎么估价，还真的有些麻烦哩……

不过也不是没有办法，到时候联系畜牧农业部门开证明呗……

"行，没白学。"马希和白松聊了一会儿，被白松说服了，本来他觉得不是多大的事情，但是听白松这么一说，觉得这是妥妥的盗窃，而且可能是有预谋的，应该打击，"你这很快就是法律专家了啊。"

"扯啥啊，马哥你就是考我的吧。"

"哈哈，行。"马希没有多说什么，把车子停好了。

东三院白松很熟了，很容易就找到了要找的地方。到了之后，白松一乐，就是这儿了，这不，里面还有猪叫呢。

但是听猪这个叫声，怎么像是要被宰杀了呢？

说时迟，那时快，只见白松和马希二人闻声而动，快马加鞭，威风凛凛，推门大喊一声："刀下留人！"啊不对，"刀下留猪！"

院子里两个准备杀猪的小伙子都傻眼了……

他们平时不住在这里，但是这里的房租很便宜，所以就在这附近租了间平房，平时偶尔使用，这次搞了头大肥猪，打算在这里杀了。

话说现在的年轻人，有几个会杀猪的？

因此，虽然这头猪可能已经抓来有一段时间了，但是还活着——俩大小伙子不敢杀。

两个小年轻看到冲进来的四名警察，第一时间就傻了，这是什么情况？

其中拿着刀的那个连忙把刀扔掉了。

白松带着执法记录仪，记录仪早已打开了，他问道："猪，哪里来的？"

"啊？这个……捡的，捡的。"个子高一点的说道。

"对，对，"矮个子连忙搭话，"捡的，看到路边有头没人要的猪，我们就给捡回来了。"

"你们天天在那附近，不知道这猪是谁的吗？"三米听了有些气，直接喊道。

三米这话一说，白松心里咯噔一下，但是又不能表现出什么。

麻烦了。

三米这么一问，这俩人肯定就反应过来了，他们咬死不承认，又如何？

果然，俩人一听，立刻答道："不知道不知道，我们也是第一次看到这么一头猪，不知道有主。"

"行了，别那么多废话，先跟我们回派出所。"马希挥了挥手。

这两个人有辆面包车，白松和三米负责把这头猪拉回去，马希和另外一名辅警负责把人带回去。

把猪抬上了车，锁好后备厢的门，白松开着两个偷猪贼的车向所里驶去。

"松哥，我刚刚是不是说了不该说的话？"在车上，三米有些后悔。

"没事，这个事你不说，他们肯定也不会承认的，跟你没啥关系。"白松摆摆手。

"唉，下次这种场合我就不说话了。"三米可不傻，刚刚也是着急了。

"真没事，三米，咱俩出了多少警情了，哪次不是你帮我一起处理的？就这俩小混混儿，回去一查就知道了，肯定是一嘴的大瞎话。不过你放心，反正有录像，人赃俱获，他们想不承认也不行。"白松安慰道。三米最近一直在准备考专升本呢，白松可不想影响了三米的信心。

"嗯，好。"三米点了点头，心里却默默记下了白松的好意。他刚刚确实是冲动了。

回到单位后不久，派出所就热闹了。

派出所这个院里，啥都曾有过，但是好像真的没有过猪。

没办法，只能把这头猪先关进一个大狗笼子里，然后通知先前报警的那个妇女。

按照法律程序，白松向领导做了汇报，今天正好孙所也在，就帮忙联系了物价鉴定部门和农业部门。

简单来说，农业部门负责出一个目前的生猪价格的说明，物价局再按照说明称重计算，然后报价、盖章，这个就有法律效力了。

这个说难也难，因为手续比较烦琐；说不难也不难，这也都是各部门的分内工作。

妇女看到了自己的猪，激动得难以言表，愉快地答应了先把猪放在派出所寄养一小段时间的要求，并主动提出要来照看自己的猪，白松等人同意了。

各种程序做完，给两个嫌疑人取了笔录，物价鉴定部门也非常迅速地出了结果……到了傍晚，众人忙完了所有的程序和手续，报了对这两个嫌疑人进行治安拘留的申请。

第一百八十七章　艰难寻找证据链（2）

这会儿，生猪价格差不多是7块多钱一斤。这里指的是生猪，也就是整猪价格，不是猪肉价格。

200多斤，不到2000块钱。

达不到刑事案件的处罚标准，受理为治安案件。

派出所的处罚上限是，警告、处500元以下（包含500元）罚款。但凡是拘留，就需要报给分局。

因此，这个案子是治安案件，盗窃，白松等人从网上系统上申报的，是将两个偷猪贼治安拘留十五日。

虽然十分麻烦，但是一切都很顺利，就等着法制部门批准了。

等了半个小时，退查。

刑事案件，是公检法一条龙，除了公安内部的程序，检察院还要多次审理、退查，最终法院判决。

治安案件，公安局内部就可以走完程序，法制部门同意了，报给值班局长，批准了就可以拘留。

但是法制的同志们可不是那么好糊弄的，一旦出现冤假错案，法制部门首当其冲。正因为如此，法制部门十分严苛。

退查理由如下：

第一，宠物猪是否有血统认定？按照畜牧局的生猪价格标准，是否符合罪刑罚相适应原则？

第二，如何认定这头猪在妇人的看管之下，而不是遗失？

除此之外，还有一些好解决的。

第一个问题倒不是很难解决，这头猪就是普通家猪，写一份情况说明即可。

第二个问题，麻烦了。

很显然，对于白松的想法和理论，法制部门不认可。

不认可的关键原因在于，两个嫌疑人就说不认识也没见过这头猪，更不知道这头猪有主人，那么如何认定他俩在撒谎？

审讯是不现实的，这俩人肯定打死不承认。那么只能给多名商户取笔录，用足够的第三方人证来证实，这两个男子确实是常年在这附近待着，这头猪也确实是每天都被牵着过来，所以这俩男子不可能不知道这头猪是谁的。

王所对这件事情十分重视。天色逐渐黑了，他安排白松等人两个小组，去商户的家里做工作，取笔录。

结果非常令人失望，居然没有一个商户配合。

白松等人一直忙到了夜里两点多，当拖着疲惫的身躯回到派出所的时候，大家一会面，才发现都没什么收获。

今天所有人都很累了。

几个社区民警承担了治安警的出警工作，白松他们到处跑，却没有一个商户愿意说出"这俩人每天都在这里，这头猪大家也都见过，没人不认识"之类的话，一个都没有。

沉默，有时候也是一种纵容。

其实这种模棱两可的事情，很多地方警察遇到了也很无奈，太麻烦了。白松一直自认为是一个很负责的警察，这一刻却不禁有些怀疑。

怎么办？

治安案件，如果被传唤人有可能被执行治安拘留，那么最长传唤时间是二十四小时。

昨天把这两个人传唤到派出所，进入办案区的时间是上午十一点左右，也就是说，如果没有足够的证据，天亮之后再过几个小时，就只能将他们无罪释放。

"这个事，怎么办？"冯宝问道，"有点麻烦，要是老孙在就好了。"

"你说这些商户，一天到晚被欺负，这还上瘾了，咱们一个个去谈，一个个做工作，居然没有一个人愿意帮咱们！"三米很生气，气得想砸墙。

"是啊，这会儿当缩头乌龟，真的到他们自己被欺负了，又说咱们警察不管。难道咱们还会给他们曝光出来？都是一对一询问的，怎么胆子就这么小？"白松很累了，大家都很累了，真的太难了。

其实，总的来说，刑事案件的刑事拘留比治安拘留要容易。

这一点，不是内行的人很少理解。因为刑事案件都是比较大的案子，刑事拘留只是整个案件中的一个过程和措施，证据差不多，就可以拘留，然后再慢慢查。

治安案件不是。治安拘留不是过程，是一个结局，属于处罚措施，因而在批完拘留送进拘留所那一刻，工作就结束了。所以对治安拘留的审批更加严格。

对于法制部门的忧虑和考虑，大家虽然有时也会发发牢骚，但是都是警察，没什么不理解。而这些商户的"把脑袋埋进沙子"的行为，真的让大家十分寒心。

"马哥，你还有什么好的建议吗？"白松有些无奈了。

"先睡觉吧，这都两点多了，大家也都累坏了。明天早上再说吧，实在不行，中午就放了，把猪也还给那个大姐。"马希叹了口气。

"好。"白松点了点头，回到了宿舍。

不憋屈是假的。

身为警察，明明知道这个是违法行为，这俩人就是偷猪贼，甚至过程也摆在那里，但就是难以认定这个行为属于盗窃。

这俩人偷走猪也就一个小时的时间，都准备杀猪了，怎么可能不是有预谋的？

太累了，这一天连续忙了二十个小时了，极度疲乏的白松倒头就睡。

早上七点多，白松准时起床。

要是平时没事，这样忙了一天，白松至少能睡到中午，但是脑子里有事，就自然而然地起床了。

四个小时。

还有四个小时，如果没有足够的证据，只能把那俩人释放。

穿好衣服洗漱起床，白松却发现冯宝和马希都已经起床了，正在食堂吃早餐。

"你们起床都够早的啊。"食堂大师傅笑眯眯地说道。

"还行吧。"白松没什么精神，看着大师傅在那里洗肉，有一搭没一搭地问道，"中午要炖肉吃吗？"

"嗯，早上肉联厂送来的肉，早点煨上，中午给你们做红烧肉吃。"大师傅优哉游哉，拿起第二块肉清洗了起来。

"肉联厂……"白松琢磨着大师傅的话，向马希问道，"马哥，你说，这两个人为啥不把猪直接卖掉，偏要杀掉？"

"什么猪？"大师傅问道，"现在还有人养猪啊？"

白松也不避讳，这并不是啥涉密的案子，他就跟大师傅讲了一下。

"嗨，肉联厂怎么会收这种猪？这种猪不可能有防疫证的。"大师傅从容地说道。

第一百八十七章 艰难寻找证据链（2）

第一百八十八章　奋斗（1）

"那这个防疫证很难弄吗？"白松问道。

"这个我就不清楚了。防疫是畜牧局的工作，肯定也是很重要的，估计对猪从头到尾都有记录，还得化验吧？肯定没那么简单。"大师傅想了想，"总之，没有这个证，屠宰场是不会杀猪的。"

防疫证？

白松一下子明白了什么，立刻跟马希和冯宝说道："我怀疑，这俩人之所以拖了一个小时还没有杀猪，并不是真的不敢，而是他们偷了猪之后，第一时间去了屠宰场之类的地方，结果因为没有防疫证，人家不收，不得已才准备拉回去宰了。"

"有道理。"马希看了看表，"分头去，咱们辖区就一家，附近的抓紧问，咱们还有两个小时的时间，两小时内搞不定，回来也就来不及了。"

白松所说的很符合常理，马希和冯宝一听，都明白了白松的意思。三人分头，带上了三名辅警，几人早饭也没吃完就跑了出去。

不得不说，年轻警察还都挺有干劲的，不到半个小时，附近的几家屠宰场都问过了。

果然，这俩人曾经跑过两家屠宰场，都被拒收了。而且屠宰场的人中也有认识这头猪的，问过这俩男的："这头猪不是那个大姐的猪吗？怎么在你们手里？"

而这俩人的回答是："我们从大姐那里买过来了。"

屠宰场的人又不怕这俩偷猪的，身为屠夫，一瞪眼都能把一些胆子小的人吓得蹲在地上,也都是很有正气的人,就把情况一五一十地给白松说明,并做了笔录。

有了这两份人证,就可以证明,这俩偷猪贼,对于这头猪的归属,是存在"明知"的……

上午十点二十分,白松等人成功地把新获得的两份来之不易的人证上传到了办案网站,然后给法制部门打了个电话。

很痛快的,批准。

呈请治安处罚审批表,局长签字。

执行治安拘留。

白松这一年来处理过的盗窃的、打架的情况很多,拘留的人差不多也有几十个了,第一次有一种浑身舒泰的感觉。

当警察,如果明知道一个人违法,却因为证据不足不能进行处罚,真的会十分憋屈。

就好像医生明明知道病人的病是可以治疗的,但是手头连一支青霉素都没有,只能看着病人离开人世一样,这里面的憋屈和难过,外人是不理解的。

这俩人没想到真的会被执行治安拘留,但是也没办法,只能灰溜溜地被送进了拘留所。

体检送所,忙完已经是下午了。

开车回去的路上,白松显得很精神,冯宝却有些萎靡。

"宝哥,怎么了?"白松有些担忧地问道。

"他凌晨三点多还出了个警呢。"三米道,"我听前台赵师傅说的。"

"啥?宝哥你昨晚还出警了?咋不叫我?"白松心疼了。

冯宝也是和白松一样,从早上八点半上班,忙到夜里两点多,然后早上七点起床,又忙到现在。

白松好歹休息了五个小时,冯宝半夜还出警了,白松十分自责:"你早说啊,早说今天就不麻烦你陪着我了,我们这些人也够用的。"

"嗨，没事，就一个纠纷。"冯宝摆摆手，眯瞪了起来。

白松放慢了车速。

警察大多数时候面对的是负面情绪，说实话，有的警察自己都有心理问题了。

但是冯宝不一样，他真的是白松这一年来见过的最乐观的警察了，有这种队友，实在是太安心了。

白松给领导打了个电话说明情况，开着车一口气把冯宝送回了家才回到单位，收拾东西下班。

今天本来应该倒休，但是忙完回到住处已经是下午五点多了，明天还有明天的工作。呵呵，这就是派出所的日常。

白松估计年底才能搬进自己的房子，现在还是和王亮合租。白松回到住处之后，听到王亮屋子里传来哒哒哒的机械键盘敲击的声音，他从冰箱里拿了两瓶冰可乐，敲了下门，走了进去。

"可以啊，你这是准备二级考试吗？"白松递给王亮一瓶可乐。

"下个月就考试了。你不也是下个月参加司法考试吗？"王亮停止敲击代码，接过可乐喝了一口，"二级算什么？我直接报名了三级考试，科目是信息安全技术。怎么样，牛不牛？跟你说，主要是四级考试要求必须得有三级证，要不然我直接报名四级考试了。"

"把你嘚瑟的，你直接在网上给自己做一个证书得了。"白松看了看王亮敲击的代码，但看不懂，"你在这里写啥？"

"瞎写的，跟天网系统有点关系吧。"王亮道，"咱们公安的一些软件，只能用开源的系统来编写，你看不懂很正常。"

"行吧，你厉害。"白松不跟王亮争，术业有专攻，每个人都有自己的路。说实话，王亮真的有这方面的极好基础和天赋，就是有些轻飘，一捧他他就上天了。

第一百八十九章 奋斗（2）

和王亮聊了会儿天，两人出去简单地吃了点东西后，白松又回到了屋子里。

法律，到底是什么？

当遇到犯罪的时候，从情感上，我们都会对其无比反感和痛恨。

比如对于人贩子，很多人说，人贩子太可恶了，必须判死刑！

甚至有人说，死刑不行，必须凌迟！

可是人们忘了，法律，其实是权力的枷锁。

法律，是为了制裁和防止恶，而不是为了泄愤。现行法律，可以代表一个国家最正确的价值观。

白松学习法律这几个月来越发理智，视野也越来越开阔。

看似枯燥无味的学习，却让人更容易明辨是非。

读书、看视频，一直到夜里两点多，白松才渐渐进入梦乡。

其实，在外人看来，白松有些不可理喻，因为他工作都那么辛苦了，业余时间还在看法律书。别人聊天、玩手机的时候他在看书，上厕所的时候在看，甚至健身的时候也在听课……

不过好在白松很幸运，把王亮"拉下了水"……

次日，白松戴着耳机听着课，骑着车子慢悠悠地到了所里，见派出所门口围着一些人。白松定睛一看，围观者是几十个晨练的大爷大妈，咦？里面还有电视台的！

能不凑热闹一定不凑，白松连忙绕开人群，打算从后门进所里。

哪知有人眼尖，一下子看到了白松："哎，白松，快过来，找你的！"

白松摘下耳机，很茫然地看着叫自己的民警，指了指自己："我？"

"是啊，快过来，你们组的事情。"

白松一听这话，立刻按了手机的暂停键，走过去。

白松走进人群中央，才发现原来是前天丢猪的大姐来送锦旗了：

尽职尽责，救我猪命。

白松本来还有些困，看着大姐展开的锦旗，一下子清醒了。

电视台的人什么时候因为什么过来的白松不得而知，但是群众肯定都是被这头大白猪以及锦旗吸引来的……

而且，这头猪不是昨天就让大姐带回去了吗？怎么来送个锦旗还牵着猪？

而且电视台……白松"一脸黑线"。

这会儿李教导员不在，白松推辞和感谢了几句，收下了锦旗，但是看热闹的人不愿意散去，电视台也想凑个热闹。白松可没这个兴趣，有这个时间吃早点不好吗？

白松走了，人群却没有散。

本来白松还想着，等吃完早点应该就没事了，结果吃完早点再回到这里，白松却发现更热闹了——

城管来了。

《天华市城市容貌和环境卫生管理条例》规定，禁止在市区饲养鸡、鸭、鹅、兔、羊、猪等家禽家畜和食用鸽。

本来白松还以为这是防疫的问题，他这会儿才知道，原来这个归城管负责。

本来知道这头猪的人少，范围小，没人举报，这下可好，搞得出名了，城管接到举报，来做工作，要求大姐把猪带离市区，否则没收。

这下可把大姐气坏了，和城管闹了起来，被警察调解开来。

国有国法，市有市规，最终那个大姐只能登记了自己的信息，承诺几天内把猪送走，城管这才离去，人群和电视台的人也才满意地离开。

丢猪的事情告一段落，白松揉了揉额头，这个麻烦算是暂时解决了。

但是还有一个问题，就是大北菜市场的问题。

前天去大北菜市场的时候，白松发现好几处监控已经损坏了，还在运行的监控也都没有录音功能，这个亟待解决，不然总归是个隐患。那俩偷猪的虽然被关进去了，可白松不打算停止关注这件事。

第一百九十章　与赵欣桥的对立

被执行治安拘留的两个人是一个地方出来的，高一点的叫费明，矮一点的叫费鹏。费明主意比较多，偷猪这个事就是他的主意，费鹏一般啥事都听费明的。

白松查了一下，这个市场上，这伙收卫生费的人，包括费明、费鹏在内一共有四个，为首的叫董晓云，三十岁左右，还有一个姓陈，具体叫啥名不知道，只知道外号叫"疤脸"。这个市场里他们重新经营的干果店，就是这个姓陈的在经营。这四个人，多少都有点前科。

除了开干果店，他们还雇了两个扫地的阿姨，平时帮忙给市场做卫生。这个市场还是挺大的，两个阿姨做不过来，这四个人也会帮着做。如果能安稳地打扫卫生，收入其实也不错，一个月一个人能分四五千块钱。

这四个人并不是安分之人，经营干果店、打扫卫生的收入显然不能满足他们的胃口，不法行为有可能会愈演愈烈。白松和马希等人一商量，把这件事情汇报给了领导，同时找了相关部门的人，由相关部门给市场下了整改通知书，要求立刻对这个公共场所的摄像头进行更新。

为了这个事，白松可是没少跑，而且还得兼顾学习。

这几天，孙杰如愿买到了自己喜欢的车子，白松则买下了孙杰原来那辆车。

以不高的价格买到这个车况的车子，确实是挺不容易的。白松看了看车子的后备厢，都有些无语，这也太干净了吧。

洗了洗车，白松心情很愉悦，这可是自己的第一辆车子，虽然很普通，但是有辆车感觉还是不一样的。

最令白松开心的是，自己第一次开车出去接人，居然就是接赵欣桥。

去年年底发生的李某被杀案，犯罪嫌疑人王若依经历了三十七天的刑事拘留、几个月的逮捕，明天这个案子终于要一审开庭审理了。

正如赵欣桥之前所说的，她的导师主动要求给王若依担任辩护律师。

华清大学的刑法学教授，可不是谁都能请到的。一般法律系的大学教授，都可以申请律师身份，不需要通过司法考试。

越欣桥的导师张玫就是知名教授、律师，一般来说，如果请她接案子，收取的费用一般家庭根本承受不了。

王千意现在还没有被判决，因为涉及的案子太多，但是财产基本冻结了，王若依的妈妈孙晓若没有那么多钱请好的律师，因此便同意张玫担任王若依的辩护律师。

白松开着心爱的小二手车，早早地到了高铁站，接到了赵欣桥和张玫。一起来的还有一个比赵欣桥大几岁的女学生，白松打了招呼才知道，这是赵欣桥的学姐傅彤，今年读博二。

白松很热心地接过东西，帮忙搬到车上。他已经给三位女士安排好了住宿的地方——天华市第二中级人民法院对面的酒店。

"我还以为你不会来接我呢。"赵欣桥坐上了副驾驶，把导师和学姐安排到后座。

"怎么会呢？"白松一脸不解。

"哈哈，"傅彤很自来熟，在后座上笑道，"我来的时候还跟小桥说呢，我说你们警察跟辩护律师不是对立的吗？估计都不想理我们。"

"怎么会啊！"白松舒了一口气，他还以为是别的什么事情呢，"无论如何，欣桥过来，我得尽地主之谊。而且辩护律师制度本身就是我国法制进步的一个表现，是最能够体现司法公正的制度之一，我怎么会觉得你们不好呢？"

"不错啊，小伙子，有见地！"傅彤很开心，接着语气一转，"对了，你称呼小桥为'欣桥',这个称呼很亲密呢,有什么内幕,可以跟我讲讲吗?"

"内幕?哪有什么内幕?我和赵欣桥是很好的朋友啊。"白松连忙把称呼改了回来。

刑法学博士啊,这人可不好相与呢,才聊了这么几句,白松就知道,这个傅彤可比周璇厉害多了。

"这车子很干净呢。"傅彤换了个话题。

"嗯,很普通的代步工具,我刚刚从朋友那里买来的二手车。"白松接话道。傅彤说的话里,这句话是最容易接的了。

"嗯,看来原车主和现车主都很爱干净呢。"傅彤的声音有些不经意。

白松这还听不明白?他连忙解释并特别强调了性别:"前任车主是个男法医,跟我一届的,特别爱干净。"

"哦哦哦……"傅彤停顿了几秒钟,"其实,你没必要解释的。"

"……"

白松开着车都想哭,这个傅彤,单聊天就这么厉害,这要是当律师了,谁能顶得住?

"学姐,你就饶了他吧。"赵欣桥都担心白松开车会把车子撞到墙上,"你再说,咱们就真的跟警察叔叔对立起来啦。"

"好好好。"傅彤感觉没意思了,白松段位有点低,她也不逗他了,"对了,你说的法医朋友应该挺有趣的,我觉得医生这个行业很不错,有机会可以认识一下。"

第一百九十一章　开庭

想和法医交朋友的，白松见过一些。

但是提到法医，第一反应是"医生"的，确实是不多。白松不由得对傅彤刮目相看。

一路上，白松没和赵欣桥等人讨论案情，因为按道理来说白松应该回避，毕竟目前双方的立场是对立的。

白松现在虽然不是这个命案的负责人，甚至早已不是该案的办案民警，但是如果严格按照回避制度，他还是应该回避的。所以白松只是来接一下赵欣桥，不聊案情，不管后续，直接把人送到住处就好。

因此，白松只能聊些其他的。不过傅彤显然对白松失去了兴趣，白松和赵欣桥聊啥她都不再发话了。

从头到尾，导师张玫都没说话，一直静静地望着车窗外，不知是性格使然，还是因为身份问题。

白松没有想那么多，看到赵欣桥他就很开心，聊了几句，就说起了司法考试的事情。

白松学得很扎实，聊的几个问题虽然在张玫和傅彤眼里十分简单，但是一听就知道他是用心学了，这倒让张玫和傅彤对白松有些好感。

"照你这个水平，通过司法考试不会很难的。"赵欣桥说道，"司法考试虽然复杂一些，但是真正需要理解透彻的，还是民法、刑法两门课，感觉你最近没少下功夫呢。"

路程不算远，将三人送到住处之后，白松就驱车离开了。他倒不担心三人的其他问题，因为张玫其实已经是第三次来了。

毕竟作为辩护律师，不可能直到开庭才来，要提前见嫌疑人，也要查阅卷宗。只是赵欣桥确实是第一次来，白松这才去接一下。

这次开庭审理，顺利的话，两天就可以结束，也就是说，顺利的话明天就可以判决了。其间，白松只是个看客，什么也做不了。

回到住处，白松看了会儿书，然后接到了马希的电话。

疤脸失踪了。

疤脸？白松一时间没有反应过来，疤脸是谁？

聊了两句白松才想起来，就是大北菜市场"四人团伙"中的一名男子，也就是卖干果的那个。

传出这个消息的是市场管理员。最近市场开始更新监控，市场管理员与所里比较熟络，有情况就会跟所里人说，疤脸已经有好几天没有出现了。

本来市场的人觉得这是好事，还有人说他因同伴被警察抓了畏罪潜逃。但是疤脸没有参与偷猪，没必要不说一声就跑掉。不过这种人行踪不定，所里便没怎么重视。

但是今天，董晓云也来所里，跟值班民警把这个事说了一下，这就由不得人不重视了。

也就是说，疤脸这几天莫名其妙地消失了，而且把东西拿走了，电话也打不通了。

白松虽然也觉得奇怪，但是没有多想，估摸着他就是胆子小，躲出去避避风头，这种事也算是常见。

第二天一大早，白松到所里报到，跟王所说今天打算去旁听开庭。领导早就知晓此事，而且法院确实也邀请了办案部门去现场，王所就同意了。

白松到的时候刚刚开庭，还在宣读法庭纪律，旁听席上坐着三四十人，基本上是警察和学习法律的大学生。白松还看到了王若依的母亲孙晓若。

这次开庭是公开审理，白松和赵欣桥坐在了一起。

赵欣桥并不是辩护律师，她也是旁听席的一员。

赵欣桥曾经问过白松,对于王若依这个人,白松怎么看。白松说没什么看法,自己只是依法办事。

其实王若依是个可怜人,李某确实不是什么好人,但是罪不至死。

而且,同样是杀人案,对于碎尸这种极端残忍的手段,基本上法院都会判决死刑立即执行,因为这种杀人犯往往心狠手辣,社会影响极为恶劣。

基本上没有哪个著名律师想接这个案子,因为几乎必败。

张玫为什么主动接下这个案子,白松不得而知,但是听了各方陈词之后,白松倒是明白了张玫的论点——做死刑缓期两年辩护。

张玫的主要观点是,此案不具备死刑立即执行的可罚性,认为王若依系初犯、偶犯,而且能够积极配合、积极坦白,而且这个案子确实是有前因后果,李某确实是对王若依这个家庭有着不好的影响……

检方则直接拿出法条,指出王若依这种行为属于情节严重,依法应该判决死刑。除此之外,检方还提出,王若依在案发后尽可能地躲避侦查,不存在自首情节,且对于其父亲王千意的走私行为不作供述,态度恶劣。

双方在陈词阶段,用词都非常地准确、严苛,基本上没给王若依开口的机会。

这个案子比较特殊,因为李某的家属不来。法院下了几次传票,通过好几道手续邮寄给李某的父母,据说李某父母那边说了:"别寄这些没用的东西。"

没有被害人这一方的真正代表,王若依一言不发,控辩双方又都不过激,法官就安安静静地坐着,听控辩双方互相交流。

第一百九十二章　判决

刑事案件与民事案件的一个不同点是：民事案件除了法官之外，在不计算第三人的情况下，只有原告和被告两方；刑事案件，则是由原告、被告和当事人三方构成，也就是说，原告并不是被侵害的当事人，而是检察院的公诉人。

在本案庭审的法庭辩论阶段，控辩双方激烈交锋。虽然控辩双方的水平都很高，可白松明显感觉到控方有些招架不住，张玫逐渐控制了场面，但是双方都没有什么新鲜的观点。

"双方肃静。"法官打断了双方，"当事人、辩护人和诉讼代理人可以提出无罪、有罪、罪重、罪轻的证据，可以申请新的证人到庭，调取新的物证，重新申请鉴定或者勘验。"

控方，也就是检察院一方听到这个，没有再说话。这个案子截至目前，公安这边已经没什么补充的了，王若依对自己的犯罪行为供认不讳，根据王若依的供述，犯罪工具等所有的线索都是齐全的，没什么遗漏。

其实，张玫对于这个案子的过程并不存在疑问，她想做的，是轻罪辩护。

"我这里有一份案件材料需要再次补充。"张玫拿出一份材料，由相关人员呈至法官，"这份材料，是王千意的笔录的复印件。王千意在笔录中着重指出，由于王若依的供述，他不得不坦白相关情况。王若依在和我的交流以及自述书中曾经说明，其父亲王千意曾多次参与境外走私，对于这些情况，王千意供认不讳。所以我认为，王若依的相关检举，具有重大立功表现。"

白松发现，王若依全程一句话也没有说，即便张玫水平再高，也只能针对王若依的立功表现进行辩论，希望法官做轻罪判决。

开庭开到一半，休庭。

白松和赵欣桥并肩走出了法庭。

"怎么样？你觉得会怎么判？"赵欣桥主动问道，"现在你跟案子也没关系，我又不是辩护律师，你总不需要回避我吧？"

"虽然我不应该有偏见，但是我还是觉得死刑立即执行的概率很大，毕竟作案手段确实是过于恶劣了。"白松说道，"我能看出来，王若依父亲主动招供了一些情况，希望给女儿增加立功表现，保她一条命。但是这么重的罪，就凭这点立功表现，我觉得还是难。"

"这个你也看出来了吗？"赵欣桥叹了口气，"其实，我觉得我导师真的不该接这个案子，主要是这个王若依，自己心存死志，不配合辩护律师，这真的是难办。"

"她还不配合你们吗？"白松有些吃惊，他好久没有见王若依了，今天见到她，除了剪了短发，也没什么太大的变化，没想到是这个情况，"那你们导师一世英名……"

"这个很正常啦，律师依法办事，也自应对法律有所敬畏。再牛的律师也不敢说一定能赢。"赵欣桥倒是毫不在意，接着白了白松一眼，"谁让某些警察同志把证据链做得这么死？"

这话白松可不接。又聊了几句，白松回到了单位。

第二天，白松早早来到了法院，继续旁听。

不知为何，到了审判长宣读判决的时候，白松心里有些紧张，但是王若依显得非常平静，反倒是旁听的孙晓若整个人都在颤抖。

"本院认为，被告人王若依故意杀害他人并使用残忍手段对被害人李某进行分尸，其行为构成故意杀人罪。公诉机关指控的事实与罪名成立。对于辩护律师张玫提出王若依存在重大立功表现，理应减轻刑罚的辩解意见，本院已收悉……"

宣读至此，孙晓若的眼中略有些光芒，白松也若有所思。可是一个"但"字，瞬间击破了孙晓若的幻想。

"但被告人王若依杀人手段残忍，造成一人死亡并躲避公安机关侦查。被告人的辩护人提出的本案系其父亲感情纠葛引发，认罪态度好，有悔罪表现，予以从轻处罚的辩护意见不能成立，不予采纳。公诉机关指控的事实和罪名成立，应予支持。

"根据《中华人民共和国刑法》第二百三十二条……之规定，判决如下：

"被告人王若依犯故意杀人罪，判处死刑，立即执行……

"如不服本判决，可在接到判决书的第二日起十日内，通过本院或者直接向天华市高级人民法院提出上诉……"

待审判长宣读完，王若依平淡地说道："我尊重法院判决，不上诉。"

此言一出，语惊四座。

即便王若依放弃了上诉的权利，这个时候说也没有用，判决上写得很明确，明天之后才可以提出上诉申请，即便提出不上诉，十天内也可以反悔，但是看王若依那个样子，真的不像是一时冲动。

"上诉，我们要……要上诉啊！"

旁听席上，形容枯槁的孙晓若突然声嘶力竭地喊道。

所有人的目光一下子又集中到了孙晓若的身上。

孙晓若是个知识分子，法院应该保持肃静的道理她是懂的，但是此时她已失控了。

法警看了一眼法官……

本来这种行为属于扰乱法庭，可以司法拘留的，但是法官知道孙晓若的情况，这个女人实在是太可怜了，他摆了摆手，让法警控制一下，便离开了。

白松隐隐听到法官叹了一口气。

也不知这声叹息是为了谁。

第一百九十三章　情不知何起

无论王若侬怎么说，作为辩护人，张玫都是要提起上诉的，虽然她自己也对上诉结果没有什么信心。

王若侬几乎是必死的。如果没有新的足以影响判决的材料出现，二审高院维持原判的概率极大。

也就是说，张玫这个时候不退出，高院庭审之时，她还会面临同样的结局。事实上，这个案子到了现在，张玫继续坚持，只是浪费她的时间。

张玫在坚持什么？白松不得而知。

从白松的角度来说，他很难说希望法院如何判。作为警察，尽可能地掌握每一个违法证据才是白松应该做的。

而且即便是与白松"对立"的赵欣桥，也支持白松把王若侬的所有罪证都找到，至于法院如何认定，那是另外一回事。

王若侬听到死刑立即执行的判决后说不上诉，孙晓若却真的崩溃了。

有多少人理解孙晓若现在的处境？

本来那么完美的家庭，此刻不仅仅是分崩离析，简直就是到了世界末日，不，也许世界末日都会比这样好一些，至少一家人还能在一起，共同面对。

孙晓若此刻如同一个失去了家的小孩，抱着张玫悲泣："这个事不能听王若侬的，哪怕还有一线希望，哪怕……仅仅是把这个时间拖长几个月。"

一审结束后，张玫写了上诉申请，交给孙晓若，而后就买了车票，准备回上京市了。

最令白松开心的是，赵欣桥不急着陪导师回学校，而是接受了白松的邀请，在这里待一天再走。

按照赵欣桥的建议，白松带她去了天华市比较著名的两所高校，其中一所是一位开国先辈的母校，学术气息很浓厚。

二人在校园里散步，引来了不少关注。可能是自己太帅了？白松摸了摸自己的脸，有些不太好意思……

"你似乎有些伤感。"白松走着路，似乎明白赵欣桥为什么不急着回上京市了，可能真的是因为有心事。

"嗯。"赵欣桥轻轻应了一声，"总觉得有些不舒服。"

"是因为谁？孙晓若吗？"白松似乎明白了些什么，但又觉得有些不对劲。

"也许吧。"赵欣桥想了想，突然问道，"你信不信王若依不会死？"

"嗯？你的意思是说……"

白松没有说完，赵欣桥点了点头，两人无声地继续散着步。

白松明白，赵欣桥伤感的不是孙晓若，学法律的人，悲欢离合见得多了，她感慨的，恰恰是王千意。

如果说，有一种犯罪嫌疑人叫作"老油条"，那么王千意一定是其中最油的。想通过审讯，获得公安机关没有掌握的犯罪线索，在王千意这种人身上，可能性几乎为零。但是，他竟主动招供哪怕是女儿曾经说过的某句话中提到的线索，以求帮女儿立功。

王千意从事走私十几年了，其间从事的违法犯罪行为，有些已经被时间所掩盖。但是如果王千意曾经真的犯过很大的案子，这个案子一旦被王若依指出，经公安机关查实，很可能会给王若依算重大立功表现，王若依可能会被判处死缓，但是……

"王若依不会说一句的。她不主动招供王千意的事情，二审改判也就无从谈起了吧。"白松道。

"按理说是这样，可是，有我导师和孙晓若……"

白松明白了，他没有说什么。对于白松来说，他更好奇王千意到底曾经做过哪些事情，一些被时间掩盖的黑暗，也许将通过一种别样的方式重见天日。

"不说这些了。"赵欣桥越说越伤感，"你司法考试准备得怎么样了？考过之后呢？"

"准备得不怎么好。这几天看庭审，我发现我在刑事诉讼法方面还有很大的欠缺。如果能侥幸考过，我打算继续自学，学无止境嘛。"白松看了看赵欣桥，"可不能哪天被你当作文盲了。"

"哈！"赵欣桥笑道，"文盲？你要是文盲，那我也是咯。不过你要是过了，可得请我吃饭。"

白松莞尔一笑："那我很荣幸啊。"

"贫。"

"好啦，要不一会儿咱们去看个电影？"说到这里，白松不由得心跳加速，他还没有跟女生一起看过电影……

"好啊，最近有一部新上映的电影，一起去吧。"赵欣桥满口答应。

"好，什么电影呢？"白松边问边拿出了手机，准备订票。

"*The Juggler.*"赵欣桥舒眉一笑。

"《骗子》？"白松还真的搜了一下，挠了挠后脑勺，"这个不上映啊，看这个干吗？不如去看《敢死队2》，刚刚上映，一直想去看。"

"可以啊。"赵欣桥看了看白松那个窘样子，有些忍俊不禁，"不过，你现在英语水平倒是有进步呢。"

第一百九十四章 一往情深

"对了,如果司法考试过了,你想选择别的职业吗?"坐在副驾驶上,赵欣桥边翻看白松车上的一本书边问。

"不想,我喜欢当警察。"

"唔,那好吧,你已经是一个很合格的警察了。"赵欣桥毕竟也是警校出身,她的同学基本上都当了警察,因而她非常理解白松的选择。

到了电影院,白松把车子停好,和赵欣桥一起上了楼。

"你渴不渴?"

"不渴。"

"那你饿不饿?"

"不饿。"

"……"

白松不知道该怎么办了。

这种情况到底该不该买饮料、爆米花?

"那行吧,我渴我饿,我去买点吧。"白松有些尴尬,取出票之后,去买了一些吃的喝的。

"这部电影我一直想看呢。"见赵欣桥不说话了,白松只能没话找话,他这会儿突然感觉自己的智商不够用了。

不过,虽然赵欣桥不说话,这种感觉还是有些奇妙,白松在前面走,赵欣桥就在后面跟着,很舒服的感觉。

……

从天华市到上京市，坐高铁只需要半个小时。赵欣桥陪白松转了一下午，晚上白松把她送到了高铁站，到上京市后下了车有地铁，白松没什么可担心的。

毕竟，赵欣桥可是正儿八经华国警官大学毕业的，别看她柔柔弱弱的，其实很厉害。

"要注意安全。"赵欣桥站在进站口附近，嘱咐了白松一句。

夏天的微风吹过赵欣桥的长发，白松点了点头，看得有些痴。

　　肩若削成，腰如约素。
　　延颈秀项，皓质呈露。
　　芳泽无加，铅华弗御。
　　云髻峨峨，修眉联娟……

白松不记得自己是怎么回到住处的，却感觉自己跟打了鸡血一般，拿着赵欣桥留给他的笔记，看得如痴如醉。

这些晦涩难懂的刑法理论课，即便是赵欣桥现在也是硬着头皮在学，白松却甘之如饴，仿佛这里面有什么香气一般。

……

第二天，又开始了有趣而又刺激的值班工作。

"白松，你这状态，是打鸡血了？"马希看着白松神采奕奕的样子，"昨天睡了个好觉吧？看样子状态很不错啊。"

"还行，睡了四个小时。"白松道。

"嗯，充足的睡……"马希顿了一下，"啥？四个小时？"

马希像见了鬼一样，围着白松转了一圈："你现在晚上不读书，改修仙了？"

"什么啊，"白松不想搭理马希，"不和你贫了。对了，这两天一直想问个事情，就是大北菜市场的疤脸，怎么走丢了？现在是什么情况？"

第一百九十四章　一往情深　｜　263

"还那样呗，失联好几天了。"马希没怎么关注这个事情，带着白松去前台值班室看了一些记录，"还是没消息，今天值班忙，明天有空去看看吧。"

"行吧，这人也真够胆小的，这么点小事情，居然就跑掉了。"白松摇了摇头，"等他回来了，我肯定得找他取个笔录，估计吓唬他两句，他能老实好几年。"

"行啊，"马希哈哈大笑，"你这有点老警察的气质了。"

正聊着天，报警铃响了。

"什么事？"白松问道。

"家里漏水，纠纷。"张树军说道，"你们谁去？"

"我去吧。"马希道。

"这么点事，我去，"白松道，"我带着三米去就行了。"

"行，你去吧。"马希道，"你已经是正式警察了，去之前，先去枪库把枪领了，以后出警，你就得带枪了。"

"啊？"白松不觉得激动，反倒是有些头疼，"要一直带着吗？"

"嗯，以后你出警就带着，注意安全。"

"好吧，我这就去领枪出警。"白松满口答应。

"行，威风多了。"三米戴好帽子，出来看了看白松，满脸羡慕，"好希望今年年底我能顺利通过考试，我也想挎着真枪！"

"放心吧，你没问题的。"白松走到车子前，带着三米驱车出发。

楼上漏水，这是九河桥派出所很常见的警情，主要原因就是大量的房子过于老旧。

无论是使用水时不注意，还是厨卫防水有问题，抑或是管道问题，这么大的辖区，几万户居民，每天都有很多人遇到楼上往楼下渗水的情况。

当然大部分还不至于报警，只是这报警的少部分也够民警累的了，而且既然报警，那大概率是已经产生纠纷了。

这次报警的是五楼，漏水的是六楼，白松先去五楼问了一下。五楼是新装修的,刚刚买了这里的房子,房子装了一半,楼上就漏水了。现在损失还不大,毕竟天花板还没有刷漆,但是如果继续漏水,麻烦就大了。

"楼上什么情况?你们俩有什么矛盾吗?"白松问道。

"没啥矛盾。我不认识楼上的,我们刚刚搬过来,但是听说楼上的不好说话,正好遇到漏水,我就报警了。"报警的是个四十多岁的男子,"警官,麻烦您去跟他说说,如果哪里有问题,我这里有工人,可以给他重新补一补,可别再漏水了。"

"行吧。"

白松有些无奈,这位报警纯粹是为了让警察帮忙解决相邻权问题,既然来了,上去看看吧。白松带着三米和报警的男子,一起上了楼。

第一百九十五章　狂躁型精神病

六楼的这户，装修样式非常老，是最常见的双门布局。

外面是一道向外开的铁门，主架为角管、钢筋和铁丝，整体呈镂空状态；里面是一道黄绿色的木门。门口很脏，门也很破，白松强烈怀疑，这门的岁数应该跟他差不多大，而且很可能自打这门被安装好，就没有擦过。

白松没太在意，上前敲了敲门。

半晌，无人应答。

"没人吗？"白松向五楼的男子问道。

"不知道……可能是出去了？"五楼的男子有些不确定地说道，"要不我敲敲门试试？"

"算了，我来吧。"白松用力地敲了敲门。

又过了半分钟左右，白松等人正打算离开，里面的木门开了。

屋里没有灯。

这会儿是盛夏的上午九点多，天很亮，但是屋子里几乎没有一点光照，好像到处都拉着帘子。

随着里门被打开，一股发霉的味道扑面而来。白松透过铁门，大体看清了门里的样子。

这时五楼的男子面色一变，猛地后退了几步。楼道本就狭窄，他这一后退，就把三米挤到了后面。

"什么事？"

白松这会儿也看到了开门人的样子，看样子有五十多岁了，头发蓬乱，在阴暗的光线下看不清他的五官。开门人说话的声音让人听着很不舒服，听上去像是很久没说话了。

"你们家客厅位置漏水，楼下天花板已经浸湿了。我能进去看看吗？"

白松说完，过了大约五秒钟，开门的男子才点了点头，缓缓转过身，打开了门口的灯，往屋里走去："进来吧。"

这盏灯，白松怀疑跟这扇门同岁。

附着了厚厚一层污垢的白炽灯，艰难地释放着自己的一丝丝光芒，适应了光亮的白松，勉强才能看出这里是个过道。

白松向外拉开铁门，一步就踏了进去。

前面的男子走得很慢，白松很快就适应了阴暗的光线，低头看起了路。

屋里的东西与阴暗的环境，跟整体的味道十分协调，白松难以想象在这个环境里如何住人，地上连迈步都极为困难，根本找不到什么地方可以落脚。

白松看着地面，再看看前面的男子，眼神一凝。

他手里是什么东西?!

白松屏气凝神，站在男子身后两米的位置，一下子看出来了——刀。

砍刀，一把差不多三十厘米长的砍刀!

这一刻，白松反倒冷静了下来，他没有丝毫紧张，也没有什么害怕的情绪，肾上腺素飙升，白松瞬间做出了正确的选择——后撤。

本来白松也就只走进去了两步，他一步就撤了出来。

也许是白松的动作太快，男子一下子就发现了白松的离开，立刻转过身来，愣了不到半秒的时间，就朝着白松冲了过来。

这一幕，被站在外面的五楼的男子看到了，他慌忙后撤，连带着把三米也推了出去。

三米被挡住，也不知道什么情况，连忙抓住楼梯扶手，想要上前帮忙。

三米还未到，蓬发男子就冲了过来。

白松此时根本就不记得自己挎着枪，实际上，哪怕他记得也来不及了，白松一把拉过铁门，死死地抵住。

蓬发男子一下子撞在了铁门上，门被撞开十几厘米的缝隙，又被白松用力推了回去。

失去了第一次的冲势，屋里面的男子又尝试着冲撞了几次，还是没有顶开。

虽然他有些蛮劲，但是比起白松差得有些远，三五次下来，就一点缝都顶不开了。

这会儿三米才跑了过来，帮白松一起顶起了门。

屋里的男子似乎更暴躁了，直接拿刀砍起了门。

几刀下来铁丝网就破了，如果再砍几刀，也许就能把铁丝网砍开，手就能伸出来。

白松这一刻不再犹豫，直接掏出了枪："别动！"

这个动作白松经常练，每次去靶场和射击的地方，白松都会练这个动作。之所以如此，是因为在南疆省那一次，房队长拔枪的动作实在太帅了。白松练习的机会不多，总归还是学了个有模有样。

白松此时已经看出来了，这个男子并不是想袭警，他可能是烈性的精神障碍患者。

精神障碍患者白松没少见，现代人妄想型精神分裂、严重抑郁等精神问题层出不穷，但是像这样有暴力倾向的倒是很少。白松不确定持枪震慑是否有效，如果不行，他就要果断使用喷雾剂等警械了。

好在人对枪械有着本能的畏惧，持刀男子见状就迟疑了。

过了一会儿，白松开始劝说，男子逐渐冷静了下来，把刀放下。

白松见到男子放下了刀，果断开门，一脚踩住了刀。

男子原本状态有些低沉了，立刻又狂躁了起来。但是白松不会给他机会，一把拉住男子伸过来的手，反向一转，接着用左肘一下子砸在了男子要伸过来的右手之上，男子吃痛，白松接着用脚一绊，男子就倒在了地面上。

三米紧随着白松冲进了狭窄的过道，帮着白松把男子控制住了，任凭男子奋力挣扎，白松还是给他铐上了手铐。

这类精神障碍患者通常力气很大，一般人很难控制，但是耐力一般，身体里的那股劲释放完之后也会无力，加上已经被铐住，男子被三米控制住，动弹不得。

此时白松便不再担心，拿起强光手电，进屋查看了起来。

先检查渗水的地方。白松强忍着恶心，进入了卧室，四处翻看，却始终没办法找到是因为啥渗水了。

第一百九十六章　阴暗

白松打算先给所里打个电话，面对这个精神障碍患者，他们需要增援。

没信号？

白松看了看手机，打开飞行模式再关上，发现还是没有信号，这房子怎么对信号阻隔这么好？白松无奈，费力地找到了卧室的灯，打开之后发现还是很暗，不得不去拉开窗帘。

这个屋子，如果论房价，可能也要几十万元，但是估计倒贴钱都不会有人来住。白松的鼻子已经接近忍受的极限了，他费了很大的力气才打开窗户。

白松忙呼吸了几口窗外新鲜的空气，拿出手机，这才有了信号。白松简单地说了一下事情的经过，就挂掉了电话，估计一会儿马希就会带人过来支援。

蓬发男子似乎对阳光很是不喜，一直嘟囔着什么，只是在白松这个位置听不清。

卧室里终于有点光线了，白松进来短短一两分钟，都有些不熟悉阳光的感觉了。

屋子里不能简单地用"乱"来形容，白松绞尽脑汁才想到一句话：没有人气。

明明一个大男人住在这里，而且是久居，竟然一点人气都没有，真是有些瘆人。好在白松也不是什么都没见过的新警察了，倒是没什么怕的。

卧室虽然阴暗发潮，但是并没有漏水，白松又检查了其他几个房间，也没发现什么问题。

白松转到卫生间才发现是这里的问题。这个楼板在设计的时候可能是做了一定的防水处理，中间还有夹层板，但不知道什么原因，厕所的水渗下去，到了过道对面的主卧那里。

这种情况也算是常见的，白松顺手把没有拧紧的阀门拧上了。

解决了这个问题，白松绕过三米出了门。这会儿报警的人已经不在门口了，白松只得下楼敲门，说明自己是刚才的警察，那个男子才敢把门打开。

"没事了吧，警察同志？我真的没有想到是这个结局，有这么个邻居，可怎么办啊？"男子的表情十分憋屈。

"没事了，水龙头忘了关，我关上了。估计今天楼板里面的积水不会干，从厕所到卧室这一片基本上都能被洇湿，你先别装修了，明天再弄房顶吧。"白松解释了一下。

"好，那警察同志，我这个损失……？"

"你这个情况，属于民事问题，自己去法院起诉楼上吧。"说完，白松一把把门带上，离开了五楼。

民事纠纷本就不归警察管，而且警察也不能过多地干预经济纠纷。

正当白松准备上六楼的时候，楼上的男子突然开始反抗，在被铐的情况下，依然用腿踢开了三米，挣扎着要站起来。

这类患者在发狂的时候力道极大而且不怎么怕痛，三米刚刚制伏他的时候他一直安安静静的，突然爆发，直接把三米掀开了。

白松暗道不好，几个箭步冲了上去，可还是迟了一步，门咣地关上了。

原来里面那扇绿色木门距离三米不远，三米被掀开，一下子碰到了门，门直接被大力关上了。

这扇木门是从里面开的，白松没有钥匙，这一刻，他的脑袋都要炸了。

虽然这个人被手铐从后面铐住了，但是仍然有很大的危险性！

白松不再多想，用尽全身的力气撞向了门。

白松也不知道自己这一下到底用了几分力气，但是他敢肯定，如果十分

第一百九十六章 阴暗 | 271

钟之前，里面的那个男子用这么大的力道撞出来的话，他绝对顶不住。

有着二十来年历史的木门，此刻丝毫没有作为门的尊严，一下子被白松撞开，门锁处开裂，门直接拍在了侧面的墙上。

三米挣扎着起身，差点被冲进来的白松再次撞倒。白松看到三米没大碍才放下心来，紧接着一下子扑在了蓬发男子的身上。

此时的蓬发男子，因手腕被手铐划伤而更加狂躁，拼命扭动双手要站起来，白松死死压住他，但是依然有些按不住。这会儿三米也爬了过来，帮着白松压住了男子。

白松刚刚舒了一口气，突然发现三米的头出血了。

就在白松着急的时候，外面传来了密密麻麻的脚步声。

来得正是时候！

"白松，你怎么样？"人还未到，李教导员的声音就传到了白松耳中，紧接着他第一个进了屋子。

白松搭眼一看，来了四个人，除了李教导员，还有王所、马希和组里的社区民警赵绪光。

"我没事，三米受伤了。"白松还在控制着蓬发男子，迅速说道。

李教导员一听，忙走上前来，轻轻地把三米拉了起来，把他扶到了楼道里。

楼道里更亮一些，李教导员一看，吩咐道："王所，你和老赵立刻带三米去一趟医院，这头磕得可够重的，可能有脑震荡了，路上车开得稳一点。"

白松听到这句话，心都凉了半截，谁能想到，一个被背铐的精神障碍患者居然还有这么大的危险……

第一百九十七章　阳光

白松陷入了深深的自责中。李教导员目送王所和老赵带人离开，过来帮白松控制住了蓬发男子。

"白松，你受伤了吗？"李教导员问道。

"没有。"

"好，等会儿回去我再收拾你！"李教导员说完趴下身来，把脸靠近蓬发男子，"别闹了别闹了，起来起来，没事了！"

蓬发男子听到李教导员的话，虽然动弹不得，但还是恶狠狠地看向了李教导员。

这是一双怎样的眼睛？

没有情感，戾气十足，更像是野兽的眼睛。

白松只能看到侧视方向的目光，都有些别扭，但是李教导员与其对视，却无比冷静。

深邃到无底的眼睛，就这么平平静静地盯着蓬发男子。

也就过了大约三十秒，蓬发男子开始躲避李教导员的目光，慢慢地低下了头，紧接着又开始挣扎起来。

"你们是谁？要……要干吗？！"

"没事，请你跟我们走一趟。"李教导员的声音极有气势，语气不容反驳，男子唔唔了两声，也就不再挣扎。

白松和马希带着他，把门带上，也没锁，直接就离开了。

说真的，这个屋里真的是阴森恐怖，小偷进来都得跪着出去，什么值钱的东西也没有，倒是能把人熏死。

男子一路上还比较平静，到了所里后被暂时留在备勤室，两个辅警一直看着他，简单地给他处理了一下伤口，其间男子一直比较平静。

到了所里后，李教导员第一时间给王所打了电话。

三米的初诊结果是：考虑轻中度脑震荡，右侧头部有挫伤，胳膊有挫伤且有异物。医生建议脑CT复查。

李教导员面色阴沉，跟王所嘱咐尽快CT检查，接着看了眼白松，正要说话，却发现白松的胳膊、裤子全都被擦破了，左胳膊肘还有瘀青。

李教导员把到了嘴边的话又咽回去，默默地离开了调解室。

白松焦急地等待着三米的复查结果，不一会儿，李教导员拿了一个药箱进来："你这伤口有些深，他家太脏，我得给你把伤口揭开清理，别怕疼。"

白松怎么会怕疼？

其实他更想让李教导员骂他一顿，骂他没有照顾好出警的兄弟，那样他肯定会舒服一些……

"你师父孙唐前几天给我打电话了，问起你的事情，居然还威胁我，说照顾不好你，他回来找我事。"李教导员语气轻松，手却用力挺狠，"你说，你从哪里认的这个浑蛋师父？"

处理伤口很痛，白松听到这句话却咧开了嘴。

"给我讲讲刚刚这个事情，从头到尾。"李教导员道。

于是，白松从五楼男子报警开始，一直讲到李教导员来。

李教导员听完问道："他拿刀砍过来的时候，你为什么不第一时间开枪？"

"啊？来不及啊。"白松听到李教导员的话，有些反应不过来。

"嗯，确实是。"李教导员点点头，警察毕竟不是战士，没有几个警察遇到刀的第一反应是拔枪射击，这个确实不能强求，"记住，以后如果生命受到威胁，很紧迫的这种，不要犹豫。这次有扇铁门还好，下次呢？我可不愿意去给你领个'一等功'，知道了吗？"

"知道了。"白松点了点头。

李教导员给白松处理完，翻开了白松的袖子。夏季警服就是普通的短袖，一翻开，李教导员就看到白松肩膀上也有一片瘀青，他轻轻捏了捏："疼不疼？"

"不疼。"白松嘿嘿一笑。

"疼不疼？"李教导员变了个方向，用力按了按。

"嘶——"白松咬了咬牙，"还……行。"

"嗯，年轻人身子壮，骨头没事，就是瘀青，这个地方最近不要用力了。"李教导员有些心疼，"那门再怎么破也是扇入户门，你这一下子撞开，你忘了自己是肉体凡胎了？"

白松不是不知道好赖的人。来天华市一年了，无论是李教导员、马支队还是房队长，都对他有着极高的期望。

这年头，愿意给兵扛雷的领导不多。

处理完毕，事发小区的社区民警姗姗来迟。

这个蓬发男子一看就是狂躁型的精神障碍患者，而且是间歇狂暴。

有的人是间歇性精神病，不受刺激时和正常人一样，受了刺激才会有些不正常；而这个蓬发男子属于完全精神病，受到刺激了会更加狂躁，有暴力倾向。

根据相关统计，很多个精神障碍患者里才会有一个这种情况，而九河桥派出所登记在册的有不少人。

这个蓬发男子，并没有登记在册。这个也正常，即便是社区警察，也不可能一天到晚挨家挨户考察。蓬发男子此时可不是登记在册这么简单了，必须住院治疗，而且可能被强制收治入院。这个也不需要白松操心，就他的这个胳膊，不适合再去接触蓬发男子了。

过了差不多半个小时，在白松的焦急等待中，王所那里终于有了信儿，三米是轻微脑震荡，没有大碍，需要静养。

李教导员把被带回所里的蓬发男子安顿好，社区民警配合三组的警察一起把他带走后,李教导员去了医院。

白松悬着的心这才踏实了一半。

"马警官在吗?还有,哪位是白警官?"

白松正在走神,值班大厅里就传来了一个男子的声音。

"我在,你是哪位?"白松走近问道。

"您好,您是白警官吗?我是大北菜市场负责卫生的董晓云,我来跟您反映个事情。"

"你说。"白松看了看董晓云的样子,有种不好的预感。

"是这样,前几天我来反映过,在我那里干活的小陈失踪了,这几天我联系到了他家里,他家里也说联系不上他。"董晓云有些担心地说道,"我来咱们这里再备个案,我可跟您说好了,我不知道他去哪里了,跟我可是一点关系都没有。"

第一百九十八章 这能算失踪吗？

白松心里的弦猛地一紧："具体讲一下。"

董晓云不见得是关心自己的手下，白松看得出来，他就是有些心虚。这四个人没干什么好事，现在其中俩人被治安拘留十五天，董晓云也有过类似案底，疤脸这一走，他一个人在市场上就盯不过来了。

这几天，他每天打扫市场到晚上十一点之后，雇的两个阿姨，人家可是到点就下班的。

你不想干？不想干有的是人干。雇人？费姓兄弟还有十几天就出来了，现在雇人不值当的。

正因为如此，董晓云越发怀念疤脸，平时不觉得多么重要的一个人，出去鬼混几天董晓云都不会在意的人，此时竟变得举足轻重。

"就是费明和费鹏被拘留那天，我也记不清具体是什么时候，小陈就突然出去了，我没在意，反正他也挺爱玩。当天我找小陈，电话就打不通了，说暂时无法接通，我也没放在心上。后来还是打不通，我就到处找，也没找到，跟所里说了一声，所里民警跟我说知道了。"董晓云四处望了望，"今天还是打不通电话，我就找了他家里人，他家里人也没他的信儿。警察同志，这个小陈一天到晚鬼混，别的我啥也不知道，过来跟你们说一声啊。"

"有他的身份证号码吗？"白松问道。

"有的。"董晓云从兜里拿出一张早已经准备好的纸条递给白松，而后作势欲走，"交给您了，警察同志，我先撤了。"

白松想拦他一下，想想也没啥事，便没说话，点了点头。

一般来说,如果是妇女儿童走失,派出所都会第一时间登记,但是一般仅限于近亲属报警。

按理说,疤脸不是小孩子,但是就这么失联好几天了,白松也觉得有些蹊跷。

一些社会的边缘人物,平时没有好的生活圈子,没有正经工作,虽然他们对于普通民众来说可能也不是什么好人,但是他们自己很容易碰到更危险的圈子。

白松决定跟领导汇报一下情况,可是王所和李教导员都不在,白松只能跟马希说了。

马希是最早知道这个事情的,他点了点头:"在走失人口数据库上登记一下吧。"

"嗯,发协查吗?"白松问道。

"没必要,成年男子了,谁知道去哪里鬼混了。"马希摇摇头。

"好。"

弄完了这些,白松带着另外一名辅警又处理了一起纠纷。三米那边的情况白松了解清楚了,没什么大问题,也不会有后遗症,李教导员给了他一个星期的假。白松则休息不了,孙唐走了之后,组里人本来就少,再说这点小伤……

处理完纠纷,白松有些饿,不过还是打算先去一趟大北菜市场。

"白警官。"市场门口的酱菜李一看到白松便打了招呼。白松回应道:"最近市场里怎么样?"

"挺好,嘿嘿。"酱菜李笑嘻嘻地说道。

打完招呼,白松去了一趟经理室,结果发现门锁着,从门缝往里看,好像里面正在改造摄像头和电脑,于是白松直接去了卖干果的区域。

卖干果的摊位此时空无一人,盖着一块大的不透明塑料布,白松在这里转了一圈还是有些显眼的,毕竟身着制服。不过好在警察的制服跟保安的有些像,倒是没人围过来看。

白松掀开塑料布看了一下，干果摊基本上是空的，货架上有三四种不同口味的瓜子和花生，除此之外，还有一些品相不怎么好的开心果。

　　白松问了问周围几个商户，几家卖水果的、几家卖牛羊肉的，还有另外一家卖杂货和果脯、干果的，大家都说这个摊位已经好几天没人来了。

　　尤其是卖果脯的姓刘的男子，对这里最是关注，本来他一问三不知，不过白松稍微强调了一下事情的重要性，果脯刘就说了。

　　果脯刘这段时间日子很好过，他也卖干果和杂货，但是之前那家干得好，他的生意就一般。后来那家走了，他的生意就好了很多，最近也多批发了一些干果来卖。

　　据果脯刘说，这个疤脸人挺坏的，如果没有法律约束，肯定无法无天，他在市场里不干什么好事，经常搞一些自以为聪明的小动作。

　　疤脸在这个市场里是最惹人烦的一个。有时候看到买菜的大客户，他就会去想办法联系，然后从批发市场给人家批发新鲜的蔬菜，价格倒不一定便宜，但是他总能想办法绕开老板给采购人员搞一点点回扣，也因此吸引到了一些采购人员。

　　疤脸吃相太难看，而且以次充好，还经常半路把人家的顾客劫走，很多人敢怒不敢言。

　　疤脸的失踪几乎并没有引起任何人的关注，如果有，可能也只是成为周围几个商铺老板酒桌上的谈资。

　　白松有些不解，这个情况，到底算不算失踪？

第一百九十九章　总结会议

白松从市场回来，匆匆吃了点午饭，下午和晚上连着忙碌，紧张刺激的工作才刚刚过半。

夏天不同于冬天。有经验的警察都知道，夏天是入室盗窃高发时期，因为人们不怎么关窗户，而且家里开着风扇之类的，会掩盖声音；冬天则是扒窃高发时期，因为穿得厚。

而且夏天大家睡得比较晚，砂锅摊、烧烤摊一般营业到凌晨三四点。这么大的一个辖区，几十个小店，基本上每天晚上都有喝多了起纠纷的，更不乏动手打架的。

白松被折腾了一夜，头疼得要死，第二天中午才起床。

洗漱完白松才发现，自己胳膊上不知道被谁贴了三四个创可贴和一块纱布加医用胶带。

难道是早上值夜班的其他师傅给自己贴的？或者是李教导员？

白松晃了晃脑袋，算了，不想了，实在是太困了。

白松在南黔省的那一个月，一有风吹草动就会醒，而现在被人拿着胳膊绑纱布都没感觉了。当然，在派出所睡觉，确实是安全感十足。

回到宿舍穿好衣服，白松拿起手机才发现有条微信，是李教导员的。

"起床后来我办公室。"白松看了看时间，已经是中午十二点半，也不知道李教导员在不在休息，但还是第一时间去了李教导员的办公室，敲了敲门。

"进来。"里面传来李教导员的声音。

白松推门而入，发现李教导员正在桌子旁收拾自己的一件衣服，衣服上已经挂了七八个功勋章，桌上还有两三个。

　　"李教，您找我什么事？"白松有些好奇地问道。

　　"明天上午十点市局有个会，分局让咱们所出两个人，孙所让咱俩去，你提前准备准备。"李教导员头也不抬地说道。

　　白松疑惑道："为什么是咱俩去？"

　　李教导员抬起头："你想和谁去？"

　　"不不不，我不是这个意思，我是说，干吗带我去？"

　　"'12·01'专案的事情，市局有个年中表彰大会，名单里有你的名字，你不去，难不成让你师父替你去？"李教导员说到这里，自己都笑了，"你师父确实也去，但是他不占咱们所里的名额。"

　　"哦哦哦，好，谢谢李教。"白松此时知道没必要推辞了。

　　"嗯，把你的制服给我洗干净了！穿夏季短袖执勤服就行，这次没要求穿长袖。还有就是，戴着大檐帽，把你的那俩功勋章别在左胸，党徽也戴上，别在最上面，别紧点，看我这个怎么弄的，明白了吗？"李教导员把衣服展开给白松看了一眼。

　　三个二等功！白松眼睛都瞪大了，人不可貌相啊……

　　"嗯嗯！"白松点头如捣蒜。

　　"明天上午八点整咱们就出发，一起去分局坐车。功勋章一定不能搞掉了。"李教导员又歪着头看了看白松的胳膊，"胳膊没事吧？不错，还知道贴个创可贴。虽然你年轻，但是一定得学会注意身体。"

　　"嗯嗯，谢谢李教。"

　　白松离开李教导员的办公室时百感交集。

　　激动、难过、惊喜、平静……

　　这几个月，白松一直拼命工作、拼命学习，但是依然忘不掉这个专案，一转眼大半年过去，这案子都到了集体授奖的时候了。唯一的遗憾就是于师傅没办法亲自站在领奖台上。

第一百九十九章　总结会议

第二天一大早,白松很认真地洗了洗头,把头发整理得干干净净。从来不擦任何护肤品的白松,从王亮的洗漱品里找到了大宝,擦完后仔细地检查起自己的状态。

"干吗去?约会啊?"王亮看到白松这个样子有些好奇,"前几天你那个小女友来,也没见你这么用心打扮啊。"

"滚!"白松把手指向了门口。

在九河分局集合,从分局出发。

从深冬到盛夏,这个案子结束之后,每个人也都没有闲着,各自参与了多起各式各样的其他案件,此刻再坐在一起,大家都自然而然地回想起那段日子。

时至今日,相关领导带领着孙唐等人还在专案组做后续工作,但是大部分人已经离开专案组回归原单位,此刻看到同志们聚齐,都倍感亲切。

一路上聊着天,半个多小时后,车子开进了市公安局的大院。

白松很少来这里,确切地说,也就来过一两次,还都是取个件就走,此时看到这庄严的建筑,感觉与平时都不一样。

会议室很大,九河分局到的时候才九点多一点,大会议室里零零散散地坐着人。大家也各有熟人,有的是多年不见,趁着这个机会各自攀谈了起来。

在这里的大都是老前辈,不过白松依然可以挺直腰杆,肩扛一杠一星,胸挂二等功奖章,一般人做得到?

"小同志,九河分局的?"

白松谁也不认识,没有到处去攀谈,一个人坐在椅子上,这时一个五十多岁的警察过来主动跟他打起了招呼。

"领导您好,我是九河分局的,您坐。"白松探头一看,白衬衣,不由得站了起来。

白衬衣就是警监了,一般来说也得是资深副处级才有资格穿,妥妥的高级警官。白松上学的时候，因为学校的等级高，华国警官大学的教授、副教授几乎全是白衬衣，而且不乏肩扛一麦二星、一麦三星的存在，但是在工作中穿白衬衣的可都是实打实的大领导了，见面要敬礼的。

"什么领导，都退下来好几年了。"老警官很客气，"看你的警号，九河分局的，我年轻的时候在九河分局待过几年呢，那会儿也就你这么大。"

第二百章 平凡的故事

"那您也是老领导了。"白松不敢坐下,很恭敬地说道。

今天这个场合非常正式,大部分警察都佩戴了自己的奖章,这是对每一位警察最好的认可。白松面前的这位警官,左胸挂满了奖章,连右侧都挂了四五个,其中有两个一等功奖章,让白松不由得浮想联翩,这都是什么"神仙"?

"嗯,我看这次九河区来的人不少,这案子也是你们主办的吧,我听说了,这活儿干得挺漂亮的。"老警官问道,"你叫什么名字?哪个单位的?"

"我叫白松,九河桥派出所的,刚参加工作一年。"白松如实答道。

"哦?一年?这么说你才二十四五岁?"

"二十二。"

"哈哈,年轻真好,看到你们,我就开心。"老警官笑得很开心,"你们派出所的人我都不认识,现在你们分局一把手还是姓殷吧?"

"嗯,是殷局长。"白松老老实实地说道,"今天殷局长也来了。"

"嗯,他在那边也有些年头了。"老警官回忆起峥嵘岁月,"对了,九河分局还有我的一个老同学呢,过年那会儿我听说他也在这个专案组,还想着今天他会过来呢,怎么没看到他?"

听到这句话,白松目光有些空洞,他轻轻握了握拳,会是那个熟悉的名字吗?

"你来这边时间短,但是应该也认识他吧?于德臣,你们刑警队那里的人,老学究咯。"老警官说的时候还有些轻松。

"……"

"嗯?"老警官看到白松的神情,表情一下子凝固了,略有迟疑地问道,"怎么了?"

"于师傅在负责'12·01'专案的过程中,因过度劳累,突发心梗,因公病逝。"白松每一个字声音都很轻,却似在老警官的耳朵旁响起了炸雷。

老警官一滞,半晌都没有动。

"哦……"老警官的声音更轻一些,他微微把头仰起,似乎不想让眼眶里流出些什么。

过了许久,老警官似乎平静了一些,跟白松说道:"上个月我还看过2012年第一、二季度的牺牲警察名单,我记得差不多两百人。我没有一个一个地看下去,因为每年看这个名单,如果从头看到尾,总有我认识的。"

老警官说完便一言不发,白松更是不知道说什么。过了一会儿,老警官问:"追悼会是什么时候的事情?"

"3月11日,上午9点。"

"嗯,好。"老警官微笑了一下,拍了拍白松的肩膀,"好好干。"说完,老警官就点点头,离开了。

白松目送着老警官离开,这时大会快开始了。

每年平均牺牲四百名警察、十名消防员,这不是冷冰冰的数字,白松第一次感觉到,这里面的感情,根本就与数字无关。

如果有可能,白松希望这些都是零。

今天是个内部会议,没有记者,也没有社会人士,白松自始至终挺着胸膛,因为此刻,他并不只是代表自己。

老警官刚刚一身"金盾"的样子还在白松的脑海中浮现,直到点到白松的名字他才想起来,他也是来开会的,而且还要上台呢。

天华市公安局副局长亲自宣布,为"12·01"跨国电信诈骗案专案组,授予集体一等功荣誉称号。

公示于德臣同志被追授公安部二级英雄模范称号,并作发言。全场起

第二百章 平凡的故事 | 285

立，默哀。

授予马支队、几位出境的同志、白松、孙杰个人二等功荣誉称号。对白松、孙杰等人参与、协助破获南黔省命案予以通报表彰并宣读南黔省公安厅感谢函。

授予王华东、王亮等数十人个人三等功荣誉称号。

授予在本案中做出巨大贡献的某位社会匿名群众个人二等功荣誉称号。

除此之外，还有多人获得个人嘉奖。

奖金按标准发放。

按照顺序，白松站在了靠前的位置，跟着马支队等人来到了领奖台上。

台下最前面几排都是专案组的成员，后面才是各单位的领导，白衬衣坐了整整两排，各个分局都派了主要领导过来，殷局长和田局长也在座。

再后面就是市公安局的其他同志，整个大礼堂坐得满满当当。

随着音乐，受奖者走到各自对应的领导面前，敬礼，礼毕，授奖。

白松接过局长递来的盒子和证书，依然站得笔直。

"你这个胳膊怎么了？"局长突然问道。

啊？

上来领奖一般都是走个程序，和领导握握手，领导说一句"辛苦了"，然后受奖者就可以离开。白松没想到，面前这位领导居然跟自己唠起了家常。

"前天出警摔的。"白松如实回答。

局长拉过白松的胳膊，看了看袖子里，点了点头："小同志多注意安全。"

"是！"白松把胳膊收了回来，给局长敬礼。

局长站直，给白松回了礼。

这个小插曲让白松心里暖暖的，他认真地在座位上听完了整场会议。

会后，白松跟师父等人聊了会儿天，一起回到了分局。

"分局这边还有个会，你开着我的车先回去。"李教导员把车钥匙给了白松。

"不用,我等您。"白松摇了摇头。

"我下午一点半的会,现在已经十二点半了,你先去找个地方吃点东西,下午回去继续上班,我开完会坐别人的车回去,你别等我了。"

"好。"白松点了点头。

说实话,早饭吃得少,这会儿白松还真是饿坏了。好在他的短袖警服里面还穿着一件无袖白衫,把警服一脱,找个地方吃点东西还是不错的。

分局附近白松不太熟悉,也不知道哪里有吃的,就先开车回了九河桥派出所辖区。

作为辖区民警,白松对辖区简直了如指掌,直接来到大北菜市场旁边的商业街,打算吃顿驴肉火烧。

第二百零一章　顺手

这个时间点了，加上天气热，火烧店人不多。白松要了三个火烧、一碗汤，先把账结了，美滋滋地吃着午饭。

来这里吃饭的大多是附近的居民和装修工人。一些装修工人装修到中午十二点多，怕扰民，就收拾一下出来吃点东西，有的叫几个火烧、一碗鸡蛋汤，就这么凑合一顿。

大北菜市场附近有一条饭店街，基本上都是很普通的小店，白松以前也经常来这里吃便饭，只是现在再来，他总是盯着市场那边，想看看有没有什么事。

饭吃了一半，白松听到屋外有些吵闹。本来白松是最不喜欢凑热闹的，但他对这附近的事情比较关注，因而准备出去看看。

"不行，你必须现在给钱！"一个身高不足160厘米的三十多岁的女子站在一家饭店门口，堵着门不让里面的人出来。

"谁说不给你们钱了？今天真的没带啊，我就住这附近，你怕啥？下次来我一定结账。"说话的是个二十多岁的小青年，染了一头黄毛。

"不行，不给钱我就报警了！"女子一点都不怯场。

三伏天，下午一点，这会儿门口一个人都没有，只有旁边几家店的人站在门口往这边张望，不愿意站在太阳底下。

"报警？我们又不是不给钱，没带钱，我们也不想啊。"屋里面又出来一个男子，染着灰色头发，一把推开了饭店的服务员，"别挡道，下回来了不会少你的钱。"

女子个头不高,但是很倔强,被一把推开了几步,还是走上前去,伸出手拦住了两个人。

"起开!"黄毛男子瞪眼喊道。

这时候饭店里的厨师也跑了出来,看得出来这是个夫妻店,店名为"成都风味"。厨师也不是很高,一把拉开女子:"算咯,算咯。"

这……还能有这种事?白松全程拿手机录着像,看不下去了。看样子这老板打算息事宁人啊,这不是助长了这俩小流氓的气焰吗?

白松收起手机,走了过去:"你俩给我站住。"

白松这句话一出,附近几家店的人立刻选择了出来"吃瓜"。

黄毛男子本来已经走出了两步,看到白松,转过头来:"怎么,还有管闲事的?"

"管了。"

"呵呵,这胳膊上打着绷带还出来管闲事,胳膊上都是一块青,怎么,想整得对称?"灰毛男子撑了白松一句,拉着黄毛就想走。

这可把白松气到了,他两三步就走到了俩男子对面,挡住了二人。

白松比他俩高一头,黄毛想推,伸出手也没碰,有些骑虎难下。

"哥们儿,人情留一线,日后好相见。这事跟你没啥关系吧?"黄毛说道。

"有关系,你们违法了。"白松语气平静,"现在就道歉,然后把钱给人家,你们就可以走。"

听白松这么一说,灰毛一下子怒了,今天要是怕了白松,以后怎么在这一片混?

灰毛上来就准备推白松,一伸手却被白松单手擒住了手腕。

白松的擒拿可是经历过多次实战检验的,而且也常跟各路"高手"过招,这种小混混儿,他还真没放眼里。

"疼疼疼疼疼!"

灰毛的手被白松一弯,整个人立刻随着白松的力道半跪在空中,要不是

第二百零一章 顺手 | 289

被白松提着，肯定就跪在地上了。

黄毛想来帮灰毛，白松顶了一下膝盖，黄毛立刻站住，没敢往前上。

"哥哥哥，我错了，疼疼疼……"

白松一甩手，把灰毛推到一旁。

白松也没想到，这个灰毛小混混儿居然还真有胆量，白松推开他，他不退反进，颇有些街头打架的路数，一下子绕了上来。白松反应慢了一拍，一下子被抓住了无袖汗衫，白松往后一撤，衣服应声而破。

这形象可是全毁了，下半身皮鞋西裤，上半身半光着膀子。

白松一不做，二不休，干脆把被扯烂的衣服脱下来，接着上前把灰毛一把抓住，反身锁住，然后用衣服把他绑了起来。

这一套下来也就几秒钟，黄毛吓傻了，跑也不是，上也不是。

"哥，手下留情……饭钱，我这就结……"黄毛憋了半天，还算是讲义气，没有一个人跑掉，他看了看白松，"衣服……衣服我也赔。"

白松不松手，给了黄毛一个眼神，黄毛从裤兜里拿出一个钱包，找了半天找到了80多块钱，哭丧着脸："我就这么多了。"

"他有钱吗？你们吃了多少东西？"白松问道。

那个女子算了一下，这俩人一共吃了100块钱的东西，点了四五个菜，可真是没少吃。最终女子收了二人80多块钱，黄毛和灰毛都道了歉，这事也就算这样了。

本来吃霸王餐这种事属于治安案件，触犯《治安管理处罚法》第二十六条第三款，何况还有推搡行为，白松可没打算放过这俩人，即便调解了，也得带回去好好问问。再者，白松想对大北菜市场多一些了解，这就是送上门的线人啊。

白松把灰毛晾在那儿，自己向车子走去。

黄毛一看白松走了，立刻上前去给灰毛解身后捆绑的汗衫，费了半天劲，也没搞明白这个汗衫是怎么绑的，把灰毛疼得嗷嗷叫，也没解开。

白松从车上拿出自己的制服，捋平，穿到了身上，总不能光着膀子吧？

崭新到没有一丝皱褶的制服，白松小心翼翼地穿上，再回到这里的时候，黄毛还在给灰毛解衣服呢。

"别解了，跟我走一趟吧。"白松拍了拍黄毛的肩膀。

盛夏的阳光下，三个奖章熠熠生辉。

第二百零二章　教化

"就你们俩这德行,还想学人家混社会?"白松把俩人带回了派出所,在调解室里问了起来。

灰毛哼了一声,没有理白松。

"行了,别在这里装了,你看看你,混成什么德行了!你这位朋友好歹兜里还有80多块钱,你呢?一分钱都没有,你还嘚瑟起来了。"白松笑骂道,"你看看电视剧里那些大佬,哪个不是去大饭店,一摞摞地给小费?就你这样,还学人家?装大哥呢?"

"要你管?要杀要剐就来!不就是拘留吗?"灰毛还是一脸的不羁。

"你该不会是没饭吃,想进拘留所,混点'国家粮'吧?"白松都被气笑了。

"放屁!我会没饭……"

"哦哦哦,"白松打断了他,"我忘了,你去饭店吃饭都是吃白食的。"

"你才……"灰毛说了一半,嗓子突然好像被掐住了,停顿了两秒,然后哼了一声,转过了头。

"行了,别说了。"黄毛对警察还是有些发怵的,拍了拍灰毛的肩膀,"到这儿来了,认命吧。"

"你俩啊,别怕,衣服也不用你们赔,只要你俩能配合我,现在就能走。"白松侧低头,轻轻掸了掸侧肩那根本不存在的灰尘,"如何?"

白松见两人不说话,便开口问道:"你们在这一片转悠多长时间了?平时都做啥工作?"

"工地的。"黄毛答道,"在附近瞎转悠呗。"

白松问道:"问你们个事情,旁边大北菜市场里的疤脸,听说过没有?"

过了得有半分钟,白松也不说话,灰毛沉了沉,还是开口了:"我认识,跟过他一段时间。"

"哦?那给我讲讲他。"白松有些好奇地说道。

"警察,我先给你说清楚,这个人跟我可没什么关系,他要是杀人放火了,跟我无关。"灰毛认真地说道。

"我知道。没事,你和他不是一伙的。"白松看到灰毛不为所动,接着说道,"你跟我也不是一伙的。"

灰毛这才点点头说:"这个疤脸,是个彻头彻尾的坏人。"

灰毛这句话一说,黄毛都看了他一眼。

"别看我,我虽然也不是什么好人,但是我不会随便卖你。"灰毛白了黄毛一眼,接着说道,"疤脸曾经为了20块钱就把我卖了!"

白松不说话,此时没必要发问,这种情况下,灰毛会自己说。

"疤脸在这个市场很招人恨,比他们清洁队队长都招人恨,主要就是没底线,除了他们队长跟他还稍微有点交情,他一个朋友也没有。对身边的人还特别小气。这个人,特自以为是。"

"那他最近去哪里了,你们听说了吗?"白松道。

"发财去了呗,我前一段时间听说他有什么秘密的财路,喝酒时还吹牛呢,也不知道是啥。他这个人,小气、坏,非常自私。"

白松点点头,能得到这些消息已经够了,他搬起椅子放到了灰毛身边:"行,疤脸的事情就这样,再说说你们俩的事?"

"哼。"灰毛哼了一声,扭过了头。

白松也不说话,跟这些自负的臭小子交流,有时候无言比说话有用。

白松静静地坐了三四分钟,黄毛憋不住了:"警察同志,你不是说,我们配合,就让我们走吗?"

灰毛也看了一眼白松,虽然没说话,但是看样子也是认可黄毛的话。

"让你们走没问题,可是,你们晚上吃什么?"白松饶有兴趣地问道。

"要你管?"灰毛脱口而出,"怎么,公安局还管饭吗?"

"行啊,"白松笑着说道,"我给你们做主了,从今天晚上开始,你们俩没饭吃,来我们食堂吃饭。饭菜一般,但是有肉菜有素菜有米饭有汤,来了提我的名字,不花钱,如何?"

俩人都不接白松的话,白松也不在意,说道:"我这里是真的不花钱,怎么样?"

"你还真把我们当要饭的了?"黄毛有些生气了,白松这不是明显拿他们开涮吗?

"没有,怎么会?"白松语气平淡,"你们俩还不如要饭的,至少要饭的还要点脸。两个大小伙子,学什么不好,学人家吃白食!"

俩人正要生气,白松突然站了起来,气势凛然:"怎么,我说得不对吗?吃了饭不给钱,装大哥呢?还说人家疤脸,五十步笑百步,就是你们这样的!

"真的,干脆去要饭吧,少坑老百姓,有本事冲我来,冲比你矮比你瘦的女人撒气,别出来混了。"

灰毛怒视着白松,白松见状突然放松了很多,被激怒了就说明这个人还要点脸面。

灰毛似乎觉得自己被激怒有些羞耻,表情又变得无所谓了:"可惜了啊,警察你看我这个样子,要饭也没人给啊,我倒想去要饭,可惜,我这种人不适合啊。

"哦,对了,去年年底,在九河桥那一块,有一个个头也就到我大腿的矮子,那种人才适合当乞丐吧?

"呵呵,我这种人,以后注定比疤脸那种人牛……"

白松这次真的笑了,他拿出手机,翻出几张照片:"你说的乞丐,是这个买得起乌尼莫克的人吗?

"当然,也许你根本就不认识这款车。"

第二百零三章　走访

如果郑彦武知道自己被两个小混混儿当作乞丐，估计他一点都不会在意。

当然，这也是好事。有时候，当你极度落魄、形如乞丐的时候，即便身上带着现金，躺长椅上就睡，也不会有人过来碰你一下。

或许这是老郑这么多年能平平安安到处流浪的原因吧。

白松翻了几张照片出来，都是老郑走的时候拍的。白松这段时间也收到过郑彦武陆陆续续发来的树林、雪山、沙漠等的照片，半年多来，他的足迹遍布全国。

看到这些照片，黄毛和灰毛真的沉默了。

看到郑彦武在某大草原上吃烤全羊的情景，两个刚刚饱餐一顿的家伙，竟然咽了口口水。很多照片上都是各地美食，把饭吃了一半的白松都看饿了。

"他……"灰毛一张口，口水居然流出来了，这下子，气势和造型全毁了，"他怎么有那么多的钱？"

"是啊，"黄毛也有些羡慕，"这车子，很贵吧？"

白松没必要解释什么，庞大车身上面的奔驰标志证明了一切："这就是你们所说的'乞丐'，如何？"

灰毛思考了一会儿，问："我怎么做，可以做到这样？"

白松摇了摇头："做到像他这样，我不知道。但是我知道，你如果继续这么下去，你以后的日子就是，在外面待一年，进监狱待三年，循环往复。"

黄毛此时也有些动摇,要说玩,谁都喜欢玩,可混社会能有什么出息?

"这几年工地起得很快,好好干,多认识几个靠谱的人,再想办法包点活儿,多动动脑子,多大点事?"白松知道没必要多说什么,他也不指望几句话就能让这俩混混儿彻底改变,当然,如果有点影响,那再好不过了。他接着道:"如果还有关于疤脸的事情,可以跟我说,没有就可以走了。"

俩人听到这话,就一前一后站起来准备走。

白松拉开椅子,让开了路,打开了门。

黄毛转头看了白松一眼,接着转了回来。

灰毛走到门口停住了脚步,扭头看了一眼白松胸上的几个奖章,伫立了几秒。

"我能告诉你的是,疤脸跟他的队长等人都不合,这个人做事没底线。"

灰毛说完,轻轻地点了点头,转头就走了。

从诸多方面来看,疤脸不是一个好人,别说失踪了,就算是死了,估计也只会让很多人拍手称快。而且,这个人没有正式工作,没什么固定圈子,可能为了一笔快钱、一件小事就会离开,确实不值得过多地关注。

其实白松真正关注的是,他会不会去干什么丧尽天良的恶事了。

暂时也没什么线索,白松便回到宿舍,把奖章和证书一一放好。

前天遇到精神病患者的事情,白松没给家人说,报喜不报忧已经是白松的习惯了。白松把今天上午的好消息发到家人群里,接着又跟朋友分享了一下,令他有些诧异的是,居然没几个人给他点赞。

白玉龙看着白松发来的接受奖章的照片,也一直没回复白松。

作为一名新警,一年时间获得两个二等功。

当父亲的心中很复杂。去年过年的时候,白玉龙为儿子获得二等功感到骄傲,此时他却觉得,如果儿子能一直平平淡淡的,才最真呢。

同样的,白松的同学,又有多少不知道这背后的事情呢?这些荣誉的获得是靠运气吗?哪个不是冒着危险得来的?

"你这胳膊怎么弄的?"赵欣桥看到白松的照片,问道。前几天她在的时候,白松的胳膊还没事呢。

"没事,抓人时摔了一跤。"白松说道。

"注意安全。别忘了之前说的话。"

白松愣了一下,之前?之前说过啥?

下午,白松又去了一趟大北菜市场。

本来在这里白松就认识几个人,这次去可真的出名了。

以一敌二,匡扶正义啊……有些事情一传二,二传三,到最后就失去了本来面目。很多没看到白松中午怎么一对二的人,把这件事情传得有鼻子有眼的。

这么说吧,基本上就是白松王霸之气一开,两个小混混儿瞬间俯首称臣的套路。白松听了之后哭笑不得。

不过这样也有好处,在周边群众的心中有了好感,再问一些问题,就变得容易了很多。

这也是有些案子必须得社区民警参与的原因,他们对自己辖区的人熟悉,这是相当重要的。

董晓云没有他自己说的那么可怜,他是有些背景的,不然也难以包下这么一个不怎么累还赚钱的活儿。在董晓云的队伍里,疤脸就是专门用来吓唬人的"枪",而疤脸也确实是这个性格,乐于被董晓云支使。

费鹏、费明就是俩蔫儿坏的臭小子,有点馊主意,平时不怎么受董晓云待见。

而且,果脯刘、卖菜刘、酱菜李、大肉王等,差不多有十个摊主,背地里对这个疤脸都十分痛恨。

那么,疤脸到底去哪里了?干吗去了?

第二百零四章　所里的小行动

下了班，回到住处，白松把这个事情跟王亮聊了聊，王亮倒是有些感兴趣。

"你查监控了吗？当天这个人去哪里了？"王亮问道。

"还没查，最近大北菜市场的监控录像检修，看不了。"白松道，"周围的监控还没看，现在这也不是案子，没那么多精力啊。"

"这么巧？怎么人一失踪，恰巧就出现市场监控检修？这里面有问题啊。"王亮若有所思。

白松有些尴尬，解释道："本来没……前几天我跟你说的那个偷猪的事情发生之后，我发现那边的监控坏了一些，也太老旧了，就跟领导提了一下。这不是最近这方面的事情受领导重视嘛，市场那边倒是很痛快，这几天就着手更新监控设备了。这录像，估计得等一段时间了，这没个把月没戏。"

"行吧，算你狠。"王亮无语了，"你们领导还真重视你，你说话就关注。既然如此，那去他们的监控室查硬盘不就得了？哪怕现在都断电整修，硬盘里的录像也是不会少的吧？"

"嗯，这倒是个办法。可是，怎么搞？"

"这有啥难的？拆下硬盘直接外接电脑不就得了？电脑的硬盘和你平时见到的移动硬盘没多大区别。"王亮道，"用我帮忙吗？用的话，现在就能去看看，反正你有车。"

"行，这会儿市场还没下班，我给那边经理打个电话。"白松立刻答应了。

有车就是方便，白松帮王亮收拾了一下电脑和相关设备，开车直奔大北菜市场。经理这时候还在，把监控室留给了二人，但是因为监控现在检修，没法连接电源。

不得不说，有些事情，专业的还是不一样。这里的设备很老，硬盘的接口都跟现在的硬盘不一样，而且里面的录像每一段名字都是乱码，让白松来看根本就没戏。

"这你都行?!"白松看着已经被拆下来一半的硬盘感叹道。

"这个摄像头太老了，硬盘也不行，这套设备应该是 PC-DOS（个人计算机磁盘操作系统）的开源系统改的，好在我能拆下硬盘连接我的电脑，不然这个系统能把咱们卡死，晚饭就别吃了。"王亮用自己的电脑检索了硬盘里乱码般的视频的生成时间，选取了一些时间段，大约 10G 的文件，用了差不多半个小时拷进了自己的电脑。这已经是这个老硬盘的最快读取速度了。

忙完之后，白松愉快地被王亮"宰"了一顿饭，拿到了装满录像的 U 盘。

其实这录像倒是很容易看，而且实际价值也不大，因为疤脸并不在这里住。从录像里看到，疤脸在费鹏、费明二人偷猪的前一天晚上下班的时候离开了市场，第二天早上就没来。但是也不算毫无价值，白松从录像里看到，疤脸路过果脯刘的摊位，直接抓了一把瓜子吃，果脯刘赔着笑聊天，倒也没什么异常。

转过天来，白松跟王所提了这个事情，他想去拘留所询问一下费明和费鹏。

刑事案件才可以讯问，这俩人被治安拘留，只能算是询问。

"去拘留所询问得局长签字，着什么急啊，你等着这俩小子放出来不就好了？反正也不是什么大不了的事情。"王所没同意。

未发现犯罪嫌疑，不存在其他证据指向，单靠一个不知道算是什么的猜

第二百零四章 所里的小行动 | 299

想，就找局长签字去拘留所询问，即便王所同意了，局长也不会同意的。就抓人家一把瓜子，定性为寻衅滋事，确实是太勉强了。

不得已，白松也就不多想了，他手里还有一大堆工作要做呢。

"你既然在，那就现在跟你说一下，今天晚上有一个大规模的抓捕行动，具体的情况保密。晚上八点之前必须在所里集合，行动结束后，如果不用咱们组帮忙，就回去休息。明天周五是咱们值班，周六、周日休息，再安排下周一补休一天。"白松离开之前接到了王所的通知。

白松听到以后道了声"明白"就走了，没有多问，不该问的不问。但是白松知道，估计是什么大行动，不然也不会让明天值班的四组晚上加班参与行动。

所里这样的行动还是比较少的，一般绕不开扫黄和抓赌。白松白天忙完了工作，晚上下班后就没走，边看书边等待命令。

"怎么样？有多大把握？"白松伸了个懒腰，才看到身后多了一个人，李教导员看到白松转身，笑眯眯地问道。

"没什么把握，试试吧。"白松有些不好意思，领导站了半天，自己居然不知道，他连忙要站起来。

"没事，你坐着就行。"李教导员道，"这个司法考试可是挺难的，我考过一次，没考过。"

"您也考过？"白松有些吃惊，"您不都过了高级执法资格考试吗？"

"性质不一样，咱们那个高资考，只考《治安管理处罚法》和《刑法》之类的。"李教导员看了看白松正在看的书，"你看的这本《国际贸易法概论》，高资考就不考。"

第二百零五章　纸醉金迷

"嗯，确实。"白松点了点头。

"你接着看书吧，一会儿别忘了开会。"李教导员说完便离开了白松的宿舍。

白松挺感动，因为他知道，有的领导并不支持下属学这些东西，一是会影响工作，二是有什么成绩了可能就想离开派出所，而派出所实在缺人，一般都不想让民警离开。

可孙所从来不反对这个事，李教导员则是实实在在地算是支持了。

白松喝了口水，一口气看到了晚上七点半。

穿好衣服，白松带齐了自己的单警装备，就去了会议室。

今天的行动不配枪，白松到了会议室里，第一步是所有参与行动人员上交手机，然后现场布置任务。

近两周来，九河桥派出所连续发生"酒托"报警。

刚开始也没人多注意，以为是个案，但是最近好像有愈演愈烈之势。

九河桥辖区是城乡接合部，没什么高档消费场所，但是也不是说真的很穷，大大小小的饭店还是有不少的。除此之外，还有一些小酒吧之类的，但是因为消费能力的限制，在这附近开酒吧，很难有开得长久的，基本上两三个月就倒闭一家。

近日，在电大分校和九河九中的斜对面，新开了一家酒吧。

由于通信软件新开放的"附近的人"功能的大规模普及，人与人通过网络世界相识变得比在现实世界容易。于是，一些面容姣好的女子借着交友的名义，约男性出来吃饭，进入一些所谓西餐厅进行高消费，大部分男的碍于面子不得不交钱，从而使得这个犯罪链条完整化。

这些男的出来以后就知道自己被宰了，但是很多人选择忍气吞声，只有极个别人报警。这种违法行为，必须坚决打击。

孙所已经筹划好几天了，今天是周四，约会的应该不多，比较适合在住处将其一网打尽。

经过几日的调查与侦查，这些酒托女居住在三个不同的地方，一旦男人上钩，就将其约至这个酒吧。

这属于纯粹的诈骗。

这个案子，孙所打算自己吃下来，九河桥派出所一共出动了二十五名警察和十几名辅警。将人抓获后，由一组和今天值班的三组队员共同办理。

白松被分到了酒吧这里，简单地说就是抓一对现行的。

警车早已停在几百米外的地方，由魏所带着白松等十二人在这家小酒吧的对面负责蹲守。

等了差不多半个小时，目标出现了。

白松一眼就看到两个身影进了酒吧。男的二十三四岁的样子，看着很腼腆，抬头看女生都有些不好意思；女的确实挺漂亮，属于大部分男人都会喜欢的类型。

这次是统一行动，几个所领导互相交流，过了十多分钟，各个点位都很平静，行动！

这家酒吧人流量非常少，众人进去的时候，整个酒吧里只有七个人：两对吃饭的，两个服务员，还有一个厨师。

酒吧装修得非常粗糙。白松印象里这个地方一个月之前还是做美容美发的，装修了十几天就能干酒吧，甚至连之前理发店的吧台都没有换，墙上则只是换了一层墙纸。

到处都拉着帘子，算是一个个单间了。两张就餐的桌子上，各摆着两块牛排、一个果盘和一瓶红酒。按照刚刚开会时说的情况，就这些东西，价格可能超过3000元。

刚刚进来的那一对，几人都看到了，此外还有一对，白松一看——李杰？

讲到这里，各位看官可能已经忘了李杰是谁。

李杰就是前文所说在外面养小三，后来他老婆把小三的钱骗走那位，他老婆王秀英因为诈骗已经被判刑。白松本以为李杰会和小三过日子，没想到居然被酒托骗到了这里。

"警官？你们怎么也来了？"李杰看到白松，还主动跟白松打起了招呼，敢情他根本就没有觉得被骗了！

屋子里比较昏暗，白松再仔细一看，其中一个服务员居然是灰毛。

魏所没做太多解释："全部带走。"

几个姑娘看到警察都有些发抖，厨师和服务员则比较淡定，就是灰毛看白松的眼神有些怪，也不知道此时他心里作何感想。

李杰这算是被警察救了，不然就他这个死要面子的性格，今天这三四千块钱肯定得花了。带回派出所之后，给李杰取了个笔录，留了一下手机聊天的证据，就让他走了。

白松真正感兴趣的，是服务员灰毛。

这种行动进展迅速，很快地，几个点都把人带回了派出所。

九河桥派出所作为新换地方的大所，这时候就显示出优势了，抓了十几个人也不怕没地方暂时传唤。

这个案子里的涉案女子年龄都不大，其中一些甚至是在校大学生，很多人根本都不知道这种行为属于诈骗。但是一失足成千古恨，等待她们的，只能是高墙电网了。

第二百零五章　纸醉金迷

第二百零六章　灰毛

涉案人员全部被带回了，所里领导安排二组和四组的队员先撤。马希等人纷纷离开，白松则没急着走。

白松帮着处理完李杰的事情，就跟着进办案区转了一圈，而后打算找领导求求情，跟一个人单独谈谈。

"咋了？这个人跟你认识？"魏所听了白松的话，有些诧异。白松来所里一年了，跟着魏所可是办了不少案子，白松是啥样的人魏所很清楚，怎么会找他求情？

"嗯，我认识，中午吃饭的时候刚见过。"白松想单独谈谈的，不是别人，正是灰毛。

"跟你有什么关系？"魏所倒也不生气，"他可是这个店的工作人员，虽然他自称刚去，还没开始工作，但这种话我可不信。"

"嗯，我知道。"白松点了点头，"咱们刚刚去现场的时候我观察过了，这里面没有摄像头，但是门口有。如果我没猜错的话，这个灰毛确实是今天晚上刚刚过去的。"

"你跟他认识？"魏所又一次问道。

"嗯，他是我的一个案子的重要证人。"白松道。

如果是别的新警跟魏所这么说话，魏所可能会嗤之以鼻。九河桥派出所，一个派出所而已，总共能有多少案子？况且魏所虽然不是白松的带班领导，但是他是专门负责案件的副所长，所里的每一个案子他都知道。

但是白松这个人不太一样，魏所工作这么多年，可以说没有见过白松这样的新人。这个年轻人,连警官证都没发下来呢,但是他干的活可是一点都不少,为人处世也不像是年轻人的做派。

"好,一会儿我派人去调录像,要是确实如你所说,他只要积极配合,也确实是应该放了。"魏所算是答应了白松。

白松道了谢,上楼看书去了。

十一点左右,魏所给白松打电话,让他下去一趟。

简单地说,灰毛并不是完全没有参与,至少今天晚上在这里帮忙了。虽然灰毛并不是很清楚这里的经营模式,更没有拿到一分钱,但这并不能说他与此事完全无关。

魏所把这件事情跟分局报了一下,法制部门的意见是,不对灰毛执行刑事拘留,先做个取保候审,等这个案子到了检察院,检察院肯定会对灰毛法定不起诉,这个事情就算是结束了。

前文提到过,取保候审就是对一些犯罪行为较轻、不具备社会危害性的人提前释放,但是需要提供担保。

担保分为两种,一种是保证人担保,一种是保证金担保。灰毛找不到什么保证人,即便他有黄毛这个朋友,黄毛这种人也不具备保证人的资格。保证人起码要有正式工作和稳定住所。

所以只能选择保证金担保。由于灰毛确实没犯啥事,魏所不为难他,交纳1000块钱保证金,就可以走了。

当然,这笔钱不是交给公安局,而是交纳到公安机关指定的银行,等取保候审结束之后,这笔钱会退回。但是一旦这段时间犯罪嫌疑人跑了,这笔钱就被没收,而且会对逃跑的犯罪嫌疑人进行全国追逃。

问题是,灰毛没有1000块钱。

这得混成什么样?在本地没有一个靠谱的朋友,甚至1000块钱都没有……

"领导,把我拘留了吧。"灰毛低着头,跟魏所说道。

灰毛真的感觉有些丢人了。

"这钱我替你先垫上,拿去交吧,回头可别跑了,等钱退回来了再还我。"白松从钱包里拿出 1000 块钱。

白松习惯在钱包里放 1000 多元,经常能派上用场。

灰毛有些发蒙,看了眼白松,随即面色冷了一下:"别以为我会感谢你。"

"没指望你感谢我,只是觉得你可怜罢了。"白松说完便转身离开了。

出了派出所,白松坐到了自己的车子上,启动了车子,打开了空调。

虽然是老车,但是空调倒是不含糊,凉风一吹,感觉很不错。

过了段时间,副驾驶门被一把拉开,灰毛坐进了副驾驶。

"你怎么这么肯定我会上你的车?"灰毛看着一脸淡定的白松问道。

"可能是凉快吧。"白松笑了,"刚刚看了你的身份证,你还比我大两个月,李坤。"

"你比我小?"李坤有些震惊,随即看了看白松的车子,"不过你混得比我好不到哪里去吧。"

"你真的这么觉得?"白松反问道。

李坤想了想,低下了头,白松是警察,何必用车子来证明地位呢?想到这里,李坤突然想到了白松中午挂着奖章的样子,不由得沉默了。

第二百零七章　线人

"说吧，你找我到底有什么事？为啥帮我？"李坤问道，"我不认为我有什么值得你这样，有啥目的你就直说。"

"中午我说得其实不对，我发现，你不是个坏人。"白松见李坤要说话，没给李坤开口的机会，"如果你真的坏，你就不会上我的车子，这不符合坏人的利益。"

"我只是想……"李坤停顿了几秒，"跟你说一声，你借给我的钱，我会还给你的。"

"这倒用不着你还，你可能不太懂法，公安局不会要你的钱。只要你不跑，这钱还会退给我。"

"那你不怕我跑了？"

"跑？对你有什么好处吗？"白松笑了，"你也别想太多，我就是想找你问问疤脸的事情。"

"我中午都给你说了。"李坤道。

"不想说就不说，这事情不强求。"白松也不纠结这个事情，继续问道，"你下面有什么打算？"

"没啥打算，再出去找个活。"

"找活？"白松问道，"中午你就说去找活，结果找了这么个地方，你咋想的？"

"要不是你们来抓，这地方不错，一天给我 200 块钱。"

"一天 200 块钱，一个月 6000 块钱？李坤，恕我直言，你自己觉得，你值一个月 6000 块钱吗？"

"我怎么……"李坤急了，随即不知道想到了什么，又恢复平静，"能赚到钱不就得了？"

"你得庆幸你刚掺和进来，不然的话，你赚一两千，判个一年半载的，划算吗？"

"我又不怕进去。"李坤声音里还有些不屑。

"进去没什么光荣的，还是走正路吧，里面可不舒服。"

"正路？我现在只相信工资日结。我之前在工地的时候，天天被拖欠工资，那种日子我过够了。你也别劝我，你们这些人哪懂得赚钱有多难？"李坤看向白松。

"你这也不是个办法。这样吧，我想办法给你找个地方干活，不过你得答应我一个条件。"

"条件？哼，又是你说的那个疤脸的事？你们这些警察，根本就没把……"

白松抬抬手："你想多了，条件是，你先把你这一脑袋毛给剃了，都什么时代了，还搞'杀马特'啊。"

李坤不说话了，想了想，一脸的不信："你没逗我？"

"逗你干吗？给你找个工作不难，给你按时发工资也不难，甚至如果你干得好，以后给你包点活也不难，但是你得好好干。"白松说完，拿起手机给陈建伟打了个电话。

陈敏跳楼的事情已经完全消弭，被诈骗的钱也退还了大部分。这个也正常，很多诈骗的案子因为骗子那边没钱，人抓到了钱却退不了，能退还大部分已经很不错了。当然，陈建伟根本就不在乎这点钱，他多次找白松想表达感谢，还想给所里捐款，都被白松拒绝了。

陈建伟是干大工程的，人也不错，这点事麻烦他一下应该没什么问题。

"喂，白警官，你怎么有空给我打电话了？"陈建伟应该在吃饭，电话里很嘈杂，随着椅子搬动的声音，杂音逐渐变小，他应该是到了一个安静的地方。"

"没什么大事,你要是忙就先忙,等你有空了给我打过来就行。"

"嗨!没事,不急不急,白警官你有啥事就跟我说,我方便得很。"

"嗯,就是问你一下,你那边工程队还缺人吗?有那种工期合适、结款稳定的队伍吗?我这里有个人想找份工作。我先跟你说清楚,是个二十二岁的小伙子,目前因为一点小问题被取保候审了,但是以前在工地干过,身手……还不错。"白松说得很明白,也很客观。

"会开车吗?什么驾照?"陈建伟问道。

白松车里的声音很小,陈建伟说的话李坤也能听到,李坤看白松询问的表情,如实回答道:"C1。"

"会开车,C1照。"白松跟李坤点了点头,接着说道。

"那行,明后天有空就可以来上班,在我这边负责开面包车拉货吧。一会儿我把地址给你发过去。"

"好,那太感谢了。"

"小事。对了,白警官,你最近啥时候有时间,咱们出来坐坐?"

"哈哈,谢谢了,最近我天天复习准备考试呢……"

挂了电话,很快地白松就收到了地址,他把地址给李坤看:"明天早点过去,给人家留个好印象。"

李坤点了点头:"谢谢,我会好好干。"

"嗯,我相信你。这么晚了,你也没地方理发了,你住哪?我把你送回去。"

"不用,我自己走。我去吃点东西。"李坤打开了车门。

"你等等。"白松叫住了李坤。

"啥事?"李坤又是一脸的戒备,扭头看向白松。

白松拿出钱包:"我这里还有80多块钱,你先拿着吧,你那兜比脸都干净,吃啥?拿着吧,回头有钱了再还我。"

李坤本来想拒绝,听到白松最后一句话,点了点头,接过钱:"把你的手机号给我。"

白松接过李坤的手机，在上面留了自己的手机号。

李坤默默地下了车，关上车门，白松就开车离开了。

有些事本就没办法强求，白松倒也没有想太多，即便他对疤脸那边再上心，这事情也不是一蹴而就的。

白松开车过了一个路口，很快就要到住处，此时已经快到晚上十二点了，白松的手机突然响了。

"是我。"

"我知道，啥事？"白松靠边停车，"没地方住了？"

"不是。"

顿了十几秒，对面说道："虽然我能感觉到你在跟我打感情牌，但是这张牌，我吃了。我给你讲一下疤脸的事情吧，在此之前，你也可以先把我抓了。上上个月，我曾经被疤脸逼迫着……"

白松不说话，静静地听李坤把事情说完。最后，李坤说道："反正我也参与这个违法的事情了，你要想抓我，现在就可以回来抓我，我就在你们所门口。等我这次被放出来，我再去你说的那个地方干活。"

"抓你？为什么要抓你呢？"白松反问道。

第二百零八章　受理案子

其实白松刚刚就有一种预感,这个李坤和疤脸不仅认识,而且很熟,但是他们之间并不存在所谓交情甚至兄弟情谊,有的只不过是相互利用而已。

在这种情况下,李坤为疤脸隐瞒,原因大概率就是,李坤是为了自保。

所以白松早就猜到李坤与疤脸干了一件违法乱纪的事情,不过刚才听了李坤的话,白松心里有了计较。

盗窃确实是犯罪行为,而且根据李坤所说的,应该也能判一两年有期徒刑,但是李坤并没什么罪过。白松相信李坤现在说的话,按照李坤所说,他不是从犯,而是胁从犯。

李坤是法盲,他和疤脸在一起的时候,正巧遇到一件事情,疤脸怕自己做被李坤揭发,于是胁迫李坤一起做。而且就白松所理解的,李坤当时确实是不得已。

这件事结束后,李坤也没有拿到一分钱好处。这也是李坤极其反感疤脸的原因,但是李坤一直以为自己只要参与了这件事就是犯罪,所以不得不为疤脸保守秘密。

胁从犯,就是被胁迫而成为从犯。因胁从犯并不存在犯罪的主观目的,在逼不得已的情况下,违反自身主观意图发生犯罪行为,按照他的犯罪情节,减轻处罚或者免除处罚。而李坤这种情节,如果主动揭发公安局尚未掌握的犯罪情节,大概率是免除处罚的。

"啥?我没事?"其实李坤说出这事之后轻松了很多,他虽然坏,但是犯罪的事情他是第一次做,而且被白松教育了一番,憋着特别难受,说出来反而舒服了很多,"你是不是说错了?"

"你是被胁迫的,这事跟你关系不大。你说的这件事,明天我再细查。这样,你给我多讲讲疤脸的事情,等把他抓住,这件事水落石出,到时候你就什么事都没有了。"白松道,"不过明天你得先来一趟所里,配合我取个笔录。"

"好,那我就都跟你说。"李坤说着走到了一家烧烤摊,找了个人不多的角落,"老板,三个烤烧饼,再来一碗鸡蛋汤。"

这次,李坤毫无保留,就着几个烧饼、一碗汤,把所有的事情原原本本地跟白松讲了一下。

疤脸的父母是普通的农民,对自己的儿子一直防范有加,即便如此,每次疤脸回家,都会把父母的钱偷偷找到,然后装作若无其事地离开。

去年,疤脸的母亲生病要做手术,父亲想尽办法筹钱,搞到了5万块钱。疤脸假惺惺地拿着2000块钱回家看望母亲,把父母感动得不行。谁知他竟连夜把交完住院费剩下的2万多块钱拿走,有半年的时间不跟家里联系。

万幸他父亲提前把手术费交了,再加上有医保,不然他母亲可能因此就没了。

但是疤脸不在意,半年之后,还是动不动就回家搜刮钱,还打过他病重的母亲以及年迈的父亲。

"说真的,我知道这件事之后就不想跟他混了,他怕我把他的一些事告诉别人,就逼着我跟他一起偷了个东西。"

白松听到这里,沉默了。

他一直都听说疤脸坏,但是没想到竟坏到这个程度,坏到让白松听了都想把警服脱了打他一顿!

"那他这次消失,也没回老家,还失联了这么多天,按照你对他的了解,是什么情况?"

"这个我真的不知道。"李坤道,"他其实胆子不大,但是也没那么小,不至于遇到这么点风吹草动就跑，更不会这么久关机。他就一个手机，而且天天玩手机游戏，就算是跑了，也不至于不接董晓云的电话。主要是，我听说董晓云那边一直压着疤脸整整两个月的工资呢。"

"这就有些奇怪了。"白松把胳膊肘架在方向盘上。

"没啥奇怪的。这种人如果死了，估计对所有人都好。"

"祸害遗千年，就怕他改头换面去干别的坏事了。"白松道，"行了，那就这样，你先踏踏实实地去工地干活。我跟你说，拉装修材料之类的，一车也价值好几千，可别犯老毛病，顺手牵羊。"

"只要按时给我工资就行，哼！"

"这个你放心。你明天别忘了来所里。"

白松嘴角上扬，挂掉了电话。

第二天一上班，白松就去找王所，汇报了昨晚李坤提到的情况。

"你怎么这么信任李坤？"王所有些不解。

"他自认的这个案子，就是个普通的盗窃，而至今我们也没接到报警，八成是被害人自己选择了忍气吞声。李坤如果不提，咱们根本不可能知道这个案子。"白松道，"王所，您可别小看了这个李坤，他可不是什么笨蛋。"

"好，笔录你去取就行。取完笔录之后，把案子受理一下，然后去找被害人。如果真的存在这个案子，立案之后，也就方便对疤脸这个事情进行侦查了。"王所认可了白松的说法，"这案子交给你来办，后续需要什么可以跟我说。"

第二百零九章 打架

白松知道,警察之所以掌握不了所有的案子,主要原因就是很多案件当事人不报警。

白松给李坤取了笔录,仔细地问了一下盗窃的前因后果,如果李坤没有骗人,那么他是胁从犯无疑了。

胁从犯被胁迫参加犯罪的并非完全丧失意志自由,仅是不完全自愿,而尚有选择的自由。

如果行为人的身体完全受到外在的暴力强制,完全丧失了选择行动的自由,那么可以认定为不可抗力或者紧急避险而不负刑事责任。

李坤并不是完全没有自由,因而应该承担一定的刑事责任,但是李坤在案件中作用很小,认罪态度良好,自首并揭发主要犯罪嫌疑人,并且没有从盗窃中分到任何利益,综合来看,最终的结局就是不会被处罚。

白松把情况跟李坤大体说了一下,就让他先走了。

有了这份笔录,白松按照程序受理这起盗窃案,然后带着一名辅警,找到了被害人。

被害人也不是不在意被盗的事情,只是他觉得告诉警察也没有用,于是就没有报警。当白松找到他的时候,这人甚至已经把自己的东西被盗的事情抛诸脑后了。

案件受理,呈报立案。

很顺利地,案件立案。

立案之后,现场的录像和痕迹已经没有什么侦查的必要了,因为时间过去太久了。目前只有一份被害人陈述、一份同案人揭发笔录，没有其他物证等，白松接着就呈报了刑事拘留。

刑事拘留是一个措施，并不是处罚。即便没有抓到人，也可以先批准刑事拘留，等到有一天抓到这个犯罪嫌疑人，就可以直接关押至看守所。

而且，我们常听说的网上追逃程序，就是必须要在刑事拘留被批准之后才可以进行的一个手续。

"刑拘先缓一缓吧，赃物还没找到，光凭两份笔录就刑拘人，法制过不去。"白松正忙着，王所走进了办公室。

刑拘这类手续，需要从白松这里报到王所，然后报到分局法制，最后报给局长，多级审批。

"这案子也不必操之过急，不过，你想去提讯费明和费鹏，可以写一份签呈，我给你签字，明天你去分局找田局长签个字就可以了，毕竟立案了。"

"谢谢王所。"白松点了点头，"这一上午，怎么一个报警的也没有？"

"一上午没啥事很正常，你早点去吃午饭，派出所的事情，说不准的。"王所说完就离开了办公室。

白松看了看时间，已经到了吃午饭的时候，就抓紧时间去了食堂。

食堂是个特别神奇的地方，值班的人只要往这里一坐……

"有个警，谁去？"孙爱民推门进来问道。

"我去吧。"冯宝道，"我和小王过去，我们两个来得早，快吃完了。"

"嗯，好。"

"什么事？"

"打架的。"

冯宝带着辅警，陪着孙师傅出去了。

"大中午的，打什么架啊。"马希吐槽道，"真不嫌热。"

"没事，偶然事件。"白松丝毫不在乎。

"别，话别说早了。"

第二百零九章 打架 | 315

冯宝二人刚刚出去三分钟不到，孙师傅又回来了："又有一拨打架的，谁去？"

"我去。"白松收拾起了饭盆。

"我去吧，你还没吃完。"马希道。

白松也没推辞，看着马希带着人出去，他抓紧时间扒拉了几口饭。

果不其然……

白松刚刚吃了三分之二，又来警情了，还是打架的。

警情就是这样，有时候半天没一个报警的，有时候会扎堆，说白了就是概率问题。多的时候有十几个警情一起出现，这时候只能把其他事情推一推，王所等人也得带着人出警。

白松带着辅警小王迅速赶往现场。

打架的地方在东河苑小区，上次楼道里放电瓶着火的警情就发生在这里。事实上，这个小区的报警数真的很高。

爱荷花园那种安静、祥和的小区，有时候一年都没人报警，而东河苑……白松感觉他自己哪栋楼都去过好几次了。

因为小区的一些问题，物业根本收不上物业费，只能设置电梯卡，没有交物业费的一概无法坐电梯。也因为如此，白松来这里出警，都是叫一个物业的人陪同。

今天还算巧，白松大中午赶到那里，值班的正是胖子经理。

"白警官，什么风把您吹来了？坐坐坐，我给您泡茶，您是要看录像还是……？"胖子经理道。

"出警，带一下14号楼的电梯卡，跟我一起去一趟。"

"卡在这里。"胖子经理迅速地找到了卡，"我就不去了吧，这大热天的，真的是不敢出门。"

"行。"白松也不为难胖子，拿着卡就出去了。

乘坐着略有些脏的电梯，白松二人去报警人所在的22楼。

电梯运行到十七八楼的时候，就听到了楼上的喊闹声，听声音应该是个女的。

　　白松淡定地打开了执法记录仪。

　　"一会儿你啥也别说，我不动，你别随便动。"白松跟辅警嘱咐了一句。

　　下了电梯，楼道比较暗，只听一个中年妇女喊道："没天理啦！打死人啦！"

第二百一十章　缠人

白松循声看去，右侧的楼道里，一个中年妇女正捂着头哭闹，血流得满脸满手都是，看着极为骇人。

14号楼，一个单元有两部电梯，但是一层有整整八户，走廊呈"工"字形，"工"字的两道横这里各有四户，挺拥挤的。

这里一户普遍是35—55平方米，而且为了防止开门时碰到，门全部是内开。

最里面的一户现在门已经关上了，女子就靠在最里面这户的门上。

楼道里有灯，白松刚进去，女子的声音立刻高了八度："哎呀警察啊，你们怎么才来啊！我都快死了你们才来！"

如果是一年前，甚至半年前，白松都不知道该怎么处理这种场面，女子这一头的血怎么办？警察毕竟不是路人，可是肩负职责。但是越是这种情况越不能着急，先看看情况再说吧。

白松没接女子的茬，先问她："你头部这个伤，是否需要打120？"

"需要！需要！警察啊，我跟您说啊！这一家的人啊！我就是敲门借点盐，他们就拿菜刀砍我啊！得让他们给我出钱啊，不然我怎么去看病啊？"妇女大声说道。

这附近的居民对这种"瓜"丝毫没有兴趣，因而妇女喊了半天，根本就没有一个人出来看。在东河苑小区，这种事情，哪个星期都会发生几次。

"我再问你一遍，你对自己的情况是否了解？伤情究竟如何？是否需要打120？如果需要，现在就可以拨打。你要是不方便，我可以给你拨打。"

白松道。

"我伤成这样子了,都快死了,你看不到吗?你把里面的人叫出来,让他们给我出钱去医院看病!"女子用拳头砸了砸门。

"那我给你打120了。"白松拿出手机,"你准备点钱,别大声吵闹,你的伤口这么大,不能激动。"

"我拿钱?"女子声音更大了,"你是警察吗?!没看到我被砍了?!我这一头的血,你让我先拿钱?!"

女子说完,什么也不顾,拿出手机拨打110,投诉白松。

"嗯,来了俩人,不知道是不是警察……"

"嗯,穿了一身警服,但是不帮我……"

"对,我要投诉,你们快安排警察来,我都快不行了……"

"什么,打120?叫120来干吗?谁掏钱?……"

"对,快多派几个警察来,把砍我的人先抓起来……"

"对,让他们带我去看病!……"

女子一手捂着头,一手拿着手机中气十足地打着电话。

"你这个伤势,别着急,要不我先给你打120吧?"白松道。

"用不着!这个时候想套近乎了?不用你了!我已经投诉你了,一会儿会有市公安局的人来!哼,你和这家人是一伙的,你等着挨处分吧!"女子都不拿正眼看白松。

白松被气笑了,心想,这么麻烦的警情,如果真的有市公安局的人来接这个案子,挨个处分也不亏啊,可以休息了啊……

可是,天华市南北近200公里,东西100多公里,整个天华市差不多有300个派出所,每天的投诉多如牛毛,让市公安局出警?怎么可能?

过了差不多三分钟,白松的手机响了。

"嗯,是我,我在现场呢,对,还有小王。"白松接了电话,打过来的是前台孙师傅。

"刚刚有个投诉,你那边怎么样?需要增援吗?"孙师傅道。

第二百一十章 缠人 | 319

"所里还有人吗?"白松问了一句,"有的话,来帮忙也可以。"

"没了,刚刚王所带着老赵也出去处理纠纷了,你要是不需要帮忙,我就不派人去了。"

"行,那就不用了。"

"别忘了开执法记录仪,毕竟有人投诉你,分局督查室肯定来查执法记录仪。"孙师傅提醒道。

"放心吧,孙师傅。"

"没人来了。"挂掉电话,白松说道,"你还需要我吗?如果需要,我就在这里,看看如何给你解决这个问题;如果不需要,我就先走,你们的矛盾可以自行解决。"

"矛盾?"妇女道,"我没有矛盾,就是被砍了,警察你是不是不想管?"

"我什么时候跟你表达过我不想管?"白松语气平淡,"是你不想让我管。我再问你一句,需要去医院吗?"

"你问我去不去医院,不得先让砍我的人拿了钱,带我去嘛!"

"按照相关规定,这类情况,看病的费用先自行垫付,待案件查明后,你可以……"

"可以什么?!我没钱!"妇女打断了白松的话。

跟白松一起出警的小王都要气个半死了,他依旧表情淡定:"如果不需要我,你可以自行解决,我先回单位了。"

"需要需要!怎么就不需要了?"女子道。

"需要的话,就听我说完。"白松说完这句话,沉默不语。过了三四分钟之后,女子才无奈地点了点头:"行,你说。"

第二百一十一章　母女

"好，从现在开始，你先别说话。按照相关规定，这类问题的看病等花费，全部由需要看病的人自行承担。待案件结束之后，如果是对方的责任，你可以再找对方索赔。

"如果能动，可以抓紧时间自行去看病；如果不能动，可以拨打 120，如果你拨打不了，我可以替你拨打。如果你目前不着急看病，需要我来处理这个案子，那就让一下，我敲门进去看看对方什么情况。"

妇女看白松软硬不吃，肩膀上的执法记录仪还亮着红灯，低下了头，不知道琢磨什么。过了差不多一分钟，女子抬头道："那行吧，你先给我解决她拿刀砍我的事情。"

"好，那你让一让。你挡着门了。"

白松说完，凑到小王的耳朵旁说了几句悄悄话，然后走到了门前。

小王也默默地打开了执法记录仪。

妇女很不情愿地让开了。

白松上前，挡在了门和妇女中间，然后敲了敲门。

白松知道门后有人，从来到这里之后他就知道，这扇门的猫眼后站着人，而且应该是从头站到尾。

白松一敲门，门就开了，他贴着打开的门缝，一步就进去了，并且顺手把门关上了。

白松关门的时候，门外的女子就要扑进来，但是白松反应多快，怎么会给她这个机会？不到一秒的时间门就咣的一声关上了，女子吓了一跳，步子猛地停下。

"警察徇私！我要去告你们！"白松听到外面妇女的声音，没有理她，这妇女气势汹汹的，进来以后就麻烦了。

孙唐曾经跟白松说过，遇到这种双方矛盾很大，其中一方闹得很凶的情况，最好的办法就是把双方分开，单独处理。

这也是出警一定要有两个人的原因。而且有执法记录仪全程录像，即便两个人分开，也没什么好担心的。

白松刚才嘱咐小王的就是，如果女子需要看病，就给她安排车子；她自己不想去，就随她闹。

开门的是个年轻的女孩，十七八岁的样子，怯生生地看着白松。

屋子里东西摆放得很整洁，虽然看着颇有 20 世纪 90 年代的感觉，但并不让人反感。

房子不大，一室一厅一卫，没有厨房。屋里一共有三个人，除了女孩，还有一个七八岁的小男孩、一个侧卧在客厅旧沙发上的消瘦妇女。沙发旁放着一张小桌子，上面有一些吃了一半的普通饭菜，还有一个小蛋糕。

白松四顾，见地上有一把菜刀，刀上还有血迹。

"是用这把刀伤的人吗？"白松走到刀旁，看了看，没有伸手去碰。

"是我……"女孩声音有些小，"警察叔叔，你可以把我抓走了。"

"是我，是我！"小男孩跑了过来，拦在女孩的前面，"警察叔叔，抓我吧，跟我姐姐没有关系！"

"一边去，陪着妈。"女孩推开小男孩，看着白松。

"先不急，跟我讲讲怎么回事。"白松看了看女孩，这姑娘怎么看也不像是能拿刀砍人的人。

"她……她要进来，打我妈……我推她，推不开，就拿刀出来吓唬她，让她走。结果她就是不走，还把头伸过来，跟我说，除非砍了她，否则她不可能走……"女孩说着说着就哭了。

"你和你母亲有伤吗？"白松问道。

"有，我妈的头也破了……"

白松这才仔细地看了看，屋子里明显被收拾过了，而在此之前，应该被折腾得挺乱的，到处都有曾经折腾过的痕迹。女孩的胳膊上青一块紫一块的，而躺在床上不怎么动的妇女，头上确实是破了，而且脸上有好几处青肿，但是没有开放性伤口。

"你们之间是什么矛盾？"白松问道。

"我们家……我妈欠她1000块钱，这个月，我妈的低保发了，她来我们家要过一次，但是今年我考上大学了，我家的钱刚刚够我的学费……她知道今天我在家，又来要钱，我妈说下个月再给她，她不干，就打了我妈……"女孩哭丧着脸，"警察叔叔，人是我拿刀砍的，把我抓走吧。"

"是我，不是她。"消瘦妇女叹了口气，"警察同志，我看你是个好警察，我们也瞒不了你，你肯定知道这是怎么回事，算我求你了，这事，算我干的可以吗？我闺女，下个月就要去读大学了……"

白松相信母女二人的陈述，事情的经过应该不会有什么出入，应该就是女孩砍的。

正当防卫？白松看了看刀，有些头痛，这种情况，先带回去再说吧，想在现场调解是不可能的了。好在这个地方距离派出所不远，白松给所里打个电话，叫今天不值班的其他组的同事帮忙出辆车拉个人，还是没问题的。

第二百一十二章　如若这世间没有公正

外面的女子看到又有警察到来,还以为是她"叫的人"到了呢,正准备耀武扬威,说了几句才发现是白松叫来的"司机",憋了一肚子的火刚刚发出来一点,就又憋回去了。

这一来二去,伤口居然崩开了,又开始流血不止。

女孩的母亲也被打了,也有伤,得带回去。小男孩虽然只有七八岁,但是也要带回去,毕竟不能把他自己留在家里。

来给白松帮忙的是二组的刘峰,跟白松关系很好。

在派出所待得比较久的警察都是杂家,什么都略懂一点,因为个人爱好不同,多多少少地会一门技能。

比较有名的,三林路所的李汉,那可以说是文史专家;二组的孙大伟老师傅,文物鉴定有一手;而刘峰,则被人称为"刘大夫",倒不是因为他有精湛的医术,而是他很会养生,当然,粗浅的医术也是有的。

"哎哟哎哟,姐姐,好嘛!介怎么了介是怎么了!嚯!介大口子哎,够厉害的啊!"刘峰在外面大呼小叫起来,几句话就和妇女打成一片。

"对对对,姐姐,您别动啊,我看看……"

……

不一会儿,刘峰把白松要的证物袋给了白松,带着外面的妇女走了。

白松暗暗佩服,接着跟屋里三人说道:"你们也跟我一起,去一趟派出所吧。"

"好。"消瘦妇女收拾了一下东西,艰难地从床上起来。

小王没跟着刘峰走，在门口等着白松。白松把菜刀放入了证物袋里，几人一起下了楼。

"你去把这个电梯卡还给胖子吧，我先带他们上车。"白松把电梯卡递给了小王。小王先行走掉了。

消瘦妇女下了楼，先到楼梯口附近看了看自己卖早点的车子，发现没什么问题，才跟着白松一起上了车。

白松开车，接了小王，一起回了派出所。

头上受伤的妇女叫李娜，消瘦妇女叫张静，她女儿叫楚文文。白松给双方都登记了信息，先把两方安排在不同的屋子里。

"这个伤怎么样？"白松先向刘峰了解了一下。

"挺重的。"刘峰面色凝重，"这一刀可真的没轻没重的，虽然不算深，没什么生命危险，但是长度可不短，我粗略估计，达到轻伤标准了。但是没有鉴定，也不好说。"

"为什么菜刀会形成这种伤口？"白松一脸不解。

"不像是砍伤，像是划伤，不过我说了也不算数。"刘峰解释了一句，"不过无论是怎么伤的，这都达到轻伤标准了，可以立案了。"

白松挠了挠头，麻烦了。

密闭场所，没有其他人证，没有视频和影像资料。张静和楚文文都是当事人，她们俩的笔录，证据性不足。但是李娜头上的刀伤是实实在在的。

从目前证据来说，虽然张静身上也有伤，但是李娜居然是受害方。

一个小到不能再小的案子，却比一起抢劫案还难办。白松如果想省心，其实也有办法，吓唬吓唬张静，拿楚文文的前途来说话，苦口婆心，这事必须调解，给李娜赔医疗费等，这个事情估计也能解决。

但是，白松不想。

如果这般，他觉得对不起前几天挂在胸前的奖章，对不起去世不久的于师傅……

一想到于师傅，白松的心就又坚定了一些。

调解是根本不可能的了，李娜现在正等着白松，大口已经准备张开了，估计没几万块钱解决不了。

果然不出白松所料，李娜开口要 10 万。

而到了张静这里，出乎白松意料的是，她愿意主动赔钱，但是拿不出来这么多，愿意跟李娜谈谈，赔偿的钱可以分期付给李娜。

楚文文自然是不同意，张静就示意白松能否单独谈谈。

"警察同志，李娜的伤，究竟是什么样的？"张静问道。

"这么长的一道口子。"白松比画了一下，"伤得倒不是很深。"

"嗯，好，我知道了，你带我去找一下她，这个事情，我来解决就行。"

白松有些不解，这事情怎么解决？但是双方既然有调解的想法，白松是不会拦着的，就带着张静到了李娜所在的屋子。

李娜看到张静进来，挪了一下椅子，哼了一声，不拿正眼看张静。

张静身子比较虚弱，她慢悠悠地走到了李娜的身边，缓缓蹲下，显得比李娜瘦削很多。

"我是什么情况，你是最了解不过的了，你说吧，说个我能做到的条件。"张静居然慢慢地跪在了李娜的面前。

"哎哟哎哟，可别，你可别来这个。"李娜立马从椅子上下来，也跪在了地上，给张静跪了下来，"别给我来这个啊，扯平了。你的医疗费，我也负责，我的医疗费，你们给我负责，我也不说 10 万了，给我 5 万块钱，这事就这么结了，看在这好几年老邻居的分儿上。"

"5 万，我拿不出来。我可以给你写个条子，一个月给你 1000，四五年就 5 万了。"张静紧咬牙关。

"你还欠着我 1000 块钱呢，这会儿又跟我说这个？就你那个欠条，我凭什么信你？"李娜大笑起来，"算了，我不要钱了，咱们公了吧，反正我头上这个伤口啊，估计都是轻伤了，让你闺女进去待两年，就扯平了。"

第二百一十三章　不试试，我不会罢休

在不考虑其他情况的前提下，处理纯粹的打架、互殴，主要还是看伤势和结果。

张静虽然也受伤了，但是充其量是轻微伤，也就是治安案件的范畴。

而一旦达到轻伤及以上，就属于刑事案件，性质完全变了。

事实上，轻伤并不是很容易就能达到的标准，比如说眼睛单纯的眶内壁骨折，听着很唬人吧，但属于轻微伤，轻微脑震荡、软组织挫伤也属于轻微伤。

但是李娜的头皮裂伤，长度比较长，按照刘峰所说，就达到了轻伤标准。这方面白松并不专业，如果是孙杰，一眼就能判断出伤情，但是白松相信刘峰的话。

那么，一个是轻微伤，另一个是轻伤，如果没有其他证据佐证，很可能李娜根本不会被处罚，楚文文却要被判刑。

想到这里，白松牙根都有些痒。

"也不是没有任何路给你。"李娜眼珠子一转，"你把这处廉租房让给我，这事就算过去了。"

廉租房！

白松一直疑惑，这个李娜为啥要跟张静这样的贫困家庭闹别扭？

李娜这一说，他就全明白了。

东河苑的很多房子，比如 14 号楼，都是政府的廉租房，提供给经济条件差、无房的本地贫困居民，租金为一个月一平方米 1 块钱左右。

张静住的房子，一个月的租金也就 40 块钱左右，可以说很便宜了。

李娜住在这里，肯定也是这样的小房子，但她不可能有资格申请第二套，于是就打起了邻居的主意。

申请这种房子其实是很难的，政府把控得很严格。李娜的意思是，让张静继续租这个房子，但是全家都搬出去，把房子腾给李娜使用。

"我什么条件你不知道吗？"张静叹了口气，"我没有别的地方可以住。"

"那跟我有什么关系？"李娜一脸嫌弃，"反正，你别说我没给你指路子，你自己考虑。"而后看向白松，"警察同志，我要去医院看病。"

张静自知拦不住李娜，慢慢地从地上站起来，准备离开。

"好，我给你开单子，你拿着去医院看病。"白松点了点头，先带张静离开了屋子。

二人出了屋子，刚刚关上门，走了几步，张静一下子给白松跪下了："警官啊，求您了……"

白松站住，咬了咬嘴唇，转身把张静扶了起来，一言不发。

张静想给女儿顶缸，自认是自己砍的李娜，让警察处罚她。

但是李娜根本就不在乎谁被抓，更不是真想公了这个事情，她只是想让张静把房子腾出来。

前面所发生的种种，都是为达到这个目的而做的准备。

很快地，白松受理了一起治安案件，开了两份空白的伤情诊断单。

在正规的法医部门的鉴定出来之前，这个案子只是治安案件。

待看完病之后进行司法鉴定，如果鉴定结果为轻伤，这个案子就会转成刑事案件。

白松给了李娜一份伤情诊断单，说："你第一时间先去看病，看完病立刻回来取笔录，拿着你的病历。"

李娜虽然对白松不咋满意，但是确实也挑不出来白松的毛病，点点头表示同意。

李娜走后，白松重新回到了张静所在的屋子。

白松申请立案和打印伤单也就花了半个小时的时间，就这么一会儿，张静的样子变化很大，精神状态很差。

"这是你的伤情诊断单，你拿着这个，抓紧时间去一趟最近的三甲医院，做一下检查和治疗。"白松把伤情诊断单递给张静，"别忘了让医生写上你的伤情，还要签字。"

"白警官，我这点伤就不治了吧，没有大碍。"张静说话有气无力的。

"不行，妈，你得去看，花不了很多钱的，你别怕，再说你不是还有医保卡吗？"楚文文握着张静的手，有些颤抖地抚摸着。

白松搬了把椅子坐下，然后说道："如果你想让这件事情最终有一个好的结局，就必须去医院看，而且，打架受伤，建议自费，不要走医保。你这个花不了多少钱，也就是挂号费和一点药的费用而已，但是必须去医院让医生把你的伤情写上去，不然，这个案子对你们太不利了。"

"警官，我们一定配合。"张静从白松的话中听到一丝希望，"有什么需要我们配合的？"

"你们要是不着急，先配合我取笔录。"

马希和冯宝这会儿也回来了，运气还不错，他们处理的打架的警情都比较简单，现场就调解了，二人帮起了白松的忙。

张静和楚文文的笔录还好说，她俩都是成年人，而白松最希望取的一份笔录，是张静儿子的。

"他不满十四岁，甚至都不满十岁，你确定？"冯宝有些无语，"你这没意义啊。"

"这个案子，证人太少了。"白松当然明白冯宝的意思，但是还是解释道，"虽然这个小男孩是无民事行为能力人，而且也不是无利害关系第三人，但是好歹也是证人，笔录我来取吧。"

"你确定这份笔录有用吗？"马希也看不懂了，"我可从来没听说过给七岁小孩取笔录的，你别做无用功。你这案子，一说我就知道是怎么回事，但

第二百一十三章 不试试，我不会罢休 | 329

是这个姓楚的小姑娘动刀把人砍了，确实是不争的事实，白松你没必要做无用功。"

"不试试，我不会罢休。"白松语气坚定。

第二百一十四章　你不是在维护她，而是公正

"白松，别意气用事。咱们需要的是有法律效力的证据。"马希道。他见白松憋着一股气，明白白松所想，但他认为现在不是做无用功的时候。

"马哥，我并没有意气用事。我国法律明确规定未成年人也可以作为证人，只是必须要做出与其年龄、智力状况相符合的证言。这个孩子虽然只有七岁，但是他知道谁进了他家，也知道谁打了谁，他怎么表述，我们就怎么记下来。

"只是，他母亲张静虽然是当事人，但也是他的法定监护人。对这个小孩进行询问的时候，他母亲要在场，我们全程录像，让他母亲在他身后吧，不能给他做出任何提示，这样这份人证即便到了检察院，也是有法律效力的。"

"有这个情况？"冯宝一脸好奇，"这还真新鲜了，行啊，白松，法律没白学。那行，支持你。"

一切都很顺利，下午，几个警情在众人的穿插安排中都合理解决，这个案子目前的三个当事人和证人孩子的笔录也都取得很详细了。

总的来说，跟白松想象的没什么区别。

李娜是敲门进的屋子，并不是砸门进去的，毕竟张静确实欠李娜的钱，她不可能不开门。

李娜不承认自己动手了，也不承认张静头上的伤是她造成的，说自己进去要钱，对方不给，反而拿刀砍她。

张静和楚文文的笔录则比较统一，李娜进来和张静闹了一场，并对张静

动了手。楚文文上前拉架，拉不开。楚文文害怕，拿起了刀，但李娜依然不走，还往楚文文这边靠，然后楚文文手中刀的刀刃碰到了李娜的头。李娜头受伤后，才被楚文文给赶了出去。

这一点，与张静儿子的笔录也吻合。

目前可以认定的是，张静的伤是李娜造成的，这个没有问题。

李娜的伤是楚文文拿刀造成的，也没有问题。

把笔录之类的都处理完，已经是晚上了。一切怎么解决，还得通过伤情来看，白松预约了伤情司法鉴定。

八点多了，这会儿非常安静，白松脑子里一直在想事情。

白松想得有些烦躁，拿出手机，犹豫了一会儿，还是给赵欣桥发了条微信。

不一会儿，赵欣桥打来了电话。

"值班还有时间接我的电话啊？"赵欣桥有些好奇。

"刚刚忙完手头的事情，这会儿不太忙。"

"派出所真的辛苦，你打算在派出所待多久呢？"

"不好说，这里很锻炼人，看机会吧。"白松道，"刚刚给你发的微信你看了吗？"

"看了，这个被砍的人好坏啊。"赵欣桥吐槽起来，一般来说，法律人看问题都是很客观的，但是她也对这种行为表达了强烈的不满。

"这种情况，能认定为正当防卫吗？"白松请教道，一点也没有不好意思。

"能啊，为什么不能呢？这个属于非法入侵他人住宅的犯罪行为，而且进来还打人，小姑娘的行为，认定为正当防卫是没什么问题的。"

"可是，这家人主动打开门让李娜进来的，不算非法侵入吧？"白松脑子有些乱。

"好啊，是时候给你这个法学生普普法啦。这个罪名，司法考试不怎么考，司法考试对《刑法》考得不全，而且，司法考试主要是考理解，轻理论，估计法条你也没背过吧？"

"非法入侵他人住宅，这个法律来自《宪法》，实际规定在《刑法》第二百四十五条第二款。非法侵入住宅罪，是指违背住宅内成员的意愿或无法律依据，进入公民住宅，或进入公民住宅后经要求退出而拒不退出的行为。

"虽然是这家人开门允许这个女人进入的，但是后来有了矛盾，这家人多次要求她出去，她不出去，还对这家人动手，这自然算是拒不退出，可以构成非法侵入住宅罪。

"司法实践中确实总是出现类似的问题，很多人以为进了别人家，别人赶自己走，自己可以不走。事实上，时间长、行为恶劣，就可能构成犯罪呢。"

白松如一个受教育的小男孩，点了点头："我感觉我司法考试肯定过不了……"

"不至于的，上次和你聊过，感觉你底子很不错呢，只是还需要夯实。"

"嗯，谢谢，又麻烦你，真不知道怎么感谢你。"白松有些不好意思，如果不一直学习，和赵欣桥的差距真的会越来越大。

"感谢？好啊，下次我去天华市参加二审，你得请我吃大餐。"赵欣桥很开心，"不过啊，我希望那是因为你司法考试过了请客哦。"

……

挂了电话，白松发了会儿呆。

作为办案民警，白松虽然不像律师一般维护自己当事人的合法权益，但是白松追求的，就是公正。

白松在维护的，根本就不是楚文文和她母亲的利益，而是公正。想到这里，白松振奋了很多。

相关法律规定，在侦查案件中，发现不应该对犯罪嫌疑人追究刑事责任的，应该撤销案件。

白松心里逐渐明朗了，先鉴定，鉴定结果是轻伤的话可以立案，立案之后，拿着所有的文书与报告，跟领导、法制部门谈，想尽一切办法，认定为正当防卫！

第二百一十五章　审讯（1）

　　白松最近是可以休息三天的，虽然手头还有一些工作，但都是急不得的事情。考虑到下周二还要值班，白松主动要求周一前往拘留所，对费明和费鹏进行询问，王所表示同意。只是四组的同志周五晚上基本上都参与了抓酒托的案子，只有赵德祥等几个老同志没去，王所就给老赵打电话，让这个老民警陪着白松去。

　　赵德祥是临近退休的民警，平时一般在四组负责一些后勤、内勤工作，经验很丰富。

　　周末白松过得很充实，几乎一直沉浸在书海里。

　　《刑法》是司法考试中最难的了，白松学到现在，即便在工作中也用到了很多法律知识，依然觉得自己有很大的欠缺。

　　赵欣桥曾经说过，研二的刑事诉讼法课，仅仅"证据"二字，就可以讲一个学期。这个白松是信的，他上大学时语文老师能把"子曰"里的一个"子"字讲半年，这才叫作有学问，不仅学识渊博，最重要的是触类旁通。

　　周日，白松还去找了徐纺一趟。徐纺的上一本书出乎意料地火，虽然是第一次写校园侦探小说，却几乎没什么逻辑漏洞，经得起推敲，徐纺打算写续集。

　　这个白松倒不是很关注，再当一次二作也是一件很不错的事情，毕竟可以帮到朋友。令白松吃惊的是，徐纺和张伟好像真的进展很顺利，现在张伟有事都不问白松了，而是问徐纺。

张伟收售二手车，他手头有一辆价值十几万元的车。张伟其实没什么资金，手头压着这么贵的车子，压力很大，可是当时车主急着卖，价格合适，张伟就收了。后来有人找到张伟想要买这辆车，价格谈妥后，就签了协议，买主还交了 5000 元钱的定金。

近日，某机构对这车进行测试时，出现某柱断裂的情况……于是买主不想要这车了，并希望张伟归还定金。

张伟不乐意了。凭什么啊？因为要卖给这个人，这车在自己手里压了一个月呢。

这个买主找了一个律师朋友，给张伟发了个律师函，说买主买这辆车存在重大误解，要求法定解除合同，退还定金。

"这小子，出息了啊，这事情不跟我说，居然问你。你告诉他，只要不是车子的问题，这个不存在重大误解。重大误解，要求对法律行为所形成的法律关系的主体、内容、客体认知出现错误，这种是别的因素，而且并非不可抗力。

"如果这辆车在测试中非常优异，市场价格上涨，那么，合同成立，张伟也不能随意取消……"

帮忙解决完这个问题，很快就到星期一了。

一大早，白松拿着局长签好字的签呈，开车带着赵德祥师傅去了天华市拘留所。

一般来拘留所询问的比较少。这里与看守所不同，关押的都是被拘留了 3—20 天的违法行为人，一般拘留了人，案子也已经结束了，没啥需要继续询问的。

白松到的时候是早上九点多，很快就见到了费鹏。

"疤脸？"费鹏与白松隔着防护栏面对面而坐，听到白松的问题，瞬间神色慌乱，"他出什么事了吗？"

"没事，你怎么这么问？"白松表情很轻松。

"哦，没事，看到警察，我就紧张。"费鹏没有正面回答白松的问题。

"你最后一次看到疤脸是什么时候？"

"其实我和费明，与疤脸的关系都不太好，平时跟他也不怎么走动，都是董队在管着他。就连那个干果摊，也都是疤脸自己在管，我从来不掺和。"费鹏道。

"我问你的不是这个。"

"最后一次见到他，嗯……应该是我被抓进来的头一天中午，嗯……也可能是下午，我在市场里见过他一面，具体情况我记不清了。"

"你确定，你进来前的那一天，在市场见过他？"

"我很确定！"费鹏连忙保证。

"嗯，你确定就好。"白松点了点头，"只是菜市场的录像……"

费鹏突然打断了白松："也可能不是那天，哎呀，我这几天在拘留所吓坏了，现在脑子都有些混乱了，真的……"

费鹏明显在给疤脸遮掩，白松不明白，难不成费鹏也被迫跟着疤脸干过什么违法乱纪的事情？

白松问了几句，赵师傅也问了几句，没得到什么有价值的信息。问到灰毛和疤脸偷东西的事情，费鹏表示不知道。

白松感觉他是真的不知道，他的语气、神态等，都给人这种感觉。毕竟灰毛全供述了，那次盗窃确实仅仅是两人所为，他也不可能再去跟费明、费鹏说。

询问完，二人又对费明进行了询问。

费明比费鹏还要难对付，简直是油盐不进，无论白松问什么，他都说不知道。

出了询问室，白松面色有些阴沉。

赵德祥点了根烟："怎么，看你这个样子，打算回所里了？"

"这俩人这样子，再问也没什么用吧……"

"嗯，费明不用问了，茅坑里的石头。不过费鹏那里……"赵德祥抽了口烟，"你自己决定吧。"

第二百一十六章　审讯（2）

"那现在再去审一审费鹏。"白松看了看时间，才十点钟，"赵师傅，您再陪我去一趟。"

赵德祥抽完了烟，没搭白松的茬，又抽出一根烟，放在鼻子下闻了闻，而后放回了烟盒。

白松看赵师傅的举动，好像明白了什么。

沉默了一会儿，赵德祥问道："你是怎么感觉到疤脸有问题的？"

"直觉？"白松有些不确定。

赵德祥笑了一下："嗯，这也算是个解释吧。"

"其实最早的时候我没怎么关注，一个大男人，还不务正业，走了就走了，丢了就丢了。但是后来接触了一些跟他有关的人或者事情，我就总感觉有问题。"白松道，"有问题就找问题，不过还好，现在至少查出来疤脸的一起盗窃案。"

"行，比你师父强。"赵德祥点了点头，"你师父但凡勤快点，也不至于当个民警。对了，你明年该参加竞聘了吧？10月份的竞聘考试你报名了吗？"

"啊？我才多大？这个考试不是对工作年限有要求吗？"白松有些不解。

"一般是那样，不过明年你工作也满两年了，今年提前把考试过了。你有两个二等功，提前参加竞聘也没什么不行的。"赵德祥道，"别学你师父。"

"其实……"白松犹豫道，"我觉得我师父过得也挺好的啊。"

赵德祥想了一会儿,说:"是,他这样一辈子也挺好的,不过,每个人所求不一样吧。"

白松听了似懂非懂,但是也没有开口问。

休息了差不多半个小时,赵德祥又点了一根烟,抽了几口:"走,再去一趟,找费鹏聊聊。"

"您来?"白松问道。

"行,我来,你打字。"赵德祥道,"打印机这东西我用不惯。不过,也不好说,如果啥也问不出来,也就不用打字了。"

再次进入询问的地方,赵德祥坐在了费鹏的对面,白松打开了电脑。

赵德祥抽了两口烟,美美地舒了一口气,紧接着把还有三分之一的烟头直接掐灭了。

费鹏盯着赵德祥的烟头盯了几秒,才缓缓把目光收回来。

赵德祥拿出一根烟,点上,递给白松,示意了一下。

白松知道这个地方是不让在押人员抽烟的,不过这也算不上违法。他接过烟,从铁栏杆里给费鹏递了过去。

"没什么好烟,凑合抽吧。"

"谢谢,谢谢伯伯。"费鹏小心翼翼地接了过来,因为戴着铐子,双手也锁在桌面上,费鹏用力地低着头,好不容易嘬了一口烟,这一口下去,烟没了近四分之一。

这口烟费鹏含了许久才吐出去,接着又猛抽了几口。

抽完烟费鹏才想起来还有两个警察在,不由得有些不好意思:"啥事啊,伯伯?"

"没事,刚刚从费明那儿出来。"赵德祥一脸慈祥,"这个事,你还有什么想说的吗?"

"啊?啥事?"费鹏有些愣。

"就是刚刚问你的事情。"赵德祥看了一眼手表,"也没啥事,你要是说,我给你记一下;你要是不说……到饭点了,我们就走了。"

"警官，我没啥想说的。"费鹏还在回味着香烟的味道，声音比较轻。

"好。"赵德祥看了眼白松，"你给他记一下，他啥也不知道。"

白松点了点头，直接把笔录打印了出来，递给费鹏："看看，没问题就签字，别忘了按手印。"

刚刚那份笔录，费鹏看完就十分痛快地签字了，这份，费鹏拿着笔却迟疑了。

费鹏又看了眼赵德祥，赵德祥慈祥的面孔给了费鹏很大的压力。"伯伯，您可别害我。"费鹏把笔放下了。

"害你？对我有什么好处？"赵德祥又看了看手表，"别想那么多了，签完字该吃饭了。"

"嘿，伯伯，不急不急，再聊几句，再聊几句。"费鹏有些谄媚，"您先跟我说说，疤脸现在怎么样了？我这么多天没出去，也不知道他到底咋了，您跟我说一下。"

赵德祥差点笑出声："你拿我找乐呢？你是没参与，但是你不是不知情，在这儿跟我打马虎眼呢？"

"笔录签完字，我们就撤。"白松把电脑都收拾了起来。

天气炎热，费鹏的汗都下来了，只是手被束缚着，没办法擦。

疤脸到底如何了，白松至今也不知道。但是费鹏和费明一定是知情的，白松看到两人第一眼就感觉到了，两人至少知道一部分。

"别急别急，伯伯，哎，再给我来根烟行吗？"费鹏笑得谄媚。

赵德祥看了一眼费鹏，眼神一凝："小子，你还嫩呢，拿了烟再告诉我你啥也不知道是吧？"

接着赵德祥看了白松一眼："把他的笔录拿过来，注明他拒绝签字，咱们走。就一个包庇犯，没啥可说的。"

第二百一十七章　审讯（3）

"呼——"费鹏吐出一口气，像是吐出了一口不存在的香烟。

"我不是怕你们，我是憋了很久了。"费鹏开口了，"疤脸，是去了一个墓。"

白松设想过很多种可能，但是真的没有想到过这种情况。

就连工作三十多年的老赵听到这话也顿了一下，但是老赵毕竟经验丰富，表情丝毫没有变化，古井无波。

"其实也不算是墓吧。"费鹏看了看赵德祥，心里莫名有些慌，"总之有消息说在大山省大山市有个地窖，埋着几百年前的盗墓贼留下的一些不值钱的东西。这些东西虽然在当年的盗墓贼眼里可能不值钱，但是放了几百年了，现在应该价值不菲。"

"所以你们密谋一起去，但是疤脸把你们都抛弃了，自己去了，对吧？"赵德祥问道。

"是，而且具体地址只有他有，我们没有。估计他这次搞到东西，再搞到钱，就再也不会出现了吧。"费鹏叹了口气。

"这个地窖的事情，你们是从哪里听说的？"赵德祥没有深究费鹏的回答。

"是疤脸一次喝了酒之后说的，我和费明挺感兴趣，还跟他一起买了绳子之类的东西，疤脸说没钱，谁知道他自己就这么跑了。"

"你们认识多久了？关系怎么样？"赵德祥问道。

"一年多吧，关系还行，毕竟都是给董晓去打工的。"

"这个事,董晓云知道吗?"

"应该不知道吧。"

"既然如此,为何还不说?你们不应该对疤脸恨之入骨吗?"

"毕竟参与了,也不知道算不算犯罪……但是现在想想,我们连具体在哪里、具体要干吗都不知道,伯伯,我们这不算是犯罪吧?"费鹏说到这里,声音中有些祈求。

"行,我知道了。"赵德祥指了指费鹏面前的笔录,"签字吧。"

费鹏没想到赵德祥一点也不想把他说的话记录下来,心怦怦直跳,但是也不知道怎么办,一咬牙,把字签了。

离开审讯室之后,一直到拘留所门口,两人都一句话没说。上了车,白松进了驾驶室,带着赵师傅驱车离开。

"你觉得费鹏所说的,有几分是真的?"赵德祥问道。

"一半?"白松不确定地说道。

"不止一半,天底下说谎话一般都是九分真一分假,你可别小看了这个费鹏。"赵德祥道,"过几天,等他出来了,缓过劲了,估计也知道咱们什么都不知道了。"

"那他说的一分假,是什么?"白松好奇地问道。

"这我怎么知道?能问出来这些已经不容易了。"

白松深以为然。

"别的不说,疤脸是去了大山省大山市,为了一些很值钱的文物,这个应该不会假。"白松想了想,"这算是个很重要的线索了。"

"嗯,费鹏、费明在社会上混了这么多年,成精了,怎么可能会被疤脸一个人坑?你看他,都不怕跟咱们讲这个事情的犯罪预备,这就是拿准了咱们搞不到证据。"赵德祥笑笑,"不过,他自以为能和我们掌握的东西对应上,取得我们的信任,却不知……"

"却不知,您只是为了在他和费明之间埋一个互相提防的种子。"白松接话道。

"嗯，行，你能看透这一点，这案子以后你应该能搞成，就算真的搞不成，那也是客观原因。"赵德祥把副驾驶的座椅缓缓放倒了一半，休息起来。

费鹏和费明不是傻子，白松看得出来。董晓云不是傻子，白松当然也知道。这个市场的卫生工作让这几个一无背景、二无武力的小混混儿占了这么久，说明这几个人，哪个也不笨。

回到所里已是中午十二点多，白松约赵师傅一起去吃饭，赵师傅说要去食堂，白松也没多说，换了便服，开车去了大北菜市场。

还是那家驴肉火烧，还是差不多的时间，还是那么热，白松进了屋子，先从冰箱里拿了一瓶冰镇的山海关橘子味汽水，一口喝了三分之一，接着点了跟上次一模一样的饭。

"领导?!"老板一下子认出了白松，"哎呀，还真是您啊领导，我这个人脑子笨，记不住，看你又点了同样的东西，才敢确定。"

"啊？为啥叫我领导？"白松有些不解。

"警察领导啊！前两天您把那俩小混混儿带走，在这附近可出名了！成都小吃那一家在这附近人缘不错，所以大家也都记着您的这份恩情！"老板很客气。

"多大点事。"白松摆摆手，"先算一下多少钱，结完账再说。"

"嗨，这点钱，不用了不用了，算我的。"

"上次是17块钱，这次多了一瓶汽水，3块钱吧？"白松掏出20元，不顾老板的拒绝，塞给了老板。

这饭吃得白松不太舒服。

"成都小吃那一家在这附近人缘不错"，这话听着真够刺耳的，真是"塑料情谊"啊，上次人家被欺负，这些人愣是没一个站出来帮忙的。

第二百一十八章　询问

吃完饭，白松出来四顾了一下，看到一家名叫"晋西刀削面"的饭店，便走了进去。费鹏提到了大山省大山市，白松对这个很有兴趣。

"您好，吃点什么？"老板很热情，应该没认出白松，毕竟白松从没有来这家店出过警，加上没穿制服，不认识很正常。

"哦哦，午饭吃过了，过来问您一下，咱这里一般晚上营业到几点？除了面，还有炒菜吗？"白松随口道。

"晚上一般到九点半，咱店里有凉菜和肉夹馍，再就是卤肉，别的就没了。怎么，晚上有好几个人来吃？"

"没定呢，我先来看看。"白松打量了一番，"咱这里拾掇得很干净啊。"

"还行还行，吃饭还是讲究个环境嘛。"

"嗯，环境不错，估计面也很好吃，可惜我吃饱了，不然现在就先来一碗。"白松有一搭没一搭地聊着，"老板，你是大山省的人吧？"

"是啊，咱们天华市这边，做刀削面的基本上都是我们老乡啦。"

"这么远来这边开店，也够不容易的。"白松随手拿起一瓶醋，"你们的醋也是从那边带过来的？"

"嘿，这倒不是。以前每年正月回家，回来都会带一些，一般1月、2月来，都是从家乡带的醋，现在这些都是在本地买的醋，跟我们那边的还是有差距的。"老板很是自豪。

"那确实是，等到了年底，我要是还记得，我就过来，请您帮我带瓶醋尝尝。我早就听说你们那里的陈醋特别正宗。"白松道。

"这个没问题。"老板很开心,这小伙子夸得让人舒服啊。

"老板,你一般多久回一次家啊?"

"过年才回去,怎么了?"

"没啥,就是问一问,你们这边这么多老乡,最近有没有回大山省的?你说得我都馋了,想找人给我带陈醋。"

"这周围饭馆里基本上没我的老乡,不过市场里有几家,需要我帮你问问吗?"老板很热情。

"不用啊,你跟我说是谁,我说不定还认识呢。"白松爽朗地笑了,"咱们面馆我没来过,不过市场我经常去。"

"现在就剩两家了,门口卖酱菜的那个老李,还有进去第二家那个卖菜的王姐。不过他们估计也不常回去,但是也不好说,王姐有时候中秋还回去呢。"

"嗯。"白松指了指大锅,"给我打包一块卤牛肉,来块大点的。"

"好嘞!"老板很开心。

白松麻烦了老板这么久,虽然不饿,还是花了几十块钱,开心地拎着牛肉走了,把牛肉放到了车上。

卖菜的王姐白松不熟悉,老李倒是总见面。

放好牛肉,白松直接去找老李。

夏天出汗多,总的来说酱菜比冬天卖得好一些,但是大中午的还是没什么顾客来买,况且已经过了做饭的时间,基本上也没人买调料。

老李正在玩手机,似乎是在玩《斗地主》,但是有些心不在焉,他一眼就看到了白松,手机都没拿稳当。

"白警官!"老李打招呼,"下班了,来逛逛市场?"

"嗯,逛逛呗。"白松看了看老李的这一堆咸菜缸,"我听说你这里的榨菜腌得不错啊,怎么,你老家是涪陵的?"

"不是不是,我老家……不是那边的,不过我做这个榨菜确实是跟行家学的。白警官,不瞒你说,就这个配方,我花了1000块钱呢。"老李面色小有得意,"你先用刀切一块尝尝。"

"行,我尝一口。"白松接过小刀切了一小块。

"怎么样?正宗吧?"老李也很得意,颇有些刚刚面馆老板被夸时的样子。

"不错啊,老李,看不出来,你一个大山省的人,居然还有这个手艺。我买一点。"白松回望着酱菜李。

老李愣了一下:"白警官,你怎么知道我是哪里人啊?"

"咱们市场的老板的名单册我见过,记得你好像是大山省的人,不过不太确定,你刚才说你不是涪陵人,那么应该就没错了。"白松笑笑,"你是大山省哪里的?"

"啊?哦,我是阳直县的,不过一年才回一次家。"老李点了点头。

"行,给我称点榨菜。你这还有啥好吃的咸菜,也给我称一点,我晚上吃。"白松拿出了钱包。

老李一听,立马指了指几个咸菜:"这几个卖得最好,我给你装一下,你别急。"

这有什么可急的?白松貌似心不在焉地看了看市场里。卖菜的王姐是哪个来着?

第二百一十九章　扑朔迷离

大学毕业一年来，白松从腼腆的大男孩变成了能熟练地跟人搭话的"老社会"。白松买了点菜，跟王姐聊得挺开心。卖菜的王姐倒是很热情，无话不谈的那种。

王姐也是大山省人，中秋确实也要回家，不过白松不是需要买陈醋，只是就着这个话题又聊了不少。

从王姐那里出来，白松突然发现——

有卤牛肉，有菜，还有咸菜。

白松干脆又买了点羊肉、丸子、海鲜，邀请孙杰和王华东晚上到他和王亮租住的地方吃火锅。

晚上，王亮下班回来，看到一大锅丰盛的菜，有些不解："你中奖了这是？怎么整得这么丰盛？有啥好事要说？是不是要告诉我你谈恋爱了？唉……我就知道你小子……"

"我如果跟你说，我刚开始只是为了查案子……你会信吗？"

……

关于疤脸到底干吗去了，孙杰和王华东也非常感兴趣，而王亮因为之前就帮忙调过录像，自然更是好奇。

"真的说不通，"孙杰道，"这个疤脸，以他的人际关系，如何能够独自获取这么重要的信息呢？要这么说，这连个墓都算不上，纯粹就是去捡钱，这等好事，能轮到他？"

"就是，哪有天上掉馅饼的？"王华东喝了一大口雪碧，打了个嗝，"反正参考我之前和白松一起办的'12·01'案子,我总结了一句话:天上只能掉陷阱。"

"嗯?!"

白松陡然惊醒,这个疤脸,有没有可能是被害了?

"有人要害他?!"

几人几乎异口同声。

是啊,有没有一种可能,疤脸根本就不是去进行盗墓之类的违法犯罪活动,而是……被人害了?

"华东,你接着说。"白松感觉摸到了什么脉络,但是想不通。

王华东看着三人灼灼的目光,有些含糊:"唔,我就那么一说……他招惹那么多是非,害了那么多人,这种人能遇到什么馅饼?八成是有人想把他害死。"

"照这么说,这个案子的侦查方向就要变了,不是疤脸去哪里了,而是谁害了疤脸,疤脸现在是不是还活着。"王亮分析道。

"如果是这样,也说不通。"白松还是疑惑。

"怎么说不通?"孙杰有些疑问。

"我感觉费明和费鹏确实对这事有些了解,但是我没感觉到他们是杀人犯。就连卖酱菜的老李,我都怀疑他对这事有点了解。"白松有些不解,"如果是有人要害疤脸,比如说给他画一张大饼,把他骗走,然后杀害他,怎么会有这么多人知道?疤脸的社会关系挺复杂的吧?就他那些社会关系,如果谁想把他害死,偷偷带走不就得了,怎么会有这么多的人对此事好像都知道点什么?"

孙杰点了点头:"你说得有道理,如果真是杀人案,估计是你说的这个样子,谁也不知情。现在好像好几个人都知情,确实是不太合理。"

白松有些泄气,这是咋回事啊?

一顿饭吃完,谁也没有提出现有证据足以自洽的猜想,反而越来越乱,各种想法都出来了。

"脑洞"大的王亮甚至提出,会不会是这些人一起去盗墓,遇到了什么鬼啊神啊的,结果疤脸没出来,这几个人都跑出来了,然后大家谁也不敢吱声?王亮还提出,这几个人会不会已经搞到什么宝贝了?要不要查一查二手市场?

可是,如果是这样,怎么解释疤脸在费明、费鹏被拘留的前一天晚上还出现?这个时间,来得及吗?难道说天华市附近有古墓?开什么玩笑!

白松的脑子又有些乱了,费鹏说的话,到底哪句是真的,哪句是假的?

糊糊涂涂地吃完饭,大家一起收拾了一下,白松把没吃完的咸菜放入冰箱,送王华东和孙杰离开。

"这事你还查吗?"王亮问白松。

"查啊,这事再乱,这样就结案,我也接受不了啊。"白松揉了揉太阳穴,"不过,有点光手逮刺猬——无从下手的感觉。"

"会用歇后语了,有点像汉哥了。"王亮笑道。

"李汉?"白松笑道,"好久没见他了,也不知道他最近怎么样了。"

"好得很,一天到晚没事就捧着本历史书看,估计退休以后能被哪所大学看中,直接去当老师没问题。"王亮吐槽道。

"行,我看行。"

说笑了一番,白松回到了卧室,今晚的主要任务还是背书。

司法考试里绝大部分是考对法律的理解,需要背的内容不多,但是也不是没有,比如说国际贸易法里的国际货物贸易术语等,总之是很"烧脑"的东西。白松背着背着,逐渐地忘了工作上的事,一口气看书看到差不多夜里一点钟。

又到了值班的日子,从早上开始,又是纠纷套纠纷、盗窃跟诈骗不带停的。傍晚时分,白松又接到一个来自东河苑小区的报警。跟辅警小王一起处理完之后,白松去找了一趟胖子物业经理,仔细地查看了张静和李娜闹矛盾当天的监控录像。

当然,这种小区楼道里是没有监控的,即便有,也看不到两边的门洞。

白松看的自然不是这些监控录像，而是电梯里的监控录像。

白松看了差不多半个小时，拍了十几张照片，然后拿着电梯卡到 14 号楼，拜访了这一个门洞除了张静和李娜之外的两家。

第二百二十章　区别对待

李娜在这附近是挺凶的，没什么人愿意招惹她，白松敲开两家邻居的门，邻居都说那天不在家。

对此白松倒也理解，估计即便当时在家也肯定不说在家，不然会惹不少麻烦。

第一户当时确实不在家，白松刚刚看过电梯监控录像，事发当天，这个人早早就离去了。

但是第二户的居民老哥，当天确实没有下楼，就在家，可他自称不在，这个白松就得说道说道了。

白松以理服人，拿出了手机里的照片，这个老哥在事发前一天晚上上了楼，一直到第二天案发都没有下过楼。这可是22楼，这么高的楼层，难道是走下去的？

经过几分钟的交流，当老哥听说如果他选择逃避，就有可能把一个即将迈入大学的小姑娘推向深渊时，他决定做证，把事发当天他所了解到的都说了，白松则向他保证会保密的。

无利益关系的第三人的证人证言，是可以直接作为证据使用的，这份证据取完，白松非常开心。

接下来的两天，白松可没少跑，王所、李教导员、分局法制部分，他一次次地交流，甚至还搬出最新的司法解释等各类权威文件，跟分局法制部门据理力争。白松已经不是那个初出茅庐，去分局会心虚的新警了，经过几次大案的磨炼，气势上丝毫不输一些老法制员。最终，在这个问题上，大家形成了一致意见。

经此一役，白松算是在九河分局法制部门出名了。

忙碌了这几天，手头的事大体完结，白松又一次约李娜、张静、楚文文一起到派出所，今天是做伤情鉴定的日子。

李娜是上午来的，张静和楚文文约了下午。李娜头上打了纱布和绷带，拿着伤情报告单，一进派出所大门就四顾众人，看到白松之后立刻道："我看病花了3000多块钱，快让那个女的给我拿钱！"

白松没说话，静静地盯着李娜。

李娜这种人，一般天不怕地不怕的，三个警察也说不过她，白松这么静静地站着，李娜反而不知道怎么说话了。

"去鉴定吗？"过了一会儿，白松问道，"如果想放弃鉴定的话，在这里签个字。"

"去去去，我怎么可能放弃！我都问大夫了，轻伤！"李娜左顾右盼，"她们没来？"

"没来。"白松点点头，"你找她们干吗？"

李娜把伤情报告单给白松看了一下："我可没骗你，这个确实是轻伤。"

"那也得看最终鉴定结果。走吧，跟我一起去司法鉴定所。"白松道。

"啊？"李娜有些急了，"你不懂，你这是在害那个小姑娘！快叫个岁数大一点的警察出来！"

"这案子就是我管的。"白松情绪如常。

白松心里明白，李娜无非是想趁现在多捞些好处，一旦鉴定出来是轻伤，这个案子就会变成刑事案件，不能调解，楚文文也必然面对处罚，这样李娜就达不到她的真正目的了。

李娜无奈，只能跟白松一起去了鉴定机构，过几天就可以取结果了。

下午，张静和楚文文来了。

张静似乎又老了几岁，脸上的忧愁之色加深了许多。就连之前一直挺活泼的楚文文也变得郁郁寡欢。

第二百二十章　区别对待　｜　351

"看病花了多少钱?"白松问道。

"28块钱。"张静回答完,给了白松一个眼神,示意白松找个方便说话的地方。

白松不明白张静的用意,就把她单独带到了调解室。

"有什么你就直说,怎么还瞒着你女儿?"白松有些不解。

"白警官,回去我想了想,李娜提出的条件,其实也不是不能接受……"张静挤出了笑容,"我听说东三院那边的房子挺便宜的,最近打算去租间平房,正好平房有院子,我卖早点还方便不是?"

"别想着调解了,上午我已经带李娜去鉴定了,八成是轻伤,而且东三院也要拆迁了。"白松估摸着张静不懂法,"不过你不用担心,前几天我和我们领导研究了一下,这件事,你们家没责任,反倒是李娜,有非法入侵他人住宅的嫌疑,而且还将你打至轻微伤,要处罚也是处罚她。"

"啊?"张静似乎没听懂白松的意思。白松笑着说道:"你女儿的行为属于正当防卫,不属于违法行为,李娜跑到你们家打你,反倒是违法。"

张静这下听懂了,浑身有些颤抖,双手抓住白松的手就要行个大礼。白松连忙扶住张静的胳膊:"别激动啊,这是我们应该的。走吧,带你们去做鉴定。"

张静一出来就抱住楚文文,激动地哭了起来。

"妈,没事的,大不了我不读书了,你可不能什么都答应!"楚文文心里难过,掉下了眼泪。

"没事了,警官说,你这种情况属于正当防卫,没有责任的。"张静哭得话都说不利索了。

楚文文泪眼蒙眬地看着白松,一脸不可置信的神色,目光中又充满了感激、尊重、崇拜。

当警察是为了什么?

也许,这就是答案吧。

第二百二十一章 以直报怨

白松和小王一起带着母女二人去做鉴定，路上，之前一直很坚强的张静眼泪根本停不下来。

白松一路无言，短短的路程，他可以感觉到这两人如同枯木逢春一般，从绝望到充满希望。

"白警官，李娜花了多少钱医疗费啊？"张静终于缓了过来，"她不追究我们的责任就太好了，但是医疗费我还是可以凑一凑给她的。"

"正当防卫，不需要支付医疗费的。"白松直接回答道。

"啊？那……不太好吧……"张静道，"我觉得，还是给她医疗费比较好，我还欠她1000块钱，我也会还她，但是我想和她商量一下，能不能分期。"

见白松不说话，张静有些患得患失："白警官，我这个人，怕麻烦，孩子还这么小……您明白我的意思吗？"

"张静，"小王实在是看不下去了，"你知不知道，你这个案子，从原本认定是你方故意到现在要认定成正当防卫，白哥他跑了几天？你知不知道……"

"小王。"白松打断了小王的话，"没事。"

"我说句话，你们能记住吗？"白松问道。

"能！您说，一定能！"张静立刻回答道，楚文文也点了点头。

"如果你们是坏人，难以控制住自己的行为，我会跟你们说，得饶人处且饶人。"白松停了一下，接着说道，"可是你们家实在是太懦弱了，那我就送你们《论语》里的两句话：以德报怨，何以报德？以直报怨，以德报德。"

"以直报怨，以德报德？"张静有些愣，她的文化水平不高，不理解这句话，楚文文附在她耳边解释了一番，她才明白。

"李娜这人，你们不是第一天认识，你退一步，她能进三步。"白松把话说得很透，"这次你如果真的让步，你孩子以后更得被她算计。孩子毕竟容易教育，李娜可不是孩子，你能感动她？不可能的。"

听白松提到她的孩子，张静的神色逐渐坚强了起来。

……

接下来的事情就比较简单了，过几天鉴定结果出来后，按照之前和分局讨论的情况，故意伤害案件无须立案，直接不予立案，并对原治安案件终止调查，结案，进而受理李娜非法入侵住宅一案及其殴打他人一案，因情节轻微，将申报二十日治安拘留处罚。

白松早就做好准备了，他甚至给李娜准备了三条路：一是彻底服软，主动找张静和楚文文调解，赔钱，取得张静二人的谅解，从而调解；二是不服，但是接受处罚，被拘留二十天；三是不但不服，而且不接受处罚，要求向上级机关天华市公安局申请行政复议。

关于李娜的非法入侵他人住宅的行为，白松主张的是《刑法》第二百四十五条，非法侵入住宅罪，希望直接给这个行为刑事处罚。但是分局法制部门认为，李娜的行为轻微，应该按照《治安管理处罚法》第四十条侵入住宅行为处理。

这一点，白松没有犟得过分局的法制部门，白松也认可了，因为这次侵入住宅的确没有造成特别严重的后果。

但是，即便是复议了，也不会加刑，白松对此还是很清楚的。

我国法律有明确的规定，一是复议不加重处罚，指的是，如果被处罚人单方要求复议，上级机关不能加重处罚，如果加重，可以找法院申请撤销复议决定。

二是上诉不加刑。这是说，被告人如果被判了死缓，只有被告人自己上诉，上级法院不能判得更重，比如不能判成死刑立即执行。但是，如果公诉方也上诉了，那么如果上级法院认为下一级法院判轻了，就可以加刑。

这件事暂时告一段落，白松也不用多操心了，剩下的兵来将挡、水来土掩就是。回到派出所之后，白松又把精力放到了疤脸身上。

费明和费鹏的行政拘留已经到期，被放了出来，市场还是如往日一般宁静。

董晓云再也没来找过白松等人，费明和费鹏自然也是做事低调，白松估摸着，再去找他们取笔录，可能也得不到什么别的线索。

最近所里在忙的一件事，是东三院的拆迁工作，这属于整个派出所的大事情。

东三院这个地方有几百间平房，占地十几亩，住的人三教九流都有。

随着城市的发展，大光里对面的平房已经拆完了，现在都开始挖地基了，东三院的拆迁也被提上了日程。

拆迁是个比较麻烦的事情，很容易引发矛盾。一是开发商与户主之间的赔偿款协商问题，二是一些租户不愿意搬迁的问题，总的来说都不是什么简单的事情。

因而，对于拆迁，不仅城管部门头疼，建委、房管局、街道办、派出所都在积极开展工作，这个也是城镇化必须要走的一条路。

费明和费鹏都在这里租了房子。白松听说疤脸在这边也有一间房子，但是问了很多人，他们都不知道，正好趁这次机会，对所有房屋进行调查登记。这几天，白松自告奋勇，一直在这项工作的一线。

第二百二十二章　以德报德

几天的时间一晃而过，东三院的入户调查登记工作如火如荼地开展着。

按理说，这么点地方，半天不就查完了？实际上，这片地方虽然不大，但岂是"错综复杂"四个字可以概括的？简直就是……乱得像被猫挠了三个月的毛线团。

很多平房被转租了四五次，而且有的转租时没有签合同；有的在原城中村登记的户主，现在根本联系不上；有的户主甚至已经去世了，根本就不知道继承人是谁。

这天，白松就被投诉了。

这是白松迄今为止第三次被投诉，前两次都来自李娜。李娜昨天还向市局投诉了白松，说白松袒护一方、收受好处、徇私枉法。这个举报比较严重，分局督查室特地来找白松"喝茶"，然后……夸了白松一顿就走了。

李娜又带了俩人准备来派出所闹一场，各种打电话投诉，后来被警告了一场，就彻底老实了。

最终，李娜被执行了二十天治安拘留，张静则想办法把欠李娜的1000块钱还了，这件事暂时告一段落。

今天那个人投诉白松的理由是，他从一户人家出来的时候没把门关好，那一户家里的三只鸡跑掉了。

如果真是这样，其实还好说，三只鸡白松自己能赔偿，但问题是，白松进屋的时候，家里只有一只鸡，而且白松还用执法记录仪拍过。可投诉的大娘坚称是三只鸡，而且是什么高产的蛋鸡，一只要200块钱。

问题就是，东三院的这个方位是没有监控的。

这种事可不是什么小事情，不是赔不赔钱的问题。作为警察，如果白松自认倒霉，主动赔偿，那么很快，这个区域就"集体失窃"了。

这是目前所里的头等大事，王所很快就来了，白松把自己的执法记录仪给王所看了，院子里确实只有一只鸡。

"这事你别管了，我来处理。"

王所站到了这户居民的面前。

"你是领导吧？"这户的户主是个六十多岁的大娘，"我这三只鸡，必须一只不少地给我找回来。"

"能讲一下这三只鸡的具体情况吗？"王所问道。

"嗯，一只公鸡，两只母鸡，公鸡是大公鸡，母鸡也是成年的母鸡，还每天下蛋。"大娘扒拉着手指说道。

"我能进你家院子里看看吗？"王所问道。

"这点事情来了领导也解决不……"大娘嘟囔着打开了院子。

东三院的小平房大都有个院子，而且大部分已经做了水泥硬化，但是也有相当一部分人家还是泥地，比如这一户。

王所进去转了转，出来问道："大娘，你养的鸡会飞吗？"

"飞？"大娘想了想，这警察是不是想推卸责任，说鸡飞出去了？想到这里，大娘立刻道："不会飞，我养的三只鸡都不会飞，一点都飞不起来。"

"这么说，它们只会走路是吗？"王所追问道。

"嗯，只会走，不会飞。"大娘肯定地说道。

"哦，那就好办了。"王所招了招手，"你过来，看看这里。"

周围已经有不少人围观，大家顺着王所的手看了过去，只见从门口一直到外面，泥地上只有一只鸡的鸡爪印。

"那我家的……"大娘刚想说鸡是飞出去了，突然想到自己刚刚说的话，"那就是我数错了，那就一只。"

"嗯，一只还是三只？先把这个事说定了。大娘，你家里的另外两只鸡在哪里呢?"王所微笑着说道。

"唔,不知道,可能早上被我老头子抱走了吧。"大娘含糊其词。

"那好,确定是一只对吧?"王所顺着鸡爪印指向门口,"这个印迹为什么到这里就消失了?"

"我怎么知道?说不定是鸡跑出去之后被人抱走了。"大娘立刻说道。

"如果是被人抱走了,人的脚……"

"你这个人怎么这样?就这么当领导吗?你不行就换个人来,我家鸡就是没了,我也不多要,就一只鸡的钱,200块钱,给了我啥事也没有,我哪知道鸡是不是被人抱走了?被狗叼走了也有可能啊!谁知道具体怎么没的!你说这么多,你亲眼见过吗?你们公安局就这么不负责任吗?"大娘指了指白松和王所二人。

果然,白松就知道会走这一步,无论你说啥道理都没用,白松头疼,王所也头疼。就在这时,围观的人群让开了一道缝,进来一个比大娘年龄略大一点的大爷,白松看着眼熟,却想不起来这人是谁。

"李哥,你咋来了?"大娘看到大爷有些惊讶。

"我要是不来,你嫂子都该过来打你了。"大爷转过头来指了指白松和王所,"你知道这俩人是谁吗?"

"啊?谁?"大娘一脸的诧异。

"你们家,还有我家婆娘的低保,就是人家帮忙弄证明才办好的。"大爷说,"你快别在这里丢人现眼了,还有什么投诉,快打电话给撤销。这俩人可是咱们的恩人哪!"

第二百二十三章 巧合

白松这才认出来,这是去年自己第一次来东三院出警时那个被入室盗窃的大爷。后来白松把大爷家的情况跟王所和李教导员都汇报了,自己帮忙把大爷媳妇的低保证明给办了,因为的确符合条件,所以事情倒是很好办。

而且趁着这个机会,白松一口气给东三院的好几个人都办了低保证明,但是其他人白松没见过,是居委会统计的。

这事白松早就忘了,此时看到大爷才想起来。

白松发现,大爷在这里的威望挺高的,他感谢了白松几句之后,便把这个棘手的问题解决了。声称"丢了三只鸡"的大娘立刻啥也不追究了,还连连道歉。

这一来,白松在这里的威望顺带着也提高了,这倒使后期工作的开展顺利了很多。

人群都散了之后,白松向大爷表示感谢。这会儿,有个居民凑了过来,向白松示意了一下。白松皱了下眉头,不知道是啥事,跟大爷说了声抱歉,就跟着这个居民来到一旁。

"什么事,老哥?"白松问道。

"我感觉你是个好警察,我才跟你说,你无论如何也不能说是我跟你说的。"男子四顾了一下,发现确实没人看着这里,小声地说道,"你上午来我家的时候,不是问我们邻居的情况吗?我当时跟你说我不知道,其实,我知道一点。

"他家已经半个多月没人来了,但是半个月前的一天晚上,具体哪天我记不得了,当时他家来了好几个人,都是男的,我也不知道是谁,反正在里面闹了好半天,当时我印象挺深的。那天晚上之后,他家里的人走了,一直到今天,家里都没人。"

"那你邻居长什么样子?是做什么的?"白松小声问道。

"年轻人,跟我岁数差不多,不是每天都回家住,但是偶尔会带女人回来,呃……不同的女人。"说到这里,这个哥们儿有些腼腆,"其他的,我什么都不知道了。"说完,这人就走了。

东三院白松已经基本查了一遍,有几十户没有发现具体的住户,而这个人所说的,白松立刻就有预感,这就是疤脸的住处。

白松在这一块转了几天,可以说对这个地方相当熟悉了,听这人一说,白松脑海中立刻浮现出了地图。

确实,这个地方和费明、费鹏住的地方呈对角,疤脸与这二人关系一般白松是知道的,这个位置也确实是符合疤脸的性格。

而且,如果白松没有记错的话,这个房子附近好像有一处监控。

这监控不是这一户安的,而是旁边那户,就是最外面的门市房,这个门市房的四周都安了监控。

有了这个线索,白松跟王所说了一声,直奔那个门市房。

白松走得很快,小百米的路程半分钟就到了。这里的门市房就是个小餐馆,卖牛肉板面,可能老板也知道这附近的杂事多,在屋子四周和里面安装了九个摄像头,不过看样子也不是什么新设备。

听到白松的话,老板倒是很配合。

"警官,我这里的监控没法存那么多天,大概也就是十几天。"老板带着白松到了旁边的小屋子,"这个设备非常老了,很多地方都坏了,而且存储器也有毛病,动不动就丢失文件。人家的摄像头都是按照时间,自动地把到时间的视频顶掉,我这个不是,反正时间越长,越容易丢。我也搞不懂。"

"还有这事?"白松有些好奇,他也不懂了,这时候把王亮叫过来也来不及，人家还上班呢。

这个摄像头可不是连接着电脑，它是传统的摄像设备，里面的存储器也不知道是什么样的硬盘，白松可不敢随意断电取硬盘。

而且，白松也没这个权力把摄像头给人家关了，人家老板配合警察也算是情分了，万一自己关机拔掉，一会儿饭馆里打架了没有摄像，这责任谁来承担？

白松正想着这些事，很小的大背头屏幕上终于显示出了文件数。

确实有不少文件，白松排了一下序，差不多过了十分钟，排序结果出来了，足有三千多个视频文件。

九个摄像头，一段视频是一小时左右，一天下来就是两百多份视频，也就是能存十五天左右。白松一排序发现，还真的有疤脸消失那天晚上的视频，而且是6号摄像头的录像。

白松之前看了，6号和7号摄像头能看到疤脸家门口和侧面，其他几个都看不到。

白松正琢磨着，疤脸消失那天的1号摄像头的文件突然丢失了——被顶掉了。

白松来不及开心，汗直接就下来了。

怎么办？

要真没找到那个时候的视频倒也罢了，可是看到了，却取不出来，这谁也受不了。

现在去现场看？

这个设备非常卡，播放视频不是不行，想加速估计不行，而且现在不知道还能存在多长时间，况且这些视频文件，不知道哪个里面有关键信息，怎么看？

白松正想着，6号摄像头的文件也丢失了一个。

冷静！

白松拍了拍胸，这是啥，硬邦邦的？

第二百二十三章　巧合

白松打开了警服的上衣口袋……

这不是郑彦武走之前，随手送给白松的那张内存卡吗？

第二百二十四章　搜查

这个内存卡已经在白松这里放大半年了，一直放在制服口袋里，换衣服的时候白松也顺手放进去。

主要原因是，白松觉得这个内存卡不是自己的，而是暂时借郑彦武的，回头遇到郑彦武要还给他。也正因如此，白松一直带着，这就派上用场了？

白松遥敬了一下老郑，把内存卡插入设备里，结果，这张卡被很顺利地读取成功了。只是读取速度是真的慢，好在视频的清晰度很低，一部视频只有一百多兆，二十分钟过去，有六段视频被拷到了卡里。

白松心里逐渐平静了下来。虽然情况还很不明朗，甚至他都不知道到底发生了什么事情，但是有这个视频，起码就有了继续侦查下去的线索。白松谢过老板，也不跟王所打招呼了，先回到派出所，拷出了六个视频。

16倍速下，整个镜头什么有用信息都没有，白松很快就翻到了第四个视频。

这个视频是6号摄像头的视频，放到一半的时候，白松看到了几个人影。

倒退，以正常速度播放，只见一共五个人，慢悠悠地进了家门。

摄像头的像素很低，而且是晚上，从背影什么也看不清，但是能看到有两个人转头看了一下，应该是四望一下有没有其他人来。

白松一眼就认出了费明，至于另一个，应该就是疤脸了。

白松没有见过疤脸本人，但是见过照片，大致是可以认出来的。

虽然从六个视频中只找到这么一个有用信息，但是足以振奋人心了。

这个消息有什么用呢？审讯费明？

当然不是。

费明已经出来了，防范意识很强，怎么问，肯定都是一个没有意义的答案。

事实上，这个视频最大的作用是程序上的补足。

白松把几处关键的地方拍了照片，把视频做了备份，又开车回到了现场。

王所还没走，经历了刚才的事情，工作开展得额外顺利，但是仍需要王所在这里镇场子。

"怎么样？有什么收获？"王所问道。

"你看看这个。"白松没有提获取视频时的侥幸，只是把照片给王所看了一下，然后大致讲述了视频的情况。

"那这个视频有什么用？你想查附近的其他录像吗？我估计这附近没有一个能保存这么久的。"王所看白松兴致很高，有些不太理解，难不成白松打算审讯费明？

"有用啊，王所！"白松指了指疤脸房屋的方向，"疤脸盗窃那个案子，咱们不是已经正式立案调查了吗？有这个视频，就能够说明这里是疤脸的家了，这样我们不就可以申请对这一户进行搜查了吗？"

白松说完，王所愣了一下，确实有点道理啊。

"你去查这个录像，就是为了搜查？"王所有些好奇。

"是啊，只要确定疤脸在这里住过，咱们不就可以跟局长申请搜查了吗？到时说不定能发现其他线索呢。"白松兴致勃勃。

王所若有所思："再给我看一眼照片。"

搜查虽然不是刑事强制措施，但也是非常重要且程序严谨的侦查手段。因而，搜查必须像刑事拘留一般，需要公安局批准，派出所则不行。

正因为如此，如果白松只是听疤脸的邻居说这一家可能是疤脸的住处，想申请搜查，是不可能被允许的，一切得依法办理。仔细看完照片，王所答应了,让白松先回去办手续。

白松走了之后,王所陷入沉思。

遇到一件事,有的人只看到表象,有的人会思考真相,而白松则习惯性地发散思维,去追求这件事的本质和各种可能。

因为准备工作做得充分,白松把照片上传之后上报搜查申请,王所又打电话联系了一番,很快,搜查证就被批准了。

这次搜查,所里安排了三个人来——白松、马希以及刘峰。

在搜查之前,白松带着移动硬盘又去了装监控的那家牛肉板面馆,把6号和7号摄像头拍的所有视频都进行备份。

这个需要很长时间,超过十个小时。白松也做好了这个准备,带来的移动硬盘是空的,因而并不存在泄密等可能,可以放心地放在这里慢慢拷贝。

之前刘峰带着白松勘查穿山甲那个现场的时候,白松就知道刘峰在这方面是行家里手,这次便主动找领导要了刘峰过来。

现场勘查算是白松的弱项,虽然在大学也学习过,但他经验不够丰富。其实白松还想让四队的人来,要是郝师傅能来就最好不过了,不过这个阵容也足够了。

平房的门很好开,甚至没咋锁,几个人从居委会找了个大妈作为见证人,就打开了门。

这里面一看就知道很久没人来过了,前段时间下过雨,院子里虽然是水泥地,但是也有泥土,泥土呈现出了雨水蒸发掉之后的自然形状,没有任何脚印。

几人先是简单地查验了一番,就进了屋子,其间全程录像,有见证人在场。

白松戴着手套进了卧室。

这里面一共有三间房子,三人一起,逐一检查。

屋子里没发现任何有价值的东西,看样子不似失窃,反而能看得出来主人家确实没什么钱。

第二百二十五章 蹊跷

疤脸这个人，白松可是研究很久了，可以说对他比较了解。

知己知彼，百战不殆。无论是哪个案子，白松都习惯于第一时间分析死者或者嫌疑人的生平。

任何一件事都不是孤立的。

每个人，你现在所做的一切，都与你的经历有关，甚至你所接触的每一个人都或多或少对你有影响。

王若依为什么会杀李某？

恐怕连孙晓若都不会相信，这件事责任最大的是王千意，其次就是孙晓若。

孙晓若如果很在意丈夫出轨，那么完全可以离婚，但是她觉得离婚影响不好，对孩子也不好，一直默默忍受。如果她不在意，也可以过得不错，追求自己的生活，有着不错的家庭环境，也可以实现自我价值。

可实际情况不是的。孙晓若郁郁寡欢，又不敢跟王千意说什么，过得很不幸福的她把女儿作为唯一的寄托，把自己所有的感情都给了王若依，却失去了自我，没有获得感。

王若依呢？父亲是高智商的罪犯，母亲是知识分子，这样的家庭，加之家境良好，王若依非常聪明，自然也特别爱母亲。可母亲越爱她，她越能感受到母亲的不幸福。

以上种种因素共同作用，引发了骇人听闻的惨案。

疤脸呢？

这世上很多犯罪是激情犯罪，基本上漏洞百出，很容易破案。除了激情犯罪之外，基本上就是预谋犯罪了。

预谋犯罪，几乎所有的嫌疑人都想要躲避侦查，只是水平有高低，但水平再高，犯罪过程也是有迹可循的。而且，很多没有高学历的人，不见得就不是高智商。

不知道为什么，白松对疤脸了解越多，越觉得疤脸很聪明。聪明灵活的脑子和极差的成长环境，使得疤脸非常自负，很自以为是。

说他聪明，并不是说他掌握了什么高端的物理、化学知识，而是这个人在社会上混迹多年，很难被骗。

搜查持续了差不多二十分钟，房子很破败，没有多少东西能经得起三人搜查。

一分钱都没有，只有打火机之类的杂物，还有几本书、一个崭新的本子、三支笔、一些衣物等，基本上没有任何价值。

白松和刘峰、马希商量了一下，扣押了书、本子、笔。

办完手续之后，几人一起回来，这些东西暂时就先放在白松那儿。

几本书都是讲怎么做人、怎么做菜的，白松回到办公室，仔仔细细地一页一页翻看，没发现这些书有什么价值。

疤脸会看这种书？开什么玩笑！

白松本想摘下手套，把东西先暂时锁起来，又往桌上扫了一眼，总感觉哪里不太对劲。

到底是哪里不对劲呢？

当发现一个问题，却不知道答案的时候，最好的办法就是把问题尽可能地细化，然后一点一点地解决。

先从书开始。

怎么做人、怎么做菜的书，翻动痕迹很小，说明疤脸没怎么动过。

这很正常，这些书印刷质量非常差，一看就是那种路边摊论斤卖的书。如果这么说，这几本书怕是随便买的、买错了的书。

按照这个思路逆推，那么就一定有买对的书，而且被带走了。

疤脸，书。

这事情非常违和，事出反常必有妖，这么推理的话，疤脸曾经买了不少书，以至于买错了几本，而其余那些书他都带走了。被带走的书是什么，白松不得而知。

再看笔。

三支笔款式都不同，也都不是知名品牌的笔。白松用三支笔在一张白纸上分别画了一下，都是黑色碳素笔，没什么区别。拆卸后组装，未发现任何异常。

至于本子……

白松突然感觉到违和感从哪里来的了。

这个新本子被翻开过！

一个新的笔记本，直接摆放在桌子上，由于纸非常平整，即便纸与纸之间有整体皱起，也是距离相等的。

而一个本子如果被翻开写过字，再合上，即便过了很久，由于纸制品的弹性问题，折痕处还是会有不同于新本子的翘起。

而这个本子就有翘起。

白松没有急着翻开，而是仔细地观察了一下翘起的位置，从那里轻轻地翻开——白纸。

白松看了看前后的页面，都是白纸。

有啥特殊的含义吗？

白松敲了敲自己的脑袋，自己是不是傻了，疤脸又不是写小说的，还能有那么高的智商，给人留下线索？

算了，先不想了。白松把东西收拾了一下，放入柜子里，而后习惯性地把自己的笔和白纸等放入自己的抽屉里。

一种莫名的疑惑感瞬间溢满脑海，有什么地方不对，到底是哪里不对呢？

第二百二十六章　脉络

本来都要离开办公室的白松，蓦地止住了脚步，愣愣地站在办公室门口，大脑飞速运转。

到底是哪里不对劲？

"白松，你怎么……"

马希从这儿路过，看到白松这个状态，不知道怎么了，就过来问他。白松伸出手，把左手食指放在嘴边，示意马希不要说话。

马希自然明白白松这个手势的意思，立刻闭上了嘴巴。

白松保持着这个动作，从门口又一步一步地退了回去。

马希见状，也慢慢地跟着白松进了屋子。

白松思索着刚刚所有的事情，回放着脑海中的场景，缓缓来到了自己的椅子旁，接着把刚才试笔的那张白纸拿了出来。

蓦地，白松发现，白纸上居然只有两道笔迹。

对了！就是这个不对劲！白松用三支笔各试了一次，应该有三道不同的笔迹，但是现在只有两道！

刚刚大量分泌的肾上腺素此时如潮水般退去，白松软塌塌地坐在了椅子上。

是褪色笔。

这三支笔中有一支是褪色笔，或者是紫外荧光笔。

如果是这样，那么疤脸应该用这支"隐形笔"写了些什么东西，但是不知道具体写了啥。

"隐形笔"也好，褪色笔也好，怎么显像呢？

我们日常比较常见的是紫外线灯显像，类似于纸币的防伪标志。白松立刻上网查资料，边查边记。

"这支笔写过字就变没有了吗？"马希好奇地拿起笔观察起来，"这跟我儿子练字用的那个有点像啊。"

"如果是那样就麻烦了。"白松随口说道。

"有啥区别呢？"马希好奇地问道。

"你看这个，"白松把手机拿到马希面前，"你说的是练字的褪色笔，原理就是墨水中的显色物质与空气中的氧气、二氧化碳或者水蒸气发生反应，变成无色物质，而且这种反应通常不可逆。

"比如这款光敏药剂，学名是吲哚啉苯并吡喃磺酸，溶于水后为开环结构，显色，在紫外光照射的作用下形成闭环结构的隐形体，呈无色，但是，怎么再变成有色物质，我就不知道了，这超出了我的化学知识范围。除非这个是紫外线显像笔，否则就没戏了。"

"你别说了，我听不懂，什么玩意这是。不过我明白了，就是说现在找个紫外线小激光灯试试就知道了。"马希说道，"这个简单，咱们所门口文具店就有卖的，一会儿我去给你买一只。"

不知不觉地，马希把自己当成小兵，把白松当成警长了。

"不用不用，"白松有些不好意思，"我去就行了。"说完，白松也不再多想，把东西放下，跑了出去。

马希看着白松跑了出去，心道这小伙子还是懂事，这种事知道抢着干。结果马希刚要走，却突然发现白松东西都没有收拾，敢情这是让他帮忙看管一下？

很快地，白松就跑了回来，来回几百米的路程，白松的头上都见汗了。

"但愿有用。如果真的是纯褪色笔，就麻烦了。"白松举着一个小玩具紫外线灯。

白松仔细地横着、斜着看向本子翻开的几页，这样细致地观察会发现纸上确实有书写过的痕迹，但是没有显出任何颜色。

白松用紫外线灯照射了半天，一个字也没有出现，又照了照书，还是没有字。

白松拿出一张人民币，拿这个灯照了一下，发现纸币上面的防伪标志清晰可见，说明小灯是没有问题的，也就是说那支笔不是紫外线显像笔。

"不行吗？"马希问道。

"嗯，不行，不过能看出来，这个本子上确实写过一些字，"白松指了指本子上面的一些印痕，"但是已经没了，估计这支笔是褪色笔。"

"能确定这儿曾经有字？"马希听懂了白松的意思，"那你就别担心了，市刑事科学技术所的笔迹鉴定那边有我的老同学，只要写过字，交给他就没问题。"

"这也行？"白松有些惊讶。

"专业的事情交给专业的人来做，这个你忘了？"马希看到白松不懂，心里舒服了很多，不得不说，教育、指导一下白松是一件很开心的事情。

白松点点头，表示明白。

有立案手续，字迹鉴定手续并不难，白松习惯性地把这事交给了马希。

马希答应了之后就开始办手续，手续办了一半突然发现，到底谁是警长？谁安排谁干活？自己这是被"套路"了吗？

白松倒没想这么多，他有其他的事情要做。

从大北菜市场到东三院并不算远，这也是疤脸和费明等人在这里居住的原因，毕竟这些人不咋讲究居住环境。

白松把车停在大北菜市场门口，慢慢走着前往东三院。

路上，白松四顾，很快就看到了一个书摊。

白松要找的就是这个，如果进行场景重现，结合目前掌握的真伪交错的各类线索交叉分析，大体有这样一个脉络：

一、有一处疑似墓葬或者"宝藏"的地方，地点位于大山省大山市附近；

二、费明、费鹏等人对此事知情，并一起与疤脸讨论过这事，但是没有达成具体协议；

三、疤脸自己去办了这事，把这些人都抛弃了，但是这些人对这事讳莫如深；

四、疤脸对这事做了一些研究，可能买了一些相关的书，并且也有自己的计划；

五、疤脸已经做好了不回来的准备，把财物之类的全部带走了；

六、疤脸失踪了。

第二百二十七章　化学

这个书摊挺大的，在马路边铺了一张很大的破旧塑料布，上面密密麻麻地摆着几十摞书。旁边是一辆打开了侧板的三轮摩托车，车斗里也摆着很多书，除此之外还有一个遮阳棚。卖家是个老大爷，看样子年近七十，精神不太好。

"看点什么书？"老大爷问道。

"没事，瞎看。"白松穿着便服，也没有开车子，就这么慢悠悠地蹲下，在书摊上随意翻找起来。

这里的书摆放得不是很整齐，应该是被翻过很多次。大爷的身体看上去还算硬朗，但是搬书这种事毕竟很累，估计每天来，也就是搬下搬上一次而已。

一摞书有五六本，什么类型的都有，以小说居多，除此之外还有很多历史书、人物志、奇谈志怪、生活小常识之类的书。

这几年随着互联网的发展，卖盗版书的逐渐地卖不出去了。不过2012年是智能手机刚刚开始普及的时候，看样子大爷还是能维持生计，这会儿有几个人也在翻着书，还有人买了两本。

几本历史书，白松翻了翻，又拿起来看了看，这些书下面都不一定是历史书了，摆放得很乱。

但是书这种东西，毕竟不是薄薄一层纸，怎么会存在买错了这一说？怕不是这个疤脸看了几本，直接把一摞拿走了？

无论是盗窃还是强买不给钱，白松都毫不怀疑疤脸能干出来。

想了想，白松走到了三轮摩托车旁边，趁着周围没人，小声地向大爷问了一句："伯伯，我有个事情得问您一下，您可别说我。"

"但说无妨。"大爷出口成章。

"是这样的，大约二十天之前，我有个哥哥，他因为看书着魔，说要出来买几本书看，结果还真的带了好几本书回家，可是他身上没有钱。我妈知道这个事之后，让我问一问附近的书摊，那段时间有没有出现好几本书一次性被偷了或者被人强行拿走的事情，如果有，让我把钱给补上。"白松信口胡编。

大爷看了一眼白松，又仔细地瞧了一下，随即道："有这么一个人，但是，你不可能是他的弟弟。"

"嗯？"白松真没想到大爷会这么回答，难道说大爷慧眼如炬？恐怖如斯？

白松迅速地平复了一下心情，跟大爷说："反正是我的朋友吧，既然是您这里那就没问题了，多少钱？我来赔偿。"

"不用了。"大爷摆摆手，拿出毛巾擦了擦书上的灰尘，"过去的就让它过去吧。多大点事，几本书而已。"

"啊？"白松真的有些惊讶了，怎么会有大爷这种人？

"你和他气质完全不同，很对立，如果他是坏人，那你就应该是警察了吧？"大爷直接说道，"有什么事，你直说就可以。"

在自己最擅长的领域撇斜被打脸是什么感觉？

好在白松脸皮厚，很快就恢复了过来，说道："工作需要，伯伯您理解一下。"

"无妨。"

白松看着大爷一副高深莫测的样子，实话实说："伯伯，我确实是警察，我查到有人可能在这附近拿走几本书，而且应该是强拿，我现在想了解一下这个人拿走的是什么书。"

"哦，这个事啊。"大爷沉思了起来。

有戏，白松满脸期待，看着大爷思考的样子，满脸都透露着睿智的光芒……

"记不清了。"大爷点了点头。

"……"

"这很正常，我这里这么多书，少几本我怎么知道？"大爷一脸的理所当然，"哦，对了，我想起来了，里面有一本《化学基础》，嗯，这个能记得。"

"《化学基础》？没有历史书之类的吗？"白松问道。

"嗯……有吧，哦，有。以前有几本讲大山省的一些奇闻怪谈的书，好像被他拿走了，剩下的就不记得了，杂书。"

"那，您说的这几本书，还有吗？"白松又鼓起勇气问道。

"没有了，以前有好几本，但是前段时间都被人买走了，被你说的这个人拿走的应该是最后一本了。"大爷说完翻了翻自己的车子，"不过，《化学基础》我这里还有，给你看一下。"

说完，大爷从车子里找出来一本书，递给了白松。

白松翻看了一下，基本上就是初中、高中的化学知识，虽然很多都已经忘了，但是勉强能看懂。他边看边嘀咕："他拿这书干吗？这些基础化学有啥用？"

"基础化学？"大爷一听乐了，"行，看样子你底子还可以，我这里还有几本书，你看看，看得懂吗？"

大爷很快地又拿出了四本书，都很厚。

白松瞥了一眼封面，头都大了。

《分析化学》《有机化学》《无机化学》《物理化学》。

"这也都是基础，你想学哪个？有兴趣书可以带走。"大爷很是随和。

这什么情况？白松不由得"吐槽"道："怎么感觉您跟大学教授一样……"

"哦……曾经是。"

第二百二十七章 化学

大学教授退休了卖盗版书?！白松整个人都不好了，连忙晃了晃脑袋，先把四大本化学书放到一旁，问道："伯伯，我问您一下，那个人拿走的那几本书，到底是什么？您再仔细想想可以吗？谢谢了。"

"嗯……"大爷听罢皱起了眉头，很认真地思考了差不多一分钟，接着说道，"不记得了。"

"……"

"不过，"大爷说道，"名字虽不记得，但是大概是什么书，如果看到了，我能想起来，等我去批发书的地方再找找。"

第二百二十八章　历史

白松对这事很上心。这会儿是下午下班时间了，他估计大爷不会在这里待太久，磨了一会儿，大爷同意他跟自己一起去批发书的地方。

"你该不会想打击盗版书吧？"大爷蓦地问道，"是不是也要把我抓起来呢？"

"啊？"白松突然愣住了，这个……

"哈哈，"大爷笑了，"你仔细看看这些书，有哪本是盗版书？"

白松很窘，这些书，哪本看着都像盗版书！

《刑法》第二百一十八条规定，以营利为目的，销售明知是本法第二百一十七条规定的侵权复制品，违法所得数额巨大的，处三年以下有期徒刑或者拘役，并处以或单处罚金。

而上文所述的第二百一十七条，就是说的盗版书。

白松拿起几本有些旧、印刷质量还不太好的书，仔细地翻了翻："你这书是正版的？"

"好了，你一会儿跟我去看看吧。"大爷也不解释。

白松又翻了几本，还真的每一本都有出版社，而且虽然纸质和样子不是很正规，但是印刷都没什么问题，也就暂时不考虑这事，一会儿再说吧。

白松相信这个大爷退休前确实是大学教授了，不由得对四大本化学书有些兴趣。

"您以前是化学教授？"白松问道。

"嗯，算是吧，我是研究量子化学的，现在有时候也回学校忙活，但是闲下来就过来卖书。"

这倒是侠之大者啊，大爷肯定不是为了钱，就是为了……也不好说，可能是个爱好吧。

不过，量子化学是什么？怎么听着像是诈骗的？

现在不是所谓高科技都爱说是量子的吗？什么东西都爱加上"量子"二字，这个词简直被滥用了。

看着白松一脸的怀疑，大爷有些不开心，拿出四本书中的一本："量子化学，属于物理化学的一个分支，是一个挺宽泛的概念，下面还有很多边缘学科，估计给你讲了你也不懂。"

"呃……"白松都做好听一些极为晦涩难懂的东西的准备了，结果就说了这些？这个大爷该不会是骗子吧？

接过《物理化学》这本书，白松感到有些新奇，这是啥书？翻开一看，结构化学、热化学、量子化学……

"还真有这个东西？"白松挺惊讶的，最惊讶的是，这本书上面密密麻麻地记着笔记。

"这是您写的？"白松问道。

"算是吧……哦？你指的是上面的笔记啊，那不是我写的，是我以前的一个学生写的。"大爷没有多说，把书从白松手里拿了过来。

白松也没多问，陪大爷待了一小会儿，大爷又卖了几本书，时间差不多了，收拾东西准备走。白松帮忙，很快就把书都放到了车上。

"你怎么走？"大爷问道。

"就坐你这车吧，我看还能坐一个人。"白松指了指三轮车前面的座位。

"行，那就出发，回来的时候自己打车吧。"大爷示意白松先上车。

盛夏，傍晚五六点，天还很亮，白松坐在三轮车上，跟着大爷一起去了一家废品收购站。

白松真的没想到，这个自称退休大学教授的大爷，居然带着白松到了赵国峰那里。

赵国峰看到这对组合,也是没看懂,但还是先过来跟白松打招呼。

"白警官,您看,您来一趟也不提前说一声……"赵国峰跟白松握了握手,"有啥事?"

上次白松因为李某被杀案的铁桶问题,来过赵国峰的这个废品收购站几次。在那之后,因为铁桶是化工厂丢失的赃物,派出所还过来问责过赵国峰。不过赵国峰对这些东西的来历确实不知情,后来也没苛责他。

也正因为如此,赵国峰看到白松还是很客气的。

白松简单地说明来意,接着跟大爷聊了几句,才知道怎么回事。

这些年,纸质版书籍销量越来越差,很多书店倒闭了,赵国峰看准时机,按照高于废纸的价格,收了一大仓库的书。

如果卖废纸,赵国峰肯定赔钱,但是按书卖,就很赚了。除此之外,这里还有很多收废品收到的书,品相好的也放到了仓库里。

这些书的价格非常便宜,简直比盗版书还便宜,所以像大爷这样的人,就定期过来买一些,再拿去卖。

赵国峰拿不准白松和大爷的关系,对大爷也很客气,大爷挑书的时候他再也没有之前的不耐烦,虽然天色已晚,但是一点儿也不着急。

这里的仓库还挺大的,白松进去转了一圈,里面的书跟大爷卖的书差不多,闲书比较多,而且都是有年头的书了。白松甚至还发现了十年前的法律书,基本上也只有参考价值了。不过,这些书确实是正版书。

著作权是个很特殊的权利,著作的署名权、修改权、保护作品完整权是永久性的,无论书经几手,著作权主体都享有这些权利。

但是销售的权利则是一次用尽。当初书店以合理的价格买来这些书,现在任何人想怎么卖都不违法。

白松等了差不多二十分钟,大爷推着小车带着几十本书出来了。

"今天就拿这些吧。"大爷把书搬到电子秤上面。

"嗨,就这么几本,你直接拿走就行。"赵国峰大气地摆了摆手。

"还是称一下吧,反正也不值钱。"大爷不想领这个情。

第二百二十八章 历史

赵国峰听到大爷后面这句话，讪讪一笑，称了一下，也就几十块钱，给大爷抹了零。

大爷也没客气，交完钱，从书里拿出两本递给白松："这是你要的书。"

白松等了很久了，书一到手立刻翻看起来。

"那我先走了。"大爷推着小车离开了仓库，不一会儿又把小车送回来，骑着自己的三轮车离开了。

第二百二十九章　科学

白松大致翻了翻两本书，有些无语。这两本他等了半天的书，一本是《魂系大山》，另一本叫《大山轶事》。前者还是一本正儿八经的文化读物，后者简直就是搞笑的吧？

就连《魂系大山》这本书，也只是写了黄河文明出自此、天下大势都与大山省有关之类的内容，难不成疤脸打算根据这些书进行考古？

白松都想把这两本书放回仓库了，这种书，知道名字在网上也能看，没必要占废品收购站老板的便宜。白松把书翻了翻，就打算把书放回去。

赵国峰不知道白松啥意思，便跟着白松转了一圈。

"有啥需要吗？"赵国峰不知道白松在干吗，张口问道。

"刚刚大爷从哪里拿的这本书？我怎么找不到？"

"啊？这个？"赵国峰看了一眼，"嗯，我找找。"

赵国峰找了两圈，才在一个角落找到了这些书的位置，类似的书还有不少，但是很多上面都蒙了尘。

"这些历史书卖不动吗？"白松有些好奇。

赵国峰点了点头："嗯。其实我也不懂，但是几个卖书的跟我说过，现在人买书，有的是看小说，或者看做菜的，再就是买一些人物传记、历史书啥的回去，摆书架上，装作自己有学问。

"但是这里的这些书，很多都是写各个省、各个市的书，怎么会有人要？当时书店仓库里有这些书，我都不想要，后来他们没地方放，干脆按照废纸价格卖给我，我就堆在角落里了。"

"那也就是说,这些卖书的,一般都不批发这些书?"白松反问道。

"也不是,我还指望这些人帮我把这些书全卖了呢!所以,像这种按废纸价格收来的书,我一开始就送他们几本,卖不出去拉倒,卖出去了,他们就会再来买这种书。不过,也就刚刚那个老大爷最近好像卖了好几本这类型的书吧。"赵国峰回忆道。

白松道了谢,却没有把书还回去,打算带回去慢慢研究。

回到停车的地方,白松先把车子开回单位收拾了一番,接着回到了住处,硬着头皮,把《魂系大山》这本书看了一下。这书其实写得还不错,分上下两册,但是这里只有上册,当初疤脸拿走的也只有上册。

上册主要写大山省地理位置优越,人杰地灵,是文明发祥地,出了很多帝王将相、人杰奇女。

看了一会儿,白松实在是浪费不起这个时间,又拿起了自己的法律书——距离考试还有三周。

一直学到晚上十二点,白松晃了晃脑袋,决定把那两本书当作睡前读物。

白松随手把《大山轶事》拿了过来,津津有味地读起来。

哎,写得还挺逗。

后人勘墓,看好了风水开挖,竟把自家祖宗的墓挖出来了;官拜宰相,结果上任途中因故而亡……

好吧,也没啥好笑的。

白松也不知道这些是真的假的,但是当作段子来看还行……

其中有一段写道,有一家祖孙三代都是盗墓贼,爷爷那一辈去挖,没回来,留下了年幼的孩子;后来孩子长大,成为父亲,也去了,也没回来;直到孙子这一辈的人长大,准备得很充分,才挖出来了,结果竟是两具尸骨……

这根本就不是墓,两辈人作死,把这个地方变成了墓。

这件事情如果只是如此,也不会流传下来。事实上,这个把爷爷、父亲的尸骨挖出来的男子，可不是省油的灯，他后来成了一个非常有名的盗墓贼，甚至近乎开宗立派，有了徒弟和很多手下，多次得手，而且还写了一本书。几个徒弟为此书闹了起来，甚至大打出手。

《大山轶事》中对此提供了一种解释，说他们大打出手，其实不仅仅为了这本书，更是为了财宝——这个男子有好几件宝物，都藏了起来，只有少数人才知道在什么地方。

白松看这个故事看得很入迷，看完了才反应过来，这可能正是本案的关键！

虽然这个发现挺大的，但是时间太晚了，白松决定睡觉，养精蓄锐。

第二天早上上班，白松带着三份辨认笔录去了书摊那里。

这几份辨认笔录，分别是费明、费鹏、酱菜李的，白松想从大爷那里了解，之前买这些书的，到底是不是这三个人。

很幸运，大爷还在那里，不过大爷的记性没有那么好，一个也记不清。对此白松也能理解，没有哪个售货员能清楚地记得半个月以前的顾客的样子。

不过大爷倒是很客气："如果把这些人带到我面前，让我指认，我有可能认出来。"

白松点了点头，表示感谢。

"对了，昨天说把这本书送给你，你还没有拿走。"大爷拿出了一本《化学基础》。

"啊？"白松接过来，"我还以为您要给我那四本书呢。"

"你看不懂的。"大爷面露笑容，"以我对现在的大学生的了解，基本上没几个人还记得中学学了些啥。"

"怎么会？中学时我化学学得不错！"白松还真就不服气了，他上中学时数理化都是很优秀的。

"那行，我考考你，氢氧化钠溶液与铝反应，是什么机理？哪一个是氧化剂？"大爷想了半天，想了个这么"简单"的问题。

第二百二十九章 科学

"这个还真难不倒我，铝和氢氧化钠溶液的反应中氧化剂是水。钾、钙、钠、镁、铝，前四种都能直接和水反应生成氢气，但是铝不够活泼，于是强碱的氢氧根就可以增大正向的反应程度，使得铝可以和水发生反应！"白松回答得毫不费力。

第二百三十章 《无机化学》

"可以啊。"大爷不由得高看了白松一眼,"你大学还辅修化学了?"

"我们有这些课,不过主要是生物化学,法医基础课上有的。"白松也不讳言。

警校的课程挺有趣的,一般来说,如果你是侦查学的,除了本专业课程,还要学其他专业的一门主课,而如果你是其他专业的,也要学一门侦查学主课,以此类推。

"你不像天华市的人。"大爷道。

"嗯,我是鲁省的。"

"怪不得,底子还不错。"大爷又拿出来几本书,"这都是大学的基础理论,是我的一个学生留下的课本,除此之外,大学还要学结构化学和化学工程。怎么样,有兴趣读读书吗?"

"有。"白松点了点头,对这些知识很好奇。

"哈哈,不错,难得现在还有爱看书的。"大爷把《无机化学》递给了白松,"看完回来找我。"

白松点了点头,等司法考试结束了,就有其他的书可以看了。

"对了,大爷,还不知道您叫什么名字呢。"

"我姓唐。"

白松点了点头,以后不能叫大爷了,得叫老唐,啊不,唐老。

这一趟没有多大收获,只拿到了这么一本《无机化学》。

回到单位,白松翻了翻书。这本书本身倒不值钱,网上几十块钱就能买到，但是上面密密麻麻的笔记就真的厉害了。看了几页，白松有些无语。

书看得懂，但是笔记看不懂，是什么体验？

白松暂时把这本因笔记而增加了很多倍价值的书放好，把其他几个案子忙活完，就抽空看起了考试的书。

还有二十天就考试了，明天值完班还得去一趟上京市，马志远送妹妹来上学，白松无论如何也要去一下。

这几个月是白松过得最充实的日子了，当时间流逝得越来越快，而回首已逝的岁月，发现自己并没有荒废时，就会有一种很强烈的满足感。

到了周末，王亮一听白松要去上京市，也要去，白松没反对，反正他本来就是要开车去，办个证就可以入城了。

白松还是第一次开车去上京，经验不丰富，上午七点多出发，上午九点多就被堵在了南五环上，跟马志远会合的时候，已经是中午时分了。

白松还是第一次见到马志远的妹妹马宁宁，听马志远说本来想给妹妹起名叫马宁静，宁静致远，但妹妹不喜欢，就叫马宁宁了。

看得出来，马志远对妹妹很是宠溺，这次来也是把大包小包都背在自己身上。

白松帮忙搬了东西，把马志远和他妹妹都安排好，到了晚上才开车带着王亮回去。

本来两人还打算回母校转转，但路上实在太堵了，就抓紧时间往回赶。走之前几个人互加了微信，白松向马志远承诺，马宁宁有啥事情都可以找他，算是了却了一桩心事。

回去的路上，白松开着车，见王亮聊微信聊得很开心，趁着堵车的工夫瞥了一眼王亮的手机："你比人家小姑娘大几岁？"

"五岁，怎么了？"王亮随口答道，然后愣了。

"你说什么？"白松看王亮，只见他一脸困惑的样子。

"你有毛病啊，套我话！"王亮醒悟过来，气坏了，"你把我想成什么人了？"

"……"

"你!"王亮气了,把手机放在一旁,这才看到白松车上的化学书,也不知道是不是为了缓解尴尬,直接道:"不和你一般见识,看书看书。"

天色已暗,白松这车上的灯光也就是聊胜于无,王亮居然真的看起了书。

"行了,书拿反了都不知道。"白松瞥了王亮一眼,只见王亮连忙把书调换了过来,调换的时候才发现根本就没有拿反。

"唔……"这回王亮缓了五六秒才坐好,盯着车前面的长龙,"照这个速度,什么时候才能回到家?"

白松不在意王亮故意岔开话题,他不是一个八卦的人:"看这个样子,估计等回到家得晚上八九点了吧。"

"以前在大学读书的地方,从来没开车从这边走过,现在才知道……"王亮似乎对白松不八卦这一点很满意,"一会儿回去我请你吃饭。"

"行。"白松坦然接受。

"哈,"王亮很开心,"你怎么还有这本书?而且看上面的笔迹,好像还是个女生,这人是谁?"

白松还没回答,王亮自己先八卦了起来:"不对啊,赵欣桥学的不是法律吗?这书是谁的?我跟你说,你可不能三心二意。"

"你化学学得怎么样?"白松没回答王亮的问题。

"哈,杠杠的,我大学还学过无机化学呢,我们专业可是工科。"王亮自我感觉良好,仔细地看了起来,"这就是我上学时的教材,我那考试分……"

"这是啥?"王亮翻了没几页,又看了看封面,"这是《无机化学》?!这句笔记写的是,PO_4 四面体和 VO_4N 三角双锥通过共用氧原子交替排列形成新颖的 V/P/O 无机螺旋链……"

王亮读完一脸蒙:"哥,你告诉我,这真的是《无机化学》吗?"

"嗯,你刚才不是说了吗?无机什么链?"白松信口胡编,"反正不脱离无机化学对吧?"

"行吧,"王亮又扫了几眼,"我相信你没什么情况了,写这个笔记的人,估计得比你大十岁吧……挺奇怪的,大佬怎么会用这种书来记笔记?"

第二百三十一章　确定目标

从上京市回来之后，白松又回归了原本的生活。9月6日，白松值班的当天下午，他终于等来了真正意义上的好消息。

之前马希去帮忙做的笔迹与痕迹鉴定，这会儿已经有结果了，而且非常有指向性，是一个很清晰的地址。

也就是说，疤脸在从这里走之前，还专门留下了这么一个线索。

这个地址，就在大山市一个县城所辖的山区，这里靠近大山，人烟稀少，但是位置写得很清楚，只要找到几个标注出来的地方，再知道方位和距离，就很容易找到。

疤脸为什么要留这样一个线索？

白松百思不得其解，叫上马希、冯宝一起讨论交流，三个臭皮匠，顶个诸葛亮嘛。

最终，最能在逻辑上自洽的一个可能，得到了三人的广泛认可。

这个是冯宝提出来的：疤脸和费明等人得到消息后密谋去参加，但是疤脸手里有最重要的线索，密谋之后，疤脸掌握了其他人的一般线索，自己连夜跑去吃独食了。但是，疤脸似乎对自己手头的线索有所怀疑，甚至对这件事情都有所怀疑，所以留下了这个线索，甚至使用了这种方法，难道这是给警察看的？

这个解释看似匪夷所思，却是唯一可以自洽的解释。

"咱们是不是把疤脸想得太聪明了？"马希很困惑，"我怎么感觉，他就是把地址记在了本子上，但他并不知道这支笔是褪色笔。"

"不可能吧。"白松摇摇头,"疤脸文化水平低,这些字写得跟狗爬的似的,写得肯定很慢很慢,等他写完,前面的字就已经没了。"

"这么说,咱们到底如何确定这些字是疤脸写的而不是别人写的?"马希问道。

"确定不了,但是目前只能按照这个方向去想。"冯宝道,"现在线索就在这儿,无论如何也要去一趟大山市了。"

白松很兴奋。每次开会分析问题他都感到兴奋,感觉像是在搞科研一样,研究各种可行的或者足以自洽的猜想。"那咱们去大山省的话,方便吗?这案子,领导会不会不同意?"

"这倒不难,我前几年还去过,开车就五百多公里,跟领导申请一下也不难。不过这个地方看样子有点偏远,咱们要去的话,得提前出发,还得好好准备一番。"马希仔细地看了看这个地址,"要是今天晚上没什么棘手的警情,我跟领导说一下,明天中午咱们就可以出发,在大山市小原县过夜,第二天早上就直接去这个地点。"

"咱们三个人去吗?值班来得及吧?"白松有些担心。

"三天来回肯定是没问题的。咱们也别让别人去了,最近都挺忙的,前段时间处理几个打架的警情,几个老同志也够辛苦的。"马希考虑问题比较全面,"咱们三个人就够了。"

"不好说。"冯宝摇摇头,"王所也不一定会同意,估计他肯定也要去,这案子既然要搞,就搞得漂亮一点。"

"嗯,他能一起来更好,有领导带头,做事不也方便一点?去了那边跟当地有关部门对接也容易些。"马希表示同意,"先跟王所说一声吧,看看今晚的警情多不多,明天早上再议。"

第二天上午,白松美美地睡醒了洗漱,一晚上没什么复杂警情,就意味着今天要出发。这时白松接到了王亮的电话。

王亮这几天聊微信聊得有些着迷,总是犯糊涂,做事丢三落四的。昨晚他值了一晚上班,要回家的时候才想起来自己没有拿钥匙。

于是白松今天不打算回家了,他跟王亮约好,自己开车把钥匙送到三林路派出所。

好久没来三林路派出所了,虽然距离很近,但是对于派出所民警来说,自己的辖区线就好像隔离墙一般,因为过于关注自己辖区内的情况,有时候一个民警知道马路这边自己辖区的每一个老板的名字,却不知道马路对面别的辖区的银行、超市在哪里。

王亮给白松打完电话又去洗漱,过了一会儿才慢悠悠地下了楼,旁边还跟着李汉。

"行啊,白松你够有面子的,汉哥听说你来所里了,就要出来跟你打声招呼。"王亮招呼道。

"汉哥好,我应该专门来拜访你的。"白松跟李汉握了握手。

"哈哈,客套啥?几个月没见,你这个头是不是又高了?"李汉拍了拍白松的肩膀,"行啊,不错。我看你收拾得挺周正的,这是打算去哪里?"

"我们有个案子,打算去大山市出差,一会儿吃完午饭就出发了。"白松说道。

"你又要出差?什么大案?"王亮有些无语,"你咋有这么多大案?你们所治安是不是不好?"

"什么跟什么啊,不是什么大案,就是前几天杰哥、华东在的时候一起讨论的那个案子,我有线索了,地点就在大山市那边,我们打算去找一下这个地址。"白松拿出手机,把地址给王亮看了一下。

"这是什么地址,怎么还这么长?还有具体方位和标志物。你们这是准备上山啊?"王亮看完"吐槽"道。

李汉点了点头:"办点有意义的案子,还是挺不错的。"

李汉说完,白松就把手机屏幕转了过来。

"等等,"李汉突然说,"你把手机给我再看一眼,这地方,我怎么看着这么眼熟?"

第二百三十一章 确定目标 | 391

第二百三十二章 地点

白松听到李汉的话，立刻把手机放在李汉面前。

李汉越看越疑惑："这地方怎么看怎么像是个墓地吧？你们现在办案已经不找活人，改找死人了？"

"墓地？你是怎么看出来的？"白松一脸茫然。

"这方位，有阴阳，有朝向，方向为东北向西南，为八卦中的兑卦。"李汉皱眉，"不是墓地，怎么会这么标方位？"

王亮凑了上来："我怎么看不出来？"

"这个地点……"李汉陷入了沉思，"我总感觉在哪里见过。"

这句话点醒了白松，专业的事情当然要问专业的人。白松立刻让王亮找了间没人的屋子，把事情原原本本地跟李汉说了一下，把那两本书以及《大山轶事》中的记载也跟李汉说了一下。

"我说怎么这么耳熟，是这个事啊。"李汉听白松说完，恍然大悟，"怎么，你们所里还打算去一趟这个地方？"

"是啊，找了这么久才得到这样的线索，当然要去查查，局长都同意出差了。"

"这个地方我没有听说过，但是你讲的这个故事我是听过的。你说的这个开宗立派的盗墓者，在历史上名气确实很大。但是有一点你可能不知道，这个人，其实一辈子都对一件事耿耿于怀。"

"这件事，得从他爷爷和父亲的死因说起。当年他爷爷和父亲因为一个假墓双双被坑，而这种假墓，在历史上真实存在过，一般是专门坑盗墓贼的，能让没有准备的盗墓贼有去无回。这样的地方，有的是为了保护真墓，而有的……我现在理解，就是心理变态。

"而这个人就有一些心理不正常，据说，他给自己的墓葬做了好几个假墓，而且他做假墓的水准，居然远高于造真墓的水平。

"这一点，在考古界是有共识的。甚至有人说，他在设置机关和造假墓方面可以称为大师，但这毕竟不是什么正面的事，所以没有得到公认。"

"啊？照你说的，这个地方很可能是个陷阱吗？"王亮一脸担忧，对白送说，"你们别去了。"

"也不一定。"李汉道，"你们可能小看这个人了，如果真的是他设的陷阱或者他的假墓，那都是考古学家挤破头想要研究的地方，这个人虽然算不上机关术的集大成者，但是也差不多了。不过这个地方估计也不是什么好地方，从方位上来看，不像是什么好风水。"

"啊？"白松想了想，"李哥，你最近有空吗？我想申请咱们一起去一趟。"

"这不太现实吧，都找局长签完字了，再去申请，领导会觉得小题大做的。"李汉道，"到了现场你可以给我打电话，咱们一起商量。不过我也不是研究考古的，对这件事情也就是停留在听说过这个层次。只是你们一定要小心，如果发现是墓洞或者什么洞穴，就不要贸然进去，可以找当地的警察或者考古部门一起深入。"

"明白了，我们一定小心行事。"白松点了点头。

"一定要小心。毕竟有些东西，书上不一定有，当地人倒是会知道书上没有记载的东西，务必万分小心。"李汉再三嘱咐。

李汉倒还好，这一下子给王亮整得心痒痒的，很想去。但是李汉都去不了，王亮就更没希望了，而且这几天王亮就该考试了，还是应该把心思收一收。

白松把钥匙留下，带着疑问离开了这里。

中午大家收拾了一下，一行四人在食堂吃完饭就出发了。

第二百三十二章　地点 | 393

今天要先去小原县，然后在那里过夜。孙所把所里车况最好的全新五菱宏光分配给了出差的四人组。开车有一个好处——可以携带武器。四个人一共携带了两把枪，以备不时之需。

出发之前，大家去超市买了一些吃的喝的。白松买了200多块钱的矿泉水和方便面，也算是以备不时之需。

王所看白松跟搬家一样，都有些无语了，好在这车空间大。

对于这次出差，每个人，包括局长都觉得很新鲜，虽说是去找人，可是大家都在讨论白松刚刚从李汉那里得来的消息。

一路很顺利，天黑之前四个人就到了小原县城，他们找地方吃了碗面就休息了，第二天早上再出发，前往三十公里外的目的地。

晚上，白松跟冯宝住一个房间，冯宝睡得很香甜，他却翻来覆去睡不着。疤脸到底怎么样了？得手了吗？现在在哪里？⋯⋯

这边蚊子挺多的，白松连窗户都不敢开。他拿出手机看了看地图，山区地图他确实是看不太明白，看了半天也没什么收获，就拿出一本法律书看了起来。

第二天早上，四人吃完饭直奔目的地。

从他们住宿的地方一直到一个村子都可以导航，后面的一段路就是山路了，不过还算是不难找。早上九点不到，车子晃晃悠悠地到了目的地附近，接下来的路只能步行。

今天天气有些阴，四人都穿着长袖长裤，喷了防蚊虫的药物，各背着一个包，步行出发了。

这里的气候和天华市的没有太大区别，只是山上确实感觉凉快一些，不过山毕竟陡峭，所以走起来非常耗费体力。

"往前四百米有一棵大树，咱们到了那里之后休息一下。"走了半个小时，王所安排了一下休息。

虽然他们得到的地址很详细，但毕竟在山上，绕来绕去的，体力消耗得很快。

第二百三十三章　结果

　　步行其实不是很远，四个人一起商量着来，行进得还是很快。地址信息其实不难理解，真正难的是复杂的地形。
　　一个多小时之后，四人顺利到达了目的地。地址上所说的，应该就是眼前这一片地方了。
　　这里位于大山的山背处，树木很茂盛。本来白松以为，这里方圆百米是片很简单的区域，再麻烦也不过是东三院那个样子，可是真的到了丛林地带才发现这究竟代表着什么。
　　四个人散开，探查了差不多两个小时，一无所获。如果说有什么地方不一样，那就是一处悬崖了。
　　之前白松想的是，如果遇到了墓碑、墓地、山洞等，就不要随便深入，而是暂时撤退。可是现在遇到的是悬崖，怎么办？
　　四人又拉网式地找了一遍，最终的结论是，这里唯一可疑的就是这个悬崖了。
　　他们这次来不是没有带绳子，甚至还带了一套垂降设备，但是王所坚决不同意大家就这么下去。
　　悬崖这处边缘很长，白松看着就有些心悸。上次在南疆省差点从悬崖上掉下去，搞得白松都快有心理阴影了。
　　沿着悬崖边探寻了半天，四人在悬崖的边缘处找到了可以直接下去的路。但是这条路非常陡峭，白松想绑着绳子下去看看，王所不同意。
　　转悠了半天，四人最终还是决定先撤。

这种情况下，只能找当地警方寻求帮助了。

他们沿路留下了一些记号。归途倒是走得很快，下午四点多钟，几个人就开车回到了村子。

回到村子附近，手机有了信号，大家各自打起了电话。

白松把这边的情况跟李汉说了一下，还给李汉发了一些现场的照片。李汉看了照片连连皱眉，跟白松说："我不在现场也不好分析，但是从你的描述来看，这个地方风水还可以，但是有一个这么深、这么长的悬崖，这怎么可能是殡葬的风水？不现实啊。"

"李哥你还懂风水啊？"白松惊讶地问。

"也不是懂，这东西我反正不怎么信，但是研究历史多少会学习一点风水，毕竟古代可是盛行风水之术。"李汉接着说道，"总之，这个地方不对劲，但凡有一定的风水知识，也知道这个地方不会有墓。"

"不会有墓，意味着什么呢？"白松问道。

"你说呢？"李汉反问道。

白松点了点头，又寒暄了几句，就把电话挂掉了。

白松打电话的工夫，王所联系了当地的警察，据说明天他们会带着设备过来帮忙，今天只能先这样了。

下了山，白松开着车先来到了村子里。这也是大家一致的想法，到村里问一问，这个村子算是离这个地区最近的村子了。

四人分头去问。这里民风淳朴，村民对几名警察的到访都很热情，四个人问了十几户，得到消息之后回来汇总一下，发现村民们基本都知道那个悬崖，但是没人下去过。据说很久以前有人下去了就再也没上来，因而人们对下面是啥都不太清楚。

"这个疤脸，该不会在逗咱们吧？"回县城的路上，王所问道。

"逗咱们不太可能吧？"马希分析道，"但是，我感觉那个本子上的字根本不是他写的，搞不好是个烟幕弹。"

"这个时候谁也没办法找疤脸做字迹鉴定，但是这个地方应该也不是坑咱们的，这能有啥意义呢？"冯宝道，"先撤吧，明天再说。明天要是没啥进展，就该回去了。"

"好，明天早点出发，不行的话就回去。"王所点了点头。

"我有点担心，明天就算这边有支援又如何呢？怎么下去？总不可能让人家冒险下去。"白松道。

"这个倒不用担心，不要小看这里，他们明天会带着无人机过来。"王所胸有成竹。

"无人机？这个县城这么厉害吗？"白松惊叹。

2012年虽然不是没有无人机，但是进口的居多，白松就没见过几次，反正九河分局是没有的，这个县城居然配了无人机！

"不得不说，人家这边的一些基础设施其实一点也不比咱们差，甚至比咱们强啊。"王所也感慨道。

无论如何，到外地办案能获得当地的支持是一件很幸福的事情。县里的同志知道四人出差不易，第二天早上七点多就出车，陪着王所等人直奔目的地。

有了方向之后，路程变得顺利了很多。县里只派来了两个年轻的警察，应该说是一民警一辅警的搭配，体力都不错。一行人上午九点钟之前就到了悬崖附近。

民警名叫李军，背了一个大大的背包，说话很客气，在队友的帮助下，很快就把无人机组装好了。李军的同伴也背了一个背包，估计里面也是无人机，但是目前来看只需要一台足矣。

白松心情有些激动，看着深不见底的悬崖，心中感慨科技的重要性。如果没有无人机，他们只能直接下去，危险程度会直线上升。

无人机拍的图像还算清晰，几人都凑在屏幕前，屏息凝神。

因为这里的悬崖背阴多雾，崖壁上长满了青苔，白松看得头皮发麻。这种崖壁，即便是白松这样的非专业人士也知道下去有多危险。

随着无人机的下探，岩壁上出现了利器开凿过的痕迹，越往下越多。到了谷底附近，无人机的广角镜头里出现了一具尸体。

第二百三十三章　结果

第二百三十四章　住村（1）

从无人机传回的图像上能够看出现场的情况，死者死好多天了。

至于死者是不是疤脸，其实这么看谁也看不出来，但白松四人凭直觉感觉是他。

疤脸是白松追的盗窃案的主犯，但白松之所以一直要找他，并不是因为一起被盗者都没有报警的盗窃案，而是他总觉得，疤脸这样离奇地离开，一定是去做什么严重的违法乱纪的事情了，可能是盗墓，可能是贩卖违禁品之类……

但是此刻真的看到了悬崖下的尸体，白松还是有些难以释怀。追这个案子追了这么多天，是这个结局吗？

"这个……"李军看到这一幕，强忍着咽了一口唾沫，"是你们要找的吗？"

"算是吧。"白松仔细地看了看图像里的尸体，"死亡时间有些长了吧？"

李军旁边的辅警只看一眼这个图像就受不了了，找了个树坑开始吐。

尸体整个已经腐败，而且经过高腐之后的胀裂，现场基本上已经没法看了，从高清摄像头传来的图像中可以清楚地看到很多苍蝇的幼虫……

"这个怎么处置？"冯宝问王所，"这得下去一趟，咱们不是带了一套垂降绳索吗？我先下去看看吧。"

"垂降绳子是有，但是没有滑轮组和服装扣，这么下去太危险了。叫增援吧。"王所转头向李军问道，"无人机能测量这个悬崖的高度吗？"

"这里没有信号，没法测量高度。以我的经验，最低的地方有六十米左右的高差吧。"李军思考着操作的流程，没有看屏幕，直接说道，"还需要看看别的地方吗？"

"嗯，麻烦了。"王所目不转睛地看着屏幕。

下面与其说是山谷，不如说是一个大陷坑，四周都是崖壁。这个地方还算是距离底部较近的，其余的地方更难办，有的崖壁没这么陡峭，但长满了各种荆棘，看样子根本没法下去。由于没有信号的支持，无人机不能飞太远，加上电池的续航只有十五分钟，很快李军就操纵无人机返航了。

"麻烦，这种现场最麻烦。"王所也有些头疼，"以现在的设备咱们下不去，先回去吧。"大家都表示同意。

走之前，白松找了一块石头，避开尸体所在的位置，水平地扔了出去。不一会儿，几人就听到了石头落地的声音。

"四秒左右。"白松看着手机上的计时器，"确实是七十米左右，得多准备点绳索了。"

到了有信号的地方，大家纷纷掏出手机拨打电话。

首先要考虑的是管辖权问题。

在小原县境内发现尸体，按理说是当地警方来管，但是发现方是天华市警方，而且很可能与天华市的案件有关，应该说谁都有管辖权。

当地听说天华市这边想接案子，表示愿意配合做手续，案子由天华市办理。

这个现场实在是太特殊了，根本用不着保护。合计了一番，王所安排冯宝和马希先回所里，明天还要值班；他和白松待在这里，等待分局的支援。

白松苦笑了一下，心想，这次现场勘察，孙杰算是跑不掉了。虽然孙杰不是经验很丰富的法医，但是这里地形如此险峻，要是来个岁数大的，可能下去都费劲。

下了山，王所和白松打算住在村里，一是为了让马希二人直接开车回去，二是出于一种保护现场的心理安慰。

虽然这种地方常人避之不及，但是现场那么重要，如果不是条件不允

第二百三十四章　住村（1） | 399

许，王所都打算今晚住山上了。

村子里没有旅社，李军也不认识村里的人。不过王所和白松对这些不太在意，联系了一下村主任，便花了一点钱在一个农户家过夜了。

马希和冯宝把水和食物给王所和白松留下了大半，早早地驱车离开了，明天中午分局的支援就能到。

这个村子其实挺偏远，手机只能打电话，发个图片得看运气，靠近山那边还好一些，村子深处基本上只有2G信号。

村里来了外乡人，据说还是大城市的警察，这在村子里算是不大不小的新闻了。昨天白松等人已经走访了一些住户，部分村民对二人不算陌生，不时有人来串门，想听点新鲜事。

警察来干吗？村里谁犯事了？

第二百三十五章　住村（2）

王所和白松自然不会放过这么好的机会。来的村民都是一些消息通，加上他们昨天已经问过悬崖的事情，如今也没必要藏着掖着，二人继续向村民询问这里的事情。

这个村子不大，百十户人，民风还算是不错，大家基本上是知无不言。

这么一来，真的问出了一点东西来。

相传这座山上真的有好东西，据说那个峡谷，也就是白松说的那个"大坑"里就有什么宝物。

其实每一个村子附近，但凡人不太容易去的地方，就会有一些传说，有人说有宝物，有人说闹鬼，反正话匣子一打开，各种杂七杂八的说法都出现了。

因为白松他们此前追踪的线索是，疤脸可能是来此地盗墓，所以有意无意地，二人对这里有宝物之类的传说比较感兴趣，想知道疤脸到底是被什么线索吸引了过来。

于是众说纷纭，几个坚信这里有宝物的人都提出了不同的版本。有人说曾经有皇帝在此地修墓，结果挖了一半挖出了龙，只能作罢；有人说这里埋着一整支商队，商人们曾携带大量的丝绸布匹、金银瓷器……

反正有点常识的人都不会信，但是传说毕竟是有市场的，还是有很多人相信这些传说，认定这个坑没那么简单。

也正因为如此，后面的很多段子，其实都是村民们自己添油加醋说的。很快，传言就变成了警察发现并确定这里有宝物，要过来探宝。

这下真的麻烦了。

王所都有些慌了,这里哪有宝贝?但是万一真有人相信,想绑根绳子下去寻宝,发生危险了,是谁的责任?

王所和白松真的有一种控制不住场面的感觉,村民有这样的反应是二人始料未及的。不得已,王所只得把现场的情况说了一下,并给好奇心最重的几个人以及村里的干部看了一下他用手机拍摄的无人机传回来的图像并解释了一番……

这下谁都没兴趣了。

事急从权,虽然说这么做不太对,但是人性真的经不起考验,如果不澄清,就一定会有人瞎想,而且真的可能有人去探究,甚至是连夜探究。

这样一来,问题是解决了,可大家对二人的热情顿时大减。就连这户居民都有些为难了,话里话外表达出不希望二人在这里住的意思,可能是怕把瘟神带回家。

王所和白松苦笑了一番,找到了村支书。村支书倒是不介意这种事情,安排两人住在自己家。

睡觉前白松还在纠结所谓宝物的事情,并不是他真的想要宝物,而是疑惑为什么会有这种传说。

"你该不会真的以为这里有宝物吧?"王所见白松一直愣神,不由得问道。

"不是,我一直在想,为什么会有这种传说?"白松有些无语,"最关键的是,我们不能再去找人问了,再问下去,保不齐会让人以为那里真的有宝物。"

"确实,这种传说按理说不该存在。"王所皱眉道,"不过这事与咱们的案子没啥关系,就算有,也是当地考古部门的事情,没必要操这么多心,早点睡觉吧。"

正值9月初,天气还未变凉,正是蚊子凶的时候,白松盯着外面的月亮:"王所,我睡不着。"

"那你随意,我要睡了。"王所用打火机点了一盘蚊香,"明早想几点起床就几点起床,支援的同志明天中午才能到。"

"好。"白松点了点头,躺下后拿起手机刷题。

一夜无话。第二天二人吃了简单的午饭,增援就到了。

这可能是九河分局出过的最远的现场了,千里之外,异地办案,而且是这种有人死亡的案子。县里也派了一辆车、三个人过来,包括当地刑警中队的副中队长。

九河分局方面来了两辆车、四个人,除此之外,还携带了两套完整的高空垂降设备以及相关设备。

最出乎白松意料的是,来的这四个人他都认识——周队、孙杰、李汉和王亮。尤其是王亮,看着白松,一脸的得意。

第二百三十六章　谷底状况

发现有人死亡的案子很多，但是派出所接到的大部分此类案子都不是故意杀人案，绝大多数死者是意外死亡、疾病死亡，比如独居老人死在家中，警察来了只需要排除他杀可能即可。还有的是车祸类案子，一般情况下，交警和派出所都要去现场。

这个案子就没法这么说了，谁也知道死者不是跳崖自杀，好端端的人，跑这么远，就为了跳下去求死？看死者的位置，也不像是跳下去的样子。

"你得意啥？"白松百思不得其解，为什么分局会派这么个组合过来？周队和孙杰来，白松完全理解。李汉来，白松也理解，毕竟这可能涉及人文历史知识。

可是王亮明天值班，这可不是他想来就可以来的。

"哈哈哈，你猜猜我是怎么来的？"王亮还是一脸得意。

"这个真不知道。"白松摇了摇头。

"唉，看来你真的不知道我是个人才吧。"王亮哈哈大笑起来。

"德行！现场照片你看了吗？你什么时候对这种现场这么有兴趣了？"白松问道。

"呃……"王亮突然神情一滞，对这种现场他其实还是"敬而远之"的。

出发的路上，白松才知道了王亮来的原因。

上次在南黔省，王亮安装了多个信号接收器，而且还设置程序打开了骗子老巢的大门，给周队等人留下了深刻的印象。人才难得，这种技术人才更是难得，因而得知这次来的现场没有信号，周队就想到了王亮。

布置信号接收器、临时性信号塔，王亮自然是没问题，但是要得到当地通信部门的同意。得到肯定的回答后，手续问题不是王亮需要考虑的，因而，周队点名要了王亮。

白松很高兴，以王亮的天赋和基础，再认真学几年，成为比较牛的工程师是没有任何问题的。看到自己的兄弟这么有出息，白松露出了老父亲般的笑容。王亮看到白松笑，也很开心，就跟着笑……

很快到了目的地。信号的第一个中继器以车子为原点，小原县的一名警察留下看车子，其余八人携带相关装备步行向悬崖走去。

因为都是现成的设备，安装难度倒是不大，很快这里就有了信号。本来白松还以为能直接用手机收到信号，结果发现只是增加了一条可以跟分局汇报的无线电通信而已，这让白松失去了兴趣。

按照计划，白松、孙杰、李汉、王所四人下去，其余几人留守原地。这比那一次白松从高楼上垂降救陈敏容易很多，有足够多的大树可以用于固定设备。

白松四人都没有受过专业的垂降训练，在这个地方垂降危险还是很大的，他们对这些设备也仅仅是"会用"而已，因此大家都是小心再小心，一次性只能下两个人。

王所和孙杰要先下去，这种场合白松想争也争不过，只能先帮二人固定好设备，绑好安全绳，配合二人垂降。

还算顺利，七十米左右的距离，不到五分钟两人就到底了。通过无线电设备，王所跟悬崖上的周队等人联系，说明下面的情况，白松和李汉就准备下去了。

这四个人里，白松是最重的，加上还背了一点装备，绳子绷得紧紧的。

他不是第一次体验这种感觉，几根结实的绳子给了他安全感，垂降很顺利。

距离谷底还有十几米的时候，白松看到了之前无人机拍到的崖壁上的

第二百三十六章 谷底状况

痕迹。

"我先停一下看看。"白松锁住绳索，在附近观察了起来。

很显然，这里的每一个痕迹都是人为凿出的，应该是为了爬上去，白松用手机给这些地方拍了照片。这个悬崖的谷底区域，由于阴暗潮湿，崖壁在植物数以万年的侵蚀下变得极为光滑。凿出这些痕迹应该是为了攀爬，但是这个高度明显不够，徒手的话，单靠这些，肯定爬不上去啊……

再往下垂降，白松明显闻到了腐烂的味道。

时隔近一年，白松再次接触到了这类案子。上一次在河边，面对泡烂的部分尸体，白松尚且可以后撤一步，现如今……没有撤退可言！

等二人到了谷底，王所给二人戴上了头套、口罩、脚套、护目镜，不得不说还是有效果的，恶心感立刻减轻了。

孙杰此时已经在现场附近勘查了，他提前了解到这个情况，穿了一身防护服，还带了专门的袋子用来收集现场的物品。

白松看着现场，又看看孙杰的背影，心中油然而生敬意……

直面现场跟从无人机传回的图像中看完全不同。这下面有几百平方米的区域，白松看到几条蛇和几只老鼠，除此之外没有别的动物。三人在谷底转了转，没有找到绳子、背包、食物、饮用水之类的东西，只能看到在一个角落，孤零零地躺着一个人，已经死去多时。

很快，王所、李汉和白松三人就凑到了一起，等待孙杰那边的结果，一会儿还要去帮忙收拾。

第二百三十七章 处理现场

"你们俩看我干吗?"李汉看着王所和白松疑问的表情,有些不好意思。

"李哥,你可是咱们分局派来的历史专家,有什么不一样的收获吗?"白松问道。

"想什么呢?"李汉无奈地说道,"其实你们误会了,我之所以来,是因为刑警那边最近在忙别的案子,缺人手,正好要叫王亮,就把我给带上了。这地方,哪有什么我能帮上忙的啊?"

"那你看看,这个地方的风水究竟如何?有没有可能是你说的那个人的假墓?"白松还是一脸期待。

"要这么说,以我的理解,肯定不是。这个地方是天坑,绝路,坟前有坑,是大忌,一般如果要用这个地方,就得把这个坑填平,但是,这个坑太大了……"李汉直摇头,"但凡懂一点风水,就不会认为这上面或者这下面有墓。"

"好,你这么说我就明白了。咱们去给孙杰帮忙吧。"王所说道。

"有什么需要注意的吗?"王所走到尸体旁五六米处,向孙杰问道。

"不用,直接进来吧。这里最近下过雨,什么脚印之类的痕迹都没有。"孙杰直摇头,"你们猜,他是怎么死的?"

"饿死的?"白松看了看周围的环境,"爬不上去,所以饿死了?"

"饿死不可能吧,这么大个人,这下面有雨水,还有蛇鼠,怎么也能吃吧。"李汉有些疑问。

"没有火,直接吃蛇,死定了吧?"白松反驳道,"野生动物不能直接这么吃，而且蛇还有很多寄生虫。老鼠的话，估计徒手抓不到的。"

"说说你的看法吧。"王所看着孙杰说。

孙杰看了看现场："我认为是他杀。这个人的后颈部受到了强烈的撞击，不像是跌落造成的，更像是木棒等钝器击打造成的。"

"钝器击打吗？"王所看了看附近，"应该是这样。如此说来，不止一个人下来了，其中一个杀了另外一个，然后带走了东西，把尸体留在了这里。"

"那为什么不埋一下？"白松有些疑问，"这荒山野岭的，如果埋了岂不是更好？"

"我倒是觉得，这个坑根本都不用埋，这里面常年有雾，谁会随便下来呢？"孙杰道，"这很可能就是凶杀，而且这里就是现场。"

"那在这里把勘查做了吧。"王所点了点头，"这具尸体怎么带回去？"

"你们勘查吧，我得清理一下，不然没法往回带。"孙杰道，"回去后可能还需要让队里的其他师傅跟我一起再看看，我现在还出不了报告。"

"行，依你。"王所表示同意。

这下，大家的勘查比之前细致了很多。王所把这个情况及时向周队等人通报了一下，这里成了凶杀案的第一现场。

作为室外环境，这里气候多变、气温很高、多雨，基本上每天都有所变化。几个人商量了一番，决定这里只勘查这一次，能有多少证据就算多少证据了。

这下可就没有那么简单了。毕竟是几百平方米的地方，得一点一点地勘查，这可是个需要细心的技术活。

经过一个多小时的寻找，三人一共找到了几样不属于这里的东西：几段尼龙绳的纤维，一个被踩烂了的打火机，一个三角形的小铁片，还有一张快要烂掉的纸、四五个塑料袋子、几枚生锈的硬币、三四个塑料瓶。

幸好这里是人迹罕至之处，否则估计能捡到一大堆垃圾。这些东西也没什么价值，根本不存在提取 DNA 和指纹的条件，三人只能做好手续和记录，拍摄好照片。

等孙杰那边处理好严重腐烂的尸体后，三人上前，换了新的手套，帮助孙杰把尸体放进了专门的袋子里，孙杰在袋子外又套了一层。

联系好上面留守的四个人后，他们一起用力，很快就把孙杰和装尸体的袋子拉了上去。

接着是王所和李汉。本来王所想殿后，白松没同意，说自己最重，拉自己上去最费劲，还是自己留在最后比较好。于是王所和李汉都收拾一番，背上了所有证物，慢慢地被拉了上去。

最后是白松。

白松看了看谷底，天色已经有些暗了，他有些瘆得慌。作为无神论者的白松，经历了这两个小时的生理摧残，此时也觉得有些无力了。

上面的人其实也很累了。这种垂降绳子往下放很容易，不需要人在上面帮什么忙，只需要垂降的人自己慢慢松扣就行了，但是往上爬的话，如果没法攀爬，那就只能硬拉。刚刚已经拉了两次，现在虽然上面人多，也是挺慢的。

白松知道大家累，就借着墙壁上的开凿处，手脚并用，尽量地自己多爬几下。不得不说，这几处开凿的地方还挺好用。

第二百三十八章　开车返城

有地方助力，白松前期的攀爬变得尤为轻松。这个石壁并不全是花岗岩和大理石，下面是沉积岩层，易凿，但是凿得非常拙劣，这是用啥凿出来的？

如果是用锤子，那么为什么会出现刀削的痕迹？如果是用刀，那么这个刀的刀刃有点短了吧？白松甚至都怀疑，这看着像是用手指甲抠出来的。

白松还特地用指甲试了试，发现不行，手疼……

"慢点慢点。"白松到了沉积岩层的顶端，再往上就是难以凿动的花岗岩了，白松在岩层上看到了凿的痕迹，但是很显然没有凿成，从花岗岩上面的划痕来看，所用的工具应该是金属工具。

"等会儿。"白松到了一个高度，用对讲机跟上面的人说了暂停，仔细地观察了一番，锁住了绳索，说道，"我好像看到了什么，给我递一把尺子。"

白松悬在空中，过了一会儿，上面的人用绳索传下来一套现场勘查箱，白松从中拿出勘探尺，拍了几张照片，做了简单的勘查。

在这方面白松不怎么专业，只能做点基础的工作。做完之后，他拉了拉绳索，用对讲机跟上面的人说了一下，接着上面的人一起用力，把他拉了上去。

几个人好奇地问他发现了什么。

"就是点划痕，想回去研究一下是怎么弄的，附近还有点别的痕迹。"白松道，"这地方采集不到指纹。"

当地警方对这个案子也很重视，毕竟在他们辖区内发现了一具横死的腐尸。当地警方本来希望先做一个DNA检测，如果能确定尸体和天华市的案子有关，再做移交。但是为了更好地办案，经过协商，尸体还是被运回了天华市保存。由于涉及故意杀人案，几人还未回归，天华市那边就已经做好了准备。

当然，也正因为如此，天华市公安局与当地警方商定，死者如果不是疤脸，还会把尸体送回来。

只是，白松在回去的路上，听说最近刑警那边又开始忙了。白松对此比较好奇，但是他被安排和王所、孙杰乘一辆车子，孙杰也不知道到底是什么事情，只知道几个前辈被安排出差了。

回天华市的第一件事，就是确认死者身份，之后才能确定下一步工作。大家都认为这个死者就是疤脸，甚至孙杰也这么认为，但是这依然不行，更不能靠这个"认为"开展工作。

以前因为这个情况，出现过很严重的问题，讲到这里不得不说一下。

1994年，某地，佘某的妻子张某失踪，张某的家人怀疑是佘某杀害了张某。恰巧，三个月后，在附近一个村子发现了一具脸部模糊的女尸，张某的家属，包括张某的母亲辨认之后，全都认为死者就是张某。

当时DNA检测技术非常不成熟，但是没人怀疑这个死者不是张某，因为"孩子的母亲是不会认错孩子的"。

前文我们提到过，法院是两审终审制度，刑事案件，基层法院也就是县一级法院，最多可以判十五年有期徒刑，一旦案子可能判无期及其以上的刑罚，那就必须由中级人民法院也就是市一级法院审理，上诉就在省高院。

这件案子在中院审理后，中院认为足以认定佘某为杀人犯，上诉到高院后被认为证据不足。

这件案子后来发生的事情，曾被写入教材。

因为这件事，法律都进行了修改。

有此前车之鉴，现如今此类案件必须做DNA检测。回到天华市之后，六人兵分两路，一路去对尸体进行安置，另一路取了样本去做DNA检测。与此同时，已经派人采集到了疤脸父母的DNA，明天就可以出结果。

如今技术已经进步了很多，曾经需要很多天出的结果，现在一晚上足矣。

今天应该是白松值班，回到天华市已经是深夜了，现在案子也不用白松帮忙，王所便带着白松回到了所里。

今天挺忙的，夜里一点钟白松回到所里，马希和冯宝都不在，出警去了。白松回来后不久，就听到了马希等人叫增援的电话，他和王所衣服都没换，就开车直奔目的地。

这一天可把马希和冯宝忙坏了，从早上到现在就没有闲着。不过他俩没想到白松和王所能够回来，所以看到二人来增援的时候，原本疲惫的马希还是目光一亮。

也不是什么大事，两伙人在烤串店因为琐事闹了起来，店家报了警。

由于人多，又有人喝多了，两个疲惫的警察对这个情况有些控制不住，主要是担心双方打起来，因而马希就叫了增援。

王所直接去了闹得最凶的那一边，白松去了另外一边。

白松面前有个又高又壮的汉子，本来面对马希勉强还可以克制，看着没有穿制服的白松就有些面色不善了。

"你是谁？管什么闲事？"男子上前就要把白松扒拉开，继续向对面叫嚣。

"我是谁？"白松没有回答他的问题，反而凑近了这个男子。

高壮汉子喝了不少酒，刚刚和白松接触不久就感到特别恶心，白松身上一股浓重的、人类本能就会厌恶的味道，就这么长驱直入地进入了他的鼻腔。

今天接触高度腐烂的尸体的时间有点长，即便尸体最后用袋子包裹起来也没有太大用处，这身衣服上的味道洗都洗不掉，只能扔掉，然后洗澡洗N次，用沐浴液搓好几遍才能把这个味道去掉。

但王所、白松二人是直接从现场回到所里,还没来得及冲洗换衣服就过来增援。白松的鼻子已经完全适应了这个味道,但是这不代表别人也可以。

这种味道……

第二百三十九章 死者陈某

两拨闹事的人中有七八个人跑到门口哇哇地吐了起来,场面堪称"壮观"。

"这是咋了?"马希困惑地问白松,话音刚落,马希的面色也变了,"你快跟王所回所里好好洗洗澡,把身上的衣服扔掉!"

人在厕所里待得久了,对臭味的抵抗能力会直线上升,因为鼻黏膜已经适应了。

白松和王所今天都长时间、近距离地接触了高腐现场,衣服上面的味道可想而知。

这到底是什么味道啊?那些人看着白松和王所,表情都变了,这根本就不像是活人身上应该有的味道啊……

想到这里,两拨人吐得更厉害了。

马希和冯宝做梦都没有想到,这么一个麻烦的警情,居然以这种方式迅速结束了。两拨人吐完,加上鼻腔受到强烈刺激,早已经没有了继续叫嚣的想法,各自结了账,迅速地跑掉了,谁也不想再在这里多待一分钟。

老板在屋里整个儿都蒙了,出来之后才发现了问题,连忙把防蚊子的帘子全打开了,又搬过来俩风扇。

"王所,你们二位快点回去洗澡吧。"冯宝幸灾乐祸。

回到所里,白松把二人开的车子开到院子里,打开了四个车门,在这里晾上一夜。他又把自己的一身衣服,从里到外,全部扔进了垃圾桶里。

这个警情忙完,一晚上再也没啥警情了,白松好好地洗了澡,一觉睡到天亮。

第二天上午，DNA 检测结果出来了，这份 DNA 是疤脸父母的孩子的概率为 99.999999999%，而疤脸的父母只有疤脸一个孩子，根据 DNA 测算，也确实和疤脸的性别、年龄吻合。

如果非要问，有没有可能存在那一千亿分之一的可能……

只要疤脸的父母没有孪生兄妹，可能性就是零；如果有孪生兄妹，那再考虑这一千亿分之一的可能性吧。

总而言之，死者是疤脸，也就是陈某。

陈某的死在分局内引起了不小的反响。这个案子从头到尾的过程记录放到了马支队的桌子上，与马支队对坐的田局长手里也有相关资料。

毕竟是一年都不会发生几起的命案，一把手殷局长都会过问，田局长和马支队单独开个会也是很正常的事情。

简单来说，这个案子一直以来基本上都是白松在忙，其间白松也获得了很多帮助，最终得到了这样一个阶段性结果。

这种案子，如果破了案，可是很出彩的，因此马支队和田局长商定，还是打算搞个小专班来侦办。搞专班，主要是为了把主办民警白松给要过来，不然刑警队没有资格直接从所里要人。

白松还没吃午饭，就稀里糊涂地被叫到了马支队的办公室里，这时田局长已经走了。

"马支队，好久不见。"白松笑着说道。

"是好久不见。你们所一直挺安静的，没啥大案子，不过你是真行，没人报警，你自己去找了个大案子出来，还是个命案。"马支队"吐槽"道。

"嘿嘿，"白松有些不好意思，"可能……是想您了？"

"去去去，想我了直接来，犯不着弄个命案来找我。"马支队唠起了家常，"前几天我和房政委打电话的时候还说起过你，他问我你在不在派出所，想把你要过去，被我给拦下来了。怎么，在所里待得惯吗？"

"还行，挺好的，孙所和李教导员都对我特别好。"白松心想，房政委是哪位？哦，特警的房程房大队长，现在都升副处了啊，厉害……

"陈某被杀的案子，估计尸检报告很快就能出来，也已经立案了，我这边非常忙，打算调几个人过来搞个专班，你那里有合适的人选推荐吗？"马支队拿出了本子。

这可把白松搞蒙了，自己和马支队之间差了十万八千里呢，怎么轮得到自己推荐人选？推荐谁？他自己还是个新兵蛋子，推荐别人来干吗？安排到自己手下管理吗？马支队这么说，到底是啥意思啊？

白松调整了一下自己的情绪："马支队，您别拿我开玩笑了。"说完，白松才明白了马支队的意思，这是故意敲打敲打他，对他好呢！

"哈哈，行，"马支队挺满意的，"看来在派出所待了这么久，还没有待傻。我刚刚跟田局长商量了一番，成立个'9·07'专班，不算正式的专案组，在负责这个案子的同时还得开展其他的工作。我这边有几个人选，已经报给田局长了。"

接过马支队递来的名单，白松心生感慨，这也太照顾他了吧？

名单上，这个专班的架构非常完整。因为不是专门的专案组，专班成员不用天天来刑警队帮忙，但是遇到有关本案的情况，还是要想办法办理的。

专班的成员，包含刑侦、技术、图像、网络等部门的同志，周队带头。除此之外，还有王亮、王华东、孙杰等。

第二百四十章 "9·07"专案

为什么要有这些人呢？主要就是为了工作开展顺利，等于是局长为办案开了绿灯。不然的话，这么多部门，白松别说调动了，请示都请示不过来。把这些部门的人都集合在专班里，哪怕这个人还在原单位忙活，一个电话过去，他也会帮忙协调办理这个案子。

这就是专班的好处，因为命案的优先级很大，所以能调动这么多的资源也是正常的。这可是法律明文规定的。

很多侦查手段因为会侵犯个人隐私，会影响银行等相关企业的行为，只有极为重大的案子才能使用这些手段。而这个极为重大，一般来说，最起码也得是能判七年以上刑期的案子。

当天下午，一共二十多人来到刑警队开会，九河桥派出所只有一个人参加，也就是白松。既然已经立案为故意杀人案，派出所就不管了，但是最近刑警忙，因此就从各个单位抽调了一部分人。

至于为什么把王华东抽调过来，白松就搞不懂了，偷偷问了问华东，才知道他是主动申请过来的，而且好像马支队对他印象不错，便同意了。会议内容很简单，主要还是各部门配合刑警这边的人员侦办案子。

会议很快就结束了，其实也就几句话，真正办案的还是刑警二大队的人，各部门的人先行离开。白松四人组以及刑警二大队的人被留了下来，马支队继续开会。

这八个人，就是这起命案的主要侦办力量了。

"大家也都认识，这个案子白松最熟悉，你也别藏着掖着，把你想说的都给大家分享一下,别每次都到最后再说。"马支队指了指一张白板。

白松答应了。现在屋子里都是自己人了,每一个人白松都共事过不止一次。白松从听说疤脸失踪开始,把这件事情从头到尾讲了一遍。

白松讲得很细,把整个过程中自己每一步做了什么、想到了什么,具体又查到了什么,都细致地说了一遍。大家听得也都很认真,纷纷记起了笔记。

"根据法医这边的尸检报告,陈某的死亡时间是二十多天前,也就是说,陈某的死亡跟他的失踪是有直接关系的。我们有理由怀疑,陈某这次去大山省的目的是探宝,而且他有同行的人,具体人数不详,但是大概率只有一人,正是这个同行的人把他杀害。而且这个人与陈某的关系应该很不错,不然也不会这么轻而易举地就用钝器敲了他的后脑勺。"白松分析道,"我知道的就只有这些,马支队。"

"因此,我认为需要进一步扩大搜索范围,尤其是多多调查与陈某交往密切的女性。"马支队接过白松的话,"据你所说,陈某作为社会闲散人员,遇到这种大事,肯定是谨小慎微,避开费某等人吃独食,而且动作很快,因此他一定会万分小心,而他这种人可以信任的,也只能是他的某个女人了。"

"嗯,这种人确实是这样。"周队表示认可,"马支队,现在的问题是,如果直接询问费明和费鹏,他们肯定是一问三不知,需不需要刑事拘留?"

"怎么刑拘?证据是啥?"马支队反问道。

"死者陈某死亡之前的晚上十点多,费氏兄弟还在天华市,第二天早上很早也有人看到了他俩,也就是说他们的不在场时间只有不到八个小时。要知道,咱们开车去小原县还需要五个小时,从小原县再开车上山,然后再到达悬崖那里,至少也要两个小时,来回最起码需要十四五个小时。"刑警队的老王说道,"这兄弟俩基本上有不在场证明了。"

"是,即便他们在高速上开车时速一百八十公里,直奔目的地,也不太现实。费氏兄弟二人如果真的要杀疤脸,没必要去这么远的地方,而且悬崖下面估计也没有什么宝藏,不存在分赃不均这样的事情吧?"二队的另一个刑警说道,"要真是奔着杀人去的,何苦跑这么远?"

白松说道:"那地方很难找,不可能是他们三个人去的,如果是他们三个人去的。都是外乡人,大晚上的,怎么可能找得到?我相信,之前陈某拿到的也只是我们看到的地址,这样的深坑,陈某第一次去,也不会有所准备,因而不太可能带上长绳子。即便杀人的人知道这里有坑,带长绳子去,也一定会引起陈某的怀疑。

"既然如此,肯定是去了一次,发现不可为,然后回去找绳子,再去一次这么一个过程。费氏兄弟肯定不是凶手。"

"那你所说的酱菜李,岂不是有重大作案嫌疑?"王华东接话道,"当晚去疤脸家的,除了疤脸之外还有四个人,其中会不会就有酱菜李?是不是应该把他刑拘,审讯一番?这小子就是卖酱菜的,没那么油头,估计一审就什么都说了。"

"靠现有证据刑拘他不太现实。"马支队沉思道,"先询问吧,问出问题来再刑拘。费明也得询问一番,虽然他不是杀人犯,但是从录像里可以看到他和被害人死前有接触,他如果能把这次接触说清楚还可以,如果说不清楚,算包庇,先把他刑拘了。"

"好。"周队表示同意。

"那我布置一下:对费氏兄弟和酱菜李的询问,交给咱们二队的同志,今天晚上就开始;白松你们几个,今天都应该休息,但是遇到这个案子也没办法,辛苦一下,下午去想办法查查这个陈某的女伴,越细越好。"马支队布置了一下工作。

命案当前,谁都知道事情不是那么简单的。白松立刻做了简单的规划,和相关部门的人进行了联系,开始查找与陈某有关系的女性。

第二百四十一章　意料之外的审讯

费明、费鹏、酱菜李都没有跑，警察从三个不同的地方找到了三人。

白松的脑海里已经排除了这三个人以及董晓云的作案嫌疑。酱菜李同样没有作案时间，因为他第二天五点多就到了市场卖酱菜。董晓云更没有可能，毕竟如果不是他一次次报警说陈某失踪了，就陈某这种社会闲散人员，失踪半年都不一定有人知道。

费明和费鹏从拘留所出来之后就闹了矛盾，不在一起住了，这次被警察叫了过来，谁也不知道到底发生了什么。

白松的工作今天没办法开展，主要是陈某的人际圈他完全不知道，需要通过技术部门进行查找，白松只能等消息。因而，虽然白松没有参与对三人的询问，但是他们几个人一直在刑警队待着等结果。

结果却跟想象的完全不一样。

费鹏这次所说的跟之前所说的完全一样，陈某得到了一个墓的地址，需要人手，于是就叫了费鹏等几个人密谋，但是因为"潜在的利益"分配不均，闹了不少别扭，并且几个人在陈某的家中吵了一架。

但是费鹏所说的这件事情，费明不在场，在场的还有俩人，一男一女，男的是陈某的朋友，女的不像是做正经职业的，费鹏都不认识。费鹏表示，并不是没有达成协议，而是约定的时间没到，疤脸就吃独食，自己走了。

费鹏这次也供述了，当时正是因为要掺和这事，他交了1000块钱的"入伙费"，导致那个月没钱花了，才有了第三天偷猪的事情。

如果费鹏没有说谎，那么，费鹏和费明虽然都知道这事，但并不是在同一天与陈某密谋的,那么,陈某是把两个人分别叫去的?

这么说,陈某的邻居听到隔壁吵架的声音,不是在偷猪案发生的前一天晚上,而是在两天前。

费明可能也是感觉到了什么,这次也招供了。他承认,在偷猪案的前一天晚上,他去了陈某的家中,同行三个人都是女的。

都是女的?!

询问的屋子里有监控设备,白松等人在会议室里能看到过程,白松连忙拿出自己的储存卡,插到电脑上,和屋子里的人一起看了起来。

五个人进入陈某的家中,人数是可以从录像上看出来的,至于性别……

白松之前一直认为这五个人都是男的,还在想为啥其中两个人进屋之前还四望一番,现在听费明这么一说,还真的如此,从体态、步伐上来看,另外三个人大概率为女性!

只是,这三个女的都不是那种纤细苗条的大美女,否则一眼就能看出性别。

费明承认,当天晚上,陈某约了三个女的一起去他那里玩,单独叫了费明,费明当然开心得不得了。

这倒真是让所有人始料不及,询问的人员记录下了这三个女子的体貌特征等情况。

问到所谓墓地的事情,费明也知道一些,不仅知道,而且"参了股"。

费明比费鹏聪明,对于这次的凶险,他是略知一二的,毕竟只要沾了这些东西,危险就会很大,而且被警察抓住了会判很多年。他不想掺和,但是又不想放弃这个发财的机会,因此得知了具体的、可靠的线索之后,他决定"入股"。

费明虽然乱花钱,但是平时也知道攒点钱,因此他赞助了陈某5000块钱,陈某答应他,如果成功回来,会分他收获的一成。

因而那天晚上的碰面以及碰面后的安排,就是合作的一部分。

几个人各怀鬼胎,陈某和费明、费鹏的合作方式完全不一样,而费氏兄弟之间也是互相不说这件事。

　　如果陈某真的是去盗窃文物了，那么按照费明的这种资助行为，他就成了帮助犯，也是从犯的一种，一样可以判刑。但问题是，陈某并没有去做这种违法行为，那么费明无罪。

　　与此同时，另一组对酱菜李的审讯也进入了尾声，结果更是让白松吃惊。

　　老实巴交的酱菜李居然啥也没说，全程都是"不知道"。

　　而且根据审讯的师傅所说，酱菜李不像是装的，好像对这一切真的不知道。白松相信有着三十年工作经验的刑警王师傅，对他的话表示认可。

　　酱菜李对于疤脸的供述，还不算坏。酱菜李自称，卖酱菜没什么油水，疤脸对他还行。

　　马支队把三份笔录拿到手，看完了直皱眉头，根据现有证据，这三个人都跟这个案子没有什么关系，一个也刑拘不了。

第二百四十二章　小试身手

看完笔录之后，马支队给负责现场勘查的四队周队长打了电话，想找周队要两个人过来帮忙。

白松明白，这是要做犯罪嫌疑人画像。既然费明和费鹏都曾经见过与本案有关的人，那么让他们描述一下，画个人物素描，这个是没问题的。

这种人才很少，马支队跟周队说完，才知道整个四队仅有的两个有这个本事的人，包括郝镇宇师傅，都出差了。白松上次见识过郝镇宇师傅的本事，这可不简单，需要很好的绘画功底，也需要足够的语言理解能力和社会学本领。

马支队沉思了起来，刑警队最近还有一个案子，而且是年代久远、涉及其他案件的大案，确实有不少人出差。

可是，就这么把费氏兄弟放了？那肯定不行，俩人出去一串供，事情又有变化了怎么办？

正在这时，孙杰突然冲着王华东说道："你最近几个月隔三岔五地往我们队跑，天天往郝镇宇师傅的办公室钻，怎么样，得到几分真传了？"

白松立刻望向王华东，还有这回事？

白松跟王华东讲过郝镇宇师傅的事情，王华东也亲身经历过，跟白松说要跟郝师傅学习。只是白松没想到，最近一段时间王华东总是单独往郝师傅那里跑，可以啊小伙子。

孙杰话音刚落，好几双眼睛就盯住了王华东，尤其是马支队，一脸的惊讶。王华东有些吃惊，但是好在他一点也不怯场，嘿嘿一乐："要不我试试?"

王华东话音一落,几个人的眼睛就亮了,这事,当然可以啊。

这个画像说简单也简单,画好了之后,问问证人,这个画像是不是他看到的那个人,如果回答是,那么就说明成功了。

几个人不打扰王华东,让他自己去试一下,大家就踏踏实实地在这里等。

王华东先去询问费明。费明对三个女性中的两人有印象,剩下一个他记忆模糊,只能记得说话的音调和大概的身形、年龄,完全记不清样子。王华东仔细地问,经过多次修改,所幸还是完成了任务。

而费鹏看到的那个女性,与费明记忆模糊的那个女性的特征很相似。作为侦查员,王华东明白,这应该就是一个人,而且这个女的与陈某的关系更加亲密,因而与费明没有近距离接触……

费鹏所说的男性大约只有三十岁,和费鹏岁数差不多,相貌堂堂,身高一米八三、一米八四的样子,而且说起话来像是读过书的人。

这个最难画,王华东废掉了好几张素描纸,才大体画出了费鹏所说的男子的样子,得到了费鹏的认可。

从画像上来看,这个男的并不像是疤脸那类人,这倒令人惊异,而现在大家普遍认为,这个男的一定有重大作案嫌疑。

白松对疤脸的调查可不是一天两天了,疤脸确实是社会关系复杂,但是不大可能认识这种人,白松想破了脑袋,也想象不出这个青年男子是谁。

这些画像也只是作为参考,用于甄别,要说用于技术侦查,它们还差得太远。

但是在场所有人都记住了这四个人的画像,尤其是这个男子的以及出现了两次的女子的画像。

天已经很晚了,大家也都忙活了一天。因为现有证据不能证明费氏兄弟、酱菜李和李某被杀案有什么关系,没法对三人执行刑拘,只能把他们放了,大家各自回去休息。

第二百四十三章　愿你无暇

白松跟王所和马希商量了一下，决定明后天继续在二队帮忙处理这个案子，得到了许可。

就这样，这几天，白松一边复习备考，一边调查这个案子，值班的时候照常回去值班。时间过得很快，一转眼就过去了两周。

陈某盗窃的案子，因为陈某死亡，已经正式结案。胁从犯李坤，因犯罪情节轻微、认错态度良好，检察院对其做出不起诉决定。白松给李坤垫付的取保候审的钱也退回到了白松的卡上。白松了解了一下，李坤最近表现得很不错，因为是白松推荐的人，陈建伟对其比较信任，一些建材的运输一直由李坤负责。

不被信任的时间太久了，长这么大终于被信任了一次，还是被警察信任，李坤很是踏实。

而陈某被杀一案，两周以来，白松找到了跟陈某有关的女子，有六七个。

当天去陈某家的两个女子表示，根本不记得当天那俩男的长啥样，也不记得另外一个女的长啥样了，只记得那天确实去了那里。

白松头大，线索就这么断了？不过两个女子的供述坐实了费明当天参与了嫖娼，白松把这事向所里报了一下，这一男二女因为涉嫌卖淫嫖娼，被送进了拘留所，拘留十五天。

可怜费明，刚刚被拘留十五天出来，这回又进去了……

9月20号这天，功夫不负有心人，那个跟陈某有点关系的女子终于被找到了。把女子叫到刑警队进行取证的时候，马支队又来了。

白松跟马支队等人一起在会议室看讯问室里的讯问情况，一时间也没什么进展，白松的思绪就飞到了别的地方。

出差的人还没有回来，但是白松最近了解到了是什么事情。

简单来说，王若依检举了王千意在十几年前的一起越境走私杀人案。

最耐人寻味的是，警方获得了这个线索之后，对王千意进行讯问时，他直接坦白了这件事情。

这个案子已经尘封了十几年，在南疆省当地立案许久，成了悬案，没想到以这种方式出现了转机。

死者是当地的一名带队向导。

十几年前，在一次越境走私中，一名向导惨遭王千意的队伍杀害，但是至今尸骨都没有找到，不过以当时的技术条件，确实也没啥办法。

马支队非常重视这个案子，立刻组织精兵强将，前往目的地侦查。

这个事不可能把王千意带过去指认。十几年过去了，大山里，即便告诉你有一具尸骨埋在那里，又哪有那么容易找到？

因此，虽然有很明确的指向性，但还是有十几名干警被拖在了南疆省没法回来，配合当地警方不断地进行地毯式搜索。同时，还有十几人分赴各地，对当时王千意队伍里的其他几个从犯进行抓捕，现在已经抓回来一个人了。

白松知道这个事情之后，真的是百感交集，心中仿佛打翻了五味瓶。

先说说王千意和王若依。

简单来说，王千意是拿自己的命来换王若依的命。

王若依举报了这件事情，绝对是重大立功表现，很可能在二审判决的时候被减刑，从死刑立即执行，变成死缓。

但是，王千意死定了。

白松考虑的其实不是这父女二人的事情。按理说，王若依即便听说过王千意以前走私杀人的事情，也不会说出来。上次一审的时候白松可是看到了，王若依存心求死，不想活了，怎么又会举报父亲这么严重的犯罪来图个死缓呢？

白松想到了一个人——赵欣桥的老师。

这事让白松心里挺别扭的。

一个几乎必死的被告，经过一个知名教授、律师的操作，变成了死缓，无论她采取了什么办法，这都是对她的职业能力的极大肯定，甚至可以写篇论文。

但是，这是律师应该做的事吗？

白松这些年认识了不少律师，绝大部分还是很好的，誓死捍卫法律的尊严。赵欣桥的老师从头到尾其实也在维护法律，甚至还查明了一个新的重特大犯罪，总的来说是好的，但是不得不承认，她有着自己的私心，她是在给王若依脱罪。

不能说她不对，但是白松有些不舒服，尤其是这个教授是赵欣桥的导师。

这件事情走到这一步，其实赵欣桥也没有想到。她不知道自己的导师如此神通广大，居然能把这件事情搞成这个结局。

是的，二审的结果差不多已经可以想到了，正如一审的时候，大家都知道王若依一定会被判处死刑立即执行一般。

后天就要考试了。

考完试，把这个命案忙完，白松打算去一趟上京，跟赵欣桥谈谈这件事情。无论如何，白松都不希望，赵欣桥以后为了名气、为了私利，做出有悖原则的事情。

毕竟，在他心中，赵欣桥可是与其他人不一样的啊。

第二百四十三章　愿你无暇

第二百四十四章 交流

这件事，赵欣桥现在还不知道，她导师怕是不会告诉她这个情况的。白松也不想在电话里聊，且等见面之后再聊。

想着这些，白松的思绪逐渐被李某被杀案拉了回来。

这个女的是谁呢？

白松没见过，但是看到本人之后，他越看越觉得眼熟，再仔细地对比了一下资料才知道，这个女的居然是李娜的妹妹，名为李芬。

在场的其他人自然不知道谁是李娜，白松不急着说，看完了整场询问。

马支队也全程在看。

据李芬所说，她与陈某认识有一段时间了。二人不是包养与被包养的关系，而是互相需要。

总之，陈某偶尔还能给李芬花点钱，李芬就很满意了。这次陈某说要出去赚一笔大的，搞得李芬心驰神往，对陈某更是百依百顺，谁承想陈某一去不复返。

根据李芬提供的新线索，那个身材高大的年轻男子之前还来过陈某这里，两人关系其实不是很好。陈某跟李芬说过，他打算从这个男子那里搞到情报，就自己一个人前往所谓藏宝地，李芬自然对此表示认同。李芬表示愿意跟着陈某一起去，但是陈某自己跑了。

李芬这个人的话能不能信先不说，白松总觉得李芬还有啥话没说。

白松通过笔录和对李芬的观察，知道李芬不是啥好人。白松这时候才想到，如果没猜错的话，李娜贪图楚文文家的廉租房，很可能就是为了她妹妹李芬。而李芬既然都想搞房子住了，如果是为了陈某的话，那么她和陈某之间的关系，就没有她说的那么简单。

"大家忙了这么久，有什么新的想法吗？"会议室里，马支队看到询问已经进入了尾声，对着屋子里的人问道。

"我觉得还需要进一步扩大查询的范围。"

"我们已经查到了陈某当天开的车以及高速口录像。"周队说道，"只是车子还没有找到。"

"讲一下具体情况。"马支队拿出了自己的本子。

"车子是一辆老旧的雪铁龙，看样子有十几年历史了。我查了一下，这辆车是陈某名下的，他买了三年左右，当初的卖家我们也查了，是个二手车贩子，这几年与陈某也没什么交集。

"这辆车子目前找不到，但是可以肯定的是，还在小原县境内没有出来。

"从几个摄像镜头中看不到车内其他人员的情况。"周队说道。

"这么谨慎？"白松有些纳闷，"这说明这个人有预谋啊。"

"嗯，是这样。"王华东道，"问题是，到底是谁和陈某有这么大的仇恨，要置他于死地？"

大家都知道，这是此案的关键，下狠手去杀人，还不图财，那可不是一点点仇恨了。

"马支队，我们打算出一趟差，去小原县找一下这辆车。"周队说道。

"好，你带谁去？"马支队问。

"别看我，"白松见周队望向他，连忙摇头，"我后天就要参加司法考试了，我跟马支队还有所里请过假了，要考两天。"

说完，白松四顾了一番，指向王亮："周队您带王亮去，查电子设备他专业啊。"

"我怎么听说他也有什么考试？"周队皱眉。

"没事没事，他下周才考，还有十天，而且他没一点压力。"白松转脸

第二百四十四章　交流　｜　429

就把王亮"卖"了。

王亮耸了耸肩,答应了。白松面对考试还有些压力,他则是一点都没有。要不是不考三级的话不能考四级,王亮都打算直接考四级了。

马支队嘱咐了一番就先离开了,离开屋子之前喊了一声白松。

白松不知道啥事,连忙跟了上去,没走几步就到了马支队的办公室。

白松来这里已经很熟悉了,顺着马支队的动作,他也跟着坐下,打开了本子。

"叫你来没别的意思,"马支队问道,"你后天要参加司法考试对吧?"

"嗯,是,后天就该考试了。"白松点了点头。

"怎么样?有信心吗?"

"还行吧……我感觉知识点掌握得不太扎实,最近比较忙,也没抽出太多的时间读书。"白松说道。

"嗯,你没问题,我了解你,很聪明。"马支队鼓励了一番,"一直没问你,你考这个,是有哪方面的打算?"

"打算?"白松有些疑问,"没什么打算,觉得多懂一点法律,思维更开阔一些。"

"没什么打算吗?"马支队有些惊奇,"这个证在咱们公安部门没啥具体用处,但是如果你考到了,法制部门肯定想要你。我本来还以为,你有意向去检察院或者法院呢。"

"啊?"白松愣了一下,"没,马支队,我还是为了公安工作,觉得多学一点东西,与实践结合,比较有意义。我比较喜欢看书。"

"嗯,我明白了。你有自己的想法,不错。"马支队赞许地说。白松是不是在骗他,他一眼就能看出来,对白松他也算是很了解了。

"最近工作怎么样?"马支队唠起了家常。

第二百四十五章　转悠

"挺不错的，就是真的有点累。刚来的时候，我的生物钟还很正常，一般晚上熬夜了，第二天七点多也能起床，现在不行了，动辄就睡到中午，太困了。"

"嗯，派出所就是这样，基础工作多，熬人，不过也确实是能锻炼人。"马支队道，"月底三队打算从派出所招几个人，你要是来，可以报名。"

这根橄榄枝可是实实在在的了。

三队是一支英雄的队伍，于德臣师傅生前就是三队的成员。

坐在马支队这个位置，到底有哪些事情要管呢？白松最近一直在学《刑法》，反正这本书上的罪名，一大半他都要管，涉及社会上的方方面面。

一队主要是非业务工作，也可以说是支队本身的架构。

二队负责重案，我们常说的十四至十六岁都需要承担刑事责任的那八大类案件中，除贩毒归六队管外，其他的都是二队管。

三队主要负责侵犯财产类案件，三个字以蔽之——盗抢骗。

四队负责现场勘查，五队负责食品药品环境类案件……

这些年，电信诈骗呈高发态势，三队的同志普遍年龄大，对新兴事物的理解能力有些弱。比如说，跟很多大人说，游戏的某些装备是值钱的，甚至可以说很值钱，可他们根本理解不了。

如果有人报警，说自己的一套不错的无级别游戏装备被盗了，价值50万元人民币，如果接警员是老民警，可能觉得报警人夸大其词，对案子就没那么重视。

因此，三队这次招人也是理所应当的。

白松从马支队那里离开，一路上想明白了一些事。比如说，为什么这次会把王华东叫来？之前肯定也不知道王华东还有画素描的本领，估计马支队也是在为三队提前招兵买马。

一想到天天能跟王华东、王亮这几个哥们儿在一起上班，白松心里就有点小激动。

在派出所一年了，也该动一动了。

很多人会问，为什么不去二队？重案队，听名字，多霸气！

其实，三队比二队忙得多，派出所比刑警队忙得多，这才是真实的情况。二队案子本来就少，而且真正的大案肯定有专案组，所以二队一年忙不了多少个案子。但是三队不同，涉及盗抢骗的案子大部分是派出所在搞，真正能出成绩的，还是三队。

不过，目前白松还是把心思放在了李某被杀案上。

如果周队和王亮他们可以把车子找到，就好办了。因为犯罪嫌疑人肯定开过这辆车子，而且藏了起来。可是车子不是别的东西，那么大，藏不住的。

左右没啥事，白松开着车又去了大北菜市场。

酱菜李的店拉了帘子，暂时没人营业。这倒也能理解，这会儿已经是下午一点多了，没啥人买酱菜，暂时不在也正常。白松还没吃饭，就又跑到了对面的刀削面馆，和老板攀谈了一番，吃了碗面，才散着步进了市场。

白松一进市场，正好遇到卖果脯的老刘出来。果脯刘看到白松，连忙打了个招呼，看着精神状态不错，白松有些好奇，就问了几句。

最近果脯刘的生意可是不错，自从陈某不在那个摊位之后，他的生意更好了，开心果一天都能卖掉十几斤，瓜子更是能卖上百斤，收入比之前何止多了一倍。

市场里也没什么变化，白松和果脯刘交流了一番，果脯刘还有点事，就先走了。

转了一圈没什么收获，白松打算去一趟李芬那里。

李芬也是市场的清洁员，不过不是在这个市场，而是在附近的一个市场，叫东林路菜市场。李芬这个清洁员跟董晓云可不同，她是实实在在的保洁人员，收入一个月1000多块钱。

东林路菜市场与大北菜市场一比，显得落魄很多，位置也不太好，周围居民区少，还有一些平房，除此之外，还有一所大学。

靠近大学的菜市场没什么人气，大学生极少去菜市场。因此，这个菜市场虽然在路边，可是人流量一般。

也许菜市场的布局都差不多，这个菜市场，进门之后左手边也是卖肉的，右手边也是卖酱菜的，这倒是让白松觉得有趣。

本来这个菜市场人就少，这会儿是下午两点多，人就更少了，依稀可以看到几个人骑着小三轮车在给商户送菜。门口的酱菜摊这边也有人送来了东西，看样子还不少，平板车上放了十几箱酱油和几箱榨菜。

这么多酱油？

白松平时也做饭，但是一瓶酱油能用一年，这里怎么一次性进这么多酱油啊？白松有些好奇，多看了几眼，然后进了菜市场。

李芬不在。菜市场的地面就是普通的水泥地，黑乎乎的，不过勉强还算干净，但是给人的感觉挺一般的。

麻雀虽小，五脏俱全，这里卖啥的都有。白松到了卖干果的摊子，想买点开心果，挑了挑，却发现这里的开心果品质不太好，就挑了半斤瓜子。

卖干果的大爷个子高，胳膊也长，熟练地用一个长柄铁勺从摊位里几下子就舀出了一些瓜子，一称，正好半斤。

"4块钱。"老板看了眼秤，把瓜子装好，用大勺子给白松递了过来。

第二百四十六章　破局（1）

白松明天值班，今天没啥事，便抓紧回家，趁现在看会儿书。

后天就要考试了，也不知道是不是那个现场让人印象过于深刻，白松满脑子都是案子。好在近一年的努力没有白费，现在看书仅仅是加深印象。

书读百遍，其义自见。白松现在看这些书，就有了举重若轻的感觉，很多之前看不懂的名词，以及各种各样的法律理论，现在基本上信手拈来。

学习变得简单了，白松感觉头脑也清晰了很多，看着书，听着音频，突然就觉得无比轻松，嗑着瓜子，不知不觉，半斤瓜子就这么吃没了。

不得不说，这个小摊位虽然看着挺破的，瓜子倒挺好吃。普通人也不能小觑啊……但是，不能再吃了，再吃就上火了。

晚上，白松看书看到十二点多。王亮不在家，他感觉有些不习惯，想想马上就要搬家去自己的房子，有些感慨。

成长，确实是不可逆的过程啊。

白松习惯性地看了看微信，才发现群里有不少未读信息。

周队带着王亮等人，在下午六点多的时候就到了小原县，并开展工作。

王亮自己在小原县交通指挥中心的机房里，一口气待了三个小时，愣是把陈某曾经开过的车子给找了出来。

这辆车已经被重新喷漆，挂上了新的假牌照，晚上十点多，王亮在县城的一户人家门口找到了这辆车子。

车主是一个星期前从二手车贩子那里买来的车，无牌无证，哦不对，应该说是假牌假证，花了几千块钱。

王亮等人找到车主后，车主也知道这车没有办手续，十分配合。与他们同行的当地交管部门的警察，对车主进行了处罚。

不得不说，这个二手车贩子真是"专业"，不仅用工具磨掉了好几处车架号，重新喷了漆面，还把车子的排量标志都改了。

其实这有些欲盖弥彰了，懂车的一眼就能看出来某款车子是什么排量、什么型号。在车上也没找到与案件有关的线索，这车被收拾得太干净了！二手车贩子，神一般的人物……

看到这里，白松都有些想笑，因为张伟就是这样的一个人。

通过车主，他们得到了卖车的二手车贩子的一些信息和行动轨迹。

正规的二手车贩子是不可能收这种无牌无证、来历不明的车子的，但是这个人就敢，而且改装之后还敢往外卖，光这些就构成好几个罪名了。

实际上，这个车主也不知道这个二手车贩子的其他情况，这个车贩子做事挺小心的。不过有王亮在，只要你开车了，基本上就难以遁形。

步行会有摄像头找不到的时候，驾车的话就太好找了。

晚上十一点钟，周队、王亮等人以及当地派出所的警察，在一间平房里找到了这个二手车贩子。

经审讯，这辆车确实是前段时间收的，卖车给他的这个人，与费鹏、李芬提到的年轻男子，应该是同一个人。从车贩子这里获取了应有的信息后，当地公安部门以此人涉嫌掩饰、隐瞒犯罪所得罪为案由，依法传唤了车贩子。这辆车，最终将被归还给陈某的父母。

犯罪嫌疑人在陈某死后把车子开走，其实也能算是抢劫，这个车贩子明知车子来历不明还收车，肯定是犯罪了。

白松看着微信里的聊天记录，有点饿了。平时这个时间他基本上不吃东西，但是今天中午吃了碗面，一直到现在也没吃啥。

白松这时想起王亮出发前跟他说冰箱里有吃的，便来到冰箱旁，打开一看，居然是半箱牡蛎。

自己昨天在单位，王亮居然背着自己吃牡蛎！

第二百四十六章 破局（1）

王亮和白松是鲁省人，喜欢吃海鲜，而天华市本地人更是爱吃海鲜，甚至有"当当吃海货，不算不会过"的说法。"当当"二字在这里读第四声。这句话的意思是，去当铺把东西当掉来吃海鲜，都不会被人说。

牡蛎也就是生蚝，不算贵，半箱也就是四五斤，没多少肉，这东西也不能长时间储存。白松用水刷了一下，全蒸了。

十几分钟后，白松端着锅，在电脑旁大快朵颐。

牡蛎不算很新鲜，没怎么张口，白松找了半天也没找到小刀之类的东西，只能找来一把剪刀，想办法插进缝隙中，费力一转，才能打开一个牡蛎。

牡蛎的味道没有想象的那么好，没吃几个白松就有点烦，这把剪刀确实是不好用，如果有个小刀，嗯，不对，小刀也不好用，如果是三角形的铁片就好了。

白松悚然，如果说白松的脑子是电脑，此时此刻一定是超负荷运转，而且突然就死机了。

凶手，是个卖海鲜的？

不对，脑子烧了吧……

白松闭上双眼，脑海中，一个个关于这个案子的线索飞速地串联了起来。原来真相就那么简单，就摆在自己的面前……

虽然已经是十二点多了，白松还是给马支队打了个电话。

"喂，什么事？"马支队接通电话，直接问道。

"马支队，您相信我吗？"

"……"

第二百四十七章　破局（2）

不得不说，马支队对白松的信任度真的很高。

白松仅仅提出了一点简单的猜想，马支队就表示了百分之百的支持，连夜对工作进行了安排。

两个小时后，凌晨三点，按照白松的想法，三四组人迅速出动，把白松想找的人悉数带到了刑侦支队。

一共带回来五个人。

当所有人都被带来的时候，马支队下了楼，虽然这一夜没咋睡，他却依旧很有精神。

马支队挨个儿看了看五个人，当走到第五个人面前时，马支队的表情变得轻松了起来。"效率高点吧，取完笔录，报刑拘，我在楼上等着你们。"

马支队转身走出了几步，却突然想到了什么，转过头指着酱菜李问白松："你找他来干吗？"

白松丝毫没有避讳，似乎是故意当着几个人的面说道："他是这起杀人案的共犯。"

"哦？"马支队饶有兴趣地看了酱菜李一眼，"行吧，我在楼上等着看笔录。"

马支队今天也太累了，虽然他对这个案子很好奇，但是职责不同，作为统筹这么多专案的一把手，他必须得为整体负责，没办法像白松一样为了好奇去深究细节。

马支队上了楼，二队、三队、派出所的十几个民警面面相觑。

周副队长现在还在小原县,二队的韩队和三队的孙队也都不在,现场只有二队的张副队长和三队的赵副队长在,但是二人对案子都不是很熟悉。

马支队走了之后,张队和赵队对视了一眼,一起看向白松。

白松愣愣地看了看两位队长,也不知道啥意思,咋都看他啊?看得他发毛。

白松之前在三队待过,也算是跟赵队共过事。赵队咳嗽了两声,说:"要不咱们先开个会?"

白松这才反应过来,对对对,先开个会,因为今天来的一些同志对这个案子并不是很熟悉,甚至有三四个人纯粹是来帮忙的,确实需要开个会。

一会儿分为四组进行讯问就可以了。

李芬和费鹏这两个人其实很简单,几句话就可以搞定,也就是做个辨认。但是剩下的三组人就必须仔细地讯问了,因为这三个人都是犯罪嫌疑人。

安排几个一会儿不参与讯问的人对五个人分别进行看守,其他人抓紧时间进入了会议室。

已经很晚了,早点布置,六点之前把笔录取完,早上八点之前把犯罪嫌疑人送进看守所,大家吃个早点,就该补觉了。当警察,昼夜颠倒基本上是常态,遇到命案了更不必多说,谁也没有怨言。

进了屋子,赵队直接把白松带到了主位上,拉过来一个白板:"白松,我知道你要说啥,大半夜的,你少说没用的,抓紧时间,把这几个人的情况都说清楚,我们早点取完笔录早点睡觉。"

白松都有些不好意思了,行吧,上。

"我先给大家捋一下这个案子的开端。刚才带回来的五个人,在座的应该都只认识其中三个人,也就是酱菜李、费鹏以及李芬。这几个人前几天都来过,也都配合大家取过笔录了。而另外两个人,就是本案的主犯。

"哦,对了,我还没有介绍这两个人呢。"白松一拍脑门。

大家一看白松要讲重头戏了,纷纷拿出了本子。

"这两个人是一对父子,六十多岁的那个叫王勇,他儿子叫王铭波。王勇是卖干果的,他儿子王铭波目前无业,上过成人本科。"白松在几组人马出动带回五个人的两个小时里,已经通过各个渠道查到了这俩人的具体信息。

白松想明白了之后才发现这个案子其实很简单,就是大北菜市场里被陈某逼走的那一家人干的。白松白天去买瓜子遇到的高个子老大爷,就是王勇。白松今天看到他的时候就感觉有些熟悉,但是不知在哪里见到过,后来才想明白,自己见过王华东给王铭波画的画像。

今天白松去东林路菜市场,发现了一个问题——卖酱菜的,真的不是不赚钱。因为酱菜、调味品,这些都是饭店需要的,经常会出现大批量的批发。

而陈某在市场里,天天干什么事?无非就是到处切单,从别人手里把大订单夺走,然后让别人从他这里进货。既然如此,在菜市场待了这么久的陈某,怎么可能不眼馋调料的利润?怎么可能不影响酱菜李的生意?

侦办案子时,如果警察对一些情况不了解,就容易被忽悠。之前酱菜李说过,他跟陈某没什么矛盾,白松相信了。但是在东林路菜市场看到的一幕让白松明白了,不是这样的!

为什么卖酱菜的可以占据市场口这么重要的位置?要知道,这地方的租金是最贵的!

既然如此,那么酱菜李与陈某之间的矛盾一定是不可调和的。

而白松白天去三林路菜市场遇到王勇,又发现了一件矛盾的事情。

王勇的瓜子很好吃,称瓜子的动作也异常娴熟,为何开心果的品质那么差?那自然是因为这里开心果的销量太差,无论什么干果,放久了都不好吃。普通的大学生,买点8块钱一斤的瓜子倒是很容易,30多元一斤的开心果就很少有人舍得买了。

因此,王勇与这个菜市场格格不入。

既然如此,王勇被迫离开大北菜市场,难道真的如传言所说,是自愿的？是惹不起，干脆躲开？之前大家之所以没有对王勇多做调查，主要就是因为，传言他离开大北菜市场后生意更好了，大家不觉得他跟陈某会有多大的矛盾。

可实际上，大北菜市场这个地方很适合卖干果。为什么陈某别的摊主都不赶，偏偏赶走这一家？还不是因为利润确实是无比丰厚！

第二百四十八章　搞定了

大北菜市场那个地方，果脯刘都能发大财，王勇之前指不定能赚多少钱呢！

断人财路，如谋财害命！杀人动机是一定有的！

而真正令白松联想到这里的，还是那个三角形金属片。那么小的三角形金属片，根本就不是用来开牡蛎的，而是开夏威夷果的！

白松想明白了这一切，也就把这个案子串了起来。

王勇被赶走后，很是不爽，但是没什么办法。同行是冤家，王勇和周围的果脯刘等人肯定没啥交情，但是与酱菜李完全不搭边，干果和酱菜差着十万八千里，因此之前双方关系就不错。

去了三林路市场却没啥生意的老王过得很是憋屈。偶尔被人问起，还得说自己过得不错，这让他更憋屈。谁也不想让别人觉得自己过得不好，更不想被问起时说自己多么不如意，所以王勇总是打肿脸充胖子，称三林路菜市场以前没有卖干果的，现在他去了过得也很好。

实际上，如果三林路菜市场适合卖干果，那么之前怎么会没人去？

干果属于附加值比较高的食品，价格高，普通家境的人家一般也就是买个瓜子而已。

王勇虽觉得憋屈，倒还能忍，他儿子可不行。

王勇之前能赚钱，一个月收入一两万块钱，他儿子花钱大手大脚的，学习虽不咋样，但是也上了个成人本科，在市场里很多人看来，算是有文化的人了。

但是，实际上，王铭波这些年可没少乱花钱，如今父亲的收入直线下滑，哭的可是他。他多番打听，得知问题出在陈某那里。

王铭波没有暴露自己是王勇儿子的身份，请客喝酒，旁敲侧击了一番。几次下来，王铭波发现陈某这个人确实是一个大浑蛋，对他多好，他都好意思接着，但是想从他嘴巴里抠点东西出来，那就真的是难如登天。

王铭波其实想了不少办法，但是陈某油盐不进啊。

一不做，二不休。于是王铭波决定找王勇、酱菜李，一起设计这么一个坑杀陈某的陷阱。

主意是酱菜李出的。酱菜李对陈某也是恨之入骨！

酱菜李是大山市人，虽然不是小原县的，但是听说过这个地方的悬崖，就出主意，谎称这里有宝贝。

从这一点就看出王铭波的"本事"了，他真的找到了一本志怪杂谈书，愣是编出那么一个漏洞百出的故事。陈某要是再聪明一点，就不会信，再笨一点，也不会信。

怎么说呢，陈某算是个聪明人，但是他的聪明很受学识所限。社会上的骗术对他基本上无效，但是加点知识他就会信。人的见识总是有个上限的，只是层次不同，上限不一样。

关于小原县那个悬崖的故事，如果陈某略懂历史、风水，那么肯定不会被骗。

陈某确实是有脑子，敢于赌博，而且出发之前还真的留了个线索给警察，结果还用了褪色笔。对于这个问题，白松曾百思不得其解，现在想想也明白了。

陈某不是不知道此去有危险，也不是真的信任王铭波，但他依然要赌一把。如果赌赢了，那么自然是余生无忧；赌输了的话，假设他真的回不来，警察可以看到他本子上的东西……

这听起来真的匪夷所思，但是也确实符合陈某胆大、敢赌又多疑的性格。

白松把他的猜想和案子的过程讲了一遍，说："根据我对陈某的理解，本来这次去悬崖之下的行动，王铭波一定是希望陈某先下去的，但是陈某这个人太多疑，不可能先下去，否则绳子被剪断他就完了。

　　"但是陈某不知道的是，如果别人真的要害他，怎么都能害死他。王铭波下去之后，有充足的时间可以准备敲闷棍。

　　"至于证据，除了刚刚说的那些之外，我还拍摄到了当时嫌疑人蹬在墙壁上的脚印。除此之外，目前掌握的还有一些证据……"

　　白松向赵队等人介绍完那几个人的基本情况后，大家便分组讯问。白松自己上，以他为主提讯王铭波，其他的两组人也迅速开展工作。

　　白松掌握的侧面证据实在是太多了，王铭波自以为聪明，但何曾见过这种阵仗？打定主意一问三不知的他面对淡定的白松，不由得冷汗淋漓。

　　王铭波一直在问自己，怎么会暴露？谁报的警？尸体被谁找到了？这些王铭波不得而知，从被带来那一刻，他就浑身颤抖。

　　"你这体格子也不行啊，"白松一脸嘲弄，"你看看你的手，爬个绳子而已，都磨破皮了吧。"

　　听了这句话，王铭波战栗起来。

　　"现在你面前有两条路。一是一句话不说，我呢，随便写几句就去睡觉，反正这件事谁也保不住你，等着被枪毙就是了。"白松说完就开始收拾东西，似乎已经准备走。

　　"啊，警察大哥，第、第二条路……"

　　"第二条路，坦白从宽。这个陈某欺压你家在前，你把实情交代了，争取宽大处理，说不定你就不会死了。"

　　白松说的可是实话，虽然是王铭波杀的人，但是手段不像王若依那么狠，如果坦白，具体怎么判就真的不好说了。毕竟这个案子的实施者可不是一个人，王勇和酱菜李也都是同案犯，王铭波若能坦白、揭发同案犯等等，被判死缓也不是不可能。

王铭波虽然还自信警察找不到他的作案工具等,但是这一刻,他已经崩溃了。

既然根据种种蛛丝马迹能找到他,那么剩下的,就只是时间问题了。

第二百四十九章 晴天

早上八点多，费明和李芬回了家，王氏父子和酱菜李都被执行了刑事拘留，案由：故意杀人罪。

忙了一整夜的所有警察，都抓紧时间回去休息。

白松今天还要值班，但是他实在是太累了，只能先休息一下。王所愉快地答应了，并告诉白松，今天的事不用他管，随便睡，睡到晚上都没问题。白松把这个案子破了，王所都感觉沾光了。

马支队睡了三个小时。大家都去睡觉了，但他九点钟要开会，是无论如何也躲不过去的。

嫌疑人已经进了看守所，案卷暂时放在马支队这里。

批准刑事拘留这一步程序，不需要经过支队，直接从二大队就可以报给法制部门，因而马支队才有时间趁着开会前看一下笔录。

第一份笔录是白松取的，14页，至少有6000字。不得不说，作为年轻人，白松打字速度是真的可以。

白松的笔录，行文还较为稚嫩，但是逻辑性很好，看了几页，马支队就对他刮目相看了。虽然有一些关键性的证据点还没有问到位，但是这不是最重要的，回头可以派人去取第二次、第三次乃至第十次笔录。

只要第一时间嫌疑人认罪了就行，这是最难的一步。

一个杀人案的犯罪嫌疑人，公检法司，各个部门都要进行不断的查证，确保没有办成冤假错案。

白松的笔录里，王铭波彻底地崩盘了，把自己杀人的过程、作案工具的藏匿位置等情况都交代了，整个案子的来龙去脉也都补齐了。

马支队看笔录很快，十分钟就看完了，剩下的两份笔录他大体扫了一眼，酱菜李说话有所保留，但是说得也差不多了，王勇则嘟囔着人是他杀的，别的啥也没说出来。

合上案卷，马支队看了看表，还有点时间，便打开微信群，看了看另外几个案件的进展。

呼——马支队轻轻地闭上了眼睛。

还是这个案子，最让自己顺心啊。

白松睡到中午就起床了。

虽然他非常困，但他觉得今天自己值班，不能让大家太累了。

起床之后，白松抓紧时间洗漱，换上了衣服，这时已经是中午十二点半了。

等下了楼，他发现整个办公室里一个人都没有。

白松心里咯噔一下，今天这么忙？

白松觉得对不起大家，上次他和王所住在村里等待分局的支援，就害得马希和冯宝忙了一整天。

唉，大家都辛苦了。

白松去了前台，发现前台就赵师傅一个人在，这时接警电话突然响了。

这么忙吗？白松更难过了，连忙站在赵师傅旁边，等待着赵师傅接起电话，如果有需要，第一时间出警。

赵师傅一脸严肃："嗯……嗯……嗯……明白……好……"

白松有些紧张，这是什么警情？该不会是分局那边布置了什么重特大警情吧？

白松已经开始分配自己的体力了。在派出所待久了，有时间就多休息会儿是老民警的职业素养了，因为你永远不知道下一个警情是大事还是小事，更不知道下一个接警电话什么时候响起。

白松准备闭目养神，如果接下来的这个案子很严重，那么他一定要扛起来！

"嗯？白松，你回来了？"赵师傅挂掉电话，看了看眼睛微眯的白松，"都困成这样了，就早点睡觉去吧。"

"啊？不不，我不困。"白松连忙摇了摇头，"赵师傅，什么事？您跟我说，我没事。"

"啊？"赵师傅愣了，"没事，这事跟你没关系。"

"怎么会跟我没关系？"白松急了，"赵师傅，虽然我最近一直在忙活那个案子，但是我是咱们组的人，你可不能跟我见外，有什么事您就跟我说，肯定跟我有关！"

见白松态度坚决的样子，赵师傅摸了摸后脑勺："分局公会刚刚来电话，统计咱们所里的女警察、女辅警妊娠和哺乳期的情况，可能有一笔补贴。这事……跟你有关？"

"呃，没有没有。"白松咬着下嘴唇，开始到处找地缝。

"那你着什么急？"赵师傅想了想，"嗯，咱们所应该只有辅警小张现在在哺乳期，我一会儿报一下。哎，对了，你来这边干吗？"

"我来看看有没有警情，我看大家都出去了，心里着急，要是有什么事，您一定跟我说。我刚刚说了，我是组里的一员，我知道大家都在外面忙，我担心大家，也想陪陪大家，理解一下吧。"

"啊？他们啊？"赵师傅指了指食堂，"他们都在食堂吃火锅呢，看你睡得香，就没叫你。"

"吃火锅？！"白松声音立刻提高了八度，今天也不是什么特殊的日子啊，距离中秋节还有一个多星期，为啥吃火锅？

最关键的是，居然不叫他！

跟赵师傅迅速告了别，白松淡定地从值班室里走了出去。一出门，白松三步并作两步，就到了食堂门口。

食堂里，大家正热火朝天地吃着火锅……

白松推门进去，大家看到白松都很开心，迅速地给他找了个凳子。

白松没说话，看了看四周，组里的人除了赵师傅都在，其他人也都快吃完了，但是还剩了不少肉，还有一些菜专门放在了一个盘子里，一看就是给他留的。

白松看了看李教导员、王所，还有各位同事，感觉外面的天格外地晴朗。